ROBERT E. HOWARD
LYON SPRAGUE DE CAMP

Conan der Pirat

8. Band der Conan-Saga

Illustrierte und mit Karten versehene Ausgabe

Ungekürzte Neuübersetzung

WILHELM HEYNE VERLAG
MÜNCHEN

HEYNE-BUCH Nr. 06/3210
im Wilhelm Heyne Verlag, München

Titel der amerikanischen Originalausgabe
CONAN THE FREEBOOTER
Deutsche Übersetzung von Lore Strassl
Das Nachwort über den Seehandel im
Hyborischen Zeitalter übersetzte
Hubert Strassl

Redaktion: F. Stanya

Printed in Germany 1982
Umschlagfoto: Neue Constantin Film
Umschlaggestaltung: Atelier Heinrichs & Schütz, München
Satz: Schaber, Wels/Österreich
Druck: Presse-Druck, Augsburg
Bindung: Grimm + Bleicher, München

ISBN 3-453-30812-3

Die Hyborische Welt Conans

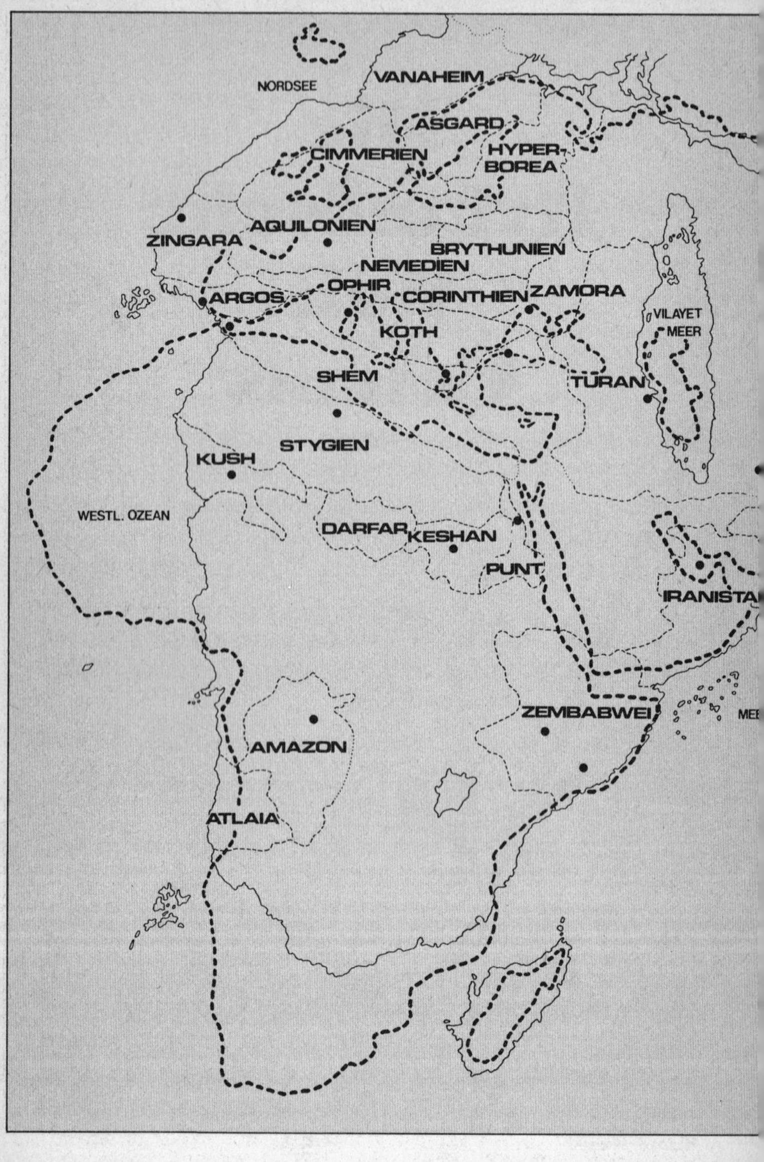
NORDSEE
VANAHEIM
ASGARD
CIMMERIEN
HYPER-
BOREA
AQUILONIEN
ZINGARA
BRYTHUNIEN
NEMEDIEN
OPHIR
ARGOS
CORINTHIEN
ZAMORA
VILAYET
MEER
KOTH
SHEM
TURAN
STYGIEN
KUSH
WESTL. OZEAN
DARFAR
KESHAN
PUNT
ZEMBABWEI
AMAZON
ATLAIA

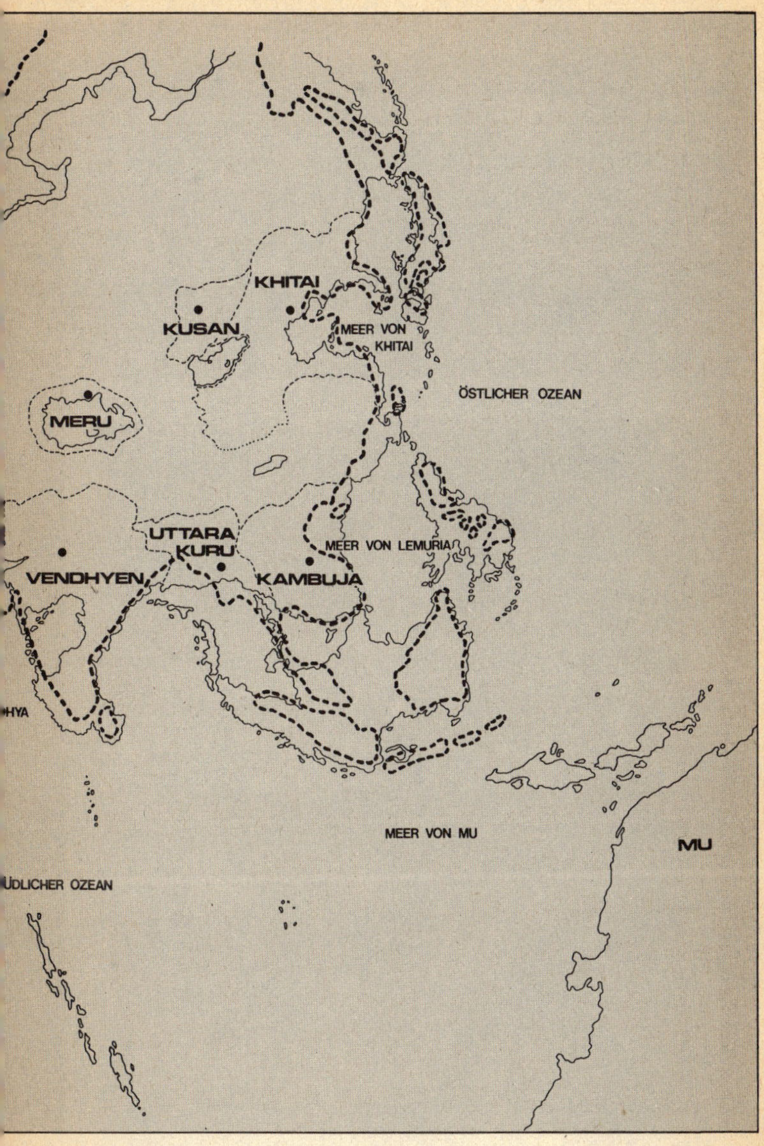

KHITAI
KUSAN
MEER VON
KHITAI
ÖSTLICHER OZEAN
MERU
UTTARA
KURU
MEER VON LEMURIA
VENDHYEN
KAMBUJA
HYA
MEER VON MU
MU
ÜDLICHER OZEAN

INHALT

Einleitung

L. Sprague de Camp

Robert E. Howard (1906—36), der geistige Vater Conans, wurde in Peaster, Texas geboren. Den größten Teil seines Lebens verbrachte er in Cross Plains, im Herzen Texas. Während seines kurzen Lebens (er beendete es im Alter von dreißig Jahren durch Selbstmord), widmete sich Howard den verschiedensten Sparten der Unterhaltungsliteratur. Er schrieb Sport-, Kriminal-, Wild West-, Abenteuer-, Science Fiction-, Grusel- und Gespenstergeschichten, sowie historische Stories, nebst Gedichten und Fantasy. Von seinen verschiedenen Serien heroischer Fantasy waren die Conan-Geschichten die beliebtesten. Achtzehn davon wurden noch zu Howards Lebzeiten veröffentlicht. Acht weitere — von Fragmenten und Exposés bis zu fertigen Manuskripten — wurden seit 1950 unter den Papieren in seinem Nachlaß gefunden. Die nicht kompletten vollendeten mein Kollege Lin Carter und ich.

Zusätzlich schrieb ich in den frühen fünfziger Jahren vier unveröffentlichte Howard-Manuskripte mit orientalischen Abenteuergeschichten zu Conan-Stories um. Ich änderte die Namen, sorgte dafür, daß es zu keinen Anachronismen kam, und führte ein übernatürliches Element ein. Das war nicht sehr schwierig, da Howards Helden so ziemlich alle aus dem gleichen Holz geschnitzt waren. Die so entstandenen postumen Stories sind jedenfalls immer noch zu drei Viertel oder vier Fünftel Howards Werk. Zwei dieser umgearbeiteten Geschichten sind in vorliegendem Band enthalten:

HAWKS OVER SHEM (Der wahnsinnige König), ursprünglich: HAWKS OVER EGYPT, handelte im Originalmanuskript im Ägypten des elften Jahrhunderts, während der Herrschaft des wahnsinnigen Kalifen Hakim; und THE ROAD OF THE EAGLES (Die Straße der Adler), eine Story, die ursprünglich im Türkischen Reich des sechzehnten Jahrhunderts spielte.

Außerdem schrieben meine Kollegen Lin Carter, Björn Nyberg und ich Stories, manche gemeinsam, einige Conan-Pastiches, nach Hinweisen in Briefen und Notizen Howards. Alle diese Geschichten — ob nun ganz von Howard geschrieben, oder postume Gemeinschaftswerke oder Pastiches — sind bereits, oder werden noch in dieser Reihe veröffentlicht.

Die Conan-Abenteuer handeln alle in Howards fiktivem Hyborischen Zeitalter, vor etwa zwölftausend Jahren, zwischen dem Untergang von Atlantis und dem Beginn der Geschichtsschreibung. Conan, ein riesenhafter barbarischer Abenteurer aus dem hinterwäldlerischen Cimmerien im Norden, taucht als junger Bursche im Königreich Zamora auf, und schlägt sich dort und in den benachbarten Landen als Dieb durch. Dann verdingt er sich als Söldner, zuerst im orientalisch anmutenden Reich Turan, dann in den hyborischen Königreichen.

Nachdem Conan gezwungen war, aus Argos zu fliehen, wurde er zum Piraten entlang der Küste von Kush, als Gefährte der shemitischen Piratin Bêlit. Nach Bêlits Tod und einigen gefährlichen Abenteuern unter den schwarzen Stämmen, bei denen er dem Tod gerade noch um Haaresbreite entging, kehrte er nach Shem zurück, um sich erneut als Söldner zu verdingen. Hier beginnt der vorliegende Band.

Vor fast zwanzig Jahren stellte mein alter Freund John D. Clark, ein Chemiker und langjähriger Conan-Fan, die damals bekannten Conan-Geschichten zur Veröffentlichung in der Gnome Press zusammen. Er schrieb eine Einleitung zum ersten Buch der Reihe, CONAN THE CONQUEROR (Conan, der Eroberer). Sie gibt einen guten Einblick in Howards Arbeiten im allgemeinen und die Conan-Stories im besonderen. Mit Dr. Clarks Erlaubnis möchte ich sie hier zitieren:

Es sind nun nahezu siebzehn Jahre her, da kam ich zum erstenmal mit dem Hyborischen Zeitalter in Berührung. Es geschah, als mich das aufregende Titelbild der September 1933 Nummer von WEIRD TALES animierte, die Story »The Slithering Shadow« (Der wandernde Schatten) zu lesen. Hier begegnete ich Conan zum erstenmal, und der Eindruck, den er hinterließ, war nachhaltig. Von da ab verfolgte ich die Abenteuer dieses unkonventionellen Helden mit mehr als dem üblichen Interesse. Wenig später (ungefähr 1935) beschlossen Schuyler Miller und ich, eine Karte von Conans Welt zu zeichnen. Es erwies sich als unwahrscheinlich einfach. Die Länder breiteten sich auf dem Papier aus, veränderten ihre Umrisse noch ein wenig und schlossen sich mit ihren Nachbarn unbestreitbar zu einer richtigen Karte zusammen. Kurz darauf schrieben wir Howard, und es stellte sich heraus, daß seine Karte so gut wie identisch mit unserer war, genau wie seine Conan-Biographie sich in allen wichtigen Punkten, wie Miller und ich sie den Stories entnommen hatten, nicht von unserer unterschied. Soviel ich mich erinnere, war der einzige Punkt von Bedeutung, wo sie nicht übereinstimmte, Conans Alter (es fehlten zwei Jahre) in einer der Geschichten.

Da wurde uns klar, daß wir es mit einem Erzähler zu tun hatten, der sein Geschäft verstand. Und als wir das Manuskript von »The Hyborian Age« (Das Hyborische Zeitalter) lasen, kurz ehe es veröffentlicht wurde, hegten wir nicht den geringsten Zweifel mehr daran.

Jedenfalls gelang es mir in den nächsten Jahren auch die übrigen Fantasy-Erzählungen Howards zu sammeln, einschließlich King Kull. Es war sofort offensichtlich, daß sie alle mit nur kleinen Abweichungen — obwohl Howard sie geschrieben hatte, ehe ihm der großartige Einfall mit Conan gekommen war — zum Bild des cimmerischen Barbaren paßten.

Unter den Conan-Stories finden sich Teile der Biographie dieses bemerkenswerten Helden, wie Miller und ich sie zusammenstellten, die auf die meisten, in den Geschichten selbst nicht erwähnten Reisen und Abenteuer Conans hinweisen. Allerdings erklären sie nicht, wie er die jeweilige Gespielin, mit der er gewöhnlich am Ende einer Story beisammen war, wieder los wurde, um sich in der nächsten Geschichte einer neuen zuwenden zu können. Eine Frage, die es wert wäre, daß einmal ein junger Student der . . . nun, der Psychologie vielleicht, sie für eine Arbeit aufgriffe. Die Ergebnisse wären gewiß nicht weniger nützlich als eine Doktorarbeit über die Überlegungen, ob nun Francis Bacon oder der Herzog von Oxford die angeblich von einem Herrn Shakespeare geschriebenen Werke verfaßte . . .

Ich beabsichtige nicht, über den Menschen Robert E. Howard zu schreiben. Ich lernte ihn persönlich nie kennen, und die, die ihn kannten, sind ganz sicher imstande, es besser zu tun, als ich es könnte. Ich kenne ihn lediglich als Verfasser unwahrscheinlich guter Fantasy. Der Teil eines Autors, der nicht mit seinem Körper stirbt, sind seine Stories, und Howards Geschichten werden für die, die gute Abenteuer in großem Stil lieben, nicht sterben. Sie gehören vermutlich dazu, denn sonst hätten Sie sich dieses Buch überhaupt nicht gekauft.

Howard war ein ausgezeichneter Erzähler, der seine Werkzeuge beherrschte und keinerlei Hemmungen hatte. Mit sicherer Hand griff er in die abenteuerlichsten Epochen der Geschichte und nahm sich, was er brauchte: geeignete Namen aus fast allen sprachlichen Bereichen, Waffen von überallher und aus allen Zeiten, Sitten, Gebräuche und Stände der antiken Welt und des Mittelalters. Er fügte alles zu einem logischen und funktionierenden Kosmos, ohne sichtbare Naht zusammen und gab ihm mit einer Portion übernatürlicher Elemente den besonderen Schliff. Das Ergebnis war ein purpurnes, goldenes und blutvolles Universum, in dem alles möglich ist — nur keine Langeweile.

Seine Helden sind nicht tiefsinnig, aber auch nie dumm oder farblos. Kull, Solomon Kane, Bran Mak Morn und vor allem Conan sind so lebendig, wie Menschen nur sein können. Vielleicht gehören sie nicht gerade zu der Art Leute, die wir zu einer Cocktailparty einladen würden, aber wir würden uns gewiß eine ganze Weile an sie erinnern, wenn sie uneingeladen kämen. Conan, der Held aller Helden Howards, ist der geborene Haudegen, unbesiegbar und unwiderstehlich, genau das, was wir dann und wann selbst gern sein möchten. Die Frauen, die in ihrem Äußeren, ihrem Benehmen und ihrer Kleidung (oder fehlender Kleidung) dem Bild entsprechen, das man sich von den Schönen eines Harems macht, wie man sie aber in Wirklichkeit dort nicht findet (und ist es nicht bedauerlich, daß man ihresgleichen in unserer Zeit so wenig begegnet?). Die Bösen sind so böse, wie nur abgefeimte Schurken sein können. Die Zauberer sind Zauberer ganz nach unserer Vorstellung, und die Geister, die sie herbeibeschwören, oder die ungerufen kommen, sind (Gott sei Dank) nicht von dieser Welt.

Vor allem aber war Howard ein Geschichtenerzähler. Die Story stand im Vordergrund. Da ist immer Action, die Handlung verläuft spannend und ohne Stocken vom Anfang bis zum Schluß, wobei das Geschehen so dicht abrollt, daß der Leser kaum zu Atem kommt. Sie brauchen nicht nach verborgenen philosophischen Bedeutungen Ausschau zu halten oder nach intellektuellen Problemen — es gibt sie in diesen Geschichten nicht. HOWARD WAR EIN GESCHICHTENERZÄHLER! Seine Stories sind typische »Mantel und Degen«-Abenteuer mit aufregenden Extras, und sie haben das bißchen mehr an Sex, das sie vor der Antiquiertheit rettet.

Hier ist also dieses Buch. Wenn Sie schon früher Conan gelesen haben, wissen Sie, was Sie erwartet. Wenn nicht, und wenn Sie Anhänger phantastischer Abenteuer sind, können Sie nachholen, was Sie versäumt haben, und sich jetzt ganz dem Genuß hingeben, von Göttern und Dämonen, Kriegern und ihren Frauen, und Abenteuern in einer Welt zu lesen, die es nie gegeben hat, die es jedoch hätte geben sollen. Wenn der historische Hintergrund der Story nicht mit der geschichtlichen Wirklichkeit übereinstimmt, wie Sie sie kennen, wenn die Ethnologie Sie verwundert und die Geologie nicht weniger — dann lassen Sie sich davon nicht abschrecken. Howard schrieb von einer anderen Erde als dieser — einer farbigeren, gewaltigeren.

Wenn Sie jedoch auf Realismus in Ihrer Lektüre bestehen — wenn Sie Romane über Introvertierte brauchen, die in einer brutalen Welt leiden — wenn Sie etwas Schollengebundeneres vorziehen, oder wenn Sie sich lieber mit Psychopathologie beschäftigen, oder dem, was sonst an Unerfreulichem in unserer Welt vorgeht, dann vergraben Sie sich besser in irgendeinem Loch und lesen Sie SCHULD UND SÜHNE. Aber ich werde Ihnen dabei nicht Gesellschaft leisten — ich habe eine Verabredung im Hyborischen Zeitalter und werde den ganzen Abend beschäftigt sein.

John D. Clark, Dr. phil.
New York City, 5. April 1950

ANMERKUNG DES ÜBERSETZERS

Wen das hyborische Fieber gepackt hat, wer also mehr über Robert E. Howard, Conan und das Hyborische Zeitalter lesen möchte, der sei erst einmal auf die anderen Bände der Conan-Saga verwiesen. (Siehe das Verzeichnis vorn im Buch.)

Wer tiefer schürfen will, für den gibt es zwei nichtprofessionelle Magazine, die Stories, Illustrationen, Gedichte, Artikel und Bio- und Bibliographisches im Bereich der heroisch-phantastischen Literatur und regelmäßig Material von oder über Robert E. Howard veröffentlichen.

Einmal AMRA, das Magazin der Hyborian Legion. Es erscheint seit den fünfziger Jahren. Herausgeber ist George H. Scithers, Box 9120, Chicago, Illinois, 60690 USA. Dies ist für den englischlesenden Conan-Enthusiasten. Zwei Sammlungen von Material aus AMRA erschienen 1979 und 1980 als ACE Taschenbücher unter den Titeln THE BLADE OF CONAN und THE SPELL OF CONAN. Eine Auswahl der interessantesten Artikel daraus ist in den deutschen Conan-Ausgaben des Heyne-Verlags enthalten.

Das andere Magazin ist MAGIRA, die Zeitschrift des Ersten Deutschen Fantasy Clubs, e. V., Postfach 1371, D-8390 Passau 1, das Material von Robert E. Howard in deutscher Sprache veröffentlicht.

Der wahnsinnige König

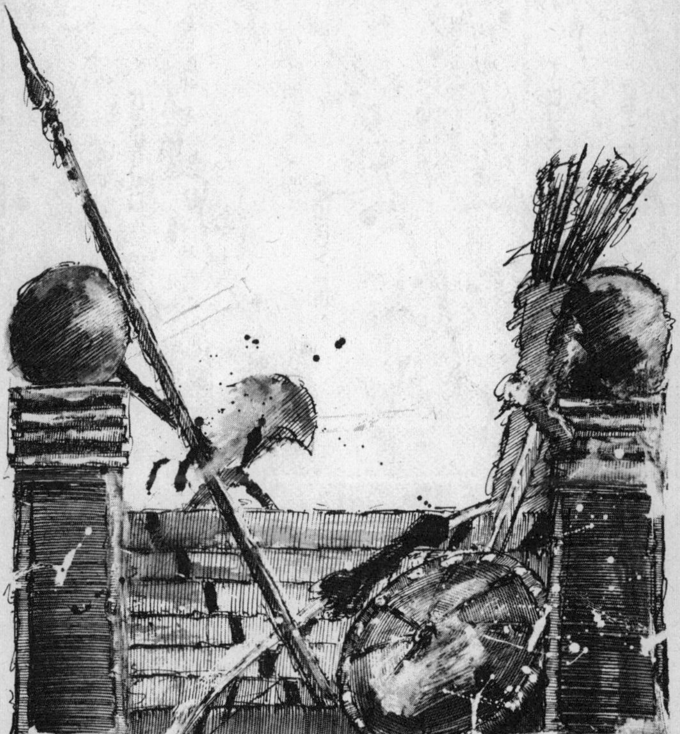

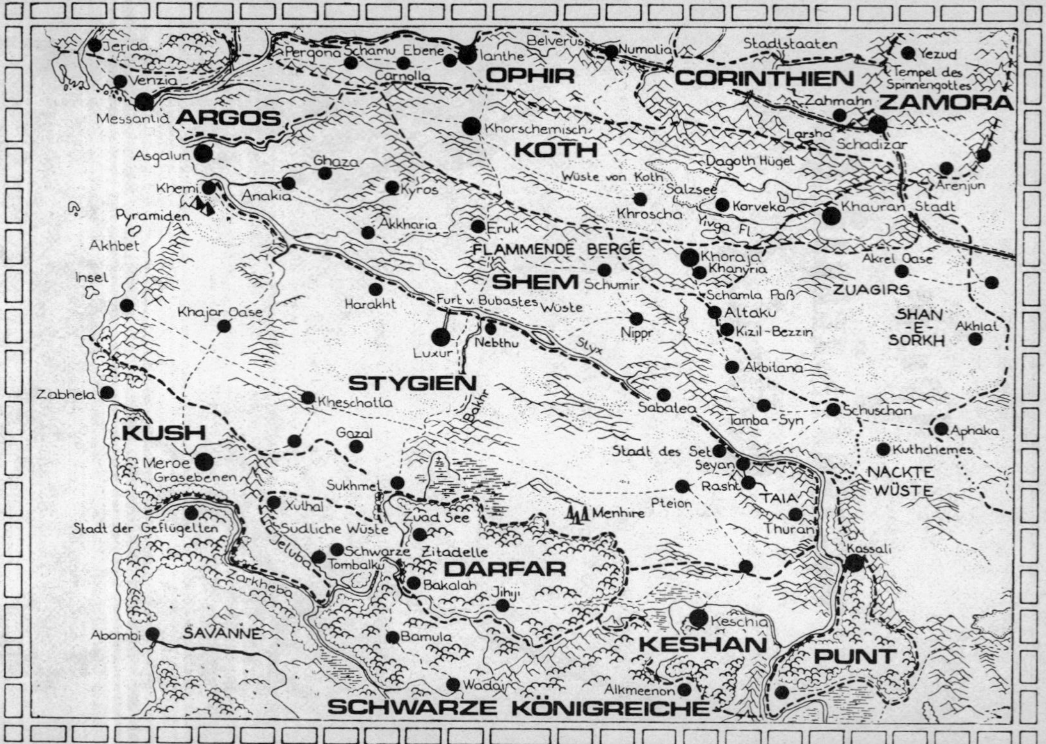

Jerida
Venzia
Messantia
ARGOS
Pergona
Schamu Ebene
Carnolla
Ianthe
Belverus
OPHIR
Numalia
Stadtstaaten
CORINTHIEN
Yezud
Tempel des Spinnengottes
Zahmahn
ZAMORA
Larsha
Schadizar
Khorschemisch
KOTH
Dagoth Hügel
Arenjun
Asgalun
Ghaza
Wüste von Koth
Salzsee
Khemi
Anakia
Kyros
Korveka
Khauran Stadt
Pyramiden
Khroscha
Yivga Fl.
Akkharia
Eruk
Akhbet
FLAMMENDE BERGE
Khoraja
Khanyria
Akrel Oase
Insel
SHEM
Schumir
ZUAGIRS
Harakht
Furt v. Bubastes
Wüste
Schamla Paß
Khajar Oase
Altaku
SHAN -E- SORKH
Nippr
Kizil-Bezzin
Akhlat
Luxur
Nebthu
Styx
Akbitana
STYGIEN
Zabhela
Kheschatla
Sabatea
Bakhr
Schuschan
Tamba-Syn
KUSH
Gazal
Aphaka
Stadt des Set
Kuthchemes
Meroe
Seyan
Grasebenen
Sukhmet
Rasht
Pteion
NACKTE WÜSTE
TAIA
Xuthal
Zuad See
Menhire
Thuran
Stadt der Geflügelten
Südliche Wüste
Schwarze Zitadelle
Jeluba
Kassali
Tombalku
DARFAR
Zarkheba
Bakalah
Jihiji
Keschia
Abombi
SAVANNE
Bamula
KESHAN
PUNT
Wadai
Alkmeenon
SCHWARZE KÖNIGREICHE

Der wahnsinnige König

Robert E. Howard und L. Sprague de Camp

Anschließend an die Ereignisse in der Story THE SNOUT IN THE DARK (Dämon aus der Nacht) wandert Conan unzufrieden mit seinen Erfahrungen in den schwarzen Ländern nordwärts durch die Wüsten Stygiens zu den grünen Wiesen Shems. Sein Ruf kommt ihm hier sehr vonstatten, und er findet Aufnahme in der Armee König Sumuabis von Akkharien, einem der südlichen Stadtstaaten. Durch den Verrat Othbaals, eines Vetters des wahnsinnigen Königs Akhirom von Pelishtien, geraten die akharischen Streitkräfte in einen Hinterhalt und werden niedergemetzelt — alle, außer Conan, der überlebt und den Verräter nach Asgalun, der Hauptstadt von Pelishtien verfolgt.

Die hochgewachsene Gestalt in dem weißen Umhang drehte sich fluchend mit der Rechten am Säbelgriff um. Man brauchte schon einen guten Grund, um sich in die nächtlichen Straßen Asgaluns, der shemitischen Hauptstadt von Pelishtien, zu wagen. In diesen winkeligen Gassen des verrufenen Hafenviertels mußte man auf das Schlimmste gefaßt sein.

»Weshalb verfolgst du mich, Hund?« Die Stimme klang rauh, der hyrkanische Akzent verschluckte die shemitischen Kehllaute.

»Sagtest du, Hund?« Der Akzent unterschied sich deutlich von dem des Hyrkaniers.

»Ganz recht, Hund! Du verfolgst . . .«

Ehe der Hyrkanier weitersprechen konnte, sprang der andere ihn mit der Flinkheit eines Tigers an. Der Hyrkanier griff nach dem Säbel, doch noch ehe er ihn aus der Scheide gezogen hatte, traf ein gewaltiger Fausthieb seine Schläfe. Einem weniger kräftigen Mann, und einem ohne Helmschutz, hätte dieser Schlag möglicherweise den Hals gebrochen. So stürzte der Hyrkanier nur auf das Pflaster, und der Säbel entglitt klirrend seinem Griff.

Als er wieder zu sich kam und benommen den Kopf schüttelte, sah er den anderen mit gezogenem Säbel über sich stehen. Der Fremde knurrte: »Ich habe dich nicht verfolgt, und ich vertrage es nicht, wenn irgend jemand mich Hund schimpft! Verstehst du das, Hund?«

Der Hyrkanier hielt verstohlen nach seiner Klinge Ausschau, und stellte fest, daß der andere sie außer Reichweite gestoßen hatte. Er erhoffte Zeit zu gewinnen, um den Säbel durch einen plötzlichen Sprung wieder an sich bringen zu können, und so sagte er: »Ich bedauere, wenn ich Euch falsch verdächtigte, aber man verfolgt mich seit Anbruch der Nacht. Ich hörte schleichende Schritte hinter mir in den dunklen Gassen. Und dann kamt Ihr unerwartet in Sicht, ausgerechnet an einem Ort, wie es keinen besseren für einen Meuchelmord gibt.«

»Ischtars Fluch über dich! Weshalb sollte ich hinter dir her sein? Ich habe mich verirrt. Dich habe ich nie zuvor gesehen, und ich bin nicht erpicht darauf, dich je wiederzusehen.«

Ein scharrendes Geräusch ließ den Fremden herumwirbeln und zurückspringen, so daß sowohl der Hyrkanier als auch die Dazugekommenen sich vor ihm befanden.

Vier riesenhafte Schatten zeichneten sich von den helleren der Gasse ab. Schwaches Sternenlicht glitzerte an Krummsäbeln. Auch das Weiß von blitzenden Zähnen und Augen war zu sehen.

Einen Augenblick herrschte angespannte Stille. Dann murmelte einer der vier in der fließenden Sprache der schwarzen Königreiche: »Welcher ist unser Hund? Beide sind gleich gekleidet, die Dunkelheit macht sie zu Zwillingen.«

»Haut sie beide nieder!« befahl ein anderer, der noch einen Kopf über seine hochgewachsenen Begleiter hinausragte. »Dann begehen wir keinen Fehler und lassen keinen Zeugen zurück.«

Nach diesen Worten kamen die vier Schwarzen in tödlicher Stille näher. Der Fremde sprang mit zwei langen Sätzen zum Säbel des Hyrkaniers. »Da!« knurrte er und beförderte die Klinge mit einem Fußtritt zu ihrem Besitzer, der sich sofort nach ihr bückte und sich damit den Schwarzen entgegenstürzte.

Der riesige Kushit und einer seiner Begleiter wandten sich dem Fremden zu, während die beiden anderen sich mit dem Hyrkanier beschäftigten. Der Fremde sprang mit der gleichen katzenhaften Flinkheit wie zuvor seinen Angreifern entgegen. Eine schnelle Finte, Klingenklirren und ein blitzartiger Hieb trennten dem kleineren Schwarzen den Schädel vom Rumpf. Als der Fremde zuschlug, schwang auch der Riese seinen Krummsäbel. Der Hieb hätte dem Fremden in den Bauch dringen sollen.

Doch trotz seiner mächtigen Statur bewegte er sich noch schneller als die durch die Luft zischende Klinge. Er ließ sich in Kauerstellung auf den Boden fallen, so daß der Säbel über ihn hinwegpfiff, gleichzeitig schwang er seine Klinge gegen die Beine des Kushiten. Der Säbel drang durch Muskeln und Knochen. Der Kushit taumelte, aber er holte zu einem zweiten Hieb aus. Der Fremde sprang unter dem erhobenen Arm des Schwarzen hoch und stieß ihm die Klinge bis zum Griff in die Brust. Der Krummsäbel des Kushiten ritzte lediglich den seidenen Kaffia auf und prallte vom stählernen

Helm darunter ab. Röchelnd sank der Riese sterbend zu Boden.

Der Fremde riß seine Klinge zurück und wirbelte herum. Der Hyrkanier hatte dem Angriff der beiden anderen standgehalten und zog sich langsam zurück, um beide vor sich zu haben. Plötzlich hieb er dem einen die Klinge über Brust und Schulter, daß dieser seine Waffe fallen ließ und stöhnend in die Knie ging. Doch im Fallen umklammerte er die Beine seines Gegners. Der Hyrkanier wehrte sich vergebens dagegen. Diese schwarzen, muskelbepackten Arme hielten ihn fest, während der andere Schwarze mit verstärkter Heftigkeit auf ihn einhieb.

Doch als dieser Kushit Luft holte, um zu einem neuen Schlag auszuholen, den der behinderte Hyrkanier nicht hätte abwehren können, hörte er sich nähernde Schritte. Ehe er sich noch umdrehen konnte, stieß der Säbel des Fremden mit einer solchen Gewalt in seinen Rücken, daß die halbe Klingenlänge aus der Brust herausragte und der Griff zwischen den Schulterblättern steckte. Er starb mit einem würgenden Schrei.

Der Hyrkanier schlug seinem anderen Gegner mit dem Säbelgriff über den Schädel und befreite sich schließlich von der Umklammerung der Leiche. Dann wandte er sich dem Fremden zu, der seinen Säbel aus dem Toten zog und starrte ihn verblüfft an.

»Weshalb hast du mir geholfen?« Unwillkürlich fiel er wieder in das Du zurück, das er anfangs herablassend benutzt hatte.

Der andere zuckte die Achseln. »Wir wurden beide von Schurken überfallen, das machte uns zu Verbündeten. Wenn du willst, können wir ja jetzt unsere kleine Auseinandersetzung zu Ende führen. Du hast behauptet, ich hätte dich verfolgt?«

»Ja, aber das war ein Irrtum, wie mir jetzt klar ist. Es tut mir leid«, antwortete der Hyrkanier schnell. »Ich weiß jetzt, wer mir nachgeschlichen ist.«

Er säuberte seinen Krummsäbel und schob ihn in die Scheide zurück, ehe er sich nacheinander über jeden der Toten beugte, um ihn zu betrachten. Als er zur Leiche des Riesen kam, murmelte er nachdenklich:

»Soho! Keluka, der Schwertkämpfer! Von hohem Rang ist der Bogenschütze, dessen Pfeilschäfte mit Perlen besteckt sind!« Er zerrte einen schweren Ring von einem schlaffen Finger und schob ihn in seine Schärpe. Dann packte er den Toten. »Hilf mir, diesen Aasgeier beiseite zu schaffen, Bruder, damit niemand lästige Fragen stellt!«

Der Fremde ergriff mit je einer Hand ein blutiges Wams und zerrte die Leichen hinter dem Hyrkanier mit seiner Last durch eine übelriechende dunkle Gasse her, bis sie zu einem verfallenen und schon lange nicht mehr benutzten Brunnen kamen. Die Leichen plumpsten in die Tiefe und landeten weit unten mit einem dumpfen Aufplatschen. Der Hyrkanier drehte sich mit einem Lächeln um.

»Die Götter haben uns zu Verbündeten gemacht. Ich stehe in deiner Schuld.«

»Vergiß es«, brummte der andere mürrisch.

»Worte können eine Tat nicht mindern. Ich bin Farouz, ein Bogenschütze von Mazdaks hyrkanischer Kavallerie. Komm mit mir zu einem etwas angenehmeren Ort, wo wir uns in Ruhe unterhalten können. Ich nehme dir auch deinen Hieb nicht übel, obgleich mein Schädel noch immer wie eine Glocke dröhnt.«

Widerstrebend steckte der Fremde seinen Säbel in die Hülle und folgte dem Hyrkanier. Ihr Weg führte durch schmutzige Gassen und schmale, gewundene Straßen. Asgalun war ein Gegensatz von Prunk und Verfall, wo prächtige Paläste sich zwischen den rauchgeschwärzten Ruinen alter Gebäude erhoben. Kleine Vororte kauerten an den Mauern der verbotenen Innenstadt, in der König Akhirom mit seinem Gefolge lebte.

Die beiden Männer kamen zu einem neueren, besseren Viertel, wo weit überhängende Schmiedeeisenbalkone vor Fenstern mit Kunstgittern sich über die Straße hinweg fast berührten.

»Alle Läden sind hier dunkel«, brummte der Fremde. »Vor ein paar Tagen war die Stadt die ganze Nacht hindurch hell beleuchtet.«

»Eine von Akhiroms Launen. Seine neueste ist, daß in Asgalun keine Lichter brennen dürfen. Was ihm morgen einfällt, weiß nur Pteor.«

Sie hielten vor einer eisenbeschlagenen Tür in einem steinernen Torbogen an. Der Hyrkanier klopfte vorsichtig. Eine Stimme innen stellte eine leise Frage, und der Hyrkanier antwortete mit einem Losungswort. Die Tür öffnete sich. Farouz faßte den Fremden am Arm und nahm ihn mit sich in die Dunkelheit. Hinter ihnen schwang die Tür zu. Ein schwerer Ledervorhang wurde zur Seite gezogen und offenbarte einen von mehreren Lampen erhellten Korridor und einen alten, narbenübersäten Shemiten.

»Ein alter Soldat, der sich jetzt mit dem Ausschank von Wein ein leichteres Leben macht«, erklärte der Hyrkanier. »Führ uns in ein leeres Gemach, wo wir ungestört sind, Khannon!«

»Die meisten der Gemächer sind leer«, brummte der Wirt, der vor ihnen herhinkte. »Ich bin ruiniert. Seit der König den Wein verboten hat, wagen nur noch wenige, einen Becher anzurühren. Möge Pteor ihn dafür mit der Gicht schlagen!«

Der Fremde warf einen neugierigen Blick in die größeren Räume, an denen sie vorbeikamen, wo Speisen und Getränke aufgetischt wurden. Die meisten Gäste Khannons waren typische Pelishtier: untersetzte, braunhäutige Männer mit

Hakennasen und krausen blauschwarzen Bärten. Vereinzelt saßen an den Tischen auch schlankere Männer, Nomaden aus den Wüsten des östlichen Shems, oder Hyrkanier und auch schwarze Kushiten aus der Söldnerarmee Pelishtiens.

Khannon führte die beiden Männer mit einer tiefen Verbeugung in ein kleines Gemach, wo er ihnen weiche Matten zurechtrückte. Dann stellte er eine große Schüssel mit Früchten und Nüssen vor sie hin, schenkte ihnen Wein aus einem prallen Lederbeutel ein und humpelte vor sich hinbrummelnd davon.

»Schlimme Zeiten sind für Pelishtien gekommen, Bruder«, sagte Farouz zwischen ein paar Schlucken Wein aus Kyros. Er war ein hochgewachsener Mann, hager, aber mit kräftigen Muskeln. Scharfe schwarze Augen, eine Spur schräg, blickten wachsam aus einem gelblich getönten Gesicht. Seine Hakennase ragte über einen dünnen schwarzen, nach unten hängenden Schnurrbart. Sein einfacher Umhang war von teurem Stoff, sein spitzer Helm mit Silber durchzogen, und Edelsteine glitzerten am Griff seines Krummsäbels.

Er betrachtete sein Gegenüber, ein Mann von seiner Größe, der sich jedoch in vieler Weise von ihm unterschied. Der andere war von kompakterem Körperbau mit mächtiger Brust: die Statur eines Mannes aus den Bergen. Das glattgeschabte Gesicht unter seinem weißen Kaffia war sonnengebräunt mit hoher Stirn, noch sehr jugendlich, doch bereits von Narben vieler Schlachten und Kämpfe gezeichnet. In den eisig blauen Augen glitzerten Fünkchen schwelenden Feuers. Er goß seinen Wein hinunter und wischte sich die Lippen.

Farouz grinste und füllte nach. »Du kämpfst gut, Bruder. Wären Mazdaks Hyrkanier nicht eifersüchtig darauf bedacht, unter sich zu sein, wärst du ein erstklassiger Soldat in ihren Reihen.«

Der andere brummte nur etwas Unverständliches.

»Du hast mir noch nicht gesagt, wer du bist«, sagte Farouz. »Meinen Namen kennst du ja.«

»Ich bin Ishbak, ein Zuagir aus den Wüsten des Ostens.«

Der Hyrkanier warf den Kopf zurück und lachte schallend. Der andere runzelte finster die Stirn. »Was findest du so komisch?«

»Erwartest du wirklich, daß ich das glaube?«

»Willst du behaupten, ich lüge?« knurrte der Fremde.

Farouz grinste. »Kein Zuagir sprach je Pelishtisch mit einem Akzent wie du, denn Zuagir ist nichts weiter als ein Dialekt des Shemitischen. Außerdem hast du während unseres Kampfes gegen die Kushiten fremde Götter angerufen — Crom und Manannan. Ich hörte diese Namen bereits von Barbaren aus dem fernen Norden. Fürchte nichts, ich bin in deiner Schuld und kann ein Geheimnis bewahren.«

Der Fremde war halb aufgesprungen und hatte nach seinem Säbel gegriffen. Farouz nahm ungerührt einen Schluck seines Weines. Nach einem Augenblick großer Spannung ließ der Fremde sich wieder auf die Matte fallen. Widerwillig gestand er:

»Also gut. Ich bin Conan, ein Cimmerier, und kämpfte zuletzt in der Armee König Sumuabis von Akkharien.«

Der Hyrkanier stopfte sich grinsend Trauben in den Mund. Kauend sagte er: »Du würdest nie einen guten Spion abgeben, Freund Conan. Du zeigst deinen Grimm zu schnell und offen. Was führt dich nach Asgalun?«

»Ich will mich rächen.«

»An wem?«

»An einem Anaki namens Othbaal, mögen die Hunde ihn zerfleischen!«

Farouz pfiff durch die Zähne. »Bei Pteor, da hast du dir ganz schön was vorgenommen! Weißt du nicht, daß dieser Mann General aller anakischen Truppen König Akhiroms ist?«

»Crom! Das schert mich genausowenig als wäre er Straßenfeger.«

»Was hat dir Othbaal denn getan?«

»Das Volk von Anakien erhob sich gegen seinen König, der ein noch größerer Narr als Akhirom ist. Sie ersuchten Akkharien um Hilfe. Sumuabi wünschte ihren Erfolg, in der Hoffnung, sie würden einen erfreulicheren König anstelle des alten setzen. Also rief er Freiwillige auf. Mit fünfhundert weiteren marschierte ich, um den Anaki zu helfen. Aber dieser verdammte Othbaal machte sein Spielchen mit beiden Seiten. Er führte die Rebellion an, um die Feinde des Königs ans Licht zu locken, und verriet dann die Rebellen an den König, der sie alle niedermetzelte.

Othbaal wußte auch von unserem Kommen und stellte uns eine Falle. Da wir keine Ahnung hatten, was geschehen war, schnappte sie zu. Nur ich kam mit dem Leben davon, aber auch nur, weil ich mich tot stellte. Alle anderen fielen auf dem Schlachtfeld oder gingen langsam und auf grauenvollste Weise unter den ausgeklügelten Martern von König Sabateans Folterknechten zugrunde.« Die kühlen blauen Augen verengten sich. »Es war nicht meine erste Schlacht, und nie verlor ich hinterher noch einen Gedanken daran, aber in diesem Fall schwor ich es mir, es Othbaal um einiger meiner toten Freunde willen heimzuzahlen. Als ich nach Akkharien zurückkehrte, erfuhr ich, daß der Bursche aus Anakien geflohen war, weil er sich vor dem Volk fürchtete. Wie ist es möglich, daß er so schnell so hoch aufgestiegen ist?«

»Er ist ein Vetter König Akhiroms«, erklärte ihm Farouz. »Obgleich Akhirom ein Pelishtier ist, ist er mit dem König von Anakien verwandt und wuchs dort am Hof auf. Die Könige dieser kleinen shemitischen Stadtstaaten sind alle mehr oder weniger miteinander verschwägert, was ihre Kriege im Grunde genommen zu Familienstreitigkeiten und deshalb um so erbitterter macht. Wie lange bist du schon in Asgalun?«

»Erst ein paar Tage. Doch lange genug, um zu erkennen, daß der König wahnsinnig ist. Verbietet den Wein!« sagte Conan heftig.

»Du weißt noch nicht alles. Das Volk murrt unter seiner Knute. Er hält sich nur durch seine drei Söldnerheere an der Macht, mit deren Hilfe er seinen Bruder, den früheren König stürzte und tötete. Die drei Söldnerheere sind erstens: die Anaki, die er rekrutierte, als er noch in der Verbannung in Anakien lebte; zweitens: die schwarzen Kushiten, die unter ihrem General Imbalayo jährlich mehr Macht gewinnen; und drittens: die hyrkanischen Reiter, zu denen ich gehöre. Unser General ist Mazdak, und zwischen ihm und Imbalayo und Othbaal herrschen genügend Haß und Mißgunst, daß es für ein Dutzend Kriege reichen würde. Du hast ein wenig davon heute abend bei dem Überfall miterlebt.

Othbaal kam im letzten Jahr als mittelloser Abenteurer hier an. Er ist zum Teil durch seine Verwandtschaft mit Akhirom, und zum Teil durch die Intrigen einer ophireanischen Sklavin namens Rufia so hoch gestiegen. Rufia gewann er in einem Spiel von Mazdak, und er weigerte sich, sie ihm zurückzugeben, als der Hyrkanier wieder nüchtern war. Das ist ein weiterer Grund, weshalb keine freundschaftlichen Gefühle zwischen den beiden herrschen. Auch hinter Akhirom steckt eine Frau: Die Stygierin Zeriti, eine Hexe. Man raunt, sie habe seinen Wahnsinn durch ihre Trünke verursacht, mit denen sie ihn unter ihrem Pantoffel zu halten versucht. Wenn das stimmt, hat sie sich selbst einen schlechten Dienst erwiesen, denn jetzt hört er auf niemanden mehr.«

Conan stellte seinen Becher ab und schaute Farouz durchdringend an. »Was jetzt? Wirst du mich verraten, oder hast du es ernst gemeint, als du sagtest, du würdest schweigen?«

Farouz spielte mit dem Ring, den er Keluka abgenommen hatte und murmelte nachdenklich: »Dein Geheimnis ist bei mir sicher. Aus einem gewissen Grund habe auch ich ein Hühnchen mit Othbaal zu rupfen. Wenn du vor mir Glück mit deiner Rache hast, werde ich es mit Würde zu tragen wissen.«

Conan beugte sich vor und legte beide Hände auf die Schultern des Hyrkaniers. »Sprichst du die Wahrheit?«

»Mögen mir diese tonnenbäuchigen shemitischen Götter die Beulenpest schicken, wenn ich lüge!«

»Dann laß mich dir bei deiner Rache helfen!«

»Du? Ein Fremder, der sich in Asgalun nicht auskennt?«

»Warum nicht? Da ich hier niemanden kenne, kannst du mir doch am ehesten trauen. Komm, wir wollen uns einen Plan überlegen! Wo ist dieses Schwein, und wie kommen wir an ihn heran?«

Obgleich Farouz wahrhaftig kein Schwächling war, zuckte er vor der primitiven Elementargewalt zurück, die in den Augen des anderen funkelte und aus seinem ganzen Wesen sprach. »Laß mich überlegen«, murmelte er. »Es gibt einen Weg, wenn man flink und wagemutig ist ...«

Ein wenig später hielten zwei Vermummte in einem kleinen Palmenhain zwischen den Ruinen des nächtlichen Asgaluns an. Vor ihnen murmelte das Wasser eines Kanals, und an seinem anderen Ufer erhob sich die hohe Brustwehr aus sonnengetrockneten Lehmziegeln, die die gesamte Innenstadt umgab. Die Innenstadt war im Grunde eine mächtige Festung, die dem König und seinem vertrauenswürdigen Gefolge Schutz bot, und in der die Söldnerheere einquartiert waren. Sie war allen normalen Sterblichen ohne Passiererlaubnis unzugänglich.

»Wir könnten die Mauer hochklettern«, meinte Conan.

»Und sind unserem Feind deshalb auch nicht näher«,

wehrte Farouz ab, der in der Dunkelheit herumtastete. »Ah, hier!«

Conan sah den Hyrkanier an einem Marmorschutthaufen herumfingern. »Ein alter, zerfallener Altar«, murmelte Farouz. Er hob eine breite Platte, die in die Tiefe führende Stufen offenbarte. Conan runzelte mißtrauisch die Stirn.

»Dieser Tunnel«, erklärte der Hyrkanier, »führt unter der Mauer hindurch zu Othbaals Haus, das gleich dort drüben steht.«

»Führt er auch unter dem Kanal hindurch?«

»Ja. Früher war Othbaals Haus der Vergnügungspalast König Uriazs, der auf einem in einem Quecksilberbecken schwimmenden Daunenpolster schlief und von zahmen Löwen bewacht wurde — trotz allem fand ihn die Klinge eines Rächers. Er hatte in alle Teile des Hauses Geheimgänge bauen lassen. Ehe Othbaal das Haus zugewiesen wurde, wohnte sein Rivale Mazdak darin. Der Anaki weiß nichts von den Geheimgängen. Komm jetzt!«

Mit gezogenen Klingen stiegen sie eine schmale Steintreppe in die Tiefe und tasteten sich in völliger Dunkelheit einen Tunnel entlang. Conans Finger verrieten ihm, daß Wände, Decke und Boden aus riesigen Steinblöcken zusammengefügt waren. Als sie eine kurze Strecke zurückgelegt hatten, wurden die Steine glitschig und die Luft feucht. Wasser tropfte auf Conans Nacken, und er schüttelte sich fluchend. Sie befanden sich nun ganz offenbar unter dem Kanal. Bald darauf wurde der Tunnel wieder trokkener. Farouz mahnte Conan, sich ganz leise zu verhalten, ehe sie eine Treppe hochstiegen.

Oben angelangt machte sich der Hyrkanier an einem Verschluß zu schaffen. Ein Stück der Vertäfelung glitt zur Seite und weiches Licht strömte aus dem Raum dahinter. Sich vorsichtig umsehend schlüpfte Farouz durch die Öffnung und schloß sie, nachdem Conan neben ihm stand. Nichts an der Paneelwand verriet die Geheimtür, durch die sie gekommen waren. Sie befanden sich nun in einem Korridor mit gewölbter Decke. Farouz zog seinen Kaffia weit ins Gesicht, um sich unkenntlich zu machen, und bedeutete Conan, es ihm gleichzutun, dann schritt er ohne Zögern den Gang entlang. Mit der Klinge in der Hand und wachsam um sich schauend, folgte ihm der Cimmerier.

Sie traten durch einen Vorhang aus dunklem Samt und kamen zu einer Ebenholztür, die mit Gold eingelegt war. Ein muskulöser Schwarzer, der von einem Lendentuch abgesehen nackt war, fuhr aus seinem Halbschlaf hoch und zog seinen mächtigen Krummsäbel, aber er schrie nicht auf. Sein erschrocken geöffneter Mund verriet, daß er stumm war — ihm fehlte die Zunge.

»Pssst!« warnte Farouz und wich dem Hieb des Schwarzen aus. Als der Stumme durch die Heftigkeit des Schwunges stolperte, stellte Conan ihm ein Bein. Der Bursche fiel darüber und geradewegs in Farouzs Klinge.

»Das ging schnell und lautlos!« lobte der Hyrkanier mit einem Grinsen. »Doch jetzt zu unserem eigentlichen Feind!«

Vorsichtig drückte Farouz die Tür auf. Der riesenhafte Cimmerier hielt sich dicht hinter ihm. Seine Augen brannten wie die eines sprungbereiten Tigers. Die Tür schwang lautlos nach innen. Die beiden traten in das Gemach. Farouz schloß die Tür hinter ihnen. Er lehnte sich mit dem Rücken dagegen und grinste den Mann an, der mit einem Fluch von einem Diwan hochsprang. Die Frau neben ihm richtete sich aus den Kissen auf und schrie gellend.

»Wir haben das Wild gestellt, Bruder«, sagte Farouz lachend.

Mit einem schnellen Blick nahm Conan das Bild vor sich auf. Othbaal war ein großer, kräftiger Mann. Sein dickes schwarzes Haar hatte er am Nacken zu einem Knoten gebunden, und sein krauser Bart war geölt und kurz gestutzt. Trotz der späten Stunde war er voll gekleidet mit seidenem Kilt und einem Samtwams, unter dem sich die Glieder eines Kettenhemds abhoben. Er griff nach einem Säbel in seiner Scheide, der neben dem Diwan lag.

Die Frau war nicht ausgesprochen hübsch, aber doch von anziehendem Äußeren. Sie hatte rotes Haar, ein breites, leicht sommersprossiges Gesicht und braune Augen, aus denen Intelligenz sprach. Sie war ziemlich kräftig gebaut, mit für eine Frau breiten Schultern, einem vollen Busen und rundlichen Hüften. Man sah ihr an, daß sie über beachtliche Körperkräfte verfügte.

»Hilfe!« schrie Othbaal und hob den Säbel, um dem Ansturm des Cimmeriers zu begegnen. »Überfall!«

Farouz wollte Conan dichtauf folgen, doch dann eilte er zurück zu der Tür, durch die sie gekommen waren. Mit halbem Ohr wurde der Cimmerier sich der hastenden Schritte auf dem Korridor bewußt, und er hörte etwas Schweres gegen die Tür rammen. Doch da kreuzte seine Klinge sich auch schon mit der des Anaki. Die Säbel klirrten gegeneinander, daß Funken sprühten.

Beide Männer griffen gleichzeitig an und hieben wild aufeinander ein. Beide waren zu sehr darauf versessen, den tödlichen Hieb anzubringen, als daß sie auf irgendwelche Finessen der Fechtkunst geachtet hätten. Dafür steckte hinter jeder Bewegung die volle Kraft ihres mörderischen Willens. Schweigend kämpften sie. Als sie sich dabei ein wenig drehten, sah Conan über Othbaals Schulter, daß Farouz sich gegen die Tür stemmte. Schwere Schläge hämmerten von außen dagegen, der Riegel hatte sich bereits gelöst. Die Frau war nirgends mehr zu sehen.

»Wirst du mit ihm fertig?« fragte Farouz. »Wenn ich die Tür loslasse, kommen ihm seine Sklaven zu Hilfe.«

»Ich werde es schon schaffen«, brummte Conan und parierte einen wilden Hieb.

»Beeil dich! Ich kann sie nicht mehr viel länger aufhalten.«

Mit neuer Wildheit griff Conan an. Jetzt war es der Anaki, der die wie mit einem Schmiedehammer auf ihn herabhagelnden Schläge parieren mußte. Die ungeheure Kraft und Wut des Barbaren machte sich bemerkbar. Othbaal erblaßte unter seiner dunklen Haut, und sein Atem ging stoßweise, während er immer weiter zurückwich. Blut floß aus Wunden an Armen, Schenkel und Hals. Auch Conan blutete, aber das minderte die Heftigkeit seines Ansturms nicht.

Othbaal befand sich bereits dicht an der teppichbehangenen Wand, als er plötzlich bei einem neuen Ansturm des Cimmeriers zur Seite sprang. Die Wucht seines Hiebes riß Conan mit, seine Säbelspitze drang durch einen Wandteppich und knirschte gegen den Stein. Othbaal nutzte seine Chance und hieb seine Klinge mit aller ihm noch verbliebenen Kraft auf den Kopf seines Gegners herab.

Aber Conans Säbel war aus bestem stygischen Stahl. Statt zu brechen, wie jede gewöhnliche Klinge in einem solchen Fall, bog sie sich nur und sprang federnd zurück. Der herabsausende Krummsäbel des Anaki drang durch Conans Helm in die Kopfhaut. Doch ehe Othbaal sein Gleichgewicht wiedererlangte, stieß des Cimmeriers Klinge hoch durch die Kettenglieder über der Hüfte und bohrte sich in die Wirbelsäule des Feindes.

Othbaal taumelte und fiel mit einem würgenden Schrei. Flüchtig krallten seine Finger sich in den dicken Teppich, dann erschlafften sie.

Blut und Schweiß sickerten in Conans Augen, so erkannte er nicht sofort, daß sein Gegner tot war, und machte sich daran, ihm noch einmal die Klinge in den Leib zu stoßen, als Farouz rief:

»Gut gemacht, Conan! Die Sklaven haben ihren Angriff

unterbrochen, vermutlich um einen stärkeren Rammbock heranzuschaffen. Jetzt können wir uns in Sicherheit bringen.«

»Wie?« fragte der Cimmerier. Benommen wischte er sich das Blut aus den Augen. Die Nachwirkungen des Hiebes, der seinen Helm gespalten hatte, machten ihm jetzt doch zu schaffen. Er riß sich den blutigen Kopfschutz ab und warf ihn von sich, daß seine gerade geschnittene schwarze Mähne zum Vorschein kam. Ein roter Sturzbach ergoß sich in seine Augen und blendete ihn erneut. Conan bückte sich und riß einen Streifen von Othbaals Kilt, um ihn sich um den Kopf zu binden.

»Durch die Tür dort!« Farouz deutete. »Rufia, diese Schlampe, ist dort verschwunden. Komm, beeilen wir uns!«

Conan sah eine kaum bemerkbare Tür unmittelbar neben dem Diwan. Sie war hinter dem Wandteppich verborgen gewesen, doch Rufia hatte ihn bei ihrer Flucht ein wenig verschoben und die Tür offenstehen lassen.

Der Hyrkanier holte aus seinem Gürtel den Ring, den er dem toten schwarzen Meuchelmörder abgenommen hatte. Damit rannte er zu Othbaals Leiche, warf den Ring neben sie, und lief zu der kleinen Tür weiter. Conan folgte ihm. Er mußte sich ducken und seitlich durch die Tür zwängen.

Sie kamen auf einem weiteren Korridor heraus. Farouz führte Conan durch einen verwirrenden Irrgarten aus Gängen, bis der Cimmerier überhaupt keine Vorstellung mehr hatte, wo sie sich befanden. So entgingen sie den Sklaven, die erneut die Tür zu Othbaals Gemach rammten, und erreichten auf Umwegen — nachdem sie eine weitere Frau in einem Zimmer auf ihrem Weg hochgeschreckt hatten — wieder die Geheimtür in der Holztäfelung. Sie stiegen hindurch, tasteten sich erneut durch die Dunkelheit und kamen schließlich in dem stillen Palmenhain heraus.

Conan blieb schweratmend stehen und rückte seinen Verband zurecht.

»Was macht deine Wunde, Bruder?« erkundigte sich Farouz.

»Nicht viel mehr als ein Kratzer. Weshalb hast du den Ring neben Othbaals Leiche geworfen?«

»Um die Bluträcher irrezuführen. Tarim! All diese Schereien, und dann entkam uns auch noch diese Hure!«

Conan grinste trocken in der Dunkelheit. Rufia hatte ganz offensichtlich in ihnen nicht ihre Befreier gesehen. Was der Cimmerier vor seinem Kampf mit dem Anaki kurz gesehen hatte, war ihm haften geblieben. Eine solche Frau, dachte er, wäre genau richtig für mich.

Innerhalb der mächtigen Mauern der Innenstadt bahnte sich etwas Ungeheuerliches an. Eine verschleierte und vermummte Gestalt huschte durch die Schatten der überhängenden Balkone. Zum erstenmal seit drei Jahren schritt eine Frau durch die Straßen Asgaluns.

Sie war sich der Gefahr, in die sie sich begeben hatte, sehr wohl bewußt, und zitterte vor Angst. Sie spürte die Steine durch die Sohlen ihrer zerschlissenen Samtpantoffel. Seit drei Jahren war es den Schuhmachern von Asgalun verboten, Straßenschuhe für Frauen anzufertigen. König Akhirom hatte bestimmt, daß die Frauen von Pelishtien in den Häusern, wie Tiere in Käfigen, zu halten seien.

Rufia, die rothaarige Ophitin, hatte über mehr Macht verfügt als jegliche andere Frau in Pelishtien, außer Zeriti, natürlich, die Geliebte des Königs, die eine Hexe war. Und jetzt, während sie sich wie eine Ausgestoßene durch die Nacht stahl, brannte nur ein Gedanke in ihr: die Erkenntnis, daß die Früchte ihrer Intrigen in einem Herzschlag durch den Säbel eines Feindes ihres Herrn zunichte gemacht worden waren.

Rufia entstammte einer Rasse von Frauen, die es gewöhnt waren, durch ihre Schönheit und Klugheit Throne zum Wanken zu bringen. Sie erinnerte sich kaum noch an Ophir, das Land ihrer Geburt, aus dem kothische Sklavenhändler sie entführt hatten. Der argossanische Edle, der sie erstanden und sie für Dienste in seinem Haus großgezogen hatte, war in einer Schlacht gegen die Shemiten gefallen. Als willfähriges Mädchen von vierzehn war sie in den Besitz eines stygischen Prinzen übergegangen. Der Prinz war ein schwächlicher, verzärtelter Jüngling, den sie schnell um ihren kleinen Finger zu wickeln verstand. Nach ein paar Jahren hatte ein Trupp Freibeuter aus den halbmythischen Landen jenseits der Vilayetsee die kleine Vergnügungsinsel des Prinzen am oberen Styx überfallen und gebrandschatzt. Und sie, die damals siebzehnjährige Rothaarige, war schreiend einem großen hyrkanischen Häuptling in die Arme gelaufen.

Da sie zu der Rasse gehörte, deren Frauen ihre Männer beherrschten, ging Rufia weder zugrunde, noch wurde sie zu einem willenlosen Spielzeug. Als Mazdak unter Akhirom in Anakien sein kleines Heer aufstellte, um Akhirom zu helfen, seinen verhaßten Bruder zu stürzen und die Herrschaft über Pelishtien an sich zu reißen, war Rufia mit ihm gegangen.

Sie hatte Mazdak nicht gemocht. Der rauhe Abenteurer kehrte in seinen Beziehungen zu Frauen den Besitzer heraus. Er hielt sich einen großen Harem, aber er ließ sich von keiner seiner Gefährtinnen beeinflussen und schon gar nicht, zu irgend etwas überreden. Da Rufia nicht gern andere Frauen um sich hatte, war sie nicht traurig gewesen, als Mazdak sie an seinen Rivalen Othbaal verspielte.

Der Anaki war mehr nach ihrem Geschmack. Trotz seines Hanges zu Grausamkeit und Verrat war er stark, vital und intelligent. Was für Rufia aber am entscheidendsten war, er ließ sich lenken. Er brauchte für seine Ambitionen nur einen leichten Anstoß, und für den sorgte sie. Sie hatte sich darum gekümmert, daß er die leuchtenden Sprossen der Erfolgsleiter hochklomm — und jetzt war er von einem Paar maskierter Mörder umgebracht worden — von Männern, die scheinbar aus dem Nichts aufgetaucht waren.

Erschrocken blickte sie, aus ihren bitteren Gedanken gerissen hoch, als plötzlich eine hochgewachsene, vermummte Gestalt aus den Schatten eines überstehenden Balkons vor sie trat. Nur ihre Augen, die im Sternenschein zu leuchten schienen, waren zu erkennen. Rufia wich ängstlich mit einem leisen Aufschrei zurück.

»Eine Frau auf den Straßen von Asgalun?« Die Stimme klang gespenstisch hohl. »Ist das nicht gegen des Königs Befehl?«

»Nicht aus freiem Willen lief ich auf die Straße«, entgegnete Rufia. »Mein Herr wurde ermordet, und ich floh vor seinen Meuchlern.«

Der Fremde neigte den Kopf unter der Kapuze ein wenig und stand kurz starr wie eine Statue. Rufia beobachtete ihn furchtsam. Etwas Düsteres, Unheilvolles ging von ihm aus. Er sah nicht wie ein Mann aus, der über die Wahrheit der Geschichte einer Sklavin nachdachte, sondern wie ein Prophet der Finsternis, der den Untergang eines sündigen Volkes beschließt. Schließlich hob er den Kopf.

»Komm!« sagte er. »Ich suche dir eine Unterkunft.«

Ohne sich zu vergewissern, ob sie ihm auch folgte, stapfte er die Straße hoch. Rufia eilte ihm nach. Sie konnte nicht die ganze Nacht durch die Straßen der Stadt rennen, denn jeder Scherge, dem sie in die Arme lief, hatte das Recht, ihr den Kopf abzuschlagen, weil sie das Gebot des Königs mißachtet hatte. Dieser Fremde führte sie möglicherweise in schlimmere Sklaverei, aber sie hatte keine Wahl, als mit ihm zu gehen.

Mehrmals öffnete sie den Mund, um etwas zu sagen, aber

sein grimmiges Schweigen raubte ihr den Mut und seine unnatürliche Distanziertheit erfüllte sie mit Furcht, die nicht geringer wurde, als sie bemerkte, daß ein paar Gestalten ihnen heimlich nachschlichen.

»Jemand folgt uns!« machte sie den Vermummten aufmerksam.

»Achte nicht darauf«, sagte der Mann mit seiner gespenstischen Stimme.

Sie sprachen kein weiteres Wort mehr, bis sie ein kleines Bogentor in einer hohen Mauer erreichten. Der Fremde blieb stehen und rief etwas. Von innen bekam er Antwort. Das Tor schwang auf und offenbarte einen zungenlosen Schwarzen mit einer Fackel in der Hand. In ihrem Schein wirkte der Vermummte noch größer.

»Aber das — das ist das Tor des Königspalasts!« stammelte Rufia.

Als Antwort streifte der Mann seine Kapuze zurück. Ein bleiches ovales Gesicht kam zum Vorschein, in dem diese merkwürdig leuchtenden Augen brannten.

Rufia fiel auf die Knie. »König Akhirom!«

»Ja, König Akhirom, du ungehorsame Sünderin!« Die hohle Stimme dröhnte jetzt wie eine Glocke. »Eitles und törichtes Weib! Du hast die Gebote des Großen Königs mißachtet, des Königs der Könige, des Königs der Welt, die die Welt der Götter ist! Du wandeltest auf der Straße und brachst sein Gesetz! Legt sie in Ketten!«

Die Männer, die ihnen verstohlen gefolgt waren, kamen näher und stellten sich als ein Trupp stummer Schwarzer heraus. Als sich ihre Hände um Rufia legten, fiel das Mädchen in Ohnmacht.

Die Ophitin erwachte in einer fensterlosen Kammer, deren Bogentüren mit goldenen Riegeln verschlossen waren. Wild schaute sie sich nach dem Mann um, der sie hatte einschließen lassen, und schrak zusammen, als sie ihn über sich stehen sah. Er kämmte mit den Fingern seinen graumelierten Spitzbart, und seine schrecklichen Augen brannten in ihre Seele.

»O Löwe von Shem!« keuchte sie und kämpfte sich auf die Knie. »Gnade!«

Doch sie wußte, daß ihr Flehen keinen Sinn hatte. Sie kauerte vor dem Mann, dessen Name im Munde der Pelishtier ein Fluch war. In seiner Anmaßung göttlicher Gewalt hatte er befohlen, alle Hunde zu töten, alle Rebstöcke auszureißen, alle Trauben und den ganzen Honig des Landes dem Fluß zu übergeben. Er hatte den Genuß von Wein verboten und alle Glücksspiele untersagt. Er hielt eine Mißachtung selbst seiner sinnlosesten Befehle für die schwärzeste Sünde. Des Nachts streifte er vermummt durch die Straßen, um sich zu vergewissern, daß seine Gesetze geachtet wurden. Ein Schauder rann über Rufias Rücken, als er sie mit durchbohrenden Blicken anstarrte.

»Schändliches Weib!« flüsterte er. »Tochter des Bösen! O Pteor!« rief er und hob die Hände. »Welche Strafe soll für diese Dämonin ersonnen werden? Welche Schmerzen sind fürchterlich genug, welche Erniedrigung ist angebracht, um der Gerechtigkeit Genüge zu tun? Ihr Götter gewährt mir Erleuchtung!«

Rufia richtete sich auf den Knien auf und blickte in Akhiroms Gesicht. »Weshalb ruft Ihr die Götter an?« schrillte sie. »Beschwört Akhirom! Ihr seid doch ein Gott!«

Er hielt inne, drehte sich um und schrie etwas Unverständliches. Dann straffte er die Schultern und schaute zu ihr hinunter. Ihr Gesicht war weiß, die Augen starrten ihn an. Ihr echtes Entsetzen verlieh ihrer natürlichen schauspielerischen Begabung noch mehr Ausdruck.

»Was siehst du, Weib?« fragte der König.

»Ein Gott hat sich mir offenbart! In Eurem Antlitz, das

wie die Sonne leuchtet! Ich verbrenne, ich sterbe in den Flammen Eurer Göttlichkeit!«

Sie schlug die Hände vors Gesicht und kauerte sich zitternd zusammen. Akhirom fuhr mit bebender Hand über seine Stirn und den kahlen Vorderkopf.

»Ja«, flüsterte er. »Ich bin ein Gott! Ich habe es immer geahnt! Ich habe es geträumt! Mir allein ist die Weisheit des Unendlichen gegeben. Nun hat auch eine Sterbliche es erkannt. Endlich offenbart sich mir die Wahrheit! Nicht Sprachrohr und Diener der Götter bin ich, sondern selbst der Gott der Götter! Akhirom ist der Gott von Pelishtien, von der ganzen Erde. Der Dämon Pteor wird gestürzt und seine Statuen eingeschmolzen werden . . .«

Wieder blickte er zu Rufia hinab. »Erhebe dich, Weib«, befahl er, »und schaue deinen Gott!«

Sie tat es und wich vor seinem furchteinflößenden Blick zurück. Seine Augen erschienen ihr verändert, und sie glaubte, daß er sie jetzt zum erstenmal richtig sah.

»Deine Sünde sei dir vergeben!« rief er. »Weil du als erste mich als Gott lobgepriesen hast, sollst du mir von nun an in Pracht und Herrlichkeit dienen.«

Sie warf sich vor ihm auf den Boden und küßte den Teppich zu seinen Füßen. Akhirom klatschte in die Hände. Ein Eunuch trat ein und verbeugte sich.

»Begib dich sofort ins Haus von Abdashtarth, des Hohenpriesters Pteors«, befahl er und schaute über den Kopf seines Dieners hinweg. »Sag zu ihm: Dies ist das Wort Akhiroms, der der wahre und einzige Gott der Pelishtier ist und bald der Gott aller Menschen auf Erden sein wird: Morgen wird der Beginn des Beginnens sein. Die Idole des falschen Pteors werden zerstört, und Statuen des echten Gottes errichtet werden. Der wahre Glaube wird verkündet und mit der Opferung von hundert Kindern aus edelstem Geschlecht gefeiert werden . . .«

Vor dem Tempel Pteors stand Mattenbaar, der erste Gehilfe Abdashtarths. Die Hände des ehrwürdigen Abdashtarths waren gebunden, er verhielt sich zwischen den zwei muskulösen Anakisoldaten völlig ruhig, nur sein Bart bewegte sich ein wenig, während er betete. In seiner Nähe schürten andere Soldaten das Feuer in den Füßen des riesigen, stierköpfigen Pteoridols mit seinem auf obszönste Weise übertriebenen Geschlecht. Im Hintergrund erhob sich die gewaltige, siebenstöckige Zikkurat Asgaluns, von dem die Priester den Willen der Götter in den Sternen lasen.

Als die ehernen Schenkel des Idols von dem Feuer in seinem Innern erglühten, trat Mattenbaal vor. Er hob einen Papyrusstreifen und verkündete:

»So vernehmet, Pelishtier, daß euer König Akhirom dem Samen Yakin-Yas entsprang, den die Götter zeugten, als sie noch über die Erde wandelten. Und so wandelt nun auch jetzt ein Gott unter euch. Hiermit befehle ich euch allen, meinen getreuen Untertanen, den größten aller Götter anzuerkennen und ihn zu verehren, ihn, den Gott der Götter, den Schöpfer des Universums, die Inkarnation göttlicher Weisheit, den König der Götter, der da ist Akhirom, Sohn Azumeleks, der König von Pelishtien. Da sich der verderbte und abartige Abdashtarth in seiner Verblendung weigerte, Uns als wahren Gott anzuerkennen und Uns anzubeten, wird er dem Feuer des Idols Pteors, des falschen Gottes, übergeben!«

Ein Soldat zog an der ehernen Tür im Bauch der Statue. Abdashtarth rief:

»Er lügt! Der König ist kein Gott, sondern ein vom Wahnsinn besessener Sterblicher! Tötet alle Lästerer des wahren Gottes der Pelishtier, des mächtigen Pteors, ehe der Allwissende unserem Volk den Rücken wendet . . .«

Vier Anaki hoben Abdashtarth hoch, als wäre er nicht mehr als ein Scheit Brennholz, und schoben ihn mit den

Füßen voraus durch die Öffnung. Sein Schrei erstarb hinter der geschlossenen Tür, durch die diese gleichen Soldaten in den vergangenen Jahren auf Befehl dieses selben Abdashtarths Hunderte von pelishtischen Kinder als Gottesopfer geworfen hatten. Rauch kräuselte durch die Abzüge in den Ohren der Statue, während Mattenbaal äußerst zufrieden lächelte.

Die Menge erschauderte, dann brach ein schriller Schrei die Stille. Eine Gestalt mit wirrem Haar, ein halbnackter Schäfer, rannte nach vorn. »Gotteslästerer!« brüllte er und schleuderte einen Stein. Das Geschoß traf den neuen Hohenpriester am Mund und brach ihm ein paar Zähne. Blut strömte aus Mattenbaals Lippen über seinen Bart. Er taumelte. Brüllend stürmte die Menschenmenge vorwärts. Hohe Steuern, Hunger, Tyrannei, Ausplünderung und Massaker — all das hatten die Pelishtier unter ihrem wahnsinnigen König erduldet, aber daß er ihnen nun auch noch ihren Glauben rauben wollte, konnten sie nicht mehr hinnehmen. Gesetzte, besonnene Kaufleute wurden zu Fanatikern, unterwürfige Bettler zu Tollwütigen.

Steine hagelten hernieder, und immer lauter wurde das Brüllen des Mobs. Die ersten Hände krallten sich bereits ins Gewand des benommenen Mattenbaals, als die gerüsteten Anaki ihn schützend in ihre Mitte nahmen, den Mob mit Keulen und Speerschäften zurücktrieben, und den neuen Hohenpriester in Sicherheit brachten.

Mit klirrenden Waffen und klingelnden Glöckchen am Zaumzeug galoppierte ein Trupp kushitischer Reiterei herbei aus den Straßen, die zum Pteorsplatz führten. Sie waren prächtig anzusehen mit den wippenden Straußenfedern oder flatternden Löwenmähnen auf ihren Kopfbedeckungen, und in ihren silberglänzenden Schuppenpanzern. Ihre weißen Zähne blitzten in den schwarzen Gesichtern. Die Steine des Mobs prallten von ihren Schilden aus Nashornhaut ab. Die

Reiter drängten ihre Pferde in die Menge. Sie hieben mit ihren Krummsäbeln auf die Bürger ein und stießen ihre Lanzen durch die Leiber. Menschen heulten auf, als die Pferde sie niedertrampelten. Die verzweifelten Aufrührer ergriffen kopflos die Flucht und suchten sich in den Gassen und Straßen rings um den Platz, der nun mit Toten und sich vor Schmerzen krümmenden Verletzten übersät war, in Sicherheit zu bringen.

Die schwarzen Reiter sprangen aus ihren Sätteln. Sie schlugen die Türen der Läden und Wohnungen rund um den Platz ein und nahmen sich an Plündergut mit, was ihnen gefiel. Schreie geschändeter Frauen waren aus den Häusern zu hören. Das Gitter eines Balkons brach, und eine weißgekleidete Gestalt landete mit geborstenen Knochen auf dem Pflaster. Ein Reiter, der gerade vorbeikam, lachte und stieß seine Lanze durch den sich windenden Leib.

Der riesenhafte Imbalayo, in feurige Seide und glänzenden Stahl gekleidet, ritt brüllend zwischen seinen Soldaten hindurch und versuchte ihnen mit einer schweren Peitsche Disziplin einzubläuen. Verdrossen schwangen sie sich wieder auf ihre Pferde und folgten ihrem General. Mit blutigen Köpfen auf ihren Lanzenspitzen — als eine Warnung für die Pelishtier, die sich vor Haß keuchend in ihre Verstecke verkrochen hatten — galoppierten sie durch die Straßen.

Dem atemlosen Eunuchen, der die Nachricht von dem Aufruhr zu König Akhirom brachte, folgte fast unmittelbar ein zweiter, der sich vor seinem Herrscher zu Boden warf und rief: »O göttlicher König, General Othbaal ist tot! Seine Diener fanden ihn ermordet in seinem Palast, mit dem Ring Kelukas, des Schwertkämpfers, neben seiner Leiche. Und so sind die Anaki nun überzeugt, daß er im Auftrag General Imbalayos getötet wurde. Sie suchen Keluka in der Unterkunft der Kushiten und kämpfen gegen die Schwarzen!«

Rufia, die hinter einem Vorhang lauschte, unterdrückte einen Schrei. An Akhiroms in die Ferne gerichtetem Blick änderte sich nichts. Abwesend murmelte er:

»Die Hyrkanier mögen dazwischentreten. Sollen persönliche Streitigkeiten die Ruhe eines Gottes stören? Othbaal ist tot, aber Akhirom lebt ewig. Ein anderer General möge meine Anaki führen. Und laßt die Kushiten sich des Mobs annehmen, bis diese Pelishtier die Sünde ihres Atheismus erkennen. Meine Bestimmung ist es, mich der Welt in Blut und Feuer zu offenbaren, bis alle Stämme der Erde mich anerkennen und sich vor mir beugen. Ihr dürft gehen!«

Die Nacht senkte sich über eine von Spannungen geladene Stadt herab, als Conan mit verheilter Kopfwunde durch die Straßen schritt, die an den Stadtteil mit dem Quartier der Kushiten anschlossen. In diesem Viertel, in dem hauptsächlich Soldaten untergebracht waren, leuchteten unzählige Lichter, und die Verkaufsstände waren in stummem Einverständnis geöffnet. Den ganzen Tag war hier immer wieder Aufruhr ausgebrochen. Der Mob war wie eine tausendköpfige Schlange, die es nicht weiter zu stören schien, wenn man ihr ein paar Köpfe abhieb. Die Kushiten waren ständig von einem Ende der Stadt zum anderen geritten und hatten Blut vergossen, wohin sie kamen.

Nur Bewaffnete hielten sich auf den Straßen auf. Das große, eisenbeschlagene Tor des Viertels war wie zu Zeiten eines Bürgerkriegs verriegelt. Durch das große Bogentor von Simura trabten Schwadrone schwarzer Reiter. Der Fackelschein spiegelte sich auf ihren blanken Klingen. Ihre seidenen Umhänge flatterten im Wind, und ihre nackten schwarzen Arme schimmerten wie glänzendes Ebenholz.

Conan betrat eine Wirtsstube, wo schwerbewaffnete Krieger sich den Magen vollschlugen und heimlich den verbotenen Wein tranken.

Statt sich auf dem ersten freien Platz niederzulassen, schaute er sich hoch erhobenen Hauptes mit funkelnden Augen um. Sein Blick blieb an einem einfach gekleideten Mann in einer Ecke haften, der sich seinen Kaffia tief ins Gesicht gezogen hatte und mit überkreuzten Beinen auf dem Boden saß. Vor ihm stand ein niedriges, gedecktes Tischchen.

Conan bahnte sich einen Weg um die anderen Tische zu der Ecknische. Er rückte sich ein Kissen zurecht und setzte sich dem Mann gegenüber.

»Sei gegrüßt, Farouz«, brummte er. »Oder sollte ich lieber General Mazdak sagen?«

Der Hyrkanier zuckte zusammen. »Was soll das?«

Conan grinste wölfisch. »Ich wußte gleich, wer du wirklich bist, als wir Othbaals Haus betraten. Keiner außer dem Herrn des Hauses selbst konnte seine Geheimnisse so gut kennen. Und das Haus war zuvor im Besitz Mazdaks, des Hyrkaniers, gewesen.«

»Nicht so laut, Freund. Wie konntest du mich erkennen, wenn meine eigenen Leute nicht ahnen, wer ich bin, wenn ich diese zuagirische Kopfbedeckung trage?«

»Ich benutze meine Augen. Nun, da unser erstes Abenteuer so gut verlief, was wollen wir als nächstes tun?«

»Ich weiß es nicht. Aber mit einem von deinem Mut und deiner Muskelkraft müßte etwas anzufangen sein. Doch du weißt ja, wie es hier steht.«

»Allerdings«, knurrte Conan. »Ich versuchte mich als Söldner zu verdingen, aber eure drei rivalisierenden Heere hassen einander so sehr und bemühen sich jeder die Oberhand über die anderen zu bekommen, daß keiner mich haben wollte, aus Furcht, ich könnte ein Spion der anderen sein.« Er hielt inne, um sich eine Rinderkeule zu bestellen.

»Was bist du nur für ein ruheloser Gesell!« brummte Mazdak. »Willst du nach Akkharien zurückkehren?«

»Nein«, entgegnete der Cimmerier verächtlich. »Selbst für diese winzigen shemitischen Stadtstaaten ist es klein zu nennen. Und die Menschen dort sind genauso eingebildet auf ihre Rasse und Herkunft wie ihr alle hier. Ich hätte keine Hoffnung, dort hoch aufzusteigen. Vielleicht habe ich mehr Glück bei einem dieser hyborischen Herrscher im Norden, wenn ich nur einen finden könnte, der sich seine Leute lediglich nach ihren Fähigkeiten als Kämpfer aussucht. Aber was ist mit dir, Mazdak? Weshalb greifst du nicht nach dem Zepter hier? Jetzt, da Othbaal tot ist, brauchst du nur noch einen guten Grund, Imbalayo die Klinge ins Herz zu stoßen und . . .«

»*Tarim!* Ich bin gewiß nicht ohne Ehrgeiz, aber doch nicht so verrückt, mich in ein solches Abenteuer zu stürzen! Du scheinst nicht zu wissen, daß Imbalayo sich das Vertrauen unseres wahnsinnigen Monarchen erschlichen hat und seither von seinen schwarzen Schwertkämpfern beschützt im Königspalast wohnt. Nicht, daß er nicht durch einen schnellen Dolchstoß in der Öffentlichkeit getötet werden könnte, doch dann müßte man in Kauf nehmen, gleich darauf selbst in Stücke gerissen zu werden. Wo bleibt da der Nutzen des Ehrgeizes?«

»Es müßte uns doch etwas einfallen«, meinte Conan mit zusammengekniffenen Augen.

»Uns, hm? Ich nehme an, du versprichst dir etwas von einem solchen Unternehmen?«

»Natürlich. Oder hältst du mich für einen Narren?«

»Nicht mehr als mich selbst. Ich wüßte jedoch nicht, was sich gegenwärtig machen ließe. Sollte sich etwas ergeben, werde ich sofort an dich denken. Und hab keine Angst, daß dann nicht genügend für dich herausspringen würde. Doch nun muß ich dir Lebewohl sagen und mich wieder meinen eigentlichen Pflichten widmen.«

Conans Keule wurde aufgetischt, als Mazdak gerade aufbrach. Mit noch größerem Appetit ließ der Cimmerier es sich schmecken, denn die erfolgreiche Durchführung seines Racheplans hatte ihm blendende Laune verliehen. Während er das Fleisch verschlang, von dem ein Löwe sattgeworden wäre, lauschte er den Gesprächen ringsum.

»Wo sind die Anaki?« fragte gerade ein schnurrbärtiger Hyrkanier, der Mandeltörtchen in sich hineinstopfte, mit vollem Mund.

»Sie hocken verdrossen in ihren Unterkünften«, antwortete der zu seiner Linken. »Sie schwören, daß die Kushiten Othbaal umgebracht haben, und glauben mit Kelukas Ring den Beweis dafür zu haben. Keluka ist spurlos verschwunden, und Imbalayo leistet heilige Eide, daß er nicht die geringste Ahnung von seinem Verbleib hat. Aber jedenfalls haben sie den Ring, und es gab ein gutes Dutzend Tote, nachdem der König uns befohlen hatte, die Streitenden zu trennen. Bei Asura, das war vielleicht ein Tag!«

»Akhiroms Wahnsinn hat das alles über uns gebracht«, warf ein anderer mit leiser Stimme ein. »Wie lange wird es noch dauern, bis dieser Irre mit irgendeiner neuen Verrücktheit unser aller Untergang ist?«

»Psst«, mahnte einer seiner Kameraden. »Unsere Schwerter sind sein, solange Mazdak es befiehlt. Doch wenn wieder eine Revolte ausbricht, werden die Anaki eher gegen als mit den Kushiten kämpfen. Man raunt, daß Akhirom Othbaals Konkubine Rufia in seinen Harem aufgenommen hat. Das steigerte den Grimm der Anaki noch, denn sie argwöhnen, daß Othbaal im Auftrag des Königs ermordet wurde, oder zumindest mit seiner Zustimmung. Aber ihre Wut ist nichts, verglichen mit Zeritis, die der König abgeschoben hat. Gegen das Toben der Hexe, sagt man, erscheint ein Sandsturm in der Wüste wie eine milde Frühlingsbrise.«

Conans blaue Augen funkelten, als er diese Neuigkeiten hörte. Er hatte in den vergangenen Tagen häufig an die

Rothaarige denken müssen. Die Idee, sie dem wahnsinnigen König unter der Nase weg zu entführen und sie vor ihrem früheren Herren, Mazdak, zu verbergen, reizte ihn. Und wenn er Asgalun verlassen mußte, würde sie ihm auf dem langen Weg nach Koth eine kurzweilige Gefährtin sein. Er wußte auch bereits, wer ihm bei seinem Plan bestimmt nur zu gern helfen würde: Zeriti, die Stygierin!

Er verließ die Wirtsstube und wandte sich den Mauern der Innenstadt zu. Zeritis Haus, das hatte er zufällig gehört, befand sich in diesem Teil von Asgalun. Um zu ihm zu gelangen, mußte er also hinter die Mauer, und das würde er, wenn er unentdeckt bleiben wollte, nur durch den Tunnel schaffen, den er durch Mazdak kannte.

Er begab sich also am Kanal entlang zum Palmenhain an seinem Ufer. In der Dunkelheit tastete er zwischen den Marmorruinen herum und fand die Platte, die er hochheben mußte — was er tat. Wieder kletterte er in die Finsternis hinunter, durch den Tunnel und das tropfende Wasser, erreichte die Treppe auf der anderen Seite und stieg sie hoch. Er fand den Verschluß, der die Täfelung öffnete, und trat hinaus in den jetzt dunklen Korridor. Das Haus war still, aber der Widerschein von Lichtern in irgendeinem anderen Teil wies darauf hin, daß es noch bewohnt war, vermutlich vom Gesinde des ermordeten Generals.

Da Conan keine Ahnung hatte, wie er zur Außentreppe gelangen konnte, machte er sich aufs Geratewohl auf den Weg und trat durch einen Türbehang. Sechs schwarze Sklaven sprangen bei seinem unerwarteten Anblick hoch und starrten ihn mit funkelnden Augen an. Ehe der Cimmerier sich noch zurückziehen konnte, hörte er Schritte hinter sich. Sein Pech verfluchend stürmte er mit erhobener Klinge geradewegs durch die Schwarzen, die außer einem — er stürzte blutend zu Boden — auswichen, und rannte durch die Tür an der anderen Seite des Zimmers. Krummsäbel schwangen gegen seinen Rücken, trafen jedoch nur noch die bereits zugeschlagene Tür. Stahl scharrte gegen das Holz und glänzende Säbelspitzen ragten aus der Vertäfelung. Hastig schob Conan den Riegel vor und schaute sich nach einem Ausgang um. Alles, was er entdeckte, war ein Fenster mit goldenem Gitter. Mit aller Kraft warf er sich dagegen. Die Goldstangen gaben nach, rissen jedoch den halben Fensterstock mit heraus. Gerade, als der Riegel nachgab, die Tür nach innen krachte und eine heulende Meute hereinstürmte, sprang Conan durch das Fenster ins Freie.

Im Großen Ostpalast, wo Sklavinnen und Eunuchen sich barfuß auf Zehenspitzen bewegten, hallte kein Echo der außerhalb seiner Mauern tobenden Hölle wider. König Akhirom, in ein weißes Seidengewand gekleidet, das ihn noch geisterhafter erscheinen ließ, saß in seinem Gemach mit einer Kuppel aus goldverziertem Elfenbein, mit überkreuzten Beinen auf einem edelsteinbesteckten Elfenbeindiwan, und blickte durch Rufia, die vor ihm kniete, hindurch.

Sie trug ein wallendes Gewand aus roter Seide, mit einem perlenbestickten Satingürtel. Aber trotz all des Prunkes um sie wirkte der Blick der Ophitin umschattet. Sie hatte den König zu seiner letzten Wahnsinnstat inspiriert, aber sie hatte keine Macht über ihn gewonnen. Jetzt starrte er geistesabwesend vor sich hin und der Ausdruck seiner kalten Augen ließ sie erschaudern. Plötzlich sagte er:

»Götter nehmen sich keine sterblichen Gefährtinnen.«

Rufia erschrak. Sie öffnete den Mund, schloß ihn jedoch wieder, weil sie fürchtete, das Falsche zu sagen.

»Die Liebe ist eine menschliche Schwäche«, fuhr Akhirom fort. »Ich werde sie aus meinem Leben verbannen. Götter stehen über der Liebe. Schwäche übermannt mich in deinen Armen.«

»Was wollt Ihr damit sagen, mein Gebieter«, fragte sie vorsichtig.

»Selbst die Götter müssen Opfer bringen. Deshalb gebe ich dich auf, um nicht meine Göttlichkeit zu gefährden.« Er klatschte in die Hände. Ein Eunuch kroch auf allen vieren herein. »Richte General Imbalayo aus, sein König und Gott befehlen ihn zu sich!« Der Eunuch schlug die Stirn gegen den Boden und kroch rückwärts wieder zur Tür hinaus. Dieses demütige Benehmen war die neueste Hofetikette.

»Nein!« Rufia sprang auf. »Ihr könnt mich doch nicht diesem Ungeheuer ausliefern ...« Sie warf sich auf die Knie und klammerte sich an den Saum seines Gewandes, den er ihr eilig entriß.

»Weib!« brüllte er. »Bist du wahnsinnig? Wie kannst du es wagen, einen Gott anzufassen?«

Imbalayo trat mit etwas besorgter Miene ein. Er stammte aus dem barbarischen Darfar und war durch seinen Kampfesmut und geschickte Intrigen von einem einfachen Krieger zu seinem hohen Posten aufgestiegen. Doch so listig und furchtlos er war, wußte er doch nie, was er im nächsten Augenblick von seinem König erwarten konnte — und das beunruhigte ihn.

Der Monarch deutete auf die Frau, die vor seinen Füßen kauerte.

»Nehmt sie!«

Der hochgewachsene Schwarze grinste. Er packte Rufia, die sich schreiend in seinem Griff wand. Flehend streckte sie die Arme nach Akhirom aus, als Imbalayo sie aus dem Kuppelgemach schleppte. Aber der König achtete nicht auf sie. Er saß mit gefalteten Händen und schien in eine unendliche Ferne zu blicken.

Aber jemand hörte Rufias Schreie. Eine schlanke, braunhäutige, junge Frau, die sich in einer Nische versteckt hatte, sah, wie der grinsende Kushit seine Gefangene davontrug.

Kaum war er außer Sicht rannte sie auf leisen Sohlen in die entgegengesetzte Richtung.

Imbalayo als Günstling des Monarchen wohnte als einziger der Generale im Königspalast, der im Grund genommen aus mehreren, zu einem Ganzen zusammengefügten, verschieden großen Gebäuden bestand, in denen Akhiroms dreitausend Bedienstete hausten. Durch verschlungene Korridore und hin und wieder über einen mit Marmormosaik gepflasterten Hof kam Imbalayo schließlich zu seinen eigenen Gemächern im Südflügel. Doch noch ehe er die mit Kupferarabesken verzierte Teakholztür erreichte, stellte sich ihm eine geschmeidige Gestalt in den Weg.

»Zeriti!« Imbalayo wich erschrocken zurück. Die Hände der schönen braunen Frau öffneten und schlossen sich vor unterdrückter Erregung.

»Eine Dienerin berichtete mir, daß Akhirom die rothaarige Schlampe aufgegeben hat«, sagte die Stygierin. »Verkauft sie mir. Ich habe eine Rechnung mit ihr zu begleichen.«

»Weshalb sollte ich?« Aber Imbalayo war nicht ganz wohl in seiner Haut. »Der König hat sie mir geschenkt. Geht mir aus dem Weg, wenn Ihr nicht wollt, daß ich ihn mir erzwinge!«

»Habt Ihr gehört, was die Anaki in den Straßen herumbrüllen?«

»Was geht das mich an?«

»Sie schreien nach Imbalayos Kopf, weil sie ihn des Mordes an Othbaal verdächtigen. Soll ich ihnen sagen, daß ihre Vermutung stimmt?«

»Ich hatte nichts damit zu tun!« fuhr der General empört auf.

»Ich kann Zeugen herbeibringen, die beschwören würden, daß sie Euch sahen, wie Ihr Keluka geholfen habt, ihn niederzustechen!«

»Ich bringe Euch um, Hexe!«

Sie lachte. »Das wagt Ihr nicht! Nun, was ist? Verkauft Ihr mir die rothaarige Dirne, oder wollt Ihr lieber gegen die Anaki kämpfen?«

Imbalayo gab Rufia frei, daß sie auf den Bogen glitt. »Nehmt sie und verschwindet!« knurrte er.

»Da habt Ihr Eure Bezahlung!« Zeriti warf ihm eine Handvoll Goldmünzen ins Gesicht. Imbalayos Augen funkelten vor Mordlust, aber er ballte nur hilflos die Fäuste.

Zeriti achtete nicht mehr auf ihn. Sie beugte sich über Rufia, die sich benommen auf dem Boden zusammengekauert hatte. Bei dieser neuen Herrin, dessen war sie sich klar, halfen keine ihrer weiblichen Listen, mit denen sie sich die Männer um die Finger gewickelt hatte. Die Stygierin packte Rufia an den roten Locken und zwang ihren Kopf zurück, um ihr durchdringend in die Augen blicken zu können. Dann ließ sie sie los und klatschte in die Hände. Vier Eunuchen eilten herbei.

»Bringt sie in mein Haus«, befahl Zeriti, und sie schleppten die verstörte Rufia davon. Die Stygierin folgte, lautlos durch die Zähne pfeifend.

Als Conan durch das Fenster sprang, hatte er keine Ahnung, was in der Dunkelheit vor ihm lag. Gebüsch milderte seinen Aufprall. Er sprang hoch und sah die Schwarzen sich durch das Fenster drängen. Er befand sich in einem Garten, einem schattigen Ort mit Büschen und fahlen Blumen. Seine Verfolger bahnten sich noch mühsam einen Weg durch die Sträucher, als er die Gartenmauer bereits erreicht hatte. Er sprang hoch, erfaßte die Krone mit einer Hand und schwang sich hinauf und darüber.

Er blieb kurz stehen, um sich zu orientieren. Obgleich er nie zuvor in der Innenstadt gewesen war, hatte man sie ihm so oft beschrieben, daß er sich ein ziemlich genaues Bild machen konnte. Er befand sich jetzt im Viertel der Staatsbediensteten. Vor ihm ragte ein Gebäude über die Flachdächer, das der Kleine Westpalast sein mußte — ein großes Vergnügungshaus, hinter dem der berühmte Garten von Abibaal begann. Ja, er kannte sich jetzt aus, und so rannte er die Straße, auf die er gesprungen war, hoch und kam bald zu einer breiten Prunkstraße, die die Innenstadt vom Norden zum Süden durchschnitt.

So spät es war, war noch allerhand los. Bewaffnete Hyrkanier schritten vorüber. Von dem großen Platz zwischen den beiden Palästen her war das Klingeln von Zaumzeug unruhiger Pferde zu hören, und gleich darauf sah Conan eine Schwadron Kushiten dort im Fackelschein abwartend auf ihren Rossen sitzen. Es gab einen Grund für ihre Bereitschaft. Von fern war dumpfes Trommeln aus anderen Stadtvierteln zu vernehmen, und der Wind trug Fetzen von Kampfgesängen und wilden Schreien herbei.

Mit seinem soldatischen Gang kam Conan durch die gerüsteten Krieger, ohne daß sie ihm unliebsame Beachtung schenkten. Als er einen Hyrkanier am Ärmel zupfte und ihn nach dem Weg zu Zeritis Haus fragte, erteilte der Soldat ihm bereitwillig Auskunft. Wie jeder andere in Asgalun wußte Conan, daß die Stygierin, so sehr sie Akhirom auch als ihren persönlichen Besitz erachtete, sie sich selbst durchaus nicht für seinen hielt. Viele der Söldnerhauptleute waren kaum weniger mit ihren Gemächern vertraut als der König von Pelishtien.

Zeritis Haus grenzte an einen Hof des Ostpalasts an, so daß sie ohne weiteres als Favoritin des Herrschers zum Königspalast gelangen konnte, ohne die Straße zu betreten und dadurch den Befehl des Königs zu mißachten, der Frauen die Straße verbot. Zeriti, die Tochter eines freien Stammeshäuptlings, war Akhiroms Konkubine, aber nicht seine Sklavin gewesen.

Conan erwartete keine Schwierigkeiten beim Betreten ihres Hauses. Für ihre Intrigen und geschickten politischen Züge benutzte sie Männer aller Rassen und Positionen, die deshalb auch Zutritt zu ihrem Audienzgemach hatten, wo Tänzerinnen und Räucherwerk aus den Blüten des Schwarzen Lotus ihnen Unterhaltung boten. In dieser Nacht war zwar nicht für dergleichen Unterhaltung gesorgt, denn keine Gäste wurden erwartet, aber ein nicht sehr vertrauenswürdig aussehender Zuagir öffnete die Tür unter einer brennenden Pechschale, und ließ Conan ein, ohne ihm Fragen zu stellen. Er wies ihm den Weg über einen kleinen Innenhof, eine Außentreppe hoch, einen Korridor entlang und in einen breiten Raum, dessen mit Silberfiligranen vergitterte Nischen mit roten Samtvorhängen zum Teil verdeckt waren.

Das mit warmem Licht erhellte Gemach war leer, aber von irgendwoher erklang der Schmerzensschrei einer Frau. Ihm folgte ein melodiöses Lachen, ebenfalls von einer Frau, das trotz seines Wohlklangs rachsüchtig und boshaft wirkte.

Conan drehte den Kopf, um zu ergründen, aus welcher Richtung Schrei und Lachen gekommen waren. Dann schaute er hinter die Vorhänge, um eine Tür zu finden.

Zeriti richtete sich von ihrer Tätigkeit auf und ließ die schwere Peitsche fallen. Die nackte Gestalt, die auf einem Diwan festgebunden war, wies vom Hals bis zu den Waden rote Striemen auf. Diese Behandlung sollte jedoch lediglich das Vorspiel für ein noch schlimmeres Geschick für die Nackte sein.

Die Hexe holte aus einem Schränkchen ein Stück Holzkohle, mit der sie ein verwirrendes Muster auf den Boden zeichnete. Sie kritzelte Worte in den mystischen Glyphen des Schlangenvolks dazu, das vor dem großen Kataklysmus in Stygien gelebt hatte. Dann stellte sie kleine goldene Lampen in die fünf Ecken des Musters und warf in jede ein

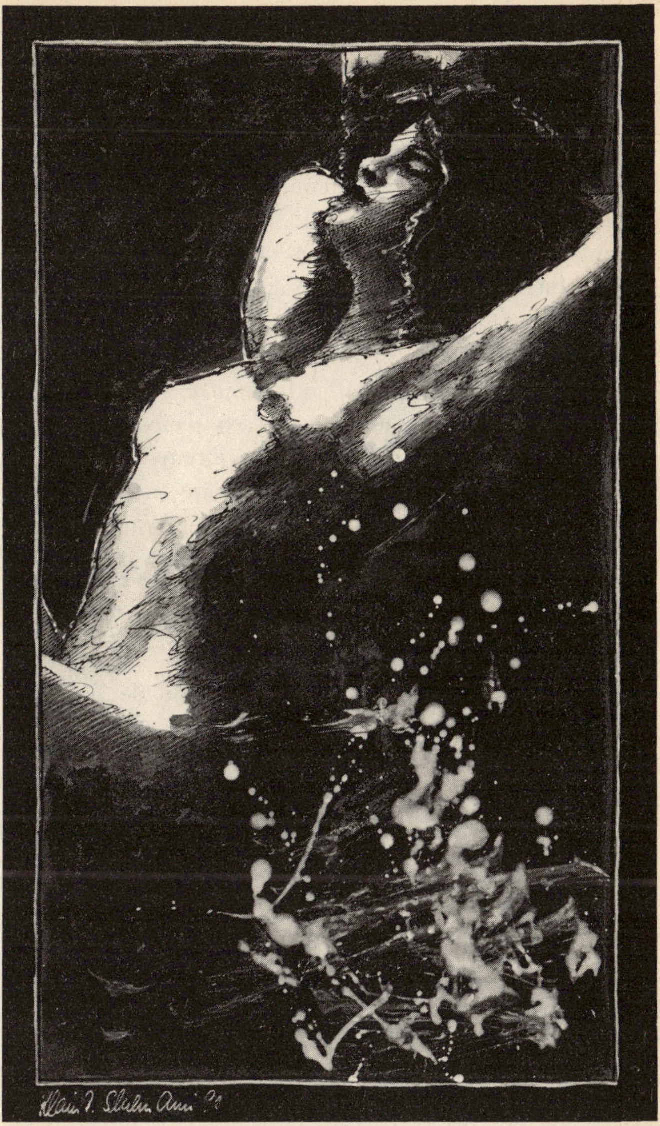

paar Pollen des Purpurlotus, der in den Sümpfen des südlichen Stygiens wuchs. Ein unangenehm süßlicher Duft stieg davon auf und verbreitete sich in dem Gemach. Dann murmelte die Hexe eine Beschwörung in einer Sprache, die schon alt gewesen war, ehe Python mit seinen Purpurtürmen vor dreitausend Jahren im verlorenen acheronischen Reich zu seiner Größe erwuchs.

Langsam nahm etwas Dunkles Form an. Rufia, die halbtot vor Schmerzen und Angst darauf starrte, erschien es wie eine Säule aus Gewitterwolken. Hoch oben in der amorphen Masse zeichnete sich ein Paar glühender Punkte ab, die Augen sein mochten. Die Ophitin spürte eine allesdurchdringende Kälte, als zöge dieses Wesen allein schon durch seine Anwesenheit alle Wärme aus ihrem Körper. Das Gebilde erweckte den Eindruck, als wäre es trotz seiner tiefen Schwärze nicht fest. Man konnte die Wand dahinter sehen. Allerdings schien dieses gespenstische Wesen allmählich dichter zu werden.

Zeriti bückte sich und blies die Lampen aus — eine, die zweite, die dritte und vierte. Der Raum, den nun nur noch eine Lampe beleuchtete, wurde düster. Von der Wolkensäule war außer den glühenden Augen kaum etwas zu sehen.

Ein Geräusch veranlaßte Zeriti sich umzudrehen: es war das ferne und deshalb gedämpfte Brüllen eines gewaltigen Mobs.

Zeriti fuhr in ihrer Beschwörung fort, doch erneut unterbrach sie etwas: heftige Worte, die Stimme des Zuagirs, ein Schrei, das Geräusch eines heftigen Schlages, und der Aufprall eines Körpers. Imbalayo stürzte herein. Er sah wild aus mit seinen im Schein der einen Lampe blitzenden Zähnen und Augen. Blut tropfte von seinem Krummsäbel.

»Hund!« rief die Stygierin und richtete sich wie eine zusammengerollte Schlange auf. »Was wollt Ihr hier?«

»Die Frau, die Ihr mir weggenommen habt!« donnerte Imbalayo. »Die Stadt rebelliert, die Hölle ist losgebrochen. Gebt mir die Frau zurück, wenn Ihr nicht wollt, daß ich Euch töte!«

Zeriti warf einen flüchtigen Blick auf ihre Rivalin und zog einen edelsteinbesetzten Dolch. »Hotep, Khafra! Helft mir!« schrie sie.

Mit Löwengebrüll sprang der schwarze General sie an. Ihre Geschmeidigkeit nutzte der Stygierin nichts. Die breite Klinge drang durch ihren Leib und ragte einen Fuß weit zwischen ihren Schultern heraus. Mit einem erstickten Schrei stolperte sie. Der Kushit riß seinen Säbel zurück, als sie fiel. In diesem Augenblick trat Conan mit dem Säbel in der Hand durch die Tür.

Offenbar hielt der Schwarze den Cimmerier für einen Diener der Hexe. Er stürmte auf ihn ein und ließ seine Klinge mit einem gefährlichen Zischen durch die Luft sausen. Conan sprang zurück. Der Krummsäbel verfehlte ihn nur um Haaresbreite und ritzte den Türstock. Während seines Sprunges holte der Cimmerier zu einem Rückhandhieb aus. Es war erstaunlich, daß es Imbalayo gelang, so schnell sein Gleichgewicht wiederzuerlangen und den Hieb zu parieren, indem er gleichzeitig Körper, Arm und Klinge drehte, um so den Schlag abzufangen, der einen anderen allein schon durch seine Wucht niedergestreckt hätte.

Hieb um Hieb fingen sie mit klirrenden Klingen auf, da plötzlich zeichnete sich Überraschung in Imbalayos Zügen ab. »Amra!« rief er verblüfft und wich zurück.

Jetzt wußte Conan, daß ihm nichts übrigblieb, als diesen Mann zu töten. Obgleich er sich nicht erinnerte, ihn je gesehen zu haben, hatte der Kushit ihn als Anführer einer Bande schwarzer Korsaren erkannt, der unter dem Namen Amra, der Löwe, die Küsten Kushs, Stygiens und Shems unsicher gemacht hatte. Wenn Imbalayo die Pelishtier darauf aufmerksam machte, würden die rachsüchtigen Shemiten ihn mit den bloßen Händen in Stücke zerreißen, falls er in ihre Gewalt geriet. So verbittert sie auch untereinander kämpften, würden sie sich sofort vereinen, um den Barbaren zu vernichten, der ihre Küsten gebrandschatzt hatte.

Conan sprang und trieb Imabalayo einen Schritt zurück, machte einen Scheinangriff und hieb die Klinge auf des Schwarzen Kopf hinab. Die Wucht des Hiebes schlug Imbalayos Säbel zur Seite und Conans Klinge landete auf dem Bronzehelm — doch dabei brach sie.

Zwei Herzschläge lang standen die beiden Barbarenkrieger einander fast unbeweglich gegenüber. Imbalayos blutunterlaufene Augen suchten einen Angriffspunkt, seine Muskel spannten sich zum tödlichen Hieb.

Conan warf Imbalayo seinen Säbelgriff an den Kopf. Als der Kushit sich duckte, um ihm auszuweichen, wirbelte Conan seinen Umhang um den linken Unterarm und riß den Dolch mit der Rechten aus der Scheide. Er machte sich keine großen Hoffnungen mit dieser zingaranischen Kampfart, aber sie war seine einzige Chance. Der Kushit, der nun wie eine Katze auf den Ballen auf ihn zukam, war kein langsamer Muskelberg wie Keluka, sondern ein blitzschneller, geschmeidiger Kämpfer wie Conan selbst. Der Säbel zischte hoch ...

Und eine formlose Wolkenmasse, die bisher in der Düsternis kaum sichtbar gewesen war, schoß vorwärts und schien mit Imbalayos Rücken zu verschmelzen. Der schwarze General schrie, als würde er lebenden Leibes geröstet. Er stieß und schlug um sich, wand sich, und bemühte sich, mit dem Säbel seinen Rücken zu erreichen. Aber die glühenden Augen leuchteten über seine Schulter, und die rauchige Substanz hüllte ihn ein und zog ihn langsam rückwärts.

Conan schrak vor diesem Anblick zurück. Die Furcht des

Barbaren vor dem Übernatürlichen würgte ihn wie ein Klumpen im Hals.

Imbalayos Schreie verstummten. Der schwarze Körper glitt mit einem seltsam weichen, platschenden Geräusch auf den Boden. Die Wolkenform war verschwunden.

Conan näherte sich vorsichtig. Imbalayos Leiche sah unglaublich bleich und schlaff aus, als hätte der Dämon ihr alles Blut und sämtliche Knochen geraubt und nur einen menschenförmigen Sack mit ein paar Innereien zurückgelassen. Der Cimmerier schauderte.

Ein Schluchzen vom Diwan lenkte seine Aufmerksamkeit auf Rufia. Mit zwei langen Schritten war er bei ihr und durchschnitt ihre Bande. Sie setzte sich gerade weinend auf, als eine Stimme wütend brüllte:

»Imbalayo, wo bei allen Höllen, bist du? Es ist höchste Zeit aufzubrechen! Ich sah dich hier hereinlaufen! Komm endlich!«

Eine Gestalt in Kettenhemd und Helm stürzte in das Gemach. Es war Mazdak, der beim Anblick der beiden Leichen zurückfuhr und schrie: »Verdammter Wilder! Weshalb mußtest du Imbalayo ausgerechnet jetzt umbringen? Die ganze Stadt ist in Aufruhr. Die Anaki kämpfen gegen die Kushiten, die ohnehin schon die Hände voll zu tun hatten. Ich muß den Schwarzen zu Hilfe kommen. Was dich betrifft — ich schulde dir mein Leben, aber alles hat seine Grenzen. Verlaß die Stadt und laß dich nie mehr blicken!«

Conan grinste. »Ich habe ihn nicht getötet. Nachdem er die Hexe umgebracht hat, kam einer von Zeritis Dämonen über ihn. Schau dir doch seine Leiche an, dann zweifelst du gewiß nicht an meinen Worten.« Als Mazdak sich über den Toten beugte, fügte Conan hinzu: »Hast du für deine alte Freundin Rufia denn nicht einmal ein Wort des Grußes?«

Rufia hatte sich hinter Conans Rücken verborgen gehalten. Jetzt erst entdeckte Mazdak sie. Er zupfte an seinem

Schnurrbart. »Gut, ich werde sie in mein Haus zurückbringen. Wir haben ...«

Das ferne Brüllen des Mobs wurde lauter.

»Nein«, murmelte der Hyrkanier abwesend. »Ich muß die Rebellion niederschlagen. Aber ich kann Rufia doch nicht nackt durch die Straßen laufen lassen ...«

»Warum tust du dich nicht mit den Anaki zusammen, die genauso froh sein werden wie die Pelishtier, wenn sie diesen wahnsinnigen König los sind. Imbalayo und Othbaal sind tot. Du bist jetzt der einzige General in Asgalun. Führe die Rebellen und mach ein Ende mit dem verrückten Akhirom. Dann setz irgendeinen seiner schwächlichen Vettern oder Neffen auf den Thron, und du wirst der wahre Herrscher von Pelishtien sein!«

Mazdak, der ihm nachdenklich zugehört hatte, lachte plötzlich dröhnend. »Eine gute Idee! Auf in den Kampf! Bring Rufia in mein Haus, und schließ dich danach den Hyrkaniern in der Schlacht an. Morgen werde ich über Pelishtien herrschen, und du kannst von mir verlangen, was du haben willst. Leb wohl einstweilen!«

Mit flatterndem Umhang verließ der hyrkanische General den Raum. Conan drehte sich zu Rufia um. »Nimm dir etwas von der Hexe zum Anziehen, Mädchen!«

»Wer seid Ihr? Ich hörte, wie Imbalayo Euch Amra nannte ...«

»Erwähnt nie diesen Namen in Shem! Hörst du?! Ich bin Conan, eine Cimmerier.«

»Conan? Jemand sprach über Euch, als ich kurz des Königs Favoritin war. Bringt mich nicht in Mazdaks Haus!«

»Warum nicht? Er wird der wahre Herrscher von Pelishtien sein.«

»Ich kenne dieses kalte Reptil viel zu gut. Laßt mich mit Euch kommen. Doch zuerst sollten wir uns aus diesem Haus mitnehmen, was wir brauchen können, und dann fliehen wir aus der Stadt. In diesem Durcheinander wird uns niemand aufhalten.«

Conan grinste. »Du führst mich in Versuchung, Rufia. Aber im Augenblick ist es mir wichtiger, mich mit Mazdak gut zu stellen. Außerdem sagte ich ihm zu, dich zu seinem Haus zu bringen, und ich halte gern mein Wort. So, und jetzt zieh etwas an, sonst muß ich dich nackt mitnehmen!«

»Na gut«, murmelte Rufia in einem Ton, der andeutete, daß sie noch nicht aufgegeben hatte.

Ein gurgelnder Laut drang aus Zeritis Kehle. Die Härchen richteten sich auf Conans Nacken und seinen Armen auf, als er zusah, wie die Hexe sich trotz einer zweifellos tödlichen Wunde aufsetzte und schließlich ganz auf die Beine kam. Schwankend stand sie vor den beiden und betrachtete sie. Blut sickerte aus ihrer Wunde in der Brust und zwischen den Schulterblättern. Als sie sprach, würgte sie an dem hochsteigenden Blut.

»Es gehört — mehr — als ein — Schwertstoß — dazu — eine Tochter — Sets — zu — töten.« Sie taumelte zur Tür. An der Schwelle blieb sie stehen, drehte sich um und keuchte. »Es dürfte — die Asgalunier — interessieren, daß — Amra und — seine — Gefährtin — in der — Stadt sind.«

Conan starrte sie unentschlossen an. Er wußte, daß er um seiner Sicherheit willen die Hexe nicht entkommen lassen durfte, andererseits widerstrebte es der Ritterlichkeit des Barbaren gegen irgendeine Frau Gewalt anzuwenden.

»Weshalb läßt du uns nicht in Frieden?« rief er. »Du kannst deinen wahnsinnigen König zurückhaben.«

Zeriti schüttelte den Kopf. »Ich weiß — was Mazdak — plant. Und ehe — ich diesen — Körper — für immer — verlasse — werde ich — mich an — dieser Hure — rächen.«

»Na gut!« knurrte Conan. Er griff nach Imbalayos Krummsäbel und ging auf die Hexe zu. Aber Zeriti machte ein Zeichen in der Luft und murmelte etwas. Eine Flammenwand schob sich zwischen Conan und der Tür von Wand zu Wand. Der Cimmerier wich zurück und legte eine Hand vor das Gesicht, um es vor der versengenden Hitze zu schützen. Und schon war Zeriti verschwunden.

»Ihr nach!« rief Rufia. »Das Feuer ist einer ihrer Zaubertricks und nicht wirklich!«

»Aber wenn sie doch nicht getötet werden kann . . .«

»Trotzdem! Abgetrennte Köpfe können nicht mehr sprechen.«

Grimmigen Gesichts stürmte Conan zur Tür. Als er über die Flammen sprang, spürte er nur ganz kurz ihre Hitze, dann waren sie verschwunden.

»Warte hier!« rief er über die Schulter zurück und rannte hinter Zeriti her.

Doch auf der Straße war die Hexe nirgendwo zu sehen. Er lief zur nächsten Gasse, ohne die Stygierin zu entdecken, und auch in der gegenüberliegenden war sie nicht zu finden.

Schon bald darauf war Conan in Zeritis Haus zurück. »Dein ursprünglicher Vorschlag war nicht schlecht«, brummte er. »Nehmen wir uns, was wir mitschleppen können und verschwinden wir!«

Auf dem großen Platz des Adonis knisterten hellbrennende Fackeln und warfen ihren Schein über eine drängelnde Menschenmasse, wiehernde Pferde und blitzende Klingen. Kushiten kämpften verbissen gegen Shemiten. Ein Fluchen, Keuchen und Röcheln war zu hören. Wie Besessene zerrten Asgalunier die schwarzen Krieger von ihren Rossen und durchschnitten die Sattelgurte der verstörten Pferde. Rostige Piken klirrten gegen Lanzen. Da und dort brachen Feuer aus, und die Flammen loderten dem Himmel entgegen, daß die Hirten auf den Libnunbergen staunend den Mund aufsperrten. Von den äußeren Stadtvierteln strömten immer mehr Menschen auf den großen Platz. Hunderte von stillen

Gestalten in Kettenrüstung oder gestreiften Gewändern lagen unter den trampelnden Pferdehufen, und über ihnen brüllten und kämpften die Lebenden.

Der Platz befand sich im Viertel der Kushiten, in das die Anaki tobend eingebrochen waren, während der größte Teil der Schwarzen anderswo gegen den Mob kämpfte. Als die Kushiten davon erfuhren, eilten sie in ihr Viertel zurück, und jetzt erdrückten die schwarzen Schwertkämpfer die anakische Infanterie schon allein durch ihre Überzahl, während der Mob über beide Seiten herfiel. Unter dem Kommando ihres Hauptmanns Bombaata hielten die Kushiten zumindest ein wenig Ordnung, die sie den führerlosen Anaki und dem Mob überlegen machte. Ihre Schwadronen trabten auf dem Platz hin und her und hielten so einen Streifen zwischen den drängenden Tausenden frei, um ihre Pferde besser einsetzen zu können.

Die aufgebrachten Asgalunier schlugen die Türen der Kushitenhäuser ein, plünderten, und zerrten schreiende Frauen ins Freie. Die Feuer der brennenden Häuser warfen ihre sengende Hitze über den Platz. Die fürchterlichen Schreie ihrer Frauen und Kinder, die von den Shemiten gejagt wurden, spornten die Schwarzen zu noch größerer als ihrer üblichen Wildheit an.

Irgendwo erhob sich plötzlich das Wirbeln einer hyrkanischen Kesseltrommel über den Hufschlag.

»Endlich kommen die Hyrkanier!« keuchte Bombaata. »Sie ließen sich viel Zeit. Aber wo, in Derketas Namen, ist Imbalayo?«

Ein Pferd mit schäumenden Nüstern raste auf den Platz. Der Reiter, der sich schwankend im Sattel hielt, brüllte: »Bombaata! Bombaata!« während er sich mit blutigen Händen an die Mähne klammerte.

»Hier, Narr!« donnerte der Kushit und griff nach den Zügeln des anderen Pferdes.

»Imbalayo ist tot!« kreischte der Reiter über das Prasseln der Flammen und den wachsenden Wirbel der Kesseltrommeln hinweg. »Die Hyrkanier fallen uns in den Rücken! Sie haben unsere Brüder in den Palästen gemordet! Hier kommen sie!«

Mit ohrenbetäubendem Hufgedröhn und Trommelwirbel stürmten Schwadronen von gerüsteten Lanzenträgern auf den Platz und ritten Freund und Feind gleichermaßen nieder. Bombaata sah das hagere, triumphierende Gesicht Mazdaks unter dem blitzenden Bogen seines Säbels, der herabsauste und einen Kushiten in den Tod schickte.

Auf den steinigen Weiden des Libnuns beobachteten die Hirten schaudernd das Inferno, und das Klirren von Klingen drang meilenweit den Fluß hoch, wo die Edelleute in ihren Lustgärten erzitterten und erblaßten. Von gerüsteten Hyrkaniern, blutdürstigen Anaki und tobenden Asgaluniern eingeschlossen, kämpften die Kushiten tapfer bis zum letzten Mann.

Der Mob erinnerte sich als erster an Akhirom. Die Menschenmeute drängte sich durch die unbewachten Tore in die Innenstadt und durch die mächtigen Bronzeportale in den Ostpalast. Die Bürger, denen inzwischen die Kleidung in Fetzen vom Leib hing, rannten brüllend die Korridore entlang, durch die goldene Tür in den riesigen Goldsaal, und zerrten die Vorhänge aus Goldstoff zur Seite, doch der goldene Thron dahinter war leer. Blutige Finger rissen auch die kostbaren Seidenbehänge von den Wänden. Prächtige Sardonyxtische wurden umgekippt, daß die goldenen Gefäße klirrend über den Boden rollten. Eunuchen in roten Gewändern ergriffen quiekend die Flucht und kreischten unter den rauhen Händen der Eindringlinge.

Im Großen Smaragdsaal stand König Akhirom wie eine Statue auf einem mit dicken Pelzen bedeckten Podest. Seine weißen Hände zuckten. An der Tür kämpfte eine Handvoll

Getreuer mit Säbeln gegen den immer dichter drängenden Mob. Ein Trupp Anaki bahnte sich einen Weg durch ihn und durchbrach die Sperre der schwarzen Sklaven. Als der Keil der dunkelhäutigen shemitischen Soldaten vorrückte, schien Akhirom zu sich zu kommen. Er rannte zu einer Tür an der hinteren Wand. Anaki und Pelishtier jagten ihn in einem buntgemischten Trupp. Ihnen folgte eine Abteilung Hyrkanier unter der Führung des blutbesudelten Mazdak.

Akhirom rannte einen Korridor entlang, dann bog er seitwärts ab und hetzte eine Wendeltreppe empor, die zum Dach des Palasts führte. Sie endete dort jedoch nicht, sondern verlief weiter einen schlanken, vom Dach aufragenden Turm hoch, aus dem Akhiroms Vater, König Azumelek, die Sterne beobachtet hatte.

Der wahnsinnige Monarch lief sie hoch, und ihm folgte die wütende Meute, bis die Treppe so schmal wurde, daß nur noch ein Mann auf den einzelnen Stufen Platz hatte. So wurde die Verfolgung notgedrungen langsamer.

König Akhirom erreichte eine kleine, kreisrunde Plattform auf der Turmspitze, die von einer niedrigen Steinbrüstung umgeben war. Er schlug hastig die Steinplatte der Falltür zu und verriegelte sie. Dann lehnte er sich über die Brüstung. Menschen drängten sich dicht aneinander auf dem Dach unter ihm, und auch auf dem Hof starrte eine ungeheure Menschenmenge zu ihm hoch.

»Sündige Sterbliche!« kreischte Akhirom. »Ihr wollt nicht glauben, daß ich ein Gott bin! Ich werde es euch jetzt beweisen. Ich bin nicht wie Würmer euresgleichen an die Erde gebunden, sondern vermag mich wie ein Vogel durch die Lüfte zu schwingen. Ihr werdet sehen, und dann werdet ihr euch vor mir niederwerfen und mich als den Gott verehren, der ich bin. Seht!«

Akhirom stieg auf die Brüstung, spreizte die Beine, und stieß sich mit ausgebreiteten Armen ab. Sein Körper fiel in einer langen, steilen Parabel in die Tiefe. Er verfehlte den Rand des Daches und stürzte weiter. Der Wind pfiff durch seine flatternden Gewänder, bis er schließlich wie eine überreife Melone auf dem Pflaster des Hofes aufschlug.

Nicht einmal die Vernichtung der Kushiten und der Tod Akhiroms brachten dem leidgeprüften Asgalun Ruhe. Neue Mobs durchstreiften die Straßen. Ein geheimnisvolles Gerücht hatte die Asgalunier aufgewiegelt. Es besagte, daß Amra, der Piratenanführer der schwarzen Korsaren, sich in der Stadt aufhalte und er die Ophitin Rufia bei sich habe. Das Gerücht verbreitete sich mit Windeseile, und jeder, der es weitererzählte, fügte ein wenig hinzu, bis es schließlich hieß, Amra habe Rufia als Spionin der Piraten nach Asgalun geschickt, und eine Piratenflotte an der Küste warte nur noch auf Amras Befehl, ins Land einzudringen und gegen die Stadt zu marschieren. Aber obgleich die Mobs die ganze Stadt durchkämmten, fanden sie keine Spur von Amra und seiner Gehilfin.

Nördlich von Asgalun führte die schier endlose Straße nach Koth durch das Weideland von Shem. Die aufgehende Sonne schien auf Conan und Rufia, die im Kanter auf dieser Straße dahinritten. Der Cimmerier saß auf seinem eigenen Hengst, die Ophitin auf einer Stute, die Conan reiterlos auf den nächtlichen Straßen Asgaluns für sie eingefangen hatte. Rufia trug ein Gewand aus Zeritis Truhe, das eng um ihre üppige Figur lag.

»Wenn du in Asgalun geblieben wärst, Conan«, sagte Rufia, »hättest du es unter Mazdak weit bringen können.«

»Und wer flehte mich an, nicht zu ihm zurückgebracht zu werden?«

»Ja, ja, ich weiß. Er war ein kalter, gefühlloser Herr. Aber ...«

»Außerdem mochte ich ihn. Wenn ich in der Stadt

geblieben wäre, hätte schließlich doch einer von uns den anderen deinetwegen umbringen müssen.« Der Cimmerier lachte und schlug auf den Beutel mit Plündergut aus Zeritis Haus, daß die Münzen und Edelsteine darin klingelten. »Ich werde auch im Norden nicht schlecht leben. Komm, treib deine Mähre ein bißchen an!«

»Aber ich bin immer noch ganz wund, wo diese Hexe mich gepeitscht hat ...«

»Wenn du dich nicht beeilst, werde ich dafür sorgen, daß du bald noch wunder sein wirst. Möchtest du vielleicht, daß uns die Hyrkanier noch vor dem Frühstück erwischen?«

Natokh, der Zauberer

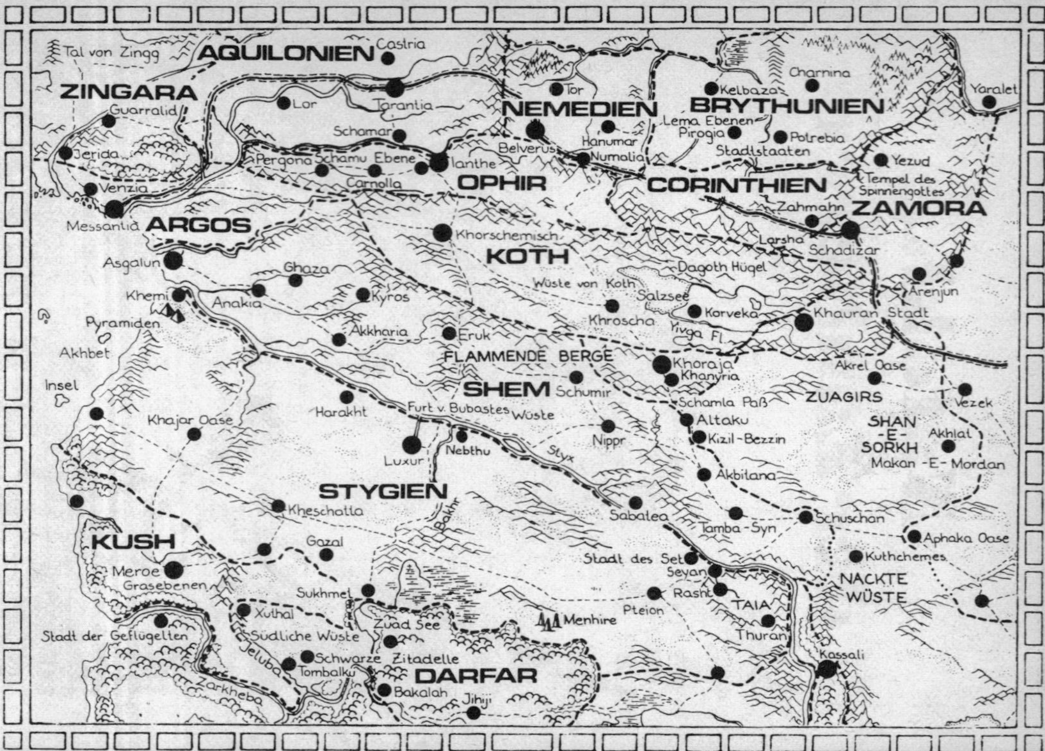

Tal von Zingg
AQUILONIEN
Castria
ZINGARA
Guarralid
Jerida
Venzia
Messantia
ARGOS
Lor
Tarantia
Schamar
Pergona
Schamu Ebene
Carnolla
Ianthe
OPHIR
Tor
NEMEDIEN
Belverus
Hanumar
Numalia
Kelbaza
Charnina
BRYTHUNIEN
Lema Ebenen
Pirogia
Potrebia
Stadtstaaten
CORINTHIEN
Yezud
Tempel des Spinnengottes
Zahmahn
ZAMORA
Yaralet
Larsha
Schadizar
Khorschemisch
KOTH
Asgalun
Ghaza
Khemi
Anakia
Kyros
Pyramiden
Akhbet
Akkharia
Eruk
Wüste von Koth
Dagoth Hügel
Salzsee
Arenjun
Korveka
Khauran Stadt
Khroscha
Yivga Fl.
FLAMMENDE BERGE
Khoraja
Khanyria
Akrel Oase
Insel
SHEM
Schumir
Schamla Paß
ZUAGIRS
Vezek
Harakht
Furt v. Bubastes
Wüste
Altaku
Kizil-Bezzin
SHAN -E- SORKH
Akhlat
Makan -E- Mordan
Khajar Oase
Nippr
Luxur
Nebthu
Styx
Akbilana
STYGIEN
Bakhr
Kheschatta
Sabatea
Tamba-Syn
Schuschan
Aphaka Oase
KUSH
Gazal
Kuthchemes
Meroe
Grasebenen
Stadt des Set
Seyan
NACKTE WÜSTE
Sukhmel
Rasht
Pteion
TAIA
Xuthal
Zuad See
Menhire
Thuran
Stadt der Geflügelten
Südliche Wüste
Schwarze Zitadelle
Kassali
Jeluba
Tombalku
DARFAR
Zarkheba
Bakalah
Jihiji

NATOKH, DER ZAUBERER

Robert E. Howard

Rufias Interesse an Conan scheint vermutlich nicht länger angehalten zu haben als der Erlös aus dem Beutegut, das sie von Asgalun mitnahmen. Es könnte auch sein, daß der Cimmerier sie gegen ein besseres Pferd eintauschte, ehe er sich unter Amalric von Nemedien verdingte, dem Söldnergeneral der Prinzessin Yasmela aus dem kleinen Grenzkönigreich Khoraja. Hier steigt er schnell zum Rang eines Hauptmanns auf. Yasmelas Bruder, der König von Khoraja, wird in Ophir gefangengehalten, während Nomadentruppen unter der Führung des geheimnisvollen Zauberers Natokh die Landesgrenzen bedrohen.

> *»Die Nacht der Macht, als das Schicksal über die Straßen der Welt stapfte, wie ein Koloß, der sich von einem uralten Granitthron erhob . . .«*
> *E. Hoffmann Price,* Das Mädchen von Samarkand

1

Nur das Schweigen uralter Zeit brütete über den geheimnisvollen Ruinen von Kuthchemes — und Furcht hing in der Luft. Die Furcht ging von Shevatas, dem Dieb, aus, der mit zusammengepreßten Zähnen stoßweise atmete.

Er stand als einziger Lebenshauch zwischen den gewaltigen Monumenten, die ein Bild der Trostlosigkeit und des

Zerfalls boten. Nicht einmal ein Aasgeier zog seine Kreise an der weiten blauen Himmelskuppel, von der die Sonne glühend heiß herabstrahlte. Überall erhoben sich grimmige Relikte einer früheren, vergessenen Zeit: riesige zerbrochene Säulen, die ihre geborstenen Kapitelle in den Himmel reckten; lange, zerfallende Mauern; umgestürzte gewaltige Steinblöcke; zerschmetterte Standbilder, deren abscheuliche Fratzen von Wind und Sandstürmen halbzerfressen waren. Von Horizont zu Horizont war nirgends auch nur eine Spur von Leben. Allein die schier atemberaubende Weite der kahlen Wüste erstreckte sich hier, durchschnitten von einem gewundenen, längst ausgetrockneten Flußbett. Und in der Mitte dieser unendlichen Öde schienen die glänzenden Fänge der Ruinen zu drohen, die Säulen, die sich wie geknickte Schiffsmasten dem Wind stellten. Doch über alles hinausragend, alles beherrschend, war die mächtige Elfenbeinkuppel, vor der der angstzitternde Shevatas stand.

Die Kuppel erhob sich von einer gewaltigen Marmorplattform auf einer sich ehemals terrassenförmig erhebenden Anhöhe am Ufer des alten Flusses. Breite Stufen führten zu einer mächtigen Bronzetür in der Kuppel, die wie eine titanische Eihälfte auf der Plattform ruhte. Die Kuppel selbst war aus reinem Elfenbein, der wie von unsichtbaren Händen gepflegt makellos glänzte. Auch die goldene Spitze, die sich von ihr abhob, glitzerte, genau wie die Inschrift in goldenen Glyphen rings um die Kuppel. Kein Mensch auf Erden vermochte diese Schriftzeichen zu lesen, aber Shevatas erschauerte bei den Vorstellungen, die sie in ihm weckten, denn er stammte aus einer sehr alten Rasse, deren Legenden weiter zurückreichten, als die Menschen dieser Zeit sich auch nur auszumalen vermochten.

Shevatas war drahtig und geschmeidig, wie es ein Meisterdieb aus Zamora sein mußte. Sein kleiner runder Kopf war kahlgeschoren, sein einziges Kleidungsstück war ein Lendentuch aus scharlachroter Seide. Wie alle seiner Rasse war er dunkelhäutig, und aus dem schmalen, an einen Raubvogel gemahnenden Gesicht blitzten scharfe, schwarze Augen. Seine langen schlanken Finger waren so schnell und feinfühlig wie die Schwingen eines Falters. Von einem goldschuppigen Gürtel hing ein schmales Kurzschwert mit juwelenbestecktem Griff in einer kunstvoll verzierten Lederscheide. Shevatas behandelte die Waffe mit scheinbar übertriebener Vorsicht. Er schien sogar vor der Berührung ihrer Hülle mit seinem nackten Schenkel zurückzuschrecken. Aber seine Vorsicht war nicht unbegründet.

Er war Shevatas, ein Dieb unter Dieben, dessen Namen man in den Lasterhöhlen der Keule und den finsteren Gewölben unter den Tempeln Bels voll Bewunderung sprach, und der wohl noch in tausend Jahren in Liedern besungen und Legenden verehrt werden würde. Doch jetzt nagte die Furcht an seinem Herzen, als er vor der Elfenbeinkuppel von Kuthchemes stand. Jeder Dummkopf konnte sehen, daß hier etwas nicht mit rechten Dingen zuging. Wind und Sonne von dreitausend Jahren hatte dieses Bauwerk über sich ergehen lassen, und doch glänzte und funkelte sein Gold und Elfenbein wie am Tag, da unbekannte Hände es am Ufer des namenlosen Flusses errichteten.

Dazu kam noch die Aura, die von diesen, von Dämonen heimgesuchten Ruinen ausging. Die Wüste war eine geheimnisvolle Ebene im Südosten der shemitischen Lande. Ein Kamel würde seinen Reiter in drei Tagen in Südwestrichtung zum Styxfluß bringen, wo er plötzlich im rechten Winkel von seinem bisherigen Verlauf abbog, um westwärts weiterzufließen, der fernen See entgegen. An der Spitze dieser Biegung begann das Land Stygien, die dunkelbusige Geliebte des Südens, deren von dem mächtigen Fluß bewässertes Reich steil aus der umliegenden Wüste aufstrebte.

Im Osten, das wußte Shevatas, ging die Wüste in das

Steppenland über, das bis zum hyrkanischen Königreich Turan mit seiner barbarischen Pracht, an der Küste des riesigen Binnenmeers, reichte. Im Norden, etwa einen Siebentageritt entfernt, endete die Wüste an kahlen Bergen, auf deren anderer Seite das fruchtbare Hochland begann, das südlichste Gebiet der hyborischen Rasse. Im Westen verlief die Wüste in das saftige Weideland von Shem, das sich bis zum Ozean erstreckte.

All das wußte Shevatas, ohne sich dieses Wissens direkt bewußt zu sein, eben so, wie man die Straßen seiner Heimatstadt kennt. Er war ein weitgereister Mann und hatte die Schätze vieler Königreiche geplündert. Doch jetzt, angesichts des größten Schatzes überhaupt und seines vielleicht gefährlichsten Abenteuers, zögerte er, und ein Schauder rann ihm über den Rücken.

In dieser Elfenbeinkuppel ruhten die Gebeine Thugra Khotans, des Schwarzen Magiers, der vor dreitausend Jahren über Kuthchemes geherrscht hatte, als die Königreiche Stygien und Acheron bis zum großen Fluß reichten, über die Wiesen Shems und hinauf zum Hochland. Doch dann begann die Völkerwanderung der Hyborier südwärts aus der Wiege ihrer Rasse nahe dem Nordpol. Es war eine ungeheuerliche Wanderung, die viele Jahrhunderte dauerte. Und während der Herrschaft Thugra Khotans, des letzten Magiers von Kuthchemes, ritten grauäugige Barbaren mit hellbraunem Haar, in Wolfsfellen und Kettenrüstung, aus dem Norden in das fruchtbare Hochland, um mit ihren Eisenschwertern das Königreich Koth zu errichten. Wie eine Flutwelle waren sie über Kuthchemes gebrandet, hatten die Marmortürme in Blut gebadet, und das Königreich Acheron war in Schutt und Asche versunken.

Während sie in den Straßen dieser Stadt ihr blutiges Unwesen trieben und die Bogenschützen Thugra Khotans wie reifes Korn niedermähten, schluckte der Herrscher ein fremdartiges, schreckliches Gift. Seine Priester in ihren gespenstischen Masken hatten ihn daraufhin in die Grabkammer gebracht, die er selbst vorbereitet hatte. Seine Untertanen starben um dieses Grabgewölbe in einem roten Schwertersturm, aber den Barbaren gelang es nicht, die Tür einzubrechen, weder durch Rammböcke, noch durch Feuer.

So ritten sie schließlich weiter und ließen die Stadt in Trümmern zurück. Nur die Elfenbeinkuppel, das Grabgewölbe des großen Thugra Khotans, blieb unberührt und schlief durch die Jahrhunderte, während die Sandechsen sich an den zerfallenden Säulen sonnten, und der Fluß, der dieses Land bewässert hatte, im Sand versickerte und austrocknete.

Viele Diebe versuchten den Schatz an sich zu bringen, der nach den Legenden um die morschen Gebeine im Innern der Kuppel gehäuft lag. Viele Diebe starben an der Tür des Grabgewölbes, und viele andere plagten schreckliche Träume, bis sie schließlich mit schäumenden Lippen im Wahnsinn starben.

Und so schauderte Shevatas, als er die Kuppel betrachtete, doch wurde dieser Schauder nicht allein durch die Legende hervorgerufen, die besagte, daß eine Schlange die Gebeine des Magiers bewachte. Allen Legenden über Thugra Khotan haftete Grauen und Todesdrohung an. Von da, wo der Dieb stand, konnte er die Ruine der riesigen Festhalle sehen, in der während einer feierlichen Zeremonie Hunderte von geketteten Gefangenen als Opfer für Set, den Schlangengott Stygiens, vom Priesterkönig die Köpfe abgeschlagen wurden. Ganz in der Nähe mußte sich die dunkle, schreckliche Grube befunden haben, in die man schreiende Opfer stieß, damit ein amorphes Ungeheuer, das aus einer noch tieferen, grauenvollen Höhle kam, sich an ihnen gütlich tue. Die Legenden machten Thugra Khotan zu mehr als einem einfachen Sterblichen, ja man hielt ihn für einen Gott, der in einem entarteten Kult verehrt wurde. Die Angehörigen dieses Kults prägten Münzen mit Thugra Khotans Bildnis, um damit für ihre Toten die Überfahrt über den großen dunklen Fluß zu erkaufen, von dem der Styx lediglich der stoffliche Schatten war. Shevatas hatte sein Abbild auf den Münzen gesehen, die er unter den Zungen der Toten gestohlen hatte, und es blieb ihm unauslöschlich im Gedächtnis haften.

Tapfer versuchte er seine Ängste zu überwinden und stieg zu der Bronzetür hoch, deren glatte Oberfläche keinen Verschluß irgendeiner Art aufwies. Shevatas hatte nicht umsonst an dunklen Kulten teilgenommen und den grauenvollen Worten der Anhänger Skelos' gelauscht, die sich mitternächtlich unter dunklen Bäumen trafen, um aus den verbotenen, eisengebundenen Büchern Vathelos', des Blinden, zu lesen.

Shevatas kniete sich vor der Tür nieder und betastete die Schwelle mit geschickten Fingern. Ihre empfindsamen Spitzen fanden winzige Erhöhungen, die weniger erfahrene Finger nie entdeckt hätten. Vorsichtig drückte er in einer ganz bestimmten Reihenfolge darauf und murmelte dabei lange vergessene Beschwörungen. Nachdem er auf die letzte Erhebung gedrückt hatte, sprang er eilig zurück und klopfte mit einem schnellen, scharfen Schlag der Handfläche auf die Türmitte.

Kein Knarren oder Knirschen einer Angel oder Feder war zu hören. Lautlos wich die Tür nach innen zurück. Keuchend fuhr Shevatas' Atem durch zusammengepreßte Zähne. Ein kurzer schmaler Korridor offenbarte sich ihm. Die Tür war seine ganze Länge entlanggeglitten und befand sich nun an seinem anderen Ende. Boden, Decke und Seiten dieses tunnelähnlichen Ganges waren aus Elfenbein. Plötzlich kroch ein stummes, sich windendes Grauen aus einer Seitenöffnung. Es richtete sich ruckartig auf und starrte den

Eindringling mit schrecklichen, leuchtenden Augen an. Eine Schlange war es, gut zwanzig Fuß lang, mit schimmernden, phosphoreszierenden Schuppen.

Der Dieb nahm sich keine Zeit zu überlegen, welche nachtschwarzen Höhlen unter der Kuppel diese Ausgeburt der Hölle ausgespuckt hatten. Flink zog er das Schwert. An seiner Spitze glänzte eine grünliche Flüssigkeit genau wie die, die von den geschwungenen Fängen des Reptils tropfte. Die Klinge war in das gleiche Gift getaucht, das diese Schlange hervorbrachte. Wie Shevatas zu diesem Gift aus den Sümpfen Zingaras gekommen war, in denen schreckliche Ungeheuer hausten, wäre eine Geschichte für sich.

Vorsichtig kam der Dieb mit leicht gebeugten Knien auf den Fußballen näher, bereit, sofort blitzschnell zur Seite zu springen. Und er brauchte auch seine ganze Flinkheit, als der Kopf der Schlange mit unvorstellbarer Geschwindigkeit vorschnellte. Trotz seiner übermenschlich schnellen Reaktion hätte Shevatas in diesem Augenblick den Tod gefunden, wäre ihm nicht ein unerwarteter Zufall zu Hilfe gekommen. Sein wohlüberlegter Plan, zur Seite zu springen und gleichzeitig das Schwert auf den ausgestreckten Reptilhals zu schwingen, wurde durch die Blitzesschnelle des Angriffs der Schlange zunichte gemacht. Dem Dieb blieb lediglich Zeit, das Schwert vorzustoßen. Unwillkürlich schloß er die Augen und schrie auf. Dann wurde ihm das Schwert aus der Hand gerissen, und er hörte ein schreckliches Umsichschlagen und Peitschen.

Erstaunt darüber, daß er noch am Leben war, öffnete Shevatas die Augen. Er sah, wie das Ungeheuer seine schleimige Länge wand und aufbäumte und um sich peitschte. Und er sah auch das Schwert, das aus dem riesigen Rachen ragte. Der pure Zufall hatte es, als er es blindlings ausstreckte, direkt den Rachen treffen lassen, in dem es steckenblieb. Wenige Herzschläge später, als das Gift an der

Klinge zu wirken begann, sank die Schlange leblos zusammen.

Vorsichtig stieg Shevatas über sie hinweg und drückte auf die Tür, die diesmal zur Seite glitt und den Weg in die Kuppel freigab. Erstaunt schrie der Dieb auf. Statt in absolute Finsternis zu treten, blendete seine Augen ein rotes, fast schmerzhaft pulsierendes Licht. Es ging von einem gigantischen roten Edelstein hoch unter dem Kuppeldach aus. Shevatas sperrte den Mund auf, obgleich er an den Anblick gewaltiger Schätze gewöhnt war, aber das hier übertraf alle seine Erwartungen. Riesige Haufen von Rubinen, Diamanten, Türkisen, Opalen und Smaragden lagen herum; Zikkurate aus Jade, Gagat und Lapislazuli; Pyramiden aus Goldkeilen; Teocallis aus Silberbarren; Schwerter mit edelsteinbesetzten Griffen in Goldhüllen; goldene Helme mit farbigen Pferdeschwanzkämmen oder schwarzen und roten Federbüschen; silberschuppige Brustpanzer; juwelenverzierte Harnische, einst von Königen getragen, die seit mehr als dreitausend Jahren in ihren Grabkammern ruhten; mit Gold überzogene Totenschädel mit Augen aus Mondstein; Ketten aus Menschenzähnen, die mit den verschiedensten Edelsteinen gefüllt waren. Der Elfenbeinboden war zollhoch mit Goldstaub bedeckt, der unter dem roten Licht glitzerte und schimmerte und millionenfach Funken sprühte. Der Dieb stand mit geweiteten Augen in einem Wunderland der Pracht und Magie, mit Sternen unter den Sohlen seiner Sandalen.

Aber seine Augen blickten wie gebannt auf das Kristallpodest, das sich inmitten dieser glitzernden Herrlichkeit erhob, unmittelbar unter dem roten Edelstein — auf dem die verrottenden, zu Staub zerfallenden Gebeine des seit dreißig Jahrhunderten toten Magiers liegen sollten. Das Blut wich aus Shevatas dunklen Zügen, sein Mark erstarrte zu Eis, und Knochenfinger schienen über seinen Rücken zu streichen, während seine Lippen sich lautlos bewegten. Plötzlich fand er seine Stimme wieder und sein grauenvoller Schrei hallte ohrenbetäubend vom Kuppeldach wider. Dann senkte sich erneut die Stille von Äonen über die Ruinen des geheimnisvollen Kuthchemes herab.

2

Gerüchte verbreiteten sich über das Grasland bis zu den Städten der Hyborier. Karawanen brachten sie mit sich, diese langen Kamelzüge, die sich durch den Sand schleppten und von schlanken, adleräugigen Männern in weißen Kaftanen begleitet wurden. Auch die hakennasigen Hirten des Weidelands trugen sie weiter, und von den Zeltbewohnern erfuhren die Bürger der Städte sie, deren Könige mit krausen blauschwarzen Bärten tonnenbauchige Götter mit ungewöhnlichen Riten verehrten. Die Gerüchte verbreiteten sich auch am Fuß der Berge, wo hagere Nomaden sich an den Schätzen der Karawanen bereicherten. Sie fanden ihren Weg in das fruchtbare Hochland, in dem sich prächtige Städte an blauen Seen und Flüssen erhoben, und machten auch an den breiten, weißen Straßen nicht Halt, auf denen Ochsenkarren rollten, Rinder brüllten und sich reiche Kaufleute, Ritter in stählernen Rüstungen, Bogenschützen und Priester drängten.

Es waren Gerüchte, die aus der Wüste östlich von Stygien kamen, weit im Süden der kothischen Berge. Ein neuer Prophet war unter den Nomaden erstanden. Man sprach von Kriegen zwischen den Stämmen, von Geiern, die sich im Südosten in Massen scharten, und von einem schrecklichen Anführer, der seine schnell wachsenden Horden von Sieg zu Sieg führte. Die Stygier, seit jeher den nördlichen Nationen eine Bedrohung, hatten offenbar nichts mit dieser Bewegung zu tun, denn sie sammelten ihre eigenen Truppen an der Ostgrenze, und ihre Priester nahmen Zuflucht zur Magie, um gegen den Wüstenzauberer vorzugehen, den man Nathok, den Verschleierten nannte, da er stets sein Gesicht verhüllte.

Aber die Flut rollte nordwärts, und die dunkelbärtigen Könige starben von den Altären ihrer tonnenbauchigen Götter, während ihre befestigten Städte in Blut getaucht wurden. Man vermutete, daß das hyborische Hochland das Ziel Natokhs und seiner frommen Anhänger war.

Überfälle aus der Wüste waren nichts Ungewöhnliches, aber die gegenwärtige Bewegung schien mehr als ein üblicher Überfall zu werden. Natokh, so ging das Gerücht, sollten sich bereits dreißig Nomadenstämme und die streitbaren Männer von fünfzehn Städten angeschlossen haben, ja sogar ein Rebellenprinz aus Stygien kämpfte an seiner Seite. Letzteres verlieh der Bewegung einen besonders ernsten Anstrich.

Charakteristischerweise nahmen die meisten der hyborischen Nationen die drohende Gefahr nicht zur Kenntnis. Aber in Khoraja, das die Klingen kothischer Abenteurer aus shemitischem Land gehauen hatten, war man sich ihrer durchaus bewußt. Da das kleine Königreich südlich von Koth lag, würde es die Invasion voll zu spüren bekommen. Dazu befand sich der junge König von Khoraja in der Gefangenschaft des verräterischen Königs von Ophir, der sich nicht entschließen konnte, ob er ihn für ein hohes Lösegeld freigeben, oder seinem Erzfeind, dem geizigen König von Koth ausliefern sollte, von dem er zwar kein Gold, dafür aber ein günstiges Bündnis bekommen konnte. Inzwischen lag die Regentschaft des leidgeprüften Landes in den zarten Händen der jungen Prinzessin Yasmela, der Schwester des Königs.

Minnesänger priesen in der ganzen westlichen Welt ihre

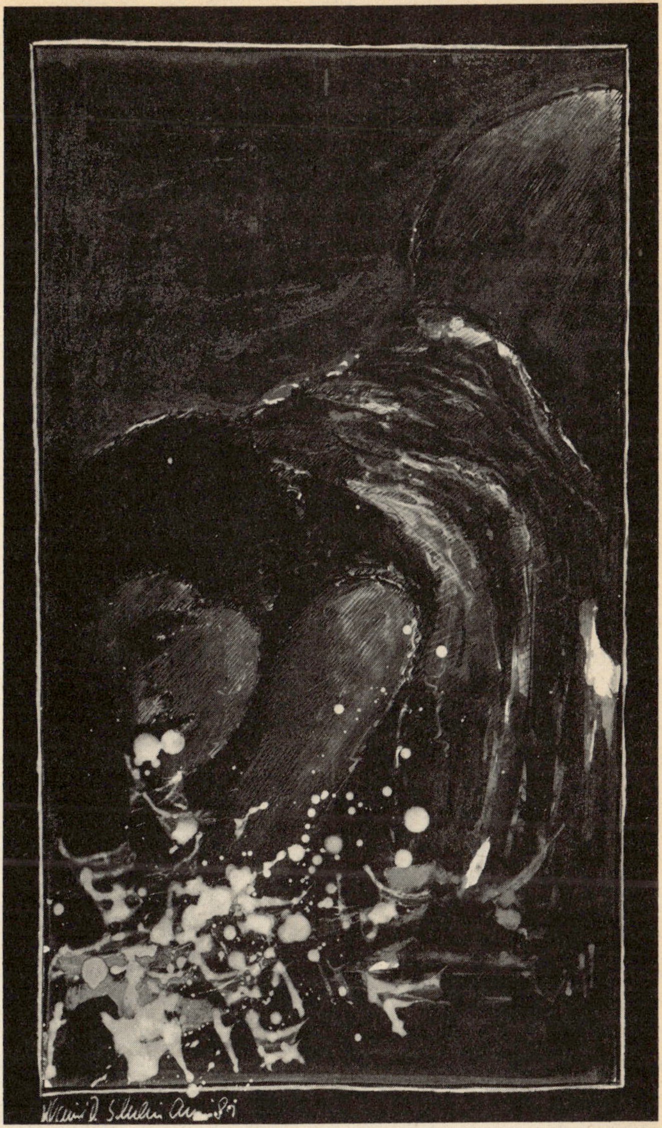

Schönheit, und ihrer war der Stolz einer langen Königsdynastie. Aber in dieser Nacht legte sie ihren Stolz ab wie ihr Gewand. In ihrem Gemach mit seiner Kuppel aus Lapislazuli, mit dem mit kostbaren und seltenen Fellen bedeckten Marmorboden und den mit goldenen Friesen kunstvoll verzierten Wänden, schlummerten auf Samtdiwanen rings um das goldene Podest, auf dem das Bett der Prinzessin mit seinem Seidenbaldachin stand, zehn Mädchen, die Töchter von Edelmännern, mit schweren goldenen Arm- und Beinreifen. Aber Prinzessin Yasmela ruhte nicht in diesem seidenen Bett. Sie lag nackt auf ihrem Bauch auf dem kalten Marmorboden, wie ein sich zutiefst erniedrigender Bittsteller. Ihr dunkles Haar wallte über ihre weißen Schultern, ihre schlanken Finger hatte sie ineinander verkrampft. Sie wand sich in furchtbarem Grauen, das ihr das Blut in den geschmeidigen Gliedern erstarren ließ, ihre schönen Augen verschleierte, an ihren Haarwurzeln zu zerren schien, und ihr ein Schaudern über den Rücken jagte.

Über ihr, in der dunkelsten Ecke des Marmorgemachs lauerte ein gewaltiger, formloser Schatten. Es war keine lebende Gestalt aus Fleisch und Blut, sondern ein Fleck in der Dunkelheit, etwas, das vor den Augen verschwamm, ein monströser Nachtgeist, der eine Einbildung ihres schlaftrunkenen Geistes sein könnte, wären nicht die Punkte glühenden, gelben Feuers, die wie zwei Augen aus der Schwärze funkelten.

Außerdem hatte dieses monströse Schattenwesen eine Stimme, die jedoch mit ihrem merkwürdigen Säuseln keiner menschlichen glich, sondern leicht an das Zischen einer Schlange erinnerte. Ihr Klang, sowie die Bedeutung der Worte erfüllten die Prinzessin mit einem so unerträglichen Entsetzen, daß sie ihren schlanken Körper wie unter Peitschenhieben krümmte, als könnte sie dadurch ihren Geist glauben machen, es gäbe dieses Alptraumwesen nicht.

»Du bist für mich bestimmt, Prinzessin«, zischelte die Stimme triumphierend. »Noch ehe ich aus meinem langen Schlaf erwachte, hatte ich dich für mich erwählt und sehnte mich nach dir, doch die alte Zauberformel, durch die ich meinen Feinden entkam, bannte mich. Ich bin die Seele Natokhs, des Verschleierten. Sieh mich gut an, Prinzessin! Bald wirst du mich in meiner körperlichen Form erblicken und in Liebe zu mir entflammen!«

Das gespenstische Zischeln wurde zu begehrlichem Säuseln. Yasmela stöhnte und hämmerte in ihrer Hilflosigkeit und Furcht mit den kleinen Fäusten auf die Marmorfliesen.

»Ich schlummere in einem Gemach im Palast von Akhbitana«, fuhr die säuselnde Stimme fort. »Dort liegt mein fleischlicher Körper, und doch ist er nur eine leere Hülle, die mein Geist eine kurze Weile verlassen hat. Könntest du aus dem Palastfenster sehen, würdest du die Nutzlosigkeit eines Widerstands erkennen. Die Wüste ist ein Rosengarten unter dem Mond, mit ihren Feuern Hunderttausender von Kriegern. So wie eine Lawine vom Berg rollt, immer schneller und größer wird, so werde ich die Lande meiner alten Feinde überwälzen. Ihre Könige werden mir ihre Schädel für Trinkkelche geben, ihre Frauen und Kinder werden die Sklaven der Sklaven meiner Sklaven sein. Ich bin stark geworden in den langen Jahren meines Träumens ...

Doch du wirst meine Königin werden, o Prinzessin! Ich will dich die alten vergessenen Freuden lehren. Wir ...« Vor dem Strom kosmischer Obszönität, der aus dem schattenhaften Koloß auf sie herabschwoll, zuckte und wand Yasmela sich, als wäre er eine Peitsche, die in ihr Fleisch biß.

»Vergiß nicht«, wisperte das Alptraumwesen, »in wenigen Tagen schon wirst du mein sein!«

Yasmela preßte ihr Gesicht an die Fliesen und verschloß die Ohren mit den zarten Fingern. Trotzdem war ihr, als höre sie ein seltsames Rascheln, wie das Flattern von Fledermausflügeln. Als sie es wagte, wieder aufzublicken, sah sie nur den Mond, der durch das Fenster einen Silberstrahl wie ein Schwert in die Ecke schickte, in der sich eben noch das Phantom befunden hatte. Am ganzen Leib zitternd erhob sich die Prinzessin und taumelte zu einem satinüberzogenen Diwan, auf den sie sich hysterisch weinend warf. Die Mädchen schliefen weiter, nur eine erwachte. Sie setzte sich auf, gähnte, reckte ihre schlanken Glieder und sah sich blinzelnd um. Sofort eilte sie zu Yasmela, kniete sich vor ihrem Diwan nieder, und legte beruhigend die Arme um Yasmelas schlanke Taille.

»Was — was ist geschehen?« Ihre dunklen Augen waren furchtgeweitet.

Yasmela schlang heftig die Arme um sie. »O Vateesa, ES ist wiedergekommen! Ich sah ES — hörte ES sprechen. ES nannte seinen Namen — Natokh! ES ist Natokh, nicht bloß ein Alptraum. ES schwebte über mir, während ihr wie betäubt geschlafen habt. Was — o *was* kann ich tun?«

Vateesa spielte nachdenklich mit einem goldenen Armband.

»O Prinzessin«, sagte sie, »es besteht kein Zweifel, daß irdische Mächte ihm nichts anzuhaben vermögen. Auch das Amulett, das die Ischtarpriester Euch gaben, schützt Euch nicht vor ihm. Sucht das vergessene Orakel Mitras auf.«

Trotz ihrer kaum überstandenen Furcht erschauderte Yasmela bei diesem Rat kaum weniger, als beim Anblick des Phantoms. Die Götter von gestern wurden zu den Dämonen von morgen. Die Kothier verehrten Mitra schon seit Äonen nicht mehr. Sie hatten diesen einst größten aller hyborischen Götter vergessen. Irgendwie glaubte Yasmela, daß diese Gottheit, weil sie sehr, sehr alt war, auch sehr, sehr schrecklich sein mußte. Ischtar war eine furchterregende Göttin, wie alle kothischen Götter furchteinflößend waren. Die kothische Kultur und Religion hatten unter dem gemischten Einfluß shemitischer und stygischer Bräuche gelitten. Die einfachen Sitten der Hyborier waren zu einem hohen Maß durch die sinnliche, luxusliebende und doch despotische Art des Ostens verändert worden.

»Wird Mitra mir denn helfen?« In ihrer Aufregung umklammerte Yasmela Vateesas Handgelenk so heftig, daß das Mädchen leise aufschrie. »So lange schon beten wir Ischtar an ...«

»Er wird Euch ganz sicher helfen.« Vateesa war die Tochter eines ophitischen Priesters, der seinen Glauben und seine Sitten mitgebracht hatte, als er vor politischen Feinden nach Khoraja fliehen mußte. »Geht zu seinem Altar! Ich werde Euch begleiten.«

»Ja, ich werde zu ihm gehen.« Yasmela erhob sich, verwehrte es Vateesa jedoch, sie anzukleiden. »Es wäre anmaßend, mich dem Schrein in Samt und Seide zu nähern. Nackt und auf den Knien werde ich zu Mitra flehen, wie es sich für eine Bittstellerin schickt. Mitra soll nicht glauben, mir fehle es an Demut.«

»Unsinn!« Vateesa hatte keinen Respekt vor Kulten, die sie für falsch hielt. »Mitra will, daß die Menschen aufrecht vor ihm stehen — und sich nicht wie Würmer auf dem Bauch vor ihm krümmen, oder seine Altäre mit Opferblut besudeln.«

Derart beruhigt gestattete Yasmela dem Mädchen, ihr in ein seidenes Mieder zu helfen, über das sie eine Seidentunika zog, die sie mit einem breiten Samtgürtel schloß. Sie schlüpfte noch in Satinpantöffelchen, während Vateesas geschickte Finger ihr dunkles, welliges Haar zu seidig glänzenden Zöpfchen flocht. Danach folgte die Prinzessin dem Mädchen hinter einen schweren, mit Goldfäden bestickten Wandteppich und durch eine dort verborgene Tür. Sie führte auf einen schmalen, gewundenen Gang, durch den die Mädchen zu einer weiteren Tür und hinaus auf einen breiten

Korridor kamen. Hier stand ein Leibgardist in vergoldetem Kammhelm, silbernem Harnisch und golddurchzogenen Beinröhren, mit einer langschäftigen Streitaxt Wache.

Eine flüchtige Handbewegung ließ ihn verstummen, noch ehe er ein Wort über die Lippen brachte. Salutierend nahm er seinen Posten neben der Tür wieder ein und blieb reglos wie eine Statue stehen. Die Mädchen durchquerten den Korridor, der im Licht der Pechschalen an den hohen Wänden gespenstisch wirkte, und stiegen eine Treppe hinunter. Bei jedem Schatten in ihren verborgenen Winkeln zuckte Yasmela zusammen. Drei Stockwerke tiefer hielten sie schließlich in einem schmalen Gang inne. Seine gewölbte Decke war mit Edelsteinen besetzt, der Boden aus Kristallblöcken zusammengefügt, und die Wände waren mit goldenen Friesen verziert. Diesen prächtigen Korridor rannten sie, einander an der Hand haltend, hinunter zu einem breiten vergoldeten Portal.

Vateesa stieß die Tür auf. Ein Altar lag vor ihnen, der unbesucht blieb, außer von ein paar Getreuen und königlichen Gästen des khorajanischen Hofes, für die dieser Schrein überhaupt noch erhalten wurde. Yasmela war nie zuvor hierhergekommen, obgleich sie im Palast das Licht der Welt erblickt hatte. Im Vergleich mit den prunkvollen Ischtaraltären wirkte er einfach in seiner ungekünstelten Würde, die für die Mitrareligion charakteristisch war.

Die Decke war hoch, doch nicht gewölbt, und bestand aus unverziertem weißen Marmor, genau wie die Wände und der Boden, doch wurden letztere durch ein goldenes Fries ringsum aufgelockert. Hinter dem Altar aus klarem grünen Jade, der unbefleckt von Opferblut war, stand das Podest, und darauf saß das weltliche Abbild der Gottheit. Mit ehrfürchtig geweiteten Augen betrachtete Yasmela die mächtigen Schultern, die feingeschnittenen Züge, die gütig wirkenden Augen, den patriarchalischen Bart, die üppigen

Locken, die von einem einfachen Band um die Schläfen gehalten wurden. Das war, obgleich Yasmela es nicht wußte, Kunst in ihrer höchsten Vollendung — der freie, unverfälschte Ausdruck einer zutiefst ästhetischen Rasse, die frei von konventionellem Symbolismus war.

Die Prinzessin fiel vor dieser Statue auf die Knie und drückte schließlich, trotz Vateesas Einwände, die Stirn auf den kalten Marmorboden. Vorsichtshalber folgte die Ophitin dann aber doch dem Beispiel, denn man konnte ja nie wissen, schließlich war sie nur ein junges Mädchen, und dieser Schrein erfüllte sie mit tiefer Ehrfurcht. Allerdings konnte sie nicht umhin, Yasmela ins Ohr zu flüstern:

»Das ist nur ein Idol. Niemand maßt sich an, zu wissen, wie Mitra wirklich aussieht. So stellte man ihn in idealisierter Menschengestalt dar, der Vollkommenheit so nah, wie Menschengeist sie auszudrücken vermag. Mitra wohnt nicht in kaltem Stein, wie eure Priester es auch glauben machen wollen, daß Ischtar es tut. Er ist überall — über uns, um uns, und manchmal träumt er hoch dort oben zwischen den Sternen. Doch hierher wendet er oft den Blick. Darum ruft ihn jetzt an.«

»Was soll ich sagen?« wisperte Yasmela angstvoll.

»Noch ehe Ihr überhaupt den Mund zu öffnen vermögt, kennt Mitra bereits Eure Gedanken ...«, begann Vateesa, und zuckte genau wie Yasmela furchtsam zusammen, als eine Stimme in der Luft über ihnen erschallte. Die tiefe, ruhige, an Glocken erinnernde Stimme kam weder aus dem steinernen Abbild, noch von sonstwo her in dem Altarraum. Wieder erbebte die Prinzessin unter einer körperlosen Stimme, die zu ihr sprach, doch diesmal nicht vor Grauen oder Abscheu.

»Sprich nicht, meine Tochter, denn ich lese in deiner Seele!« Die Stimme klang musikalisch wie sanfte Wogen, die rhythmisch über einen goldenen Strand spülten. »Es gibt einen Weg, dein Königreich und mit ihm die ganze Welt vor den Fängen der Schlange zu retten, die aus der Finsternis alter Zeit gekrochen kommt. Geh allein hinaus auf die Straße und lege das Geschick deines Königreichs in die Hände des ersten Mannes, dem du begegnest!«

Die echolose Stimme verstummte. Die beiden Mädchen starrten einander an. Schweigend erhoben sie sich und stahlen sich davon, und sie sprachen auch nicht, bis sie wieder in Yasmelas Schlafgemach zurück waren. Die Prinzessin blickte aus dem goldvergitterten Fenster. Der Mond war bereits untergegangen, es war lange nach Mitternacht. Die fröhlich Feiernden hatten sich aus den Gärten und von den Dächern zurückgezogen. Khoraja schlummerte unter den Sternen, mit denen die Pechschalen in Gärten, Straßen und auf den flachen Dächern der Häuser, in denen die Menschen schliefen, zu wetteifern suchten.

»Was wollt Ihr tun?« fragte Vateesa zitternd.

»Bring mir einen Umhang!« bat die Prinzessin.

»Aber allein auf der Straße, und zu dieser Stunde!« rief Vateesa.

»Mitra hat gesprochen«, erwiderte Yasmela. »Ob es nun die Stimme eines Gottes gewesen ist, oder der Trick eines Priesters, ich werde gehen!«

Sie warf sich einen weiten Seidenumhang um die schmalen Schultern, setzte eine Samtkappe auf, von der ein feiner Schleier hing, den sie sich vor das Gesicht zog. Hastig durchquerte sie die Korridore. Vor einer Bronzetür standen ein Dutzend Speerträger, die ihr offenen Mundes nachstarrten, als sie hindurcheilte. Diese Tür befand sich in einem direkt auf die Straße führenden Flügel. Alle anderen Seiten des Palasts waren von Gärten mit hohen Mauern umgeben. Yasmela kam auf einer Straße heraus, die in regelmäßigen Abständen von Pechschalen auf hohen Stangen erhellt wurde. Sie zögerte, doch dann schloß sie endlich die Tür hinter sich, ehe sie in ihrem Entschluß zu schwanken beginnen konnte. Leicht schaudernd blickte sie die Straße hoch und nieder, die still und menschenleer vor ihr lag. Noch nie hatte die Königstochter sich ohne Eskorte außerhalb des Palasts ihrer Vorfahren gewagt. Sie straffte die Schultern und begab sich schnellen Schrittes die Straße entlang. Ihre Füße in den dünnen Satinpantöffelchen verursachten kaum einen Laut, trotzdem schlug ihr Herz bei jedem Aufsetzen ihrer zierlichen Füße heftig. Sie bildete sich ein, ihre Schritte hallten wie Donner in der riesigen Stadt wider und weckten all überall in den Gossen zerlumpte Gestalten mit unsteten Augen. Jeder Schatten schien ihr einen versteckten Meuchelmörder zu verbergen, und jede Tür die geifernden Hunde der Finsternis.

Plötzlich zuckte sie erschrocken zusammen. Vor ihr trat eine Gestalt aus einer dunklen Gasse auf die Straße. Hastig zog Yasmela sich in den Schatten einer Mauer zurück, der ihr mit einemmal wie eine Zuflucht erschien. Ihr Herz hämmerte wie besessen. Die näherkommende Gestalt bewegte sich jedoch nicht verstohlen wie ein Dieb, oder ängstlich wie einer, der aus irgendeinem Grund schnell durch die Stadt mußte. Festen Schrittes stiefelte sie daher, als gäbe es für sie nichts, das sie zu fürchten hätte. Schwer schlugen die Sohlen auf dem Pflaster auf. Als sie an einer flackernden Pechlampe vorüberkam, konnte Yasmela sie ganz deutlich sehen. Es war ein riesenhafter Mann in der Kettenrüstung eines Söldners. Die Prinzessin nahm all ihren Mut zusammen und rannte aus dem Schatten heraus. Den Umhang hielt sie eng um sich gehüllt zusammen.

»Sa-ha!« Der Söldner riß sein Schwert halb aus der Scheide, doch dann schob er es sofort zurück, als er sah, daß er eine Frau vor sich hatte. Trotzdem schaute er sich wachsam um, ob nicht irgendwo in den Schatten Halunken lauerten, deren Lockvogel die Frau sein mochte.

Mit der Hand an dem langen Schwertgriff, der aus dem wallenden scharlachroten Umhang über dem Kettenhemd herausragte, betrachtete er sie. Das flackernde Licht spiegelte sich an dem glänzenden blauen Stahl seiner Beinröhren und der Kesselhaube. Doch stärker als das Licht funkelten seine eisblauen Augen. Beim ersten Blick schon hatte die Prinzessin erkannt, daß er kein Kothier war, und als er sprach, wurde ihr bewußt, daß er auch aus keinem hyborischen Land stammte. Seine Kleidung wies ihn als Hauptmann der Söldnertruppen aus, zu denen Männer aus den verschiedensten Ländern gehörten, Barbaren ebenso wie hochzivilisierte Fremde. Das unübersehbare Wölfische an ihm verriet den Barbaren. Nie würden die Augen eines zivilisierten Menschen, egal wie wild oder schurkisch er war, mit einem solchen Feuer brennen. Sein Atem, der ihr flüchtig entgegenschlug, roch nach Wein, aber der Mann torkelte weder, noch stammelte er.

»Haben sie dich auf die Straße gesperrt?« fragte er in barbarischem Kothisch und streckte die Hand nach ihr aus. Seine Finger legten sich nur leicht um ihr Handgelenk, aber sie spürte, daß sie es ohne Anstrengung zermalmen könnten, wenn er es so wollte. »Ich komme aus dem letzten noch offenen Weinhaus — Ischtars Fluch auf diese erbärmlichen Weltverbesserer, die alle Tavernen am liebsten schon am frühen Abend schließen würden! ›Die Männer sollen schlafen, statt zu saufen!‹ sagen sie. Ha! Damit sie für ihre Herrn besser arbeiten und kämpfen können! Hasenherzige Eunuchen sind sie in meinen Augen! Als Söldner in Corinthien soffen und liebten wir die ganze Nacht hindurch und kämpften dafür am Tag um so besser — ja, Blut floß in Strömen von unseren Schwertern. Aber was ist mit dir, mein Mädchen? Zieh doch diesen verdammten Schleier hoch . . .«

Sie wich seinem Griff mit einer geschmeidigen Drehung

ihres grazilen Körpers aus. Ihr war die Gefahr durchaus bewußt, in der sie mit diesem betrunkenen Barbaren schwebte. Sagte sie ihm, wer sie war, würde er sie auslachen oder einfach stehen lassen. Sie war sich auch nicht sicher, ob er ihr nicht vielleicht einfach den Hals umdrehen würde. Barbaren waren zu allem fähig. Sie kämpfte gegen ihre wachsende Angst an.

»Nicht hier«, sagte sie mit gezwungenem Lachen. »Komm mit mir ...!«

»Wohin?« Sein wildes Blut pochte heiß in den Adern, aber er war wachsam wie ein Wolf. »Willst du mich Räubern in die Hände liefern?«

»Nein, nein, ich schwöre es!« Es war nicht leicht, der Hand auszuweichen, die schon wieder nach ihrem Schleier griff.

»Der Teufel hole dich, Weibsbild!« brummte er verärgert. »Du bist nicht besser als die Hyrkanierinnen mit ihren verdammten Schleiern. Dann laß mich wenigstens deine Figur sehen!«

Ehe sie es verhindern konnte, hatte er ihr den Umhang von der Schulter gerissen. Sie hörte, wie er bewundernd den Atem einsog. Er hielt ihren Umhang und starrte sie an, als hätte der Anblick ihres kostbaren Gewands ihn ein wenig ernüchtert. Wieder stieg Mißtrauen in ihm auf.

»Wer, zum Teufel, bist du?« knurrte er. »Du bist keine Straßendirne — außer dein Zuhälter hat deine Sachen aus dem Harem des Königs gestohlen.«

»Zerbrich dir jetzt nicht den Kopf darüber.« Sie wagte es nun sogar, eine Hand auf seinen muskulösen Arm zu legen. »Komm lieber schnell mit mir von der Straße!«

Er zögerte, dann zuckte er die mächtigen Schultern. Sie erriet, daß er sie für eine vornehme Dame hielt, die ihrer feinen Liebhaber müde, sich auf diese Weise amüsieren wollte. Er gestattete, daß sie sich wieder in den Umhang hüllte, und folgte ihr. Sie beobachtete ihn aus dem Augenwinkel, während sie gemeinsam die Straße hoch schritten. Seine Rüstung vermochte nicht die kräftigen Muskeln, die raubtierhafte Kraft verrieten, zu verbergen. Alles an ihm war raubtierhaft, ungebändigt. Er war ihr so fremd wie der Dschungel, wenn sie ihn mit den vornehmen Höflingen verglich, an die sie gewöhnt war. Sie fürchtete ihn, versuchte sich einzureden, daß sie seine rohe Kraft und seine barbarischen Manieren verabscheute, und doch zog er sie ungewollt an, rührte an etwas in ihrer Seele. Allein bei der Erinnerung an die Berührung seiner harten Hand auf ihrem Arm erschauderte sie auf angenehme Weise. Viele Männer waren vor ihr auf die Knie gesunken, doch hier war einer, das spürte sie, der vor niemandem das Knie beugen würde. Sie fühlte sich wie eine Frau, die einen ungezähmten Tiger spazierenführte, sie hatte Angst und war doch gleichzeitig von dieser Angst fasziniert.

An der Palasttür blieb sie stehen und drückte leicht dagegen. Verstohlen beobachtete sie ihren Begleiter, doch sie las kein Mißtrauen in seinen Augen.

»Palast, hm?« brummte er. »Du bist also eine Leibmagd!«

Mit etwas fast wie Eifersucht fragte sie sich, ob vielleicht schon eine ihrer Dienerinnen diesen Kriegsadler in ihren Palast mitgenommen hatte. Die Wachen standen unbewegt, als sie ihn durch sie hindurchführte, aber er beobachtete sie wie ein wilder Hund es vielleicht bei einer fremden Meute tun mochte. Sie ging ihm voraus durch eine behangene Tür in ein Gemach, wo er sich neugierig umsah, bis er einen Weinkrug auf einem Ebenholztischchen stehen sah. Erleichtert aufseufzend griff er danach und hob ihn an die Lippen. In diesem Augenblick kam Vateesa aus dem Nebengemach herbeigelaufen und rief atemlos: »O meine Prinzessin ...«

»Prinzessin!«

Der Weinkrug fiel auf den Boden und zerbrach. Mit einer

blitzschnellen Bewegung riß der Söldner Yasmelas Schleier herunter. Mit einem Fluch wich er zurück und sein Schwert schien wie von selbst in seine Hand zu springen. Seine Augen funkelten gleich denen eines gestellten Tigers. Eine Spannung wie vor einem Gewitter hing in der Luft. Ohne ein weiteres Wort hervorzubringen, sank Vateesa furchterfüllt auf den Boden, aber Yasmela stand dem Barbaren gegenüber, ohne auch nur mit der Wimper zu zucken. Sie wußte, daß ihr Leben an einem seidenen Faden hing. In seinem Mißtrauen mochte der Barbar bei der geringsten Bewegung zuschlagen. Doch irgendwie genoß die Prinzessin die Aufregung dieser Situation.

»Habt keine Angst!« sagte sie. »Ich bin Yasmela, aber Ihr habt keinen Grund, mich zu fürchten.«

»Weshalb brachtet Ihr mich hierher?« knurrte er, und seine eisig glitzernden Augen blicken sich mißtrauisch um. »Es stinkt nach einer Falle!«

»Keine Falle!« versicherte sie ihm. »Ich brachte Euch hierher, weil ich Hilfe brauche. Ich rief die Götter an — Mitra rief ich an, und er gebot mir, auf die Straße zu gehen und den ersten Mann, dem ich begegnen würde, um Hilfe zu bitten.«

Das war etwas, das er verstehen konnte. Auch die Barbaren hatten ihre Orakel. Er senkte das Schwert, steckte es jedoch nicht in die Hülle zurück.

»Nun, wenn Ihr Yasmela seid, habt Ihr wahrhaftig Hilfe bitter nötig«, brummte er. »Euer Königreich befindet sich in keiner erfreulichen Lage. Aber wie kann ich Euch helfen? Wenn Ihr möchtet, daß ich jemanden die Kehle durchschneide . . .«

»Setzt Euch!« bat sie. »Vateesa, bring ihm Wein!«

Er ließ sich, wie ihr auffiel, so nieder, daß er mit dem Rücken gegen eine Wand lehnte, und den ganzen Raum im Auge behalten konnte. Sein blankes Schwert legte er über die von der Kettenrüstung bedeckten Knie. Sie betrachtete es fasziniert. Sein stumpfblaues Schimmern schien von heißem Kampf und Blutvergießen zu erzählen. Sie bezweifelte, daß sie kräftig genug wäre, es zu heben, und doch wußte sie, daß dieser Söldner es mit einer Hand so leicht schwingen konnte, als wäre es eine Reitpeitsche. Sie bemerkte die Größe seiner fast prankenhaften Hände, in denen ungeheure Kraft stecken mußte. Erschrocken ertappte sie sich dabei, daß sie sich vorstellte, wie diese starken Finger durch ihre schwarzen Locken fuhren.

Sein Mißtrauen ließ nach, als sie sich auf einem Diwan ihm gegenüber niederließ. Er nahm seine Kesselhaube ab, legte sie auf den Tisch und zog den Nackenschutz zurück, daß die Kettenglieder lose auf die Schulter fielen. Sie fand nun doch eine Ähnlichkeit zu den hyborischen Rassen an ihm. Sein dunkles sonnengebräuntes Gesicht verriet ein wenig Düsternis, und, ohne daß sie von Verderbtheit oder Bosheit gezeichnet waren, wirkten die Züge finster, was die funkelnden Augen noch betonten. Eine gerade geschnittene, rabenschwarze Mähne hing über die hohe Stirn.

»Wer seid Ihr?« fragte sie.

»Conan, ein Hauptmann der Söldnerspeerträger«, antwortete er, ehe er den Weinbecher mit einem Schluck leerte und zum Nachfüllen ausstreckte. »Ich wurde in Cimmerien geboren.«

Dieser Name sagte ihr wenig. Sie erinnerte sich nur vage, einmal gehört zu haben, daß Cimmerien ein rauhes Bergland im fernen Norden, jenseits der letzten Außenposten der hyborischen Nationen und die Heimat einer wilden, grimmigen Rasse war. Aber sie war nie zuvor einem Cimmerier begegnet.

Sie stützte das Kinn auf ihre Hände und blickte ihn mit den klaren dunklen Augen an, die ihr schon viele Herzen hatten zufliegen lassen.

»Conan von Cimmerien«, flüsterte sie. »Ihr sagtet, ich hätte Hilfe bitter nötig. Wieso?«

»Nun«, erwiderte er. »Das ist jedem klar. Der König, Euer Bruder, befindet sich in Gefangenschaft in Ophir. Koth ist darauf aus, euch zu versklaven. Dazu kommt noch dieser Zauberer, der die Hölle auf Shem herabbeschwört. Und außerdem desertieren jeden Tag mehr Eurer Soldaten.«

Sie antwortete nicht sofort. Es war völlig ungewohnt für sie, daß jemand so offen zu ihr sprach, ohne seine Worte in höfische Phrasen zu kleiden.

»Weshalb desertieren meine Soldaten, Conan?« fragte sie.

»Manche laufen zu Koth über, weil man ihnen dort mehr verspricht«, brummte er und schenkte seinen Becher nach. »Viele sind der Ansicht, daß Khoraja ohnedies bald seine Unabhängigkeit verlieren wird. Und vielen jagen diese Schauergeschichten über den Hund Natokh Angst und Schrecken ein.«

»Werden die Söldner uns beistehen?« fragte sie besorgt.

»Nur solange sie gut bezahlt werden«, erwiderte er offen. »Eure Politik bedeutet uns nichts. Ihr könnt Eurem General Amalric vertrauen, aber der Rest sind Männer, für die nur die Beute, die sie machen können, zählt. Wenn Ihr das Lösegeld bezahlt, das Ophir verlangt, werdet Ihr nicht mehr genug Sold für uns haben, so zumindest geht das Gerücht. In diesem Fall könnte es leicht sein, daß der größte Teil der Söldner zum König von Koth überläuft, obgleich er ein Knauser ist, wie man nicht so schnell einen findet. Oder es wäre natürlich auch möglich, daß wir diese Stadt plündern. In Bürgerkriegen gibt es immer reiche Beute.«

»Weshalb würdet ihr nicht zu Natokh überlaufen?« fragte Yasmela.

»Womit würde er uns bezahlen?« entgegnete Conan verächtlich. »Mit tonnenbäuchigen Idolen, die er aus den shemitischen Städten geplündert hat? Solange Ihr gegen Natokh kämpft, könnt Ihr uns trauen.«

»Würden Eure Kameraden Euch folgen?« fragte sie übergangslos.

»Was meint Ihr damit?«

»Nun, ganz einfach, daß ich Euch zum Feldherrn der khorajanischen Heere machen werde.«

Er stellte den Becher ab, den er gerade an die Lippen führen wollte, und starrte sie an. Plötzlich begann er über das ganze Gesicht zu grinsen.

»Feldherr! Crom! Aber was werden Eure parfümierten Edlen dazu sagen?«

»Sie werden mir gehorchen!« Sie klatschte in die Hände, um einen Sklaven zu rufen, der mit einer tiefen Verbeugung eintrat. »Laß Graf Thespides sofort zu mir kommen, und den Kanzler Taurus, ebenso Lord Amalric und den Agha Shupras!«

»Ich setze mein Vertrauen in Mitra«, erklärte die Prinzessin und schaute Conan fest an, der jetzt das Essen verschlang, das Vateesa zitternd vor ihm abgestellt hatte. »Habt Ihr schon in vielen Kriegen gekämpft?«

»Ich wurde mitten im Schlachtgetümmel geboren«, antwortete er, ehe er mit kräftigen Zähnen ein Stück Fleisch von einer gewaltigen Keule biß. »Das erste, was ich in diesem Leben hörte, war das Klirren von Schwertern, Schlachtrufe und das Schreien der Verwundeten. Ich kämpfte in Blut- und Stammesfehden und in Kriegen, die mächtige Reiche gegeneinander führten.«

»Aber könnt Ihr Eure Männer auch anführen und zur Schlacht formieren?«

»Ich kann es versuchen«, erwiderte er unerschütterlich. »Es ist nicht viel mehr als ein Schwertkampf in größerem Maßstab. Man lockt den Gegner aus seiner Deckung ins Gefecht. Entweder liegt dann er am Boden oder man selbst.«

Der Sklave kam zurück und meldete die Ankunft der Männer, nach denen geschickt worden war. Yasmela trat in das anschließende Gemach und zog den Samtvorhang hinter sich zu. Die Edlen beugten die Knie. Sie waren offensichtlich erstaunt, zu so später Stunde gerufen zu werden.

»Ich habe euch kommen lassen, um euch meine Entscheidung kund zu tun«, sagte Yasmela. »Das Königreich ist in Gefahr.«

»Sehr richtig, meine Prinzessin.« Graf Thespides ergriff das Wort. Er war ein hochgewachsener Mann mit gelocktem schwarzen Haar. Mit einer Hand strich er sich über den Spitzbart, während die andere ein Samtbarett mit einer scharlachroten Feder hielt. Seine spitzen Schuhe waren aus Satin, und sein goldbesticktes Samtwams reichte ihm bis über die Hüften. Sein Benehmen wirkte geziert, aber die Muskeln unter der prächtigen Gewandung waren nicht zu übersehen.

»Ich wollte Euch bereits vorschlagen, Ophir mehr Gold für die Freilassung Eures Bruders anzubieten«, sagte er.

»Ich bin absolut dagegen«, warf Taurus, der Kanzler ein. Er war ein älterer Mann, dessen Züge von seinem langjährigen Dienst gezeichnet waren. Er trug eine mit Hermelin besetzte Robe. »Wir erklärten uns schon bereit, mehr zu bezahlen, als wir uns leisten können. Eine noch höhere Summe vorzuschlagen, würde Ophirs Habgier nur noch mehr anstacheln. Meine Prinzessin, ich bin nach wie vor, wie Ihr wißt, der Überzeugung, daß Ophir nichts unternehmen wird, solange nicht die Entscheidung zwischen uns und den eindringenden Horden dieses Natokhs gefallen ist. Unterliegen wir, wird Ophir König Khossus Koth ausliefern, siegen wir, wird er ihn zweifellos nach Aushändigung eines Lösegelds zu uns zurückschicken.«

»Und inzwischen desertieren täglich mehr Soldaten«, gab Amalric zu bedenken. »Und die Söldner werden unruhig, weil wir immer noch nichts unternehmen.« Der General war ein riesenhafter Nemedier mit einer gelben Löwenmähne. »Wir müssen schnell handeln, wenn wir ...«

»Morgen marschieren wir südwärts«, versicherte ihm Yasmela. »Und hier ist der Mann, der euch führen wird.«

Sie zog den Samtvorhang zurück und deutete nicht ohne Dramatik auf den Cimmerier. Allerdings hatte sie dafür vielleicht nicht gerade den richtigen Augenblick gewählt, denn Conan hatte sich auf seinem Diwan zurückgelehnt und die Beine auf den Tisch gelegt, während er damit beschäftigt war, an der Rinderkeule zu nagen, die er in beiden Händen hielt. Er blickte gleichmütig auf die erstaunten Edlen, grinste Amalric zu, und aß ungerührt weiter.

»Mitra schütze uns!« entfuhr es Amalric. »Das ist Conan, der Nordmann, der wildeste meiner Söldner! Ich hätte ihn schon längst hängen lassen, wäre er nicht der beste Schwertkämpfer, der mir je unterkam ...«

»Eure Hoheit beliebt zu scherzen!« sagte Thespides schrill. Seine aristokratischen Züge verdüsterten sich. »Dieser Mann ist ein Wilder — ohne Kultur und Manieren! Es kommt einer Beleidigung gleich, Männer meines Blutes unter ihm dienen zu lassen! Ich ...«

»Graf Thespides«, sagte Yasmela, »Ihr tragt meinen Handschuh an Eurem Gürtel. Gebt ihn mir zurück, dann geht!«

»Geht?« rief er verblüfft. »Wohin?«

»Nach Koth oder zum Hades«, antwortete die Prinzessin. »Wenn Ihr mir nicht dienen wollt, wie ich es befehle, dann werdet Ihr mir überhaupt nicht mehr dienen.«

»Ihr tut mir unrecht, Prinzessin«, sagte er zutiefst gekränkt, und verbeugte sich. »Ich würde Euch nie die Treue brechen. Um Euretwillen werde ich sogar diesem Wilden meine Schwerthand leihen.«

»Und Ihr, mein Lord Amalric?«

Der General fluchte leise, dann grinste er. Als echter Glücksritter verwunderte ihn nicht so leicht etwas.

»Ich werde unter ihm dienen. Ein kurzes Leben und ein lustiges ist es, was ich immer wollte. Und mit Conan, dem Tollkühnen, als Befehlshaber, verspricht es sowohl lustig als auch kurz zu werden. Mitra! Wenn dieser Hund je mehr als eine Abteilung von Halunken befehligte, fresse ich ihn mitsamt seiner Rüstung!«

»Und Ihr, mein Agha?« Yasmela drehte sich Shupras zu.

Der zuckte ergeben die Schultern. Er war ein typischer Vertreter der Rasse, die sich entlang der Südgrenze von Koth entwickelt hatte — groß und hager, mit noch knochigeren Zügen und raubvogelähnlicher als seine reinblütigen Rassebrüder in der Wüste.

»Ischtars Wille geschehe, Prinzessin.« Der Fatalismus seiner Rasse sprach aus ihm.

»Wartet hier«, befahl Yasmela. Während Thespides wütend sein Samtbarett in den Händen zerknüllte, Taurus vor sich hin brummelte, und Amalric auf und ab marschierend und an seinem gelben Bart zupfend wie ein hungriger Löwe grinste, verschwand die Prinzessin wieder durch den Vorhang und klatschte nach ihren Sklaven.

Auf ihre Anweisung hin brachten sie einen Harnisch, den Conan statt seines Kettenhemds tragen sollte, dazu Ringkragen, gelenkige Stahlschuhe, Brustpanzer, Schulterschutz, Beinröhren, Diechlinge und Helm. Als Yasmela den Vorhang wieder öffnete, stand ein Conan in brüniertem Stahl vor den Wartenden. In der Panzerrüstung mit geöffnetem Visier und dem dunklen Gesicht im Schatten des gewaltigen schwarzen Federbusches, der auf seinem Helm wippte, wirkte er auf eine grimmige Weise beeindruckend. Selbst Thespides mußte es sich insgeheim eingestehen. Eine spöttische Bemerkung erstarb auf Amalrics Lippen.

»Bei Mitra«, sagte er bedächtig. »Ich hätte nie erwartet,

Euch je in edler Rüstung zu sehen, aber sie steht Euch verdammt gut. Bei meinen Fingerknöcheln, Conan, ich sah Könige, die ihren Harnisch weniger majestätisch trugen, als Ihr es tut.«

Conan schwieg. Er schien in weite Fernen zu blicken, als sähe er die Zukunft. In vielen Jahren, wenn einst sein Traum Wirklichkeit geworden war, würde er sich an Amalrics Worte erinnern.

3

Am frühen Morgen drängten sich die Bürger auf den Straßen von Khoraja, um die Truppen durch das Südtor ziehen zu sehen. Endlich waren die Streitkräfte in Marsch. Die Vorhut machten die Ritter in ihrer reich verzierten Panzerrüstung, mit den farbigen Federbüschen, die auf den glänzenden Helmen wippten. Ihre Rosse in Harnischen aus glänzendem Leder, die mit goldenen Gurten über seidene Schabracken geschnallt waren, tänzelten und kurbettierten unter der Führung ihrer Reiter. Die ersten Strahlen der aufgehenden Sonne ließen die Lanzenspitzen aufblitzen, die wie ein gewaltiger Wald aufragten, und die Banner flatterten in der leichten Brise. Jeder Ritter trug einen Gunstbeweis seiner Herzensdame — einen Handschuh, einen Schal oder eine Rose, entweder am Helm oder seinem Schwertgürtel. Diese Ritter waren die Edlen von Khoraja, etwa fünfhundert an der Zahl. Graf Thespides, der sich, wie man raunte, Hoffnungen auf die Hand der Prinzessin machte, führte sie an.

Ihnen folgte die leichte Kavallerie mit ihren hochbeinigen, ausdauernden Pferden. Ihre Reiter waren Männer aus den Bergen, hager, mit Raubvogelgesichtern. Sie trugen Spitzhelme aus Stahl, und unter ihren weiten Kaftanen glänzende Kettenpanzer. Ihre Hauptwaffe war der furchterregende shemitische Bogen, mit dem man Pfeile fünfhundert Fuß weit schießen konnte. Sie waren insgesamt gut fünftausend unter ihrem Anführer Shupras, der mit mürrischem Gesicht vor ihnen herritt.

Dicht auf ihren Fersen marschierten die khorajanischen Speerträger, wie überall in den hyborischen Ländern gering an Zahl, da die Reiterei als die einzige ehrenhafte Truppe galt. Sie, genau wie die Ritter, waren von altem kothischen Blut — Söhne verarmter Familien, die keine Zukunft hatten, und sich weder Pferde noch Rüstung leisten konnten. Auch sie waren fünfhundert an der Zahl.

Die Söldner bildeten die Nachhut — tausend Reiter und zweitausend Speerträger. Die großen Pferde der Kavallerie wirkten so hart und wild wie ihre Reiter, und sie tänzelten und kurbettierten nicht wie die Rosse der Ritter. Grimmig sahen sie aus, diese Berufskämpfer, die allesamt Veteranen vieler blutiger Schlachten waren. Sie steckten von Kopf bis Fuß in Kettenrüstung und trugen ihre visierlosen Helme über Kettenhauben, die bis über die Schultern reichten. Ihre Schilde waren ohne jede Zier, ihre langen Lanzen ohne Banner. An ihren Sattelknäufen baumelten Streitäxte oder stählerne Streitkolben, und von der Seite eines jeden hing ein langes Breitschwert. Die Speerträger waren ähnlich bewaffnet, nur daß sie statt der Kavallerielanzen Piken trugen.

Es waren Männer verschiedenster Rassen. Hochgewachsene Hyperboreaner befanden sich unter ihnen, mager, grobknochig, mit langsamer Zunge und von aufbrausendem Wesen; braunhaarige Gundermänner aus den Bergen im Nordwesten; stolzaussehende corinthische Renegaten; dunkelhäutige Zingarier mit borstigem schwarzem Schnurrbart und feurigem Temperament; Aquilonier aus dem fernen Westen. Aber alle, außer den Zingariern waren Hyborier.

Ganz zuletzt kam ein Kamel mit prächtiger Schabracke, das ein Ritter auf einem gewaltigen Streitroß führte, und von einem Trupp ausgesuchter Kämpfer der Leibgarde begleitet wurde. Unter dem Seidenbaldachin des Sitzes war eine schlanke, seidengewandete Gestalt zu sehen, bei deren Anblick die Bevölkerung in einen Begeisterungstaumel ausbrach.

Conan, der Cimmerier, blickte in seiner Panzerrüstung beunruhigt und mißbilligend auf das prunkvolle Kamel, dann sprach er zu Amalric, der in seiner prächtigen Rüstung aus Kettenhemd, goldenem Brustpanzer und Helm mit Pferdeschweifkamm neben ihm ritt.

»Die Prinzessin bestand darauf mitzukommen. Sie ist zwar entschlossen, aber es mangelt ihr doch an Körperkraft. Wie dem auch sei, sie muß sich von diesen behindernden Gewändern trennen.«

Amalric verzog seinen gelben Schnurrbart, um ein Grinsen zu verbergen. Offenbar nahm Conan an, daß Yasmela vorhatte, sich einen Schwertgürtel umzuschnallen und höchstpersönlich an der Schlacht teilzunehmen, wie die Frauen der Barbaren es taten.

»Hyborische Frauen kämpfen nicht wie cimmerische, Conan«, erklärte er ihm. »Yasmela reitet lediglich mit, um die Schlacht zu beobachten. Außerdem«, er drehte sich im Sattel und senkte die Stimme, »nur zwischen Euch und mir, ich habe das Gefühl, daß die Prinzessin ganz einfach Angst hat, in der Stadt zu bleiben. Sie fürchtet sich vor etwas ...«

»Einem Aufruhr? Vielleicht sollten wir vorsichtshalber ein paar Bürger aufhängen, ehe wir aufbrechen ...«

»Nein, das ist es nicht. Eine ihrer Leibmägde konnte den Mund nicht halten — sie plapperte von *Etwas*, das des Nachts in den Palast dringt und Yasmela zu Tode erschreckt. Zweifellos eine von Natokhs Teufeleien. Conan, wir werden gegen mehr als nur Menschen aus Fleisch und Blut kämpfen müssen!«

»Jedenfalls ist es besser, dem Feind entgegenzuziehen, als auf ihn warten zu müssen.«

Er warf einen Blick auf die langen Wagenreihen mit dem Troß, dann nahm er die Zügel in seine eisenbehandschuhte Rechte und stieß aus reiner Gewohnheit den Kampfruf der Söldner aus: »Reiche Beute oder zur Hölle, Kameraden — vorwärts, marsch!«

Hinter dem langen Zug schloß sich das schwere Stadttor von Khoraja. Besorgte Blicke folgten ihnen von den Brustwehren. Die Khorajaner wußten nur zu gut, daß von dieser Armee ihr Leben abhing. Wenn sie geschlagen würde, war zu erwarten, daß Khoraja in Blut versank, denn die wilden Horden aus dem Süden kannten kein Erbarmen.

Den ganzen Tag marschierte und ritt die Kolonne durch hügeliges Weideland, durch das sich träg schmale Flüsse wälzten. Allmählich begann das Gelände anzusteigen. Vor ihnen lag eine niedrige Bergkette, die sich lückenlos vom östlichen zum westlichen Horizont erstreckte. In der Nacht lagerten sie auf den Nordhängen dieser Berge. Zu Dutzenden kamen die glutäugigen Männer der Bergstämme, mit den scharfgeschnittenen Zügen und Geiernasen an ihre Feuer, um das Neueste aus der geheimnisvollen Wüste zu berichten. Wie eine kriechende Schlange wand sich der Name Natokh durch ihre Berichte. Auf sein Geheiß brachten die Dämonen der Luft Donner, Wind und Nebel, und die der Unterwelt schüttelten mit grauenvollem Gebrüll die Erde unter den Füßen. Natokh beschwor Feuer aus der Luft herbei, das die Tore der befestigten Städte verschlang, und die, die sich gegen ihn stellten, zu Asche verbrannten. Seine Krieger verbargen mit ihrer Zahl den Sand der Wüste, dazu hatte er fünftausend Stygier in Streitwagen unter dem Befehl des Rebellenprinzen Kutamun.

Conan hörte ihnen unbeeindruckt zu. Der Krieg war sein Handwerk, und das Leben eine Aneinanderreihung von

Schlachten. Seit seiner Geburt war der Tod ihm ständiger Begleiter. Er stapfte mit klappernden Knochen neben ihm her, schaute ihm am Spieltisch über die Schulter, und seine Knochenfinger griffen nach den Weinbechern. Er hob sich als vager, monströser Schatten über ihn, wenn er sich zur Ruhe legte. Und so war Conan so sehr an ihn gewöhnt, daß er genausowenig auf seine Anwesenheit achtete, wie ein König auf die seines Pagen. Eines Tages würden die Knochenhände sich um ihn schließen, dann war es eben aus. Ihm genügte, daß er die Gegenwart genoß.

Andere waren jedoch weniger furchtlos als der Cimmerier. Als er von seinem Kontrollgang der Postenreihe zurückkehrte, blieb Conan beim Anblick einer schlanken, in einen Umhang gehüllten Gestalt stehen.

»Prinzessin! Ihr solltet in Eurem Zelt bleiben!«

»Ich konnte nicht schlafen.« Ihre dunklen Augen wirkten verstört. »Conan, ich habe Angst.«

»Fürchtet Ihr Euch vor irgendwelchen meiner Männer!«

»Nein, nicht vor Menschen habe ich Angst. Conan, gibt es denn nichts, das Ihr fürchtet?«

Er rieb überlegend sein Kinn. »Doch«, gestand er schließlich. »Den Fluch der Götter.«

Sie schauderte. »Ich bin verflucht. Ein Teufel aus der tiefsten Hölle hat es auf mich abgesehen. Nacht um Nacht lauert er mir in den finstersten Schatten auf und flüstert mir Schreckliches zu. Er will mich zu seiner Königin machen und in seine Hölle holen. Ich wage nicht mehr zu schlafen, denn gewiß wird er auch in mein Zelt kommen, genau wie er mich im Palast heimsuchte. Conan, Ihr seid stark — laßt mich bei Euch bleiben. Ich fürchte mich so sehr!«

Nicht länger war sie Prinzessin, sondern ein völlig verstörtes Mädchen. Ihr Stolz war von ihr abgefallen, doch sie schämte sich dessen nicht. In ihrer Verzweiflung war sie zu dem Mann gekommen, den sie für den stärksten hielt. Seine ungebändigte Kraft, die sie zuerst abgestoßen hatte, zog sie nun an.

Als Antwort nahm er seinen scharlachroten Umhang ab und legte ihn rauh um ihre Schultern, als wäre Sanftheit ihm völlig fremd. Seine eiserne Pranke ruhte flüchtig auf ihrem Arm, da erschauderte sie erneut, doch nicht aus Furcht. Wie ein elektrischer Schlag ging seine raubtierhafte Vitalität bei dieser Berührung auf sie über, als gäbe er ein wenig seiner übermenschlichen Kraft an sie ab.

»Macht es Euch hier bequem.« Er deutete auf ein freies Fleckchen neben einem niedrigen, flackernden Feuer. Für ihn war es nicht unvorstellbar, daß eine Prinzessin sich in den Umhang eines Kriegers eingehüllt auf den nackten Boden neben ein Lagerfeuer zum Schlafen legte. Ohne Zögern tat sie, wie er ihr riet.

Er selbst setzte sich in ihrer Nähe auf einen Felsblock und legte sein blankes Breitschwert über die Knie. Die Flammen spiegelten sich auf seiner bläulichen Rüstung. Er erschien Yasmela wie ein stählernes Abbild. Seine ungeheuerliche Kraft war zwar im Augenblick unbewegt, ruhte jedoch nicht, sondern schien nur darauf zu warten, beim geringsten Anlaß wie ein Vulkan auszubrechen. Der Feuerschein spielte auf seinen Zügen und ließ sie unbeugsam erscheinen. Sie waren reglos, wie erstarrt, aber aus den Augen funkelte ungebändigtes Leben. Er war nicht lediglich ein wilder Mann, nein, er war Teil der Wildnis, unbezähmbar wie sie. In seinen Adern floß das Blut der Wolfsrudel, in seinem Gehirn lauerten die Tiefen der Nordnacht, sein Herz pochte mit den Feuern brennender Wälder.

In ihre Gedanken versunken und schon halb träumend, schlummerte Yasmela im angenehmen Gefühl ein, in seiner Nähe sicher zu sein. Irgendwie zweifelte sie nicht, daß kein flammenäugiger Schatten sich in der Dunkelheit über sie beugen würde, solange dieser grimmige Krieger aus dem fernen Norden über sie wachte. Trotzdem zitterte sie vor grauenvoller Angst, als sie erwachte, doch nicht vor quälenden Schatten diesmal.

Ein Stimmengemurmel hatte sie geweckt. Als sie die Lider hob, bemerkte sie, daß das Feuer niedergebrannt war. Der Morgen war offenbar nicht mehr fern. Sie sah Conan immer noch auf dem Felsblock sitzen, mit dem Breitschwert nach wie vor über seinen Knien. Dicht neben ihm kauerte eine Gestalt, auf die das ersterbende Feuer ein schwaches Glühen warf. Verschlafen nahm Yasmela eine Hakennase wahr und ein glitzerndes Auge unter einem weißen Turban. Der Mann sprach rasch und noch dazu in einem shemitischen Dialekt, den sie nur mit Mühe verstehen konnte.

»Möge Bel mir den Arm verkümmern lassen. Ich spreche die Wahrheit! Bei Derketo, Conan, ich bin König der Lügner, doch nie würde ich einen alten Kameraden belügen. Ich schwöre es dir bei den Tagen, da wir beide Diebe in Zamora waren, ehe du noch den Helm des Söldners aufsetztest!

Ich sah Natokh. Mit den anderen warf ich mich auf die Knie, als er Set anbetete. Aber ich steckte nicht meine Nase in den Sand wie die anderen. Ich bin ein Dieb aus Shumir, und meine Augen sind schärfer als die eines Wiesels. Ich blinzelte hoch, gerade als sein Schleier im Wind zur Seite flatterte. Und da sah ich — ich sah — Bel stehe mir bei, Conan, ich schwöre dir, ich *sah* es! Das Blut gefror mir in den Adern und das Haar stand mir zu Berge. Was ich gesehen hatte, brannte in meiner Seele wie weißglühendes Eisen. Ich fand keine Ruhe mehr, bis ich mich vergewissert hatte.

Ich ritt zu den Ruinen von Kuthchemes. Die Tür der Elfenbeinkuppel stand offen. Nahe des Eingangs lag eine große tote Schlange, in der ein Schwert steckte, und im Kuppelgemach entdeckte ich die verrunzelte und so entstellte Leiche eines Mannes, daß ich eine Weile brauchte, bis ich sie erkannte — es war die Shevatas, des Zamoriers, des einzigen Diebes auf der Welt, von dem ich zugegeben hätte, daß er mir überlegen war. Der Schatz war offenbar unberührt, er lag in glitzernden Haufen um die Leiche.«

»War das alles?« fragte Conan. »Keine Gebeine . . .«

»Nichts!« unterbrach ihn der Shemit heftig. »Absolut nichts! Nur dieser eine, einzige Leichnam!«

Einen Augenblick herrschte Schweigen. Yasmela schienen eisige Finger über den Rücken zu streichen.

»Woher kam Natokh?« fragte der Shemit flüsternd, und beantwortete seine Frage selbst: »Aus der Wüste, eines Nachts, als die Welt blind und aufgewühlt von stürmischen Wolken war, die in ihrem wilden Zug die schaudernden Sterne verbargen, und das Heulen des Windes eins wurde mit dem Kreischen der Wüstengeier. Vampire flatterten in jener Nacht durch die Finsternis, Hexen ritten nackt im Wind, und Werwölfe heulten in der Wildnis. Auf einem schwarzen Kamel kam er angeritten mit der Geschwindigkeit des Sturms. Ein unheiliges Feuer flammte um ihn, und die gespaltenen Kamelspuren glühten in der Dunkelheit. Als Natokh vor Sets Schrein in der Oase von Aphaka absaß, rannte das Kamel in die Nacht und verschwand. Ich unterhielt mich mit Nomaden darüber, die schworen, daß es plötzlich mächtige Schwingen ausbreitete und, eine gewaltige Feuerspur zurücklassend, zu den Wolken emporbrauste. Kein Sterblicher hat dieses Kamel seither je wieder gesehen, aber eine schwarze, viehische Kreatur von nur vage menschlicher Form watschelt jede Nacht in der Finsternis kurz vor dem Morgengrauen zu Natokhs Zelt und spricht zu ihm auf eine Weise, die kein Sterblicher verstehen kann. Ich werde dir sagen, was Natokh ist, Conan — warte, ich zeige dir ein Abbild des Gesichts, das ich an jenem Tag bei Shushan sah, da der Wind Natokhs Schleier zur Seite wehte!«

Etwas Goldenes glitzerte in des Shemiten Hand, als die beiden Männer sich darüber beugten. Yasmela hörte Conan durch die Zähne pfeifen, und da senkte sich plötzlich absolute Schwärze über sie. Zum erstenmal in ihrem Leben war die Prinzessin in Ohnmacht gefallen.

4

Der Morgen war nicht mehr als ein grauer Streifen am Horizont, als die Streitmacht der Khorajaner sich bereits wieder in Marsch befand. Nomaden waren herbeigaloppiert, auf Pferden, die vor Erschöpfung stolperten, um zu berichten, daß die Wüstenhorde an der Oase von Altaku lagerte. Also stießen die Soldaten in aller Eile über die Berge vor und ließen den Troß zurück. Yasmela ritt mit den Sturmtruppen. Furcht sprach aus ihren Augen. Das namenlose Grauen hatte noch schrecklichere Form angenommen, seit sie in der vergangenen Nacht die Münze in der Hand des Shemiten erkannt hatte — es war eine dieser heimlich geprägten des entarteten Zugitenkults, eine Münze, die die Züge eines seit dreitausend Jahren toten Mannes trug.

Der Weg führte zwischen steilen Felsen und schroffen Gipfeln dahin. Da und dort kauerten kleine Dörfer mit nur wenigen Steinhütten an den Hängen. Die Männer aus diesen winzigen Nestern eilten herbei, um sich dem Feldzug anzuschließen. Bis sie die Berge hinter sich hatte, war die khorajanische Streitmacht um etwa dreitausend Bogenschützen angewachsen.

Als sie mit unerwarteter Plötzlichkeit aus den Bergen herauskamen, hielten die Männer den Atem an beim Anblick der ungeheuren Weite vor ihnen. An der Südseite fiel das Bergland steil ab und bildete so eine deutliche Trennlinie zwischen dem kothischen Hochland und der südlichen

Wüste. Die Berge waren der Rand des Hochlands, der sich als fast lückenloser Wall in die Ferne erstreckte. Hier waren sie kahl und öde. Nur der Stamm der Zaheemi lebte hier. Seine Pflicht war es, den Karawanenweg zu schützen. Hinter den Bergen erstreckte sich die Sandwüste, die kein eigenes Leben hervorbrachte. Aber jenseits ihres Horizonts befand sich die Oase von Altaku, und dort lagerte gegenwärtig Natokhs Horde.

Die Soldaten schauten hinunter auf den Shamlapaß, durch den der Reichtum des Nordens und Südens floß, und der nicht nur einmal die Armeen von Koth, Khoraja, Shem, Turan und Stygien gesehen hatte. Hier war der steile Bergwall durchbrochen. Höhenrücken verliefen bis hinaus in die Wüste und bildeten kahle Schluchten, von denen alle, außer einer, im Norden durch rauhe Felswände abgeschlossen waren. Diese eine war der Paß. Seiner Form nach glich er einer großen, aus den Bergen ausgestreckten Hand. Zwei gespreizte Finger bildeten ein fächerförmiges Tal. Die Finger waren breite Hügelkämme links und recht, deren Außenseiten jäh abfielen, während die Innenseiten zwar auch steil waren, aber doch nicht im gleichen Maße. Das Tal stieg an seiner spitz zulaufenden Vorderseite an und endete an einem Plateau mit zerklüfteten Flanken. Ein Brunnen befand sich dort bei einigen turmähnlichen Steinbauten, in denen die Zaheemis hausten.

Dort ließ Conan Halt machen und schwang sich von seinem Streitroß. Er hatte die schwere Panzerrüstung gegen die ihm vertraute Kettenrüstung ausgetauscht.

Thespides ritt an seiner Seite. »Weshalb haltet Ihr hier an?« fragte er barsch.

»Wir werden hier den Feind erwarten«, antwortete Conan.

»Es wäre ritterlicher, ihm entgegenzureiten«, sagte der Graf von oben herab.

»Daß sie uns allein durch ihre Zahl erdrücken?« Conan schüttelte den Kopf. »Außerdem gibt es dort draußen kein Wasser. Wir schlagen unser Lager auf dem Plateau ...«

»Meine Ritter und ich lagern im Tal«, erklärte Thespides heftig. »Wir sind die Vorhut, und *wir* fürchten uns nicht vor einer zerlumpten Wüstenhorde.«

Conan zuckte die Achseln, und der ergrimmte Edelmann ritt weiter. Amalric, der gerade brüllend Befehle erteilte, hielt mitten im Wort inne und schaute dem blitzenden Trupp nach, während er den Hang ins Tal hinabritt.

»Diese Narren!« fluchte er. »Ihre Wasserbeutel werden bald leer sein, dann müssen sie zurück zum Brunnen reiten, um ihre Pferde tränken zu können.«

»Sollen sie«, brummte Conan. »Es gefällt ihnen nicht, Befehle von mir entgegenzunehmen. Gebt weiter, daß wir hier lagern werden! Die Männer sollen es sich bequem machen und die Mägen vollschlagen, nachdem sie ihre Pferde getränkt haben.«

Späher auszuschicken war nicht nötig. Die Wüste lag offen vor ihren Augen, auch wenn ihre Sicht gegenwärtig durch tiefhängende weiße Wolkenmassen am südlichen Horizont beschränkt war. Die Eintönigkeit wurde nur durch aufragende Ruinen ein paar Meilen wüsteneinwärts gebrochen, sie sollten einstmals ein stygischer Tempel gewesen sein. Conan hieß seine Bogenschützen an den Kämmen entlang mit den Nomaden Posten beziehen. Die Söldner und khorajanischen Speerträger postierte er auf dem Plateau um den Brunnen. Yasmelas Zelt hatte er weiter hinten, wo die Karawanenstraße in einem scharfen Bogen auf das Plateau führte, errichten lassen.

Da noch kein Feind in Sicht war, gönnten die Krieger sich die schwerverdiente Rast. Sie nahmen ihre Helme ab, warfen die Kettenhauben zurück und lockerten die Schwertgürtel. Rauhe Späße machten die Runde, während die

Männer an dem am Feuer gerösteten Fleisch kauten und tiefe Schlucke Bier zu sich nahmen. Die Bergnomaden machten es sich an den Hängen entlang bequem und stärkten sich mit Datteln und Oliven. Amalric kam auf Conan zu, der mit entblößtem Kopf auf einem Felsblock saß.

»Conan, habt Ihr gehört, was die Nomaden über Natokh raunen? Sie sagen — Mitra, es ist zu verrückt, es auch noch zu wiederholen. Was meint Ihr?«

»Samen ruhen manchmal Jahrhunderte in der Erde, ohne an Keimkraft zu verlieren«, antwortete der Cimmerier. »Aber sicherlich ist Natokh nur ein Mensch.«

»Das würde ich ungern beschwören«, brummte Amalric. »Jedenfalls habt Ihr die Truppen postiert, wie ein erfahrener General es nicht besser hätte machen können. So werden uns Natokhs Teufel gewiß nicht überraschen. Mitra, welch ein Nebel!«

»Ich hielt ihn anfangs für Wolken«, sagte Conan. »Seht nur, wie er wallt!«

Was zuerst wie Wolken ausgesehen hatte, war ein dichter Nebel, der wie ein gewaltiger Ozean nordwärts wogte und schnell die Sicht auf die Wüste raubte. In kurzer Zeit hatte er bereits die stygischen Ruinen verschlungen, und immer noch wälzte er sich weiter. Die Soldaten beobachteten ihn mit großen Augen. Ähnliches hatten sie noch nie gesehen. Es war unnatürlich und unerklärlich.

»Zwecklos, Späher auszuschicken«, brummte Amalric verärgert. »Sie könnten keine paar Schritte weit sehen. Der Rand der Nebelwand hat schon die Außenseiten der Kämme erreicht. Bald wird er den ganzen Paß und diese Berge einhüllen ...«

Conan, der den wallenden Nebel mit wachsender Besorgnis beobachtet hatte, bückte sich plötzlich und drückte ein Ohr auf den Boden. Fluchend sprang er hastig auf.

»Pferde und Streitwagen zu Tausenden! Der Boden zittert

unter den Hufen und Rädern. He, ihr!« brüllte er über das Tal, um seine rastenden Krieger aufzuschrecken. »Helme auf! Greift zu den Waffen! Auf die Posten, Burschen!«

Hastig stolperten die Soldaten hoch, stülpten sich ihre Helme und Hauben wieder über, nahmen ihre Waffen und Schilde auf und bezogen ihre Stellungen. Fast gleichzeitig wallte der Nebel zurück, als wäre er von keinem Nutzen mehr. Nicht allmählich löste er sich auf, wie normaler Dunst, er verschwand abrupt wie die Flamme einer ausgeblasenen Kerze. Gerade noch lag die Wüste unter den wogenden Watteschichten, die sich bis zum Himmel übereinanderhäuften, und jetzt schien die Sonne von einem wolkenlosen Himmel auf eine kahle Öde, die jedoch nicht länger leer war. Eine ungeheure Streitmacht bewegte sich dort, und ein lauter, gewaltiger Schlachtruf erschütterte die Berge.

Beim ersten Blick schienen die Soldaten auf dem Plateau auf eine glitzernde, sprühende See aus Bronze und Gold hinabzusehen, aus der Stahlspitzen wie Myriaden von Sternen funkelten. Als der Nebel sich hob, hatten die Invasoren wie erstarrt in langen, dichtgeschlossenen Reihen angehalten, die in der Sonne flammten.

Zuvorderst befanden sich die unzähligen Streitwagen, die von den großen, feurigen stygischen Rossen mit wippenden Federbüschen gezogen wurden. Die Pferde schnaubten und bäumten sich auf, als jeder der halbnackten Lenker sich zurücklehnte und seine muskulösen Beine gegen die Wagenwand stemmte. Die Krieger in den Wagen waren ohne Ausnahme hochgewachsene Männer mit raubvogelhaften Zügen. Ihre Bronzehelme schmückte ein Halbmond, der eine goldene Kugel trug. Es waren Bogenschützen, doch keine gewöhnlichen, sondern Edelleute aus dem Süden, deren größtes Vergnügen der Krieg und die Jagd waren, und die nicht nur einen Löwen mit ihren Pfeilen erlegt hatten.

Hinter ihnen befanden sich die malerisch bunten Reihen wilder Männer auf halbwilden Pferden — die Krieger aus Kush, dem ersten der großen schwarzen Königreich im Weideland südlich von Stygien. Ihre ebenholzfarbige Haut glänzte, sie waren geschmeidig und gewandt und saßen nackt auf den Pferderücken, ohne Sattel und Zaumzeug.

Wiederum hinter ihnen sah man die schier unendliche Horde, die die gesamte Wüste zu bedecken schien. Tausende und Abertausende der kriegerischen Söhne Shems waren es: Reihen von Reitern in Kettenrüstung und walzenförmigen Helmen, die Asshuri von Nippr, Shumir, Eruk und ihren Schwesterstädten; wilde weißgewandete Horden — die Nomadenstämme.

Jetzt setzten die Reihen sich in Bewegung. Die Streitwagen wichen auseinander, während sich die Hauptstreitmacht bereit machte. Unten im Tal waren die Ritter aufgesessen, und jetzt galoppierte Graf Thespides den Hang empor, auf dem Conan stand. Er ließ sich nicht herab abzusitzen, sondern sprach von oben herab:

»Offenbar hat das plötzliche Verschwinden des Nebels sie verwirrt! Jetzt ist der richtige Augenblick zum Angriff. Die Kushiten haben keine Bogen, und sie behindern den Vormarsch. Ein Sturm meiner Ritter wird sie zurück in die Reihen der Shemiten treiben und ihre Formation aufreißen. Folgt mir! Wir werden diese Schlacht mit einem Handstreich gewinnen!«

Conan schüttelte den Kopf. »Kämpften wir gegen einen gewöhnlichen Feind, würde ich zustimmen. Aber dieses Durcheinander scheint mir, ist nur vorgetäuscht, nicht echt. Es soll uns zum Angriff verleiten. Ich fürchte, es ist eine Falle.«

»Dann weigert Ihr Euch anzugreifen?« rief Thespides mit vor Wut tiefrotem Gesicht.

»Seid doch vernünftig!« versuchte Conan ihn zu beruhigen. »Wir befinden uns hier in einer viel vorteilhafteren Stellung.«

Mit einem grimmigen Fluch wendete Thespides sein Pferd und galoppierte ins Tal zurück, wo seine Ritter ungeduldig warteten.

Amalric neigte den Kopf. »Ihr hättet ihn nicht zurückkehren lassen sollen, Conan. Ich . . . seht doch!«

Der Cimmerier sprang fluchend hoch. Thespides hatte neben seinen Männern angehalten. Sie konnten seine aufgebrachte Stimme nur schwach vernehmen, aber seine Gesten waren unverkennbar. Einen Herzschlag später senkten sich fünfhundert Lanzen und der Trupp gepanzerter Ritter donnerte das Tal entlang.

Ein junger Page kam von Yasmelas Zelt herbeigerannt und rief Conan mit schriller, aufgeregter Stimme zu: »Mein Lord, die Prinzessin läßt fragen, weshalb Ihr Graf Thespides nicht folgt und ihm beisteht.«

»Weil ich kein so unüberlegter Narr bin wie er«, brummte Conan und setzte sich wieder auf den Felsblock, um weiter an seiner Rinderkeule zu nagen.

»Ihr werdet mit Eurer Befehlsgewalt ja direkt vernünftig«, staunte Amalric. »Früher wäre gerade ein solcher Wahnsinn Euer besonderes Vergnügen gewesen.«

»Ja, aber da war ich nur für mich selbst verantwortlich«, antwortete Conan. »Doch jetzt — was, zum Teufel . . .«

Die Horde hatte angehalten. Von der äußersten Flanke brauste ein Streitwagen herbei, und hinter seinen donnernden Rädern blieb gleich dem Kielwasser eines Schiffes eine lange dünne, pulverige Linie zurück, die wie die phosphoreszierende Spur einer Schlange im Sand glitzerte.

»Das ist Natokh!« fluchte Amalric. »Welchen höllischen Samen sät er da?«

Die stürmenden Ritter hatten ihre Geschwindigkeit nicht vermindert. Noch weitere fünfzig Schritte, und sie würden in die ungeordneten Reihen der Kushiten stoßen, die mit ihren Speeren hochaufgerichtet reglos standen. Die vordersten Ritter erreichten gerade die dünne glitzernde Pulverspur im Sand. Sie achteten nicht auf diese kriechende Gefahr, doch als die Hufeisen damit in Berührung kamen, war es, als schlage Stahl gegen Feuerstein — nur mit gewaltigeren Folgen. Eine ungeheure Explosion erschütterte die Wüste, die sich an der Pulverlinie mit lodernden weißen Flammen spaltete. Im nächsten Augenblick prallten die nachfolgenden Reihen der Ritter gegen die verkohlten Leiber ihrer Kameraden und erlitten das gleiche Schicksal. Durch die Geschwindigkeit ihres Sturmangriffs waren sie nicht in der Lage, rechtzeitig anzuhalten, und so stürzte Reihe um Reihe in den Tod. Mit unvorstellbarer Plötzlichkeit war die Falle zugeschnappt und machte ein Ende mit den Rittern.

Im gleichen Moment wurde das absichtliche Durcheinander der wilden Horde zu disziplinierter Formation. Die Kushiten stürzten sich auf die gefallenen Ritter. Die noch lebenden erstachen sie mit ihren Speeren und schlugen ihnen mit Steinen und Streithämmern die Helme ein. Alles war so schnell vorbei, daß die Beobachter auf den Hängen und dem Plateau völlig benommen waren. Und schon setzte sich die Horde in der Wüste wieder in geordnete Bewegung, während unter den Khorajanern der Schrei aufstieg: »Unsere Gegner sind keine Menschen, sondern Teufel!«

Auf beiden Kämmen verloren die Männer den Mut. Einer rannte mit schäumenden Lippen zum Plateau.

»Flieht!« schrie er. »Flieht! Niemand kommt gegen Natokhs Magie an!«

Mit einem raubtierhaften Knurren sprang Conan von seinem Felsblock und hieb dem Burschen die Rinderkeule auf den Schädel, daß der Feigling bewußtlos zu Boden ging. Conan zog sein Schwert. Seine halbzusammengekniffenen Augen waren Schlitze lodernden Feuers.

»Zurück in eure Stellungen!« brüllte er. »Der nächste, der seinen Posten verläßt oder auch nur einen Schritt zurückweicht, ist einen Kopf kürzer! Kämpft, verdammt!«

Die Fliehenden kehrten um. Conans wilde Persönlichkeit war wie ein eiskalter Guß in die Flammen ihrer Furcht.

»Keinen Schritt von euren Posten!« warnte der Cimmerier. »Weder Mensch noch Teufel kommt heute zum Shamlapaß hoch!«

Wo der Rand des Plateaus in den Hang zum Tal überging, stellten die Söldner sich breitbeinig auf und hielten ihre Speere bereit. Hinter ihnen saßen die Lanzenreiter auf ihren Pferden, und an einer Seite standen die khorajanischen Speerträger als Reserve bereit. Yasmela, die mit weißem Gesicht stumm an der Öffnung ihres Zeltes stand, schien ihre Armee, im Vergleich mit der dicht an dicht gereihten Wüstenhorde, eine armselige Handvoll zu sein.

Conan stand zwischen den Speerkämpfern. Ihm war klar, daß die Angreifer nicht versuchen würden, den Paß mit Streitwagen zu stürmen, aber er wunderte sich, als die Reiter absaßen. Diese wilde Horde hatte keinen Troß. Beutel mit Wasser und Proviant hingen von den Sattelknäufen. Jetzt tranken die Gegner den letzten Tropfen ihres Wassers und warfen die leeren Beutel weg.

»Das ist der Todessturm«, murmelte Conan, als die Reihen sich zu Fuß formierten. »Ein Reiterangriff wäre mir lieber gewesen. Verwundete Pferde gehen durch und reißen die Reihen auf.«

Die Horde hatte sich zu einem gewaltigen Keil gesammelt. Seine Spitze bildeten die Stygier, und hinter ihnen reihten die gerüsteten Asshuri sich auf, mit den Nomaden an den Flanken. In dichten Reihen, mit erhobenen Schilden wälzten sie sich nordwärts, während hinter ihnen, in einem stehenden Streitwagen, eine hochgewachsene Gestalt in weißem Gewand die Hände zu einem unheiligen Segen ausbreitete.

Als die Horde den breiten Taleingang erreichte, schossen die Krieger der Bergstämme ihre Pfeile ab. Trotz ihrer Schildwallformation fielen die Angreifer zu Dutzenden. Die Stygier hatten ihre Bogen von sich geworfen. Sie senkten die Köpfe unter dem Pfeilhagel und spähten über den Schildrand. So wälzten sie sich in einer unaufhaltsamen Welle näher, ohne auf ihre gefallenen Kameraden zu achten. Die Shemiten jedoch erwiderten den Beschuß. Dichte Wolken von Pfeilen verdunkelten den Himmel. Conan blickte über die wogenden Reihen und fragte sich, welch neue Grauen der Zauberer herbeibeschwor. Irgendwie hatte er das Gefühl, daß Natokh, wie alle seiner Art, in der Verteidigung mehr zu fürchten war als im Angriff. Gegen ihn die Offensive zu ergreifen hieß das Unheil herausfordern.

Zweifellos war es Magie, die die Horde in den Rachen des Todes trieb. Conan hielt den Atem an beim Anblick der Verheerung unter den anstürmenden Reihen. Die Keilränder schienen dahinzuschmelzen, und bereits jetzt war das Tal mit Toten übersät. Trotzdem hielten die Überlebenden nicht inne. Als wären sie sich des drohenden Todes überhaupt nicht bewußt, drängten sie vorwärts. Doch auch ihre Pfeile trafen ihr Ziel. Allein durch die größere Zahl ihrer Bogen bedrängten sie die Schützen auf den Kämmen. Wolken von Pfeilen schossen hoch und zwangen die Männer in Deckung. Die Angst griff nach ihren Herzen bei diesem unaufhaltbaren Ansturm. Aber wie gestellte Wölfe ließen sie ihre eigenen Bogen nur um so eifriger surren.

Als die Horde sich dem schmäleren Hals des Passes näherte, polterten Felsblöcke hinunter und zermalmten Natokhs Krieger zu Dutzenden, doch auch das hielt die Reihen nicht auf. Conans Wölfe wappneten sich gegen den unausbleiblichen Zusammenstoß. In ihrer dichten Formation und der schützenden Rüstung erlitten sie durch die Pfeile keine nennenswerten Verluste. Was Conan fürchtete war die ungeheure Wucht des Ansturms, wenn der gewaltige Keil seine dünnen Reihen rammte. Jetzt wurde ihm klar, daß er die Horde nicht mehr aufhalten konnte. Überlegend legte er eine Hand auf die Schulter eines Zaheemis und drehte ihn zu sich herum.

»Ja, einen steilen, gefährlichen Pfad, der nie unbewacht ist. Aber . . .«

Conan zerrte den Zaheemi mit sich zu Amalric, der auf seinem mächtigen Streitroß saß.

»Amalric!« keuchte er. »Folgt diesem Mann. Er wird Euch in das äußere Tal führen. Reitet um den Kamm herum und greift die Horde von hinten an. Redet nicht lange, brecht auf! Ich weiß, es ist Wahnsinn, aber wir sind ohnehin zum Untergang verdammt. Ehe wir den letzten Atemzug tun, soll der Feind uns noch verfluchen. Beeilt Euch!«

Amalrics Schnurrbart sträubte sich zu einem grimmigen Grinsen, und nur wenige Augenblicke später folgten er und seine Lanzenreiter dem Führer zu einem Gewirr von Klüften, die in das Plateau schnitten. Mit dem Schwert in der Hand kehrte Conan zu seinen Speerkämpfern zurück.

Und nicht zu früh. Auf beiden Kämmen schossen Shupras' Männer in Erwartung ihrer bevorstehenden Niederlage voller Verzweiflung Pfeil um Pfeil auf die Angreifer hinab. Männer starben wie Fliegen im Tal und entlang der Hänge — doch mit einem heftigen Brüllen und unaufhaltsamem Sturm stießen die Stygier in die Söldner.

In einem Tornado klirrenden Stahles wanden sich die Reihen und schwankten. Kriegshandwerk und Kampfgeist waren keinem fremd, nicht den Edelmännern und nicht den Soldaten. Schilde schmetterten gegen Schilde, Speere stießen dazwischen und Blut spritzte.

Conan sah die beeindruckende Gestalt des Prinzen Kutamun über das Schwertermeer hinweg, aber das Getümmel, in dem er Brust an Brust gegen dunkelhäutige Männer kämpfte, die hieben und stachen, ließ ihm wenig Zeit, sich umzuschauen. Hinter den Stygiern drängten die Asshuri brüllend nach.

Zu beiden Seiten kletterten die Nomaden die Felsen empor und kamen ins Handgemenge mit ihren Rassenverwandten, den Bergnomaden. Überall entlang der Kämme tobte der Kampf. Mit Zähnen und Nägeln, mit von Fanatismus und alten Blutfehden schäumenden Lippen rissen und bissen und starben die Nomaden, während die nackten Kushiten sich heulend ins Getümmel warfen.

Conan hatte das Gefühl, als blicke er durch seine vor Schweiß brennenden Augen hinunter auf ein emporflutendes Meer aus Stahl, das wallte und wirbelte und das Tal von Kamm zu Kamm füllte. Beide Fronten steckten in einer tödlichen Umklammerung fest. Die Bergnomaden hielten die Kämme, und die Söldner mit blutigen Speeren den Paß. Die bessere Stellung und Rüstung glichen augenblicklich die zahlenmäßige Überlegenheit aus, aber auf die Dauer würde es nicht so bleiben. Welle um Welle haßverzerrter Gesichter und blitzender Speere schob sich den Hang empor. Die Asshuri füllten die Lücken in den Reihen der Stygier.

Conan hielt Ausschau nach Amalric und seinen Lanzenreitern, aber sie kamen immer noch nicht um den Westkamm, und die Speerkämpfer begannen allmählich unter dem heftigen Ansturm zu schwanken. Conan gab alle Hoffnung auf Sieg und Leben auf. Er erteilte seinen keuchenden Hauptleuten brüllend einen Befehl und raste über das Plateau zu der khorajanischen Reserve, die es kaum noch erwarten konnte, endlich in Einsatz zu kommen. Er warf keinen Blick hinüber zu Yasmelas Zelt. Er hatte die Prinzessin vergessen. Da war nur der Instinkt der Wildnis: zu töten, ehe er selbst fiel.

»Heute werdet ihr zu Rittern!« rief er grinsend und deutete mit seinem tropfenden Schwert auf die Pferdeherde

der Bergnomaden, die in der Nähe weidete. »Sitzt auf und folgt mir in die Hölle!«

Die Tiere bäumten sich heftig unter dem ungewohnten Klirren der kothischen Rüstungen, und Conans rauhes Gelächter erschallte über dem Lärm, als er seine Krieger zum östlichen Kamm führte, wo er vom Plateau abfiel. Fünfhundert Fußsoldaten — verarmte Patrizier, jüngere Söhne von Edelleuten, schwarze Schafe — stürmten auf halbwilden Shemitenpferden einen Steilhang hinunter, an den sich nicht so leicht eine Kavallerie gewagt hätte, um eine ganze Armee anzugreifen!

Ja, vorbei an dem kampfverstopften Eingang des Passes donnerten sie, hinaus auf den Kamm, wo die Leichen dicht gesät lagen, und den Hang hinunter. Fast zwei Dutzend verloren ihren Halt und rollten unter die Hufe ihrer Kameraden. Die Gegner unter ihnen brüllten und warfen die Arme hoch, als könnten sie sie damit abwehren, und die donnernde Schar überrannte sie, wie sich eine Lawine über einen Wald junger Sprößlinge hinweg wälzt. Durch den dichtgedrängten Feind brausten die Khorajaner und ließen einen Teppich zerstampfter Toter zurück.

Und dann, als die Wüstenhorde ihnen auszuweichen begann und sich wieder zusammenschloß, galoppierten Amalrics Lanzenreiter, die sich erst einen Weg durch einen Reiterkordon im äußeren Tal hatten bahnen müssen, um den Westkamm. In einem Keil, aus dem die Stahlspitzen ihrer Lanzen ragten, stürmten sie hinein in die Horde. Ihr Angriff hatte die betäubende, demoralisierende Wirkung eines unerwarteten Überfalls von hinten. Im Glauben, überlegene Streitkräfte hätten sie in die Zange genommen, und aus Furcht, von der freien Wüste abgeschnitten zu werden, ergriffen ganze Gruppen von Nomaden blindlings die Flucht und rasten hinein in die Reihen ihrer tapferen Kameraden, die schwankten oder taumelnd auswichen, noch ehe die

Khorajaner sie erreicht hatten. Auch auf den Kämmen schwankten die Wüstenkämpfer, und die Bergnomaden fielen mit neuer Wut über sie her und trieben sie die Hänge hinab.

Durch den doppelten Überfall völlig verwirrt ergriff die Horde die Flucht. Und war sie erst in Auflösung, konnte weder der beste Feldherr, noch ein Zauberer eine solche Armee wieder zur Vernunft bringen. Über das Meer von Köpfen und Speeren hinweg sahen Conans Männer Amalrics Reiter zwischen den Fliehenden blutige Ernte halten. Ein wilder Siegestaumel erfüllte jeden einzelnen der khorajanischen Truppen und machte seinen Arm zu Stahl.

Die Speerkämpfer im Paß setzten sich in Bewegung und warfen sich auf die verwirrten Reihen der Gegner. Die Stygier hielten ihnen stand, aber die Asshuri ergriffen die Flucht. Und so wälzten die Söldner sich über die fallenden, bis zum letzten Atemzug kämpfenden stygischen Edelleute, um die schwankenden Massen dahinter zu zermalmen, oder in alle Winde zu verstreuen.

Auf einem Felsen lag der alte Shupras, ein Pfeil war ihm durch das Herz gedrungen. Amalric hatte ein Speer durch die Rüstung in den Oberschenkel getroffen und aus dem Sattel gehoben. Wie ein Pirat fluchend schaute er sich um. Von Conans berittener Infanterie saßen kaum noch hundertfünfzig auf ihren Pferden. Aber die Horde war aufgelöst. Nomaden und gerüstete Speerträger wichen zurück und flohen zu ihrem Lager, wo sie die Pferde zurückgelassen hatten. Die Bergnomaden eilten die Hänge hinab. Sie stachen die Fliehenden nieder und machten ein Ende mit den Verwundeten.

Plötzlich tauchte in dem wirbelnden roten Chaos eine grauenvolle Erscheinung vor Conans sich aufbäumendem Pferd auf. Es war Prinz Kutamun, der jetzt, von seinem Lendentuch abgesehen, nackt war. Sein Harnisch war ihm zerschlagen worden, sein Kammhelm eingebeult, und seine Glieder waren blutbesudelt. Mit einem furchterregenden Schrei schleuderte er Conan den Griff seines zerbrochenen Schwertes voll ins Gesicht. Dann sprang er hoch und griff nach den Zügeln des Hengstes. Der Cimmerier schwankte, halb betäubt, im Sattel. Mit unvorstellbarer Kraft zwang der dunkelhäutige Riese das wiehernde Pferd hoch und zurück, bis es das Gleichgewicht verlor und in den blutigen Sand und auf sich krümmende Verletzte stürzte.

Conan sprang, noch ehe der Hengst aufschlug, aus dem Sattel. Mit einem Löwengebrüll stürzte Kutamun sich auf ihn. In diesem Alptraum eines Kampfes gelang es dem Cimmerier irgendwie seinen Gegner zu töten, aber er hätte später nicht mehr zu sagen vermocht, wie. Er erinnerte sich lediglich, daß der Stygier mit einem Stein immer wieder auf seinen Helm eingeschlagen hatte, so daß er außer sprühenden Funken kaum noch etwas gesehen hatte. Und er selbst hatte mit dem Dolch auf den Prinzen eingestoßen, nicht nur einmal, aber dem Stygier mit seiner ungeheuren Lebenskraft schien es nichts ausgemacht zu haben. Und dann, als alles vor Conans Augen verschwamm, zuckte der andere und fiel schlaff gegen ihn.

Blut strömte aus seinem zerbeulten Helm über Conans Gesicht, als er hoch taumelte und benommen auf die Vernichtung um ihn schaute. Von Kamm zu Kamm lagen die Toten verstreut wie ein roter Teppich, der das Tal ausfüllte. Wie eine blutige See sah es aus, jede Welle eine krumme Linie von Leichen. Sie verstopften den Eingang zum Paß und waren allüberall auf den Hängen verstreut. Und unten in der Wüste, wo die Überlebenden ihre Pferde erreichten und von ihren Verfolgern gehetzt über die Wüste flohen, ging das Gemetzel weiter. Conan glaubte seinen Augen nicht trauen zu können, als er sah, wie wenige übriggeblieben waren.

Da zerriß ein schrecklicher Schrei den Schlachtenlärm. Ein Streitwagen kam das Tal hochgebraust, über die Toten hinweg. Keine Pferde zogen ihn, sondern eine riesenhafte schwarze Kreatur, die einem Kamel ähnelte. In diesem Streitwagen stand Natokh mit fliegendem Gewand, und die Zügel mit einer Hand führend und mit der anderen wie besessen auf die Kamelkreatur einpeitschend, kauerte ein schwarzes, anthropomorphes Wesen, das vage an einen ungeheuerlichen Affen erinnerte.

Der Wagen sauste mit der Geschwindigkeit des Windes den leichenbestreuten Hang hoch, geradewegs zu dem Zelt, vor dem Yasmela allein stand, von ihren Leibwachen in der Hitze des Gefechts verlassen.

Conan erstarrte. Er hörte ihren schrecklichen Schrei, als Natokhs langer Arm sie in den Streitwagen zerrte. Dann wendete das gespenstische Zugtier und raste das Tal wieder hinunter. Niemand wagte ihm einen Pfeil oder Speer nachzuschicken, aus Angst, Yasmela zu treffen, die sich in Natokhs Griff wand.

Ein unmenschliches Brüllen drang aus des Cimmeriers Kehle. Er hob sein Schwert auf, das ihm entfallen war, und sprang dem herbeistürmenden Wagen entgegen. Doch seine Klinge kam kaum hoch, als die Vorderbeine der schwarzen Kreatur ihn wie ein Blitz trafen und ihn ein gutes Dutzend Fuß durch die Luft warfen, daß er halbbetäubt und zerschunden auf den Felsen landete. Yasmelas Schrei gellte durchdringend in seine Ohren, als der Streitwagen an ihm vorbeidonnerte.

Wieder brüllte Conan wie ein Besessener. Er sprang hoch und griff nach dem Zügel eines reiterlosen Pferdes, das an ihm vorbeitrabte. Er schwang sich in den Sattel, ohne das Tier anzuhalten. Er raste hinter dem schnell verschwindenden Streitwagen her und galoppierte wie ein Wirbelwind durch das Lager der Shemiten und hinaus auf die Wüste, vorbei an Trupps seiner eigenen Leute und verzweifelt vor ihm fliehenden Wüstenreitern.

Weiter flog der Streitwagen, und weiter raste Conan, obgleich das Pferd unter ihm bereits Zeichen der Erschöpfung verriet. Dann lag die offene Wüste rings um sie, ganz in die leuchtende Pracht der untergehenden Sonne getaucht. Vor ihnen erhoben sich die alten Ruinen, und mit einem schrillen Schrei, der Conan schier das Blut in den Adern stocken ließ, warf der nichtmenschliche Wagenlenker Natokh und das Mädchen aus dem Wagen. Sie rollten über den Sand. Vor Conans benommenem Blick veränderten Streitwagen und Zugtier sich auf grauenvolle Weise. Gewaltige Schwingen wuchsen aus der schwarzen Kreatur, die nun keinerlei Ähnlichkeit mehr mit einem Kamel hatte, und sie sauste mit einem Flammenschweif, in dem eine schwarze, vage menschenähnliche Gestalt triumphierend brüllte, himmelwärts. So schnell ging alles, daß es Conan wie ein nur einen Herzschlag lang währender Alptraum vorkam.

Natokh schoß hoch und warf einen schnellen Blick auf seinen grimmigen Verfolger, der nicht angehalten hatte, sondern mit dem bluttropfenden Schwert in der Hand auf ihn zugaloppierte. Der Zauberer zerrte die bewußtlose Prinzessin hoch und rannte mit ihr in die Ruinen.

Conan sprang vom Pferd und hetzte hinter beiden her. Er kam in einen Raum, in dem es ungewöhnlich hell war, obgleich es draußen bereits dämmerte. Natokh hatte Yasmela auf einen schwarzen Jadealtar gelegt. Ihr nackter Leib schimmerte in dem gespenstisch grellen Licht wie Elfenbein. Ihre Gewänder waren auf dem Boden verstreut, sie waren in großer Hast brutal ihr vom Körper gerissen worden. Natokh stellte sich dem Cimmerier — er war unmenschlich groß und mager, und in schillernde grüne Seide gekleidet. Er warf seinen Schleier zurück, und so sah Conan dieselben Züge, die auf der zugitischen Münze waren.

»Zurück, Hund!« Die Stimme klang wie das Zischen einer riesigen Schlange. »Ich bin Thugra Khotan! Lange lag ich in meiner Grabkuppel und wartete auf den Tag, da man mich wecken und erlösen würde. Die Künste, die mich vor langer Zeit vor den Barbaren retteten, setzten mich auch gefangen, doch ich wußte, daß einst einer kommen und sterben würde, wie kein Mensch während dreitausend Jahren gestorben war.

Narr, glaubst du, du hättest gesiegt, weil meine Krieger in alle Winde verstreut sind? Weil mich der Dämon, den ich an mich gebannt hatte, verriet und im Stich ließ? Ich bin Thugra Khotan, der trotz eurer armseligen Götter über die Welt herrschen wird! Die Wüste ist voll von meinen Leuten; die Dämonen der Erde hören auf meinen Ruf, so wie die Reptilien mir gehorchen. Das Verlangen nach einer Frau schwächte meine Zauberkünste. Jetzt ist die Frau mein, und wenn ich mich erst an ihrer Seele gestärkt habe, bin ich unbesiegbar. Hebe dich hinweg, Narr! Du hast Thugra Khotan nicht besiegt!«

Er warf Conan seinen Stab vor die Füße. Der Cimmerier wich mit einem ungewollten Schrei zurück. Denn als der Stab fiel, verwandelte er sich auf schreckliche Weise. Seine Umrisse verschwammen, er wand sich und plötzlich schnellte sich eine zischende Kobra auf den erschrockenen Cimmerier zu. Mit einem wütenden Fluch hieb Conan auf das Reptil ein, und das Schwert teilte die gräßliche Kreatur entzwei. Da lagen lediglich die beiden Hälften des Ebenholzstabes auf dem Boden. Thugra Khotan lachte furchterregend. Er wirbelte herum und hob etwas hoch, das im Staub des Bodens gekrochen war.

In seiner ausgestreckten Hand hielt er etwas Lebendes, das sich geifernd wand. Diesmal war es kein Trick. Thugra Khotan hatte einen schwarzen Skorpion von gut einem Fuß Länge umklammert — das tödlichste Tier der Wüste. Das

Gift in seinem Stachel führte bei Mensch und Tier zum sofortigen Tod. Thugra Khotans an einen Totenschädel gemahnendes Gesicht verzog sich zu einem mumiengleichen Grinsen. Conan zögerte, dann warf er ohne Vorwarnung sein Schwert.

Es kam für den Zauberer unerwartet. Er hatte keine Zeit mehr auszuweichen. Die Schwertspitze drang unter dem Herzen in seinen Leib und ragte gleich darauf einen Fuß aus dem Rücken heraus. Er stürzte zu Boden und zerquetschte beim Aufprall das giftige Spinnentier in seiner Hand.

Conan eilte zum Altar und hob Yasmela mit seinen blutbedeckten Händen herab. Sie warf ihre weißen Arme heftig schluchzend um seinen Hals und klammerte sich an ihn.

»Croms Teufel, Mädchen«, brummte er. »Laßt mich los! Fünfzigtausend Mann sind heute gefallen, und es gibt viel für mich zu tun ...«

»Nein!« rief sie und klammerte sich in ihrer Angst nur noch fester an ihn. »Ich lasse dich nicht gehen. Ich bin dein durch Feuer und Stahl und Blut! Und du bist mein! Im Palast gehöre ich anderen — hier nur mir — und dir! Du wirst nicht gehen!«

Er zögerte. Sein Kopf wirbelte von der wilden Leidenschaft, die in ihm aufstieg. Das leuchtende, unirdische Glühen erhellte immer noch das Kuppelgemach und fiel gespenstisch auf das tote Gesicht Thugra Khotans, der sie freudlos anzugrinsen schien. Draußen in der Wüste und auf den Bergen im Meer der Toten lagen tapfere Männer im Sterben, während andere in ihren Schmerzen, ihrem Durst und ihrem Wahnsinn heulten, und Königreiche wankten. Doch die brennende Flut, die in seiner Seele aufstieg, als er den schimmernden weißen Leib heftig an sich drückte, schwemmte alle anderen Gedanken fort.

Schatten im Mondlicht

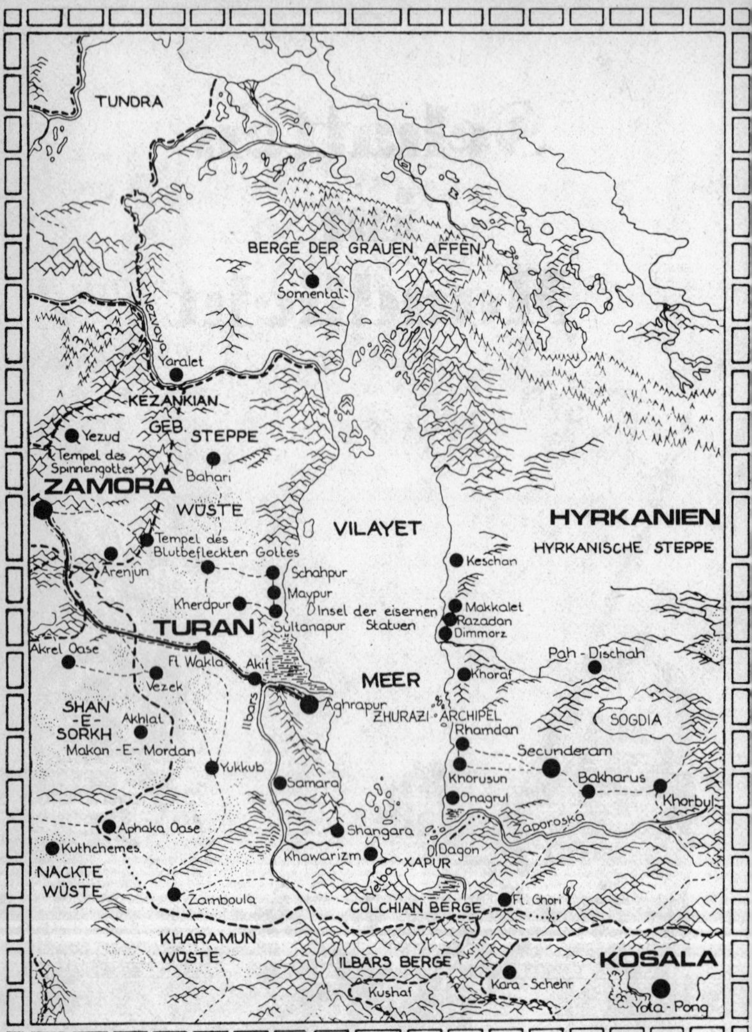

TUNDRA
BERGE DER GRAUEN AFFEN
Sonnental
Nezvaya
Yaralet
KEZANKIAN
GEB.
STEPPE
Yezud
Tempel des
Spinnengottes
Bahari
ZAMORA
WÜSTE
VILAYET
HYRKANIEN
HYRKANISCHE STEPPE
Tempel des
Blutbefleckten Gottes
Arenjun
Keschan
Schahpur
Maypur
Kherdpur
Insel der eisernen
Statuen
Makkalet
Razadan
Dimmorz
TURAN
Sultanapur
Akrel Oase
Ft. Wakla
Akif
Pah - Dischah
Vezek
MEER
Khoraf
SHAN
-E-
SORKH
Ilbars
Aghrapur
ZHURAZI ARCHIPEL
SOGDIA
Akhlat
Rhamdan
Makan -E- Mordan
Secunderam
Yukkub
Khorusun
Bakharus
Samara
Khorbul
Onagrul
Zaporoska
Aphaka Oase
Shangara
Kuthchemes
Dagon
Khawarizm
XAPUR
NACKTE
WÜSTE
Zamboula
COLCHIAN BERGE
Ft. Ghori
KHARAMUN
WÜSTE
ILBARS BERGE
Akrim
KOSALA
Kara - Schehr
Kushaf
Yota - Pong

Schatten im Mondlicht

Robert E. Howard

Conans Stolz ließ es nicht zu, »Prinzgemahl« einer Frau zu sein, auch wenn sie noch so schön war. Nach der Befreiung ihres Bruders, des Königs (»SCHATTEN IN DER FINSTERNIS« im Band: CONAN, DER SCHWERTKÄMPFER), kehrt er nicht mit ihm nach Khoraja zurück, sondern besucht wieder einmal sein cimmerisches Heimatland und befriedigt seinen Rachedurst an seinen Erzfeinden, den Hyperboreanern.

Inzwischen ist Conan nahezu dreißig. Seine Blutsbrüder unter den Cimmerien und den Æsir haben sich längst Frauen genommen und Söhne gezeugt, von denen manche inzwischen so alt und fast so riesenhaft waren, wie Conan damals gewesen war, als er zum erstenmal in den rattenverseuchten Elendsvierteln von Zamora unterkroch. Seine Abenteuer als Pirat und Söldner haben jedoch sein Verlangen nach Schlachten und Plündern zu stark in ihm geweckt, als daß er ihrem Beispiel folgen könnte. Als Händler Nachrichten von neuen kriegerischen Auseinandersetzungen im Süden mit sich bringen, kehrt Conan in die hyborischen Königreiche zurück.

Ein Rebellenprinz von Koth beabsichtigt, Strabonus, den geizigen König dieses Landes, zu stürzen, und Conan verdingt sich im Söldnerheer des Prinzen. Bedauerlicherweise schließt der Prinz Frieden mit dem König und benötigt deshalb keine Söldnerarmee mehr. Diese Krieger, unter ihnen Conan, schließen sich zu einer unabhängigen Truppe zusammen, den Freien Getreuen, die auf eigene Faust im Grenzgebiet von Koth, Zamora und Turan Raubzüge unternehmen. Allmählich ziehen sie sich in die Steppen westlich der Vilayetsee zurück, wo sie sich einer wilden, Kozaki genannten Horde anschließen.

Conan kämpft sich bald zum Führer dieser gesetzlosen Bande hoch und brandschatzt die westliche Grenze des turanischen Reiches, bis König Yildiz, unter dem er früher diente, sich zu harten Vergeltungsmaßnahmen entschließt. Eine Streitmacht unter Shah Amurath lockt die Kozaki tief in turanisches Gebiet und metzelt sie in einer blutigen Schlacht am Ilbars nieder.

1

Ein Pferd brach durchs hohe Ried, stolperte und stürzte wiehernd. Von dem sterbenden Pferd erhob sich taumelnd ein schlankes Mädchen in Sandalen und mit gegürteter Tunika. Das dunkle Haar fiel über ihre weißen Schultern. Ihre Augen wirkten wie die eines gestellten Tieres. Sie schaute nicht auf den Dschungel von Schilfrohr, der die winzige Lichtung umgab, auch nicht auf das blaue Wasser, das hinter ihr an den schmalen Strand schlug. Verstört blickte sie dem Reiter entgegen, der aus der Schilfwand drang und vor ihr absaß.

Es war ein großer schlanker Mann, doch hart wie Stahl. Von Kopf bis Fuß steckte er in leichter silbriger Kettenrüstung, die seiner geschmeidigen Gestalt wie ein Handschuh paßte. Unter dem mit Goldziselierung verzierten Rundhelm betrachteten seine Augen spöttisch das Mädchen.

»Keinen Schritt näher!« schrillte sie. »Berührt mich nicht, Shah Amurath, oder ich springe ins Wasser und ertränke mich!«

Er lachte, und sein Lachen war wie das sanfte Gleiten eines Schwertes aus einer seidenen Scheide.

»Es dürfte dir schwer fallen zu ertrinken, Olivia, denn das Ufer ist zu seicht, und ich habe dich erwischt, ehe du tief genug waten kannst. Das war eine muntere Jagd, bei den Göttern! Alle meine Männer liegen weit zurück. Es gibt eben kein Pferd westlich der Vilayetsee, das es auf die Dauer mit Iram aufnehmen könnte.« Er bedachte den hochbeinigen Wüstenhengst hinter ihm mit einem zufriedenen Blick.

»Laßt mich laufen!« flehte das Mädchen mit Tränen der Verzweiflung. »Habe ich nicht genug erduldet? Gibt es noch eine Schmach, eine Demütigung oder einen Schmerz, den Ihr mir nicht zugefügt habt? Wie lange wollt Ihr mich noch quälen?«

»Solange ich Vergnügen an deinem Wimmern, deinem Flehen und deiner Hilflosigkeit finde«, antwortete der Mann mit einem Lächeln, das ein Fremder fälschlicherweise für sanft halten mochte. »Du verfügst über eine ungewöhnliche Lebenskraft, Olivia. Ich frage mich, ob ich deiner je müde werde wie bisher jeder anderen Frau. Du bist so frisch und rein, trotz allem, was ich dir zufüge. Jeder Tag mit dir bringt mir neue Freuden.

Doch komm jetzt, wir wollen nach Akif zurückkehren, wo man immer noch den Bezwinger der armseligen Kozaki feiert, während er damit beschäftigt ist, eine Fliehende, eine törichte, aber liebliche Ausbrecherin wieder einzufangen.«

»Nein!« Sie wich vor ihm zurück und rannte auf das Wasser zu, das blau gegen das Schilf spülte.

»Ja!« Sein plötzlich offen gezeigter Grimm war wie der Funken eines Feuersteins. Mit einer Flinkheit, die sie trotz ihrer grazilen Figur nicht erreichte, hatte er sie am Handgelenk gepackt und drehte es in wohlüberlegter Grausamkeit, bis sie schreiend in die Knie sank.

»Dirne! Soll ich dich am Schwanz meines Pferdes nach

Akif zurückschleifen oder Gnade vor Recht ergehen lassen und dich vor mir auf dem Sattel sitzen lassen, wofür du mir natürlich demütigst danken mußt, während ...«

Er gab sie mit einem unterdrückten Fluch frei, sprang zurück und riß seinen Säbel aus der Hülle, als eine schreckerregende Erscheinung aus dem Schilfdschungel auftauchte und einen zweifellos aus Haß geborenen Schrei ausstieß.

Olivia, die auf den Boden gefallen war, sah einen Mann, der entweder ein Wilder oder ein Wahnsinniger sein mußte, in bedrohlicher Haltung auf Shah Amurath zukommen. Er war von mächtiger Statur, nackt, von einem Lendentuch abgesehen, das von Blut und Lehm starrte. Auch seine schwarze Mähne war schmutz- und blutverklebt, und über seine Brust, Arme und Beine verliefen Spuren verkrusteten Blutes. Sein Breitschwert in der Rechten war ebenso blutbesudelt. Unter dem in die Stirn hängenden Haar glühten seine blutunterlaufenen Augen wie Kohlen blauen Feuers.

»Hyrkanischer Hund!« zischte diese Erscheinung in barbarischem Akzent. »Die Racheteufel selbst müssen dich hierhergeführt haben!«

»Kozak!« entfuhr es dem zurückweichenden Shah Amurath. »Ich wußte nicht, daß einer von euch Hunden entkam! Ich dachte, ihr lägt alle steif und starr in der Steppe am Ilbars.«

»Alle, außer mir!« sagte der andere gefährlich leise. »Oh, ich träumte von einer solchen Begegnung, während ich auf dem Bauch durch die Dornbüsche kroch oder unter den Felsen lag, während die Ameisen an mir fraßen, oder bis zu den Lippen im Schlamm steckte. Ja, davon träumte ich, doch ich wagte nicht zu hoffen, daß mir dieser Traum in Erfüllung ginge. Oh, ihr Götter der Hölle, wie sehr ich es ersehnte!«

Die aus Blutdurst geborene Begeisterung des Fremden war schrecklich anzusehen. Seine Kiefer öffneten sich zuckend, und Schaum drang über seine schwarz verbrannten Lippen.

»Komm mir nicht zu nah!« warnte Shah Amurath und beobachtete ihn unter halbzusammengekniffenen Lidern.

»Ha!« Es klang wie das Bellen eines Wolfes. »Shah Amurath, der Lord von Akif! Wie sehr mich dein Anblick erfreut — du hast meine Kameraden den Geiern gefüttert, sie von wilden Pferden zerreißen lassen, sie geblendet, verkrüppelt und verstümmelt — du Hund! Du dreckiger Hund!« Seine Stimme hob sich zu einem vom Wahnsinn gezeichneten schrillen Schrei, und er sprang.

Trotz der Angst, die seine wilde Gestalt in ihr hervorrief, bangte Olivia um ihn. Sie erwartete, daß er schon beim ersten Kreuzen der Klingen fallen würde, denn was konnte ein wilder Nackter gegen den gerüsteten Herrscher von Akif ausrichten?

Einen Augenblick schienen die Klingen zu flammen, als sie sich, einander kaum berührend, wieder trennten und erneut aufeinander einhieben. Da blitzte das Breitschwert am Säbel vorbei und drang mit ungeheurer Gewalt in Shah Amuraths Schulter. Unwillkürlich schrie Olivia auf. Über das Knirschen der Rüstung hinweg hörte sie ganz deutlich das Brechen des Schlüsselbeins. Der Hyrkanier taumelte zurück. Sein Gesicht wirkte aschfahl, Blut spritzte aus den Gliedern des Kettenhemds. Der Säbel entglitt seinen kraftlosen Fingern.

»Gnade!« keuchte er.

»Gnade?« Wilde Wut klang aus der Stimme des Fremden. »Gnade, wie du sie uns gewährt hast, Schwein!«

Olivia schloß die Augen. Das war nicht länger ein Kampf, sondern blutiges Gemetzel, ausgelöst durch Haß, hervorgerufen durch Erinnerungen an die grauenvolle Schlacht, das Massaker, die unbarmherzigen Martern und die schier endlose, durch Hunger und Durst fast unerträgliche Flucht. Obwohl Olivia wußte, daß Shah Amurath keine Gnade und kein Mitleid von irgendeiner lebenden Kreatur verdient hatte, preßte sie die Lider zusammen, um nicht sehen zu müssen, wie das bluttropfende Schwert gleich dem Beil eines Schlächters fiel, und um die schrecklichen, gurgelnden Schreie nicht zu hören, die bald erstarben.

Nach einer Weile öffnete sie die Augen. Der Fremde drehte sich gerade von der Leiche des Hyrkaniers um. Keuchend hob und senkte sich die Brust des Wilden. Schweiß rann ihm über die Stirn, und seine Rechte war wie in Blut getaucht.

Er sagte kein Wort zu ihr, ja blickte nicht einmal in ihre Richtung, ehe er durch das Ried am Wasserrand stapfte und an etwas zog. Ein Kahn wurde zwischen dem Schilfrohr sichtbar. Da wurde ihr klar, was er vorhatte.

»Bitte, warte doch!« rief sie. Sie taumelte hoch und rannte auf ihn zu. »Laß mich nicht allein hier. Bitte, nimm mich mit!«

Er wirbelte herum und starrte sie an. Seine Haltung, ja vielleicht auch seine Einstellung, hatten sich geändert. In seinen blutunterlaufenen Augen war nun nichts mehr von Wahnsinn zu bemerken. Es schien, als hätte das soeben vergossene Blut dieses Feuer des Irrsinns gelöscht.

»Wer bist du?« fragte er.

»Olivia. Ich war *seine* Gefangene. Ich rannte von ihm weg, und er verfolgte mich. Deshalb kam er hierher. O bitte, laß mich nicht hier! Seine Krieger müssen bald da sein. Sie werden seine Leiche finden — und mich in ihrer Nähe — und ...« Sie schluchzte in ihrer Angst und Verzweiflung und rang die weißen Hände.

Er starrte sie verblüfft an.

»Würdest du dich denn in meiner Gesellschaft wohler fühlen?« fragte er. »Ich bin ein Barbar, und ich lese es in deinen Augen, daß du dich vor mir fürchtest.«

»Ja, ich fürchte mich vor dir«, gestand sie, zu verstört, um zu lügen. »Mich überläuft ein Schauer bei deinem Anblick. Aber die Hyrkanier fürchte ich noch mehr. Bitte, nimm mich mit. Sie würden mich foltern, wenn sie mich neben ihrem toten Herrn fänden.«

»Dann komm.« Er machte ihr Platz, und sie kletterte schnell in das Boot. Sie achtete darauf, nicht mit ihm in Berührung zu kommen, und setzte sich in den Bug, während er sich auf der Ruderbank niederließ und mit einem Paddel das Boot mühsam aus dem Schilf stakte, bis sie endlich das offene Wasser erreicht hatten. Dann griff er auch nach dem zweiten Paddel und ruderte mit kräftigen, gleichmäßigen Bewegungen, daß die mächtigen Muskeln seiner Arme und Schultern unter der glitzernden Haut spielten.

Eine lange Weile verharrten beide stumm — das Mädchen, das im Bug kauerte, und der Mann an den Rudern. Mit ängstlicher Faszination sah sie ihm zu und musterte ihn. Er war ganz offensichtlich kein Hyrkanier, und er hatte auch nicht viel Ähnlichkeit mit den hyborischen Rassen. Die wölfische Härte, die ihn auszeichnete, ließ auf einen Barbaren schließen. Seine Züge, selbst wenn man die Anstrengungen der überstandenen Kämpfe und der Flucht nicht außer acht ließ, verrieten seine ungezähmte Wildheit, aber keine Verderbtheit oder Schlechtigkeit.

»Wer bist du?« fragte sie. »Shah Amurath nannte dich einen Kozak. Gehörtest du zu dieser Horde?«

»Ich bin Conan, ein Cimmerier«, brummte er. »Ich war bei den Kozaki, wie die hyrkanischen Hunde uns nannten.«

Dunkel erinnerte sie sich, daß Cimmerien weit von hier im Nordwesten lag, jenseits der fernsten Grenzen der verschiedenen Königreiche ihrer Rasse.

»Ich bin eine Tochter des Königs von Ophir«, sagte sie. »Mein Vater verkaufte mich an einen Shemitenhäuptling, weil ich den kothischen Prinzen nicht heiraten wollte, wie man es von mir verlangte.«

Der Cimmerier pfiff überrascht durch die Zähne.

Ihre Lippen verzogen sich zu einem bitteren Lächeln. »Ja, zivilisierte Menschen verkaufen manchmal ihre Kinder als Sklaven an Wilde. Sie nennen Menschen deiner Rasse Barbaren, Conan von Cimmerien.«

»Wir verkaufen unsere Kinder nicht!« knurrte er und schob sein Kinn vor.

»Nun, ich wurde jedenfalls verkauft. Aber der Wüstensohn behandelte mich gut. Er wollte sich das Wohlwollen Shah Amuraths sichern, und so machte er mich zu einem der Geschenke, die er nach Akif, der Stadt der Purpurgärten, brachte. Dann ...« Sie schauderte und barg das Gesicht in den Händen.

»Ich sollte jegliche Scham verloren haben«, murmelte sie. »Doch die Erinnerung brennt wie eine Peitschenhieb. Ich wohnte in Shah Amuraths Palast. Vor ein paar Wochen zog er mit seiner Streitmacht gegen eine Horde von Eindringlingen, die ihr Unwesen an Turans Grenze trieb. Als er gestern siegreich zurückkehrte, fand ihm zu Ehren ein großes Fest statt. Während des trunkenen Gelages ergab sich eine Gelegenheit zur Flucht für mich. Ich verließ die Stadt auf dem Rücken eines gestohlenen Pferdes und glaubte schon, entkommen zu sein, als ich feststellte, daß er mich verfolgte. Und heute gegen Mittag hatte er mich schon fast eingeholt. Ich war schneller als seine Männer, aber sein Pferd war noch flinker, und so bekam er mich wieder in seine Gewalt. Dann kamst du.«

»Ich hatte mich im Ried versteckt«, brummte der Barbar. »Ich war einer der gefürchteten Freien Getreuen, die entlang der Grenzen plündernd umherzogen. Fünftausend waren wir insgesamt, von Dutzenden verschiedener Stämme und Rassen. Ursprünglich hatten wir, das heißt die meisten von uns, in einer Söldnerarmee eines Rebellenprinzen in Ostkoth gedient, doch dann einigte der Prinz sich mit seinem verdammten Herrscher, und wir wurden nicht mehr gebraucht, was bedeutete, daß wir keinen Sold mehr erhielten. Also beschlossen wir, ohne Auftrag zusammenzubleiben, und plünderten gleichermaßen die Grenzgebiete von Koth, Zamora und Turan. Vor einer Woche gingen wir Shah Amurath mit fünfzehntausend Mann an den Ufern des Ilbars in die Falle. Mitra! Der Himmel war schwarz von Geiern. Als nach einem langen Tag ununterbrochenen Kampfes unsere Linien brachen, versuchten einige sich nach Norden, andere nach Westen durchzuschlagen. Ich bezweifle jedoch, daß viele lebend davonkamen. Fast Schulter an Schulter ritten Shah Amuraths Männer die Fliehenden nieder. Ich setzte mich ostwärts ab und erreichte schließlich den Rand der Marschen, die an diesen Teil der Vilayetsee grenzen.

Seither versteckte ich mich in den Sümpfen. Gestern noch trampelte ein Suchtrupp durchs Ried, um nach Flüchtigen wie mir Ausschau zu halten. Wie ein Wurm grub ich mich ein. Ich ernährte mich von Moschusratten, die ich mit den Händen fing und roh verschlang, weil ich nicht wagte, ein Feuer zu machen, um sie zu braten. Heute morgen stieß ich auf dieses Boot, das im Schilf versteckt lag. Ich hatte eigentlich nicht beabsichtigt gehabt, vor Anbruch der Nacht auf die See hinauszurudern, aber nun, nachdem ich Shah Amurath getötet habe, ist mir klar, daß seine eisengerüsteten Hunde in der Nähe sind.«

»Und wie soll es weitergehen?«

»Zweifellos wird man uns verfolgen. Selbst wenn sie die Spuren des Bootes nicht entdecken, die ich so gut wie möglich verwischte, werden sie, nachdem sie uns in den Marschen nicht finden, schließen, daß wir auf die See hinausflohen. Aber wir haben einen Vorsprung, und ich werde mich in die Riemen legen, bis wir einen sicheren Ort erreicht haben.«

»Und wo sollen wir einen solchen finden?« fragte sie

hoffnungslos. »Die Vilayetsee ist nicht viel mehr als ein hyrkanischer Teich.«

»Es gibt so manche, die da anderer Meinung sind.« Conan grinste grimmig. »Vor allem die Sklaven, die von Galeeren entkamen und zu Piraten wurden.«

»Aber was hast du für Pläne?«

»Die Südwestküste ist Hunderte von Meilen in den Händen der Hyrkanier. Wir haben noch einen weiten Weg vor uns, ehe wir ihre Nordgrenze erreichen. Ich beabsichtige, nordwärts zu rudern, bis ich glaube, daß wir sie hinter uns haben. Dann wenden wir uns westwärts und versuchen an der Küste an Land zu gehen, hinter der die unbewohnten Steppen beginnen.«

»Aber wenn wir Piraten in die Hände laufen oder von einem Sturm überrascht werden?« fragte sie. »Möglicherweise verhungern wir auch in der Steppe.«

»Ich habe dich nicht gebeten, mich zu begleiten«, erinnerte er sie.

»Es tut mir leid.« Sie neigte ihr hübsches, von dunklem Haar umrahmtes Gesicht. »Piraten, Stürme, Hunger — das alles ziehe ich den Menschen von Turan vor.«

Conans Gesicht verdüsterte sich. »Ich habe noch nicht mit ihnen abgerechnet. Aber mach dir keine unnötigen Sorgen, Mädchen. Stürme sind zu dieser Jahreszeit auf der Vilayetsee selten. Erreichen wir die Steppe, brauchen wir gewiß nicht zu hungern. Ich bin in einem kahlen Land aufgewachsen. Diese verdammten Marschen mit ihrem Gestank und den verdammten Stechfliegen waren es, die mich fast fertig machten. Ich bin im Bergland zu Hause. Und was die Piraten betrifft ...« Er grinste geheimnisvoll und beugte sich über die Ruder.

Die Sonne versank wie ein stumpfglühender Kupferball in einem Feuermeer. Das Blau der See verschmolz mit dem Blau des Himmels, und beide tönten sich zu einem weichen dunklen Samt, der mit Sternen und ihren Spiegelbildern besteckt war. Olivia lehnte sich verträumt im Bug des sanft schaukelnden Kahnes zurück. Sie glaubte, in der Luft zu schweben, mit Sternen über und unter sich. Ihr stummer Gefährte hob sich unscharf gegen die nicht ganz so tiefe Dunkelheit ab. Er ruderte in gleichmäßigem Rhythmus dahin. So wie sie ihn sah, mochte er der schicksalhafte Ruderer sein, der sie über den dunklen See des Todes brachte. Aber ihre Furcht war viel stumpfer, und die Eintönigkeit des dahingleitenden Bootes wiegte sie schließlich in Schlaf.

Es war früher Morgen, als sie erwachte und quälenden Hunger verspürte. Eine Veränderung in der Bewegung des Bootes hatte sie geweckt. Conan rastete, auf seine Paddel gestützt, und blickte über sie hinweg. Ihr wurde bewußt, daß er die ganze Nacht pausenlos gerudert haben mußte, und sie bewunderte seine eiserne Ausdauer. Sie drehte sich um, um festzustellen, was seinen Blick gefangenhielt, und sah eine Wand aus Bäumen und Büschen, die sich an einem Ufer erhob und in einem weiten Bogen verlaufend eine kleine Bucht umsäumte, deren Wasser so unbewegt wie ein Spiegel vor ihnen lag.

»Das ist eine der vielen Inseln dieses Binnenmeers«, erklärte ihr Conan. »Sie sind angeblich unbewohnt. Selten interessieren die Hyrkanier sich für sie. Sie halten sich gewöhnlich mit ihren Galeeren näher an ihre Küste, während wir eine beachtliche Strecke zurückgelegt haben. Seit Sonnenuntergang ist das Festland am Horizont verschwunden.«

Mit ein paar Ruderschlägen brachte er das Boot an den Strand und vertäute es an den sich aus der Erde hebenden Wurzeln eines dicht am Wasser wachsenden Baumes. Dann sprang er auf den Sand und streckte eine Hand aus, um Olivia aus dem Kahn zu helfen. Sie nahm sie und zuckte ein wenig vor den Blutflecken darauf zurück, aber sie spürte die ungeheuerliche Kraft, die in diesem Mann steckte.

Eine verträumte Ruhe lag über dem Wald, der die blaue Bucht einrahmte. Irgendwo zwischen den Bäumen trillerte ein Vogel seine Morgenandacht. Eine sanfte Brise säuselte in den Ästen, und die Blätter antworteten ihr mit sanftem Wispern. Olivias Sinne waren angespannt, jeden Augenblick erwartete sie, daß sich etwas tat, ohne eine Vorstellung zu haben, was es sein könnte. Lauerte etwas in diesem so friedlich scheinenden Gehölz?

Während sie ein wenig ängstlich auf die Schatten zwischen den Bäumen spähte, schwang sich etwas mit flinken Flügeln in den Sonnenschein: ein großer Papagei, der sich gleich darauf auf einem dicht belaubten Zweig niederließ und dort in seinem glänzenden, grün-roten Gefieder schaukelte. Nach einer Weile drehte er den Kopf und betrachtete die beiden Störenfriede mit glitzernden pechschwarzen Perlenaugen.

»Crom!« stieß Conan hervor. »Das ist gewiß der Großvater aller Papageien! Er dürfte tausend Jahre alt sein! Schau dir diese bösen, klugen Augen an! Welche Geheimnisse hütest du, weiser Teufel?«

Abrupt breitete der Vogel seine flammenden Flügel aus, flog von seinem Zweig und schrie krächzend: *»Yakhoolan yok tha, xuthalla!«* Dann verschwand er mit einem kreischenden, fast menschlich klingenden Gelächter in den opaleszierenden Schatten des Waldes.

Olivia starrte ihm nach. Sie spürte die eisigen Finger einer unheilvollen Vorahnung über ihren Rücken streichen.

»Was hat er gesagt?« flüsterte sie erschrocken.

»Ganz sicher Worte einer menschlichen Sprache«, erwiderte Conan, »aber welcher, weiß ich nicht.«

»Ich auch nicht«, murmelte das Mädchen. »Doch zweifellos hat er sie von Menschenlippen gelernt. Menschlichen oder . . .« Sie blickte in das Laubgewölbe und erschauderte, ohne zu verstehen, weshalb.

»Crom, bin ich hungrig!« rief der Cimmerier. »Ich könnte einen ganzen Büffel verschlingen. Aber ich fürchte, wir müssen mit Beeren vorliebnehmen. Doch zuerst werde ich mir das verkrustete Blut und den eingetrockneten Schmutz abwaschen. Im Sumpf wird man leider nicht gerade sauber.«

Er legte sein Schwert ab, watete bis zu den Schultern in das blaue Wasser und ließ verkrustetes Blut und Schmutz erst einmal aufweichen. Als er wieder an den Strand zurückkehrte, schimmerte sein ganzer Körper in einem tiefen, sauberen Bronzeton, und seine wassertriefende schwarze Mähne wirkte nicht länger verfilzt. Auch seine blauen Augen, die zwar immer noch in unlöschbarem Feuer brannten, waren nicht mehr blutunterlaufen und finster. Nur an der raubkatzengleichen Geschmeidigkeit seines Körpers und dem kraftverratenden Schnitt seiner Züge hatte sich nichts verändert.

Er schnallte sich den Schwertgürtel wieder um und bedeutete dem Mädchen, ihm zu folgen. Sie verließen den Strand und schritten unter den dichtbelaubten Ästen mächtiger Bäume dahin. Das nachgiebige grüne Gras unter ihren Füßen dämpfte ihre Schritte. Zwischen den Baumstämmen hindurch bot sich ihnen ein märchenhafter Anblick.

Plötzlich brummte Conan erfreut und deutete auf die goldroten Früchte, die in dichten Trauben an einem Baum vor ihnen hingen. Er bat das Mädchen, sich auf einen gefallenen Stamm zu setzen, und füllte den Schoß ihrer Tunika mit den exotischen Köstlichkeiten, die dann auch er mit sichtlichem Genuß verzehrte.

»Ischtar!« rief er zwischen zwei Bissen. »Seit der Schlacht am Ilbars habe ich nur von Ratten und Wurzeln gelebt, die ich aus dem stinkenden Morast grub. Welch eine angenehme Abwechslung, nur leider nicht sehr sättigend, aber wenn wir genügend essen, wird es eine Weile vorhalten.«

Olivia war viel zu beschäftigt für eine Antwort. Als Conan seinen schlimmsten Hunger gestillt hatte, betrachtete er seine schöne Gefährtin mit viel größerem Interesse als bisher. Er bewunderte die glänzenden schwarzen Locken, die Pfirsichfarbe ihrer makellosen Haut und die sanften Rundungen ihrer grazilen Gestalt, die die knappe Tunika eher betonte, als verbarg.

Erst als sie satt war, spürte sie die brennenden Augen auf sich, und ihre Wangen röteten sich.

Conan bedeutete ihr stumm, daß sie sich weiter umsehen sollten. Sie erhob sich und folgte ihm durch die Bäume zu einer Lichtung, auf deren anderer Seite scheinbar undurchdringliches Dickicht wuchs. Als sie auf die Lichtung hinaustraten, war ein plötzliches Krachen zu hören. Conan packte das Mädchen um die Mitte und riß sie mit sich zur Seite. Nur um Haaresbreite brauste etwas an ihnen vorbei, das heftig gegen einen Baumstamm schlug.

Conan riß sein Schwert aus der Scheide. Mit langen Sätzen rannte er über die Lichtung und warf sich in das Dickicht, in dem er verschwand. Eine Weile herrschte Stille. Olivia kauerte sich verängstigt ins hohe Gras. Schließlich kehrte der Cimmerier mit gerunzelter Stirn zurück.

»Es ist nichts in diesem Dickicht«, brummte er. »Aber etwas war . . .«

Er betrachtete ungläubig das Geschoß, das sie so knapp verfehlt hatte, als könnte er seinen eigenen Augen nicht trauen. Es war ein grünlicher Steinblock, der jetzt auf den Wurzeln des Baumes lag, dessen Stamm er durch die Wucht seines Aufpralls gespalten hatte.

»Ein ungewöhnlicher Stein für eine unbewohnte Insel«, murmelte der Cimmerier.

Olivias schöne Augen weiteten sich vor Staunen. Der

Stein war ein absolut symmetrischer Block, der zweifellos von Menschenhand gehauen war. Und er war überraschend schwer. Conan packte ihn mit beiden Händen, die Beine gespreizt. Die Muskeln drohten ihm durch die Haut zu schwellen, als er ihn über den Kopf hob und mit aller Kraft schleuderte. Doch der Wurf reichte nur wenige Schritte weit.

»Kein Mensch vermag diesen Block über die ganze Lichtung zu schleudern. Nur eine Wurfmaschine schaffte es. Aber ich fand keine Spur eines Onagers oder einer Balliste.«

»Vielleicht wurde er aus größerer Entfernung von einem solchen Wurfgeschütz abgeschossen«, meinte Olivia.

Conan schüttelte den Kopf. »Er fiel nicht von oben herab. Ganz ohne Zweifel kam er aus dem Dickicht dort. Siehst du die abgebrochenen Zweige? Er wurde genauso geschleudert, wie ein Mensch Steine wirft. Aber von wem? Komm!«

Sie folgte ihm zögernd in das Dickicht. Innerhalb des inneren Ringes starkbelaubter Sträucher war das Buschwerk weniger dicht. Absolute, fast drohende Stille umgab sie. Im nachgiebigen Grasboden waren hier nirgendwo Fußabdrükke zu sehen. Und doch war der Block mit tödlicher Zielsicherheit aus diesem Dickicht geschleudert worden. Conan beugte sich tiefer über das Gras, wo es an vereinzelten Stellen zertrampelt war. Verärgert schüttelte er den Kopf. Selbst seine scharfen Augen verrieten ihm nicht, wer oder was dort gestanden hatte. Sein Blick schweifte zu dem grünen Dach über ihren Köpfen, das eine geschlossene Decke aus saftigen Blättern und sich überschneidenden Ästen war. Plötzlich schien er zu erstarren.

Dann hob er das Schwert, stieß Olivia hinter sich und wich zurück.

»Schnell hier heraus!« warnte er mit einem Flüstern, das das Blut des Mädchens stocken ließ.

»Was ist es? Was hast du gesehen?«

»Nichts«, erwiderte er vorsichtig, ohne in seinem Rückzug anzuhalten.

»Aber was ist es denn? Was lauert denn in diesem Dickicht?«

»Der Tod«, erwiderte er, und sein Blick hing wachsam an dem grünen Dach, das den Himmel verbarg.

Kaum hatten sie das Dickicht zurückgelassen, nahm Conan das Mädchen an der Hand und führte sie hastig durch die sich lichtenden Bäume zu einem grasbewachsenen Hang und hinauf auf ein niedriges Plateau, wo das Gras noch höher war und es nur vereinzelte und weit verstreute Bäume gab. Und in der Mitte dieses Plateaus erhob sich ein langgestrecktes breites Bauwerk aus zerfallendem grünlichen Stein.

Staunend betrachteten sie es. Keine Legende berichtete über etwas Ähnliches auf irgendeiner Insel in der Vilayetsee. Vorsichtig näherten sie sich ihm und bemerkten, daß die Steine von Moos und Flechten überwuchert waren und das eingefallene Dach eine gähnende Öffnung zum Himmel aufwies. An allen Seiten lagen kleinere und größere Steintrümmer halb verborgen in dem sich sanft wiegenden Gras, so daß man den Eindruck gewann, hier hätten sich einst viele Häuser befunden, ja vielleicht sogar eine ganze Stadt. doch jetzt streckte sich nur noch das längliche hallenähnliche Bauwerk dem Himmel entgegen, und seine Mauern lehnten sich scheinbar stützend an die rankenden Pflanzen.

Die Tore, die einst seine Portale verschlossen hatten, waren schon lange zerfallen. Conan und seine Begleiterin standen im breiten Eingang und spähten ins Innere. Die Sonne schien durch Spalten in den Wänden und das breite Loch im Dach, so daß sich ein Gewebe aus Licht und Schatten vor ihnen ausbreitete. Conan umklammerte den Schwertgriff und trat mit der leicht geduckten Haltung und dem schleichenden Gang eines jagenden Panthers ein. Olivia folgte ihm auf Zehenspitzen.

Plötzlich murmelte der Cimmerier überrascht etwas, und Olivia unterdrückte einen Schrei.

»Schau! Schau doch!« flüsterte sie.

»Ich sehe sie«, antwortete er. »Fürchte dich nicht. Es sind nur Standbilder.«

»Aber wie lebensecht — und so böse!« wisperte sie und drückte sich enger an ihn.

Sie standen in einer riesigen Halle, deren Boden aus poliertem Stein dicht mit Staub und Trümmern von Steinen bedeckt war, die von der Decke gefallen waren. Schlingpflanzen, die zwischen den Steinen wuchsen, verbargen die Spalten und Löcher. Das hohe, flache Dach wurde von mächtigen Säulen getragen, die an jeder Seite in engen Reihen aufragten. Und zwischen jeder Säule befand sich eine dieser ungewöhnlichen Skulpturen.

Es waren offensichtlich Statuen aus schwarzem Eisen, die so stark glänzten, als würden sie regelmäßig poliert. In Lebensgröße stellten sie hochgewachsene, geschmeidige und muskulöse Männer mit grausamen, raubvogelhaften Zügen dar. Sie waren nackt und in jeder Einzelheit mit unglaublichem Realismus abgebildet. Aber am lebensechtesten waren ihre stolzen, unduldsamen Gesichter. Sie waren nicht aus gleichem Guß. Jedes hatte seinen eigenen Schnitt, jedes verriet eine andere Persönlichkeit, obgleich die rassische Ähnlichkeit unübersehbar war. An diesen Statuen, oder zumindest ihren Gesichtern, war nichts der eintönigen Gleichheit idealisierter künstlerischer Darstellung.

»Es sieht aus, als lauschten — und warteten sie!« flüsterte das Mädchen unruhig.

Conan klopfte mit dem Schwertgriff an eines der Standbilder. »Eisen!« brummte er. »Aber, bei Crom, in welchen Formen wurden sie gegossen?«

Er schüttelte den Kopf und zuckte verwirrt die breiten Schultern.

Olivia schaute sich ängstlich in der großen stillen Halle um, doch nichts als die überwucherten Steine, die umrankten Säulen mit den dunklen brütenden Gestalten dazwischen bot sich ihrem Blick. Sie verlagerte unruhig ihr Gewicht auf das andere Bein und wünschte sich weit von dieser Halle fort, aber irgendwie war ihr Gefährte fasziniert von den eisernen Statuen. Er untersuchte sie ganz genau und probierte auf Barbarenweise, ob sich ihre Glieder nicht vielleicht abbrechen ließen. Doch das ließ sich genausowenig machen, wie sie umzukippen. Schließlich gab er seine nutzlosen Versuche auf und fluchte nachdenklich vor sich hin.

»Was waren das für Männer, nach denen diese Abbilder geschaffen wurden?« fragte er laut, ohne sich jedoch an Olivia zu wenden. »Diese Gestalten sind schwarz, aber sie haben keine Rassenähnlichkeit mit Schwarzen, wie wir sie kennen. Ihresgleichen sah ich nie irgendwo.«

»Gehen wir wieder hinaus in die Sonne«, drängte Olivia, und Conan nickte mit einem letzten verwirrten Blick zurück auf die brütenden Skulpturen entlang der Wände.

Sie verließen die dämmerige Halle und kehrten in den hellen Sommertag zurück. Olivia bemerkte erstaunt den Stand der Sonne. Sie hatten viel mehr Zeit in der Ruine verbracht, als sie gedacht hatte.

»Rudern wir fort von hier«, bat sie. »Ich fürchte mich. Die Insel ist ein Ort des Bösen. Wir wissen nicht, ob wir nicht jeden Moment erneut von diesem Steinschleuderer angegriffen werden.«

»Ich glaube, wir sind sicher, solange wir uns nicht zwischen den Bäumen aufhalten«, vermutete Conan. »Komm.«

Das Plateau, dessen Hänge sich den bewaldeten Ufern im Westen, Osten und Süden zuneigten, führte im Norden zu einem Felsengewirr empor, dem höchsten Punkt der Insel.

Ihm wandte Conan sich zu und paßte sich in seinem Gang den kürzeren Schritten seiner Begleiterin an. Hin und wieder schweifte sein Blick undeutbar zu ihr, und sie bemerkte es.

Schließlich erreichten sie den nördlichen Rand des Plateaus und blickten den steilen Felshang empor. Östlich und westlich davon wuchsen die Bäume am Plateaurand ganz dicht und klammerten sich auch vereinzelt an die Felswand zur Klippe empor. Mißtrauisch betrachtete Conan die Bäume, aber dann begannen sie den Aufstieg. Die Wand war nicht übermäßig steil und immer wieder von Simsen und herausragenden Felsstücken aufgelockert. Der im Bergland geborene Cimmerier hätte sie wie eine Katze hochlaufen können, aber Olivia hatte ihre Schwierigkeiten. Immer wieder hob Conan sie über ein Hindernis, das zu erklimmen ihre Kräfte überfordert hätte, und sie staunte jedesmal aufs neue über seine ungeheure Kraft. Sie fand seine Berührung jetzt auch durchaus nicht mehr abstoßend, sondern fühlte sich, ganz im Gegenteil, sicher in seinem Griff.

Endlich standen sie auf der Spitze der Insel, und der Seewind spielte mit ihrem Haar. Vor ihren Füßen fiel die Klippe drei- oder vierhundert Fuß steil zu einem schmalen Waldstreifen entlang dem Strand ab. Südwärts lag die ganze Insel in einem großen Oval vor ihnen, eingesäumt von einem abfallenden Rahmen verschieden getönten Grüns, außer dort, wo der Hang felsig zu ihnen aufstieg. An allen Seiten, so weit sie sehen konnten, erstreckte sich glattes blaues Wasser, bis es sich im Dunst des Horizonts verlor.

»Die See ist ruhig«, sagte Olivia. »Warum setzen wir unsere Fahrt nicht fort?«

Conan, der wie eine Bronzestatue stand, deutete nordwärts. Olivia mußte ihre Augen anstrengen, um einen weißen Punkt zu sehen, der im bläulichen Dunst zu hängen schien.

»Was ist das?«

»Ein Segel.«

»Hyrkanier?«

»Wie sollte man das aus dieser Entfernung erkennen?«

»Sie werden hier ankern und die Insel nach uns absuchen!« rief das Mädchen in plötzlicher Panik.

»Das bezweifle ich. Sie kommen aus dem Norden und wissen bestimmt nichts von uns. Möglicherweise gehen sie hier jedoch aus irgendeinem Grund an Land, dann müssen wir uns eben so gut wie möglich verstecken. Aber ich glaube, es ist entweder eine Galeere der Piraten oder der Hyrkanier, die von einem Plünderzug im Norden zurückkehrt. Ist es ein Hyrkanier, wird er wohl kaum hier anlegen. Aber wir können nicht riskieren weiterzurudern, ehe sie außer Sichtweite sind, da sie ja aus der Richtung kommen, die wir einschlagen müssen. Zweifellos passieren sie unsere Insel heute abend. Im Morgengrauen können wir dann aufbrechen.«

»Dann müssen wir die Nacht hier verbringen?« Sie schauderte.

»Es ist am sichersten.«

»So wollen wir hier auf der Klippe schlafen«, bat sie.

Er schüttelte den Kopf und starrte auf die verkrüppelten Bäume, auf den Wald unten, der seine Fühler die Hänge hochzustrecken schien. »Es sind zu viele Bäume in der Nähe. Wir schlafen lieber in der Ruine.«

Sie protestierte lautstark.

»Dort brauchst du keine Angst zu haben«, versuchte er sie zu beruhigen. »Wer oder was immer den Stein schleuderte, folgte uns nicht aus dem Wald heraus. In den Ruinen waren keine Spuren irgendwelcher gefährlichen Tiere. Außerdem bist du viel zu zart und gewöhnt, unter einem Dach zu ruhen. Ich könnte nackt im Schnee schlafen, ohne daß es mir etwas ausmacht, dir aber würde der Tau in die Knochen dringen, lagerten wir im Freien.«

Olivia fügte sich widerwillig. Sie kletterten die Klippenwand wieder hinunter, überquerten das Plateau und wandten sich erneut der Ruine zu. Inzwischen ging die Sonne hinter dem Plateaurand unter. An den Bäumen in Klippennähe hatten sie Früchte gefunden, die sowohl ihren Hunger als auch ihren Durst stillten.

Die Südnacht senkte sich schnell herab und bestreute den dunkelblauen Himmel mit großen gleißenden Sternen. Conan betrat die Ruine und zog die widerstrebende Olivia hinter sich her. Sie schauderte beim Anblick der dichten schwarzen Schatten in den Reihen von Wandnischen. Das Sternenlicht drang nur schwach in diese Dunkelheit, so konnte sie ihre Umrisse nicht erkennen. Sie spürte jedoch ganz deutlich die Aura von Erwartung, die von ihnen ausging — ja, sie warteten, wie sie seit vielen, vielen Jahrhunderten schon warteten.

Conan hatte unterwegs einen ganzen Armvoll junger, dichtbelaubter Zweige abgeschnitten. Aus ihnen bereitete er ein Lager für das Mädchen, auf dem sie sich ausstreckte. Irgendwie hatte sie das entsetzliche Gefühl, sich in einer Schlangengrube schlafen zu legen.

Aber welche Vorahnungen auch immer Olivia quälten, Conan schien keine Befürchtungen zu hegen. Er lehnte mit dem Rücken an einer Säule und hatte das blanke Breitschwert über die Knie gelegt. Seine Augen leuchteten wie die eines Panthers in der Düsternis.

»Schlaf, Mädchen«, brummte er. »Mein Schlummer ist so leicht wie der eines Wolfes. Nichts kann diese Halle betreten, ohne mich zu wecken.«

Olivia antwortete nicht. Aus ihrem Laubbett beobachtete sie die reglose Gestalt, die in der Dunkelheit nur schwach zu sehen war. Wie seltsam, dachte sie, einen Barbaren zum Gefährten zu haben, umsorgt und beschützt zu werden von einem seiner Rasse, von der sie in ihrer Kindheit schreckliche

Schauermärchen gehört und die sie mehr als alles andere gefürchtet hatte! Er stammte von einem blutdürstigen, wilden und grimmigen Volk. Daß er ein Sohn der Wildnis war, ging aus fast jeder seiner Bewegungen und seinen Taten und aus den eisig glühenden Augen hervor. Und doch hatte er ihr nichts angetan und behandelte sie besser als die sogenannten zivilisierten Menschen, von denen einer ganz besonders grausam zu ihr gewesen war. Eine wohlige Müdigkeit begann sie zu übermannen, und sie versank in watteweichen Schlummer. Ihr letzter Gedanke war die angenehme Erinnerung an Conans Finger hilfreich an ihrem Arm.

2

Olivia träumte, und durch ihre Träume krochen lauernde Grauengestalten wie schwarze Schlangen, die sich durch einen blühenden Garten wanden. Diese Träume waren bruchstückhaft und ungemein farbig, exotische Scherben eines zerbrochenen unbekannten Bildes, bis sie sich zu einer Szene des Wahnsinns vor einem Hintergrund titanischer Steine und Säulen zusammenfügten.

Sie sah eine riesige Halle, deren hohe Decke von Säulenreihen entlang der Wände gehalten wurde. Große grün-rote Papageien flatterten zwischen diesen Säulen umher, und in der Halle drängten sich schwarzhäutige Krieger mit Raubvogelzügen. Sie waren keine Neger. Weder sie selbst noch ihre Kleidung gab es in der Welt, wie sie der Träumerin vertraut war.

Sie scharten sich um einen, der an eine Säule gekettet war: um einen schlanken weißhäutigen Jüngling mit üppigen goldenen Locken, die ihm in die Alabasterstirn fielen. Seine Schönheit war überirdisch — bei seinem Anblick dachte man an einen aus lebendem Marmor gehauenen Gott.

Die schwarzen Krieger um ihn lachten, spotteten, und schienen ihn in ihrer Olivia so fremden Sprache zu verhöhnen. Die geschmeidige, nackte Gestalt wand sich unter den grausamen schwarzen Händen. Blut sickerte von Elfenbeinschenkeln auf den glänzenden Boden. Die Schreie des bedauernswerten Opfers echoten durch die Halle, doch dann hob der Jüngling den Kopf zur Decke und dem Firmament darüber, und er rief mit schrecklicher Stimme einen Namen. Ein Dolch in Ebenholzfaust ließ ihn verstummen, und der goldene Lockenkopf sank auf die Elfenbeinbrust.

Wie als Antwort auf den Verzweiflungsschrei, erschallte dröhnendes Donnern wie von himmlischen Wagenrädern, und eine Gestalt, die scheinbar in der leeren Luft entstanden war, ragte vor den Mördern auf. Die Gestalt sah rein äußerlich wie ein Mensch aus, aber keinem Sterblichen war je diese unirdische Schönheit gegeben. Die Ähnlichkeit zwischen ihr und dem leblosen Jüngling war unverkennbar, doch die Spur von Menschlichkeit, die die Göttlichkeit des Jünglings gemildert hatte, fehlte den Zügen des Fremden, die schrecklich und unbewegt in ihrer Schönheit waren.

Die Schwarzen wichen vor ihm zurück. Ihre Augen wirkten wie feurige Schlitze. Er hob eine Hand, sprach, und seine Stimme echote in tiefen Schallwellen durch die Halle. Wie in Trance wichen die schwarzen Krieger zurück, bis sie in gleichmäßigen Reihen entlang den Wänden standen. Da drang aus den wie aus Stein gemeißelten Lippen ein schrecklicher Befehl: *»Yagkoolan yok tha, xuthalla!«*

Die schwarzen Gestalten erstarrten. Ihre Körper wurden steif, wie auf seltsame Weise versteinert. Der Fremde berührte den schlaffen Leib des Jünglings, und die Ketten fielen von ihm ab. Er hob den Leichnam auf den Arm, doch ehe er sich abwandte, glitt sein Blick noch einmal über die stummen Reihen von ebenholzfarbenen Gestalten, und er deutete zum Mond, der durch die schmalen Fenster schimmerte. Und sie verstanden, diese unbeweglichen, wartenden Schatten, die Männer gewesen waren.

Olivia erwachte und fuhr auf ihrem Laubbett hoch. Kalter Schweiß perlte auf ihrer Haut. Ihr Herz pochte heftig in der Stille. Sie schaute sich wild um. Conan schlief, gegen die Säule gelehnt, sein Kopf war auf die mächtige Brust gesunken. Der Silberschein des Mondes stahl sich durch das halbzerfallene Dach und warf lange weiße Streifen auf den staubigen Boden. Undeutlich vermochte Olivia die Statuen zu sehen. Angespannt wirkten sie — wartend! Sie kämpfte gegen ihre Panik an und sah die Mondstrahlen sanft die Säulen und die Gestalten dazwischen berühren.

Was war das? Ein Zittern zwischen den Schatten! Grauen lähmte sie, denn wo die Reglosigkeit des Todes hätte herrschen sollen, war Bewegung. Ein langsames Zucken, ein Spannen und Entspannen von ebenholzfarbenen Gliedmaßen. Ein durchdringender Schrei entfuhr Olivias Lippen, als sie die Bande sprengte, die ihr Stimme und Bewegung geraubt hatten. Conan schoß mit erhobenem Schwert hoch. Seine Zähne schimmerten.

»Die Statuen! Die Statuen! *O ihr Götter, die Statuen erwachen zum Leben!*«

Blindlings sprang sie durch einen Spalt in der Wand und brach sich wild einen Weg durch die dichten Ranken. Sie rannte entsetzt schreiend — bis etwas nach ihr griff und sie festhielt. Nun schrie sie noch schriller und kämpfte gegen die Arme an, die sie nicht loslassen wollten, bis eine vertraute Stimme durch die Benommenheit ihrer Furcht drang und sie Conans verwirrtes Gesicht im Mondschein sah.

»Was, in Croms Namen, ist los mit dir, Mädchen? Hattest

du einen Alptraum?« Seine Stimme klang merkwürdig und wie aus weiter Ferne. Mit einem heftigen Schluchzen warf sie die Arme um seinen Hals und klammerte sich heftig an ihn. Stockend und keuchend fand sie Worte:

»Wo — sind — sie? Folgen — sie — uns?«

»Niemand folgt uns«, versicherte ihr Conan.

Sich immer noch an ihn klammernd, schaute sie sich furchterfüllt um. Ihre blinde Furcht hatte sie an den Südrand des Plateaus gebracht. Fast unmittelbar vor ihnen führte der Hang abwärts, hinunter in die tiefen Schatten des Waldes. Hinter ihnen sah sie die Ruine, die sich dem vollen Mond entgegenstreckte.

»Hast du sie denn nicht gesehen? Die Statuen — sie bewegten sich, hoben ihre Hände, und ihre Augen leuchteten in der Düsternis!«

»Ich sah nichts«, antwortete Conan ein wenig beunruhigt. »Ich schlief fester als gewöhnlich, weil es so lange her ist, seit ich eine ganze Nacht durchschlummern konnte, trotzdem glaube ich nicht, daß irgend etwas die Halle hätte betreten können, ohne daß ich wach geworden wäre.«

»Nichts trat ein.« Olivia lachte schrill. »Es war schon dort. O Mitra, wir legten uns zwischen ihnen zur Ruhe wie Schafe im Schlachthaus!«

»Wovon sprichst du eigentlich?« fragte er. »Ich erwachte von deinem Schrei, doch ehe ich dazu kam, mich umzuschauen, sah ich dich durch den Spalt in der Wand hinauslaufen. Ich folgte dir sofort. Ich dachte, du hättest einen Alptraum gehabt.«

»Den hatte ich auch!« Sie schauderte. »Aber die Wirklichkeit war viel schrecklicher. Hör zu!« Sie erzählte alles, was sie geträumt und gesehen zu haben glaubte.

Conan lauschte aufmerksam. Er kannte die natürliche Skepsis des zivilisierten Menschen nicht. Zu seinem Glauben gehörten Ghuls, Kobolde und Zauberer. Nachdem das

Mädchen geendet hatte, spielte er nachdenklich mit seinem Schwert.

»Der Jüngling, den sie folterten, ähnelte also dem großen Mann, der auf sein Rufen kam?« fragte er schließlich.

»Wie der Sohn dem Vater«, antwortete sie. Dann fügte sie zögernd hinzu: »Dieser Jüngling würde genau der Vorstellung entsprechen, wie man sie sich von einem Kind zwischen Mensch und Gott macht. Die alten Götter vereinten sich einst manchmal mit den Frauen Sterblicher, so zumindest berichten die Legenden.«

»Welche Götter?« brummte Conan.

»Die namenlosen, vergessenen. Wer weiß? Sie kehrten zurück in die stillen Wasser der Seen, die tiefen Herzen der Berge und zu den unendlichen Klüften zwischen den Sternen. Götter sind nicht beständiger als Menschen.«

»Aber wenn diese Standbilder einst Menschen waren, die durch einen Gott oder Dämon in eiserne Statuen verwandelt wurden, wie können sie dann wieder zum Leben erwachen?«

»Ein Zauber geht vom Mond aus. Solange er scheint, leben sie. Das jedenfalls glaube ich.«

»Aber sie haben uns nicht verfolgt«, murmelte Conan und schaute zu der düsteren Ruine. »Vielleicht hast du doch nur geträumt, daß sie sich bewegten. Ich möchte gern zurückkehren und mich vergewissern.«

»Nein! Nein!« schrie sie, und wieder klammerte sie sich heftig an ihn. »Vielleicht hält der Zauber sie in der Halle fest. Bitte kehr nicht dorthin zurück. Sie werden dich in tausend Stücke zerreißen! O Conan, steigen wir in unser Boot und rudern weit, weit fort von dieser schrecklichen Insel! Ganz sicher ist die Galeere inzwischen schon vorbeigesegelt. Komm! Gehen wir!«

Ihr Flehen war so verzweifelt, daß es Conan beeindruckte. Seine Neugier, was die Statuen betraf, hielt sich die Waage mit seinem Aberglauben. Feinde aus Fleisch und Blut fürchtete er nicht, egal in welcher Übermacht sie waren, aber jegliche Andeutung von Übernatürlichem weckte all die undeutliche, intuitive Furcht, die tief verwurzelt im barbarischen Wesen war.

Er nahm das Mädchen an der Hand. Sie stiegen den Hang hinunter, hinein in den dichten Wald, wo die Blätter rauschten und fremdartige Vögel schläfrig krächzten. Unter den Baumkronen breiteten sich die Schatten aus, und Conan machte einen Bogen um allzu eng beisammenstehende Bäume. Unentwegt huschte sein Blick von Seite zu Seite und häufig auch zu den Ästen über ihnen. Er schritt wachsam dahin, mit einem Arm so fest um die Taille des Mädchens, daß sie manchmal das Gefühl hatte, nicht zu gehen, sondern von ihm mitgeschleppt zu werden. Keiner von beiden sprach. Die einzigen Geräusche waren der stoßweise Atem Olivias und das leise Tappen ihrer kleinen Füße. So kamen sie durch das Wäldchen zum Rand des Wassers, das wie geschmolzenes Silber im Mondschein glänzte.

»Wir hätten ein paar Früchte mitnehmen sollen«, brummte Conan. »Aber zweifellos finden wir noch andere Inseln. Besser, wir brechen gleich auf. Bis zum Morgen sind ohnedies nur noch eine paar Stunden ...«

Abrupt brach er ab. Das Halteseil war zwar immer noch gut um die Baumwurzel vertäut, doch in seinem anderen Ende befanden sich lediglich noch zerschmetterte Holztrümmer, die zum Teil vom seichten Wasser überspült wurden.

Ein würgender Schrei entrang sich Olivias Lippen. Conan wirbelte herum und wandte sich, drohend geduckt, den dichten Schatten des Waldes zu. Plötzlich erstarb das leise Heulen der Nachtvögel. Eine drückende Stille herrschte mit einemmal ringsum. Nicht die sanfteste Brise strich durch die Äste, und doch raschelten irgendwo die Blätter.

Flink wie eine Katze nahm Conan Olivia unter den Arm und rannte. Wie ein Phantom raste er durch die Schatten, während über und hinter ihm das Rauschen des Laubwerks zu vernehmen war, und es schien immer näher zu kommen. Dann stürmte er hinaus in das volle Mondlicht und den Hang zum Plateau hoch.

Oben angelangt, setzte Conan Olivia ab und drehte sich zu den Schatten um, aus denen sie gerade gekommen waren. Mit einem wütenden Knurren schüttelte er seine Mähne. Olivia kroch wie ein verängstigtes Kind zu seinen Füßen und blickte mit furchterfüllten Augen zu ihm hoch.

»Was sollen wir tun, Conan?« flüsterte sie.

Er starrte zu der Ruine, dann wieder zum Wald hinunter.

»Wir suchen uns ein sicheres Versteck am Fuß der Klippe«, antwortete er und half ihr auf die Füße. »Morgen bauen wir uns ein Floß und vertrauen uns ihm an.«

»Es waren — waren nicht *sie*, die unser Boot vernichteten?« Es war halb Frage, halb Bestätigung.

Conan schüttelte in grimmigem Schweigen den Kopf.

Jeder Schritt über das mondhelle Plateau war für Olivia nacktes Entsetzen, doch keine schwarzen Gestalten stahlen sich aus der drohenden Ruine, und schließlich erreichten sie den Fuß der Felsen, die sich majestätisch in ihrer Kahlheit in den Himmel hoben. Hier sah Conan sich ein wenig unsicher um und wählte einen Ort, dem ein vorstehendes Steinsims ein wenig Schutz bot und in dessen nächster Nähe sich keine Bäume befanden.

»Leg dich nieder und schlaf, wenn du kannst, Olivia«, forderte er das Mädchen auf. »Ich werde Wache halten.«

Aber der Schlaf wollte nicht kommen. Olivia starrte auf die ferne Ruine und den bewaldeten Rand, bis die Sterne verblaßten und der Morgen sich rosig und golden auf den Tautropfen der Grashalme spiegelte.

Steif erhob sie sich und erinnerte sich sofort an all die Geschehnisse der Nacht. Im hellen Morgenlicht erschienen ihr einige der Grauen nur noch wie Einbildungen ihrer übertriebenen Phantasie. Conan kam zu ihr, und sie erschrak über seine Worte.

»Kurz vor der Dämmerung hörte ich das Knarren von Holz und das Geräusch von Takelwerk und Rudern. Ein Schiff hat ganz nahe von hier am Strand angelegt — vermutlich das, welches wir gestern gesehen haben. Wir klettern die Klippe hoch und sehen es uns näher an.«

Wieder stiegen sie die Schrägwand hoch. Auf ihren Bäuchen zwischen Felsblöcken liegend, sahen sie einen bemalten Mast hinter den Bäumen im Westen emporragen.

»Dem Aussehen nach ein hyrkanisches Schiff. Ich frage mich, ob die Besatzung . . .«

Fernes Stimmengewirr drang an ihre Ohren. Als sie zum südlichen Rand der Klippe krochen, sahen sie eine buntgemischte Menge aus den Bäumen am Westrand des Plateaus heraustreten und dort hitzig aufeinander einreden. Die Männer gestikulierten wild mit ihren Schwertern und anderen Waffen, und die Stimmen wurden immer lauter und heftiger. Schließlich machte die ganze Meute sich auf den Weg über das Plateau zu der Ruine, und zwar so, daß sie dabei dicht am Fuß der Klippe vorbeikommen mußten.

»Piraten!« flüsterte Conan mit einem grimmigen Lächeln. »Sie haben die hyrkanische Galeere geentert. Versteck dich zwischen den Felsblöcken hier. Laß dich keinesfalls sehen, ehe ich dich nicht rufe«, mahnte er Olivia, nachdem er sie zu seiner Zufriedenheit inmitten einer Ansammlung von Felsblöcken untergebracht hatte. »Ich werde mich diesen Hunden zeigen. Wenn mein Plan sich durchführen läßt, wie ich glaube, wird alles gut gehen, und wir segeln mit ihnen fort von hier. Wenn ich kein Glück habe — nun, versteck dich gut, bis sie weg sind, denn keine Teufel dieser Insel können so grausam sein wie diese Seewölfe.«

Er löste sich aus ihrem Griff und kletterte die Schrägwand hinunter.

Als Olivia einen ängstlichen Blick aus ihrem Versteck wagte, sah sie, daß die Bande sich gerade dem Fuß der Klippe näherte, und schon löste sich Conan aus den Schatten höherer Felsblöcke und stellte sich ihnen mit dem blanken Schwert in der Hand. Sie wichen im ersten Augenblick mit drohenden Schreien zurück, dann blieben sie beim Anblick dieser Gestalt, die so plötzlich aus den Felsen aufgetaucht war, unsicher stehen. Sie waren etwa siebzig Mann, eine wilde Horde aus vielen Ländern: Kothier, Zamorier, Brythunier, Corinthier und Shemiten. Ihre Züge verrieten Wildheit. Viele waren von Peitschenhieben und Brandeisen gezeichnet oder hatten geschlitzte Nasen, nur ein Auge oder ein Ohr oder Armstümpfe. Ein großer Teil war halbnackt, doch was sie an Kleidung trugen, war kostbar. Goldverzierte Wämser, Satingürtel, Seidenbeinkleider, manches zerfetzt und mit Blut und Teer verschmiert, wetteiferten mit silberglänzenden Rüstungen. Edelsteine funkelten in Nasen- und Ohrenringen und an den Griffen ihrer Dolche.

Den größten Kontrast gegenüber der bizarren Meute bot der hochgewachsene Cimmerier mit seinen klaren, energischen Zügen und den muskelbepackten, sonnengebräunten Gliedern.

»Wer bist du?« schrien sie.

»Conan, der Cimmerier!« Seine Stimme klang wie das herausfordernde Brüllen eines Löwen. »Einer der Freien Getreuen. Ich möchte zur Abwechslung einmal mein Glück mit der Roten Bruderschaft versuchen. Wer ist euer Anführer?«

»Ich bei Ischtar!« brüllte eine donnernde Stimme, während eine mächtige Gestalt sich aus der Menge schob. Es war ein Riese, nackt bis zur Mitte, wo sein Tonnenbauch von einer breiten Schärpe umgürtet wurde, die die weite Pluderhose hielt. Sein Kopf war, von einer Skalplocke abgesehen, kahl geschoren, und sein Schnurrbart hing weit über die

Mundwinkeln. Seine Füße steckten in shemitischen Pantoffeln, deren Spitzen sich nach oben bogen. In der Rechten hielt er ein langes gerades Schwert.

Conan starrte ihn ungläubig an.

»Sergius von Khrosha, bei Crom!«

»So ist es, bei Ischtar!« dröhnte der Riese. Seine schwarzen Perlenaugen glitzerten vor Haß. »Hattest du gedacht, ich hätte dich vergessen? Ha! Sergius vergißt einen Feind nie! Jetzt hänge ich dich an den Füßen auf und häute dich lebendigen Leibes. Auf ihn, Männer!«

»Ja, hetz mir nur deine Hunde auf den Hals!« höhnte Conan bitter. »Du warst immer ein Feigling, kothischer Bastard!«

»Feigling! Ich?« Das breite Gesicht verzerrte sich wütend. »Dir werde ich es zeigen, schmutziger Köter! Dein Herz steche ich dir aus der Brust.«

Sofort bildeten die Piraten einen Kreis um die beiden Gegner. In Erwartung des blutigen Schauspiels blitzten ihre Augen, und ihr Atem ging schneller. Hoch oben auf der Klippe bohrte Olivia die Nägel in die Handballen und schaute furchterfüllt zu.

Ohne weitere Worte gingen sie aufeinander los. Sergius war trotz seiner Körpermasse flink wie eine Raubkatze, als er auf Conan einstürmte, der die Luft zwischen den zusammengepreßten Zähnen ausstieß, hieb und parierte. Schweigend kämpfte er, und seine Augen funkelten wie Höllenfeuer.

Die einzigen Geräusche waren die schnellen Fußbewegungen im Gras, das leichte Keuchen des Piratenführers und das Klirren der Schwerter. Die Klingen glitzerten wie weißes Feuer in der Morgensonne, als sie wirbelten, zuschlugen und parierten. Sie schienen vor einer Berührung des anderen zurückzuzucken, um sofort erneut gegeneinander zu schlagen. Sergius verlor ein wenig an Boden. Nur seine ungeheuerliche Geschicklichkeit mit der Waffe hatte ihn bisher vor den blitzschnellen Hieben des Cimmeriers bewahrt. Dann war ein lautes Klirren zu vernehmen, ein raspelndes Schleifen und ein abgewürgter Schrei. Die Piratenhorde brüllte auf, als Conans Klinge tief in den schweren Körper ihres Kapitäns drang. Die Spitze zitterte kurz zwischen Sergius' Schulterblättern, eine Handbreit weißen Feuers im Sonnenschein, dann zog der Cimmerier sein Schwert zurück, und der Piratenführer stürzte auf das Gesicht. Seine Hände zuckten noch kurz, während die Lache Blut sich um ihn ausbreitete, dann lag er reglos.

Conan wandte sich an die ihn anstierenden Korsaren.

»Nun, ihr Hunde!« donnerte er. »Ich habe euren Kapitän in die Hölle geschickt. Was verlangt das Gesetz der Roten Bruderschaft in einem solchen Fall?«

Ehe noch einer antworten konnte, schleuderte ein rattengesichtiger Brythunier, der hinter seinen Kameraden verborgen stand, einen Stein, der mit Pfeilsschnelle und ungeheurer Wucht Conan an der Schläfe traf, daß der Cimmerier wie von einer Axt gefällt zu Boden sank. Olivia, oben auf der Klippe, klammerte sich wimmernd an einen Felsblock. Das Bild verschwamm vor ihren Augen. Wie durch dichte Schleier hindurch sah sie Conan schlaff im Gras liegen, während das Blut aus seiner Wunde strömte.

Rattengesicht brüllte triumphierend und rannte vor, um dem Verwundeten den Dolch ins Herz zu stoßen.

»Was, Aratus, du Hund, brichst das Gesetz der Bruderschaft?«

»Kein Gesetz wurde gebrochen!« knurrte der Brythunier.

»Kein Gesetz? Der, den du gerade niedergestreckt hast, ist dem Recht nach unser neuer Kapitän.«

»Nein!« protestierte Aratus. »Er gehörte nicht zu unserer Bande. Er ist ein Fremder und nicht Mitglied unserer Bruderschaft. Daß er Sergius getötet hat, macht ihn nicht zu unserem Kapitän, wie es der Fall gewesen wäre, hätte er ihn als einer von uns in fairem Kampf besiegt.«

»Aber er hatte beabsichtigt, sich uns anzuschließen«, entgegnete der Corinthier. »Er sagte es selbst.«

Stimmen brüllten durcheinander. Ein Teil der Horde stellte sich auf Aratus', ein anderer auf des Corinthiers Seite, den sie Ivanos nannten. Wilde Flüche zerrissen die Luft, Hände griffen nach den Schwertern.

Schließlich war über all dem Lärm die Stimme eines Shemiten zu hören: »Weshalb streitet ihr euch eines Toten wegen?«

»Er ist nicht tot«, brummte der Corinther, der sich neben den Cimmerier gekniet hatte. »Der Stein streifte ihn nur, wenn auch kräftig. Der Mann ist lediglich bewußtlos.«

Bei diesen Worten brach der Streit erneut aus. Aratus versuchte sich auf den Bewußtlosen zu stürzen, aber Ivanos wehrte ihn ab, dann stellte er sich mit gespreizten Beinen über Conan und verteidigte ihn gegen alle Angriffe. Olivia war ziemlich sicher, daß er es weniger um Conans willen tat, sondern um der Gegnerschaft mit Aratus willen. Offenbar waren diese beiden Männer Sergius' Unterführer gewesen, die einander nicht ausstehen konnten. Nach einigem weiteren Hin und Her wurde beschlossen, Conan zu binden und mitzunehmen. Über sein Geschick sollte dann später abgestimmt werden.

Der Cimmerier, der allmählich zu sich kam, wurde gebunden, dann hoben vier Piraten ihn hoch und schleppten ihn fluchend und stöhnend hinter der Horde her, die sich weiter über das Plateau in Marsch setzte. Die Leiche Sergius' blieb als häßlicher Fleck im sonnenüberspülten Gras zurück.

Oben auf der Klippe war Olivia wie gelähmt. Sie war keines Lautes und keiner Bewegung fähig. Reglos kauerte sie zwischen den Steinen und schaute mit schreckgeweiteten

Augen der wüsten Menge nach, die ihren Beschützer davonschleppte.

Wie lange sie so blieb, wußte sie nicht. Sie sah, wie die Piraten die Ruine erreichten und sie betraten; ihren Gefangenen nahmen sie mit. Sie sah sie auch durch die Türen und Spalten und Lücken ein und aus laufen, in den Trümmern herumstochern und auf den Mauern herumklettern. Nach einer Weile kehrten etwa zwanzig über das Plateau zurück und verschwanden zwischen den Bäumen am Westrand mit der Leiche Sergius', vermutlich, um sie in die See zu werfen. Um die Ruine herum fällten andere Bäume und sammelten Reisig für ein Feuer. Olivia hörte ihre Rufe, die sie jedoch aus dieser Entfernung nicht verstehen konnte, und sie vernahm auch die Stimmen jener, die im Wald verschwunden waren. Nach einer Weile tauchten letztere wieder auf, schwer bepackt mit Fässern und Säcken. Fluchend schleppten sie den Proviant über das Plateau zur Ruine.

All dessen wurde Olivia sich nur mechanisch bewußt. Sie war einem seelischen Zusammenbruch nahe. Nun, da sie allein und unbeschützt war, wurde ihr erst klar, wieviel die Nähe des Cimmeriers ihr bedeutet hatte. Flüchtig staunte sie über die Launen des Geschicks, die die Tochter eines Königs zur Begleiterin eines blutvergießenden Barbaren machen konnten. Doch bei diesem Gedanken wurde der Abscheu gegen die Menschen ihrer eigenen Rasse erst richtig geweckt. Ihr Vater und Shah Amurath waren zivilisierte Männer gewesen, doch beide hatten ihr nur Leid zugefügt. Nie war sie einem zivilisierten Mann begegnet, der ohne Hintergedanken gütig zu ihr gewesen wäre. Conan hatte sich ihrer angenommen, hatte sie beschützt und — bisher — nichts von ihr verlangt. Sie preßte ihr Gesicht auf die wohlgerundeten Arme und weinte, bis der Lärm der lautstark Feiernden zu ihr drang und ihr ihre eigene Lage bewußt machte.

Sie starrte auf die dunkle Ruine, um die herum sich die in

der Entfernung so winzigen Menschlein bewegten, bis zu den dunklen Tiefen des grünen Waldes. Selbst wenn das Grauen in der Ruine in der vergangenen Nacht nur Träume gewesen war, war die Gefahr, die zwischen den Bäumen lauerte, keineswegs bloß Einbildung. Wurde Conan getötet oder als Gefangener verschleppt, hätte sie lediglich die Wahl, sich den gefürchteten Wölfen der See zu ergeben oder allein auf dieser schrecklichen Insel zu bleiben, wo das Entsetzen zu Hause war.

Als ihr der Ernst ihrer Lage voll bewußt wurde, brach sie ohnmächtig zusammen.

3

Die Sonne stand tief am Himmel, als Olivia wieder zu sich kam. Ein leichter Wind trug fernen, wüsten Gesang und Gelächter an ihre Ohren. Vorsichtig erhob sie sich und schaute über das Plateau. Sie sah die Piraten um ein großes Feuer vor der Ruine geschart. Ihr Herz setzte einen Schlag aus, als eine kleine Gruppe aus dem Innern auftauchte und etwas herauszerrte, das nur Conan sein konnte. Sie lehnten ihn an die Wand, offenbar war er noch verschnürt. Und dann begann wieder eine heftige Diskussion, bei der aufgeregt die Waffen geschwungen wurden. Schließlich schleppten sie ihn zurück in die Halle und beschäftigten sich erneut eifrig mit dem Leeren eines Fasses. Olivia seufzte ein wenig erleichtert. Zumindest wußte sie nun, daß Conan noch am Leben war. Ermutigt traf sie einen Entschluß. Sobald es dunkel wurde, würde sie zu dieser schrecklichen Ruine schleichen und den Cimmerier befreien, selbst wenn sie bei diesem Versuch selbst gefangengenommen würde. Aber es war nicht nur Eigennutz, der sie zu dieser Entscheidung veranlaßte.

Sie kroch aus ihrem Versteck, um Nüsse zu pflücken, die, wenn auch in keinen großen Mengen, in der Nähe wuchsen. Ihr Magen knurrte vor Hunger, denn sie hatte seit gestern nichts mehr gegessen. Während sie derart beschäftigt war, hatte sie das beunruhigende Gefühl, beobachtet zu werden. Ängstlich schaute sie sich zwischen den Felsen um, dann wandte sie sich mit wachsendem Argwohn zum Nordrand der Klippe und spähte hinunter in das wogende Grün, das sich bereits jetzt, noch ehe die Sonne ganz untergegangen war, dunkel färbte. Sie sah nichts. Außerdem war es unmöglich, daß sie von irgend etwas oder jemandem, der sich im Wald versteckte, oben auf der Klippe gesehen werden konnte. Trotzdem spürte sie immer noch den Blick verborgener Augen und fühlte, daß etwas Lebendes, Vernunftbegabtes sie sah und ihr Versteck kannte.

Sie schlich in ihre armselige Zuflucht zurück und beobachtete die ferne Ruine, bis die einbrechende Nacht sie verbarg und sie ihre Position nur noch durch die flackernden Flammen davor bestimmen konnte, um die sich die inzwischen leiser gewordenen Feiernden ausgestreckt hatten oder um sie herumtorkelten.

Sie erhob sich. Es war Zeit für ihren Versuch. Doch zuerst stahl sie sich zurück zum Nordrand der Klippe und spähte hinunter in den Wald am Strand. Als sie ihre Augen im schwachen Sternenlicht anstrengte, zuckte sie zurück, und eine eisige Hand schien nach ihrem Herzen zu greifen.

Tief unter ihr bewegte sich etwas. Es war, als löste sich ein besonders schwarzer Schatten aus der Ansammlung von Schatten unten — eine gewaltige Masse, doch formlos in der Halbfinsternis. Panik schnürte Olivia die Kehle zu, und sie mußte mit aller Willenskraft gegen den Schrei ankämpfen, der sich trotzdem über ihre Lippen drängen wollte.

Die Flucht die schattenüberzogene Schrägwand hinunter war ein wahrer Alptraum. Sie rutschte aus, stolperte und hielt sich mit kalten Fingern an ausgezackten Felsvorsprüngen fest. Sie riß sich immer wieder die weiche Haut auf und schlug sich Arme und Beine an den rauhen Steinen wund, über die Conan sie so mühelos gehoben hatte. Da wurde ihr aufs neue ihre Abhängigkeit von dem Barbaren mit den eisernen Muskeln bewußt. Doch das war nur ein flüchtiger Gedanke in dem wirbelnden Mahlstrom ihrer Angst.

Der Abstieg schien ihr endlos, doch endlich erreichte sie das grasbewachsene Plateau und rannte auf das Feuer zu, das wie das rote Herz der Nacht brannte. Hinter sich hörte sie Steine die Wand herunterrollen, und dieses Poltern verlieh ihren Füßen Flügel. Sie wagte gar nicht darüber nachzudenken, welch schreckliche Kreatur beim Klettern diese Steine löste.

Die körperliche Anstrengung ließ sie ihre Furcht ein wenig vergessen, und bis sie die Ruinen erreichte, konnte sie wieder klar und vernünftig denken, obgleich sie am ganzen Leib zitterte.

Sie ließ sich ins Gras fallen, kroch auf dem Bauch vorwärts, bis sie zu einem kleinen Baum kam, den die Äxte der Piraten verschont hatten, und beobachtete ihre Feinde. Sie waren mit dem Essen fertig und beschäftigten sich hauptsächlich damit, ihre Zinnbecher oder mit Edelsteinen besetzten Goldkelche in die eingeschlagenen Weinfässer zu tauchen. Einige schnarchten bereits in ihrem Rausch im Gras, während andere in die zerfallene Halle torkelten. Conan sah sie nirgends. Sie blieb liegen, während der Tau die Halme um sie und das Laub über ihr benetzte. Die Männer um das Feuer knobelten und fluchten und stritten. Es waren nur noch ein paar, die anderen hatten sich inzwischen in die Halle zum Schlafen zurückgezogen.

Lange beobachtete sie sie, steif vom Warten, und ihre Haut zwischen den Schulterblättern kribbelte bei dem Gedanken, was möglicherweise in der Dunkelheit lauern und sich anschleichen mochte. Wie mit bleiernen Füßen schleppte sich die Zeit dahin. Einer nach dem anderen der Piraten am Feuer schlief betrunken ein.

Olivia zögerte — und erstarrte, als der Mond als volle orange Scheibe über den Bäumen aufging.

Heftig atmend erhob sie sich und rannte zur Halle. Sie zitterte, als sie auf Zehenspitzen an den Betrunkenen vor dem Portal vorbeihuschte. Im Innern befanden sich noch viel mehr. Sie wälzten sich unruhig und murmelten in ihrem von Weinträumen geplagten Schlaf, doch keiner erwachte, als sie sich durch sie hindurchstahl. Ein Seufzen der Erleichterung entrang sich ihren Lippen, als sie Conan entdeckte. Der Cimmerier war hochaufgerichtet an eine Säule gebunden, und hellwach. Seine Augen spiegelten die Glut des niederbrennenden Feuers vor der Halle wider.

Noch vorsichtiger bewegte sie sich durch die Schlafenden, um zu ihm zu gelangen. So leise sie auch war, hatte er sie doch sofort gehört und auch gesehen, gleich als sie durch den Eingang kam. Seine Lippen verzogen sich zu einem schwachen Grinsen.

Sie warf die Arme um ihn, und er spürte ihr Herz heftig an seiner Brust schlagen. Durch einen breiten Spalt in der Wand wagte sich der erste Mondstrahl. Sofort war die Luft um sie wie geladen. Conan spürte es und spannte sich, während Olivia erschrocken aufstöhnte. Die Schläfer bemerkten nichts davon und schnarchten weiter. Zitternd zog Olivia einem der Schlafenden den Dolch aus dem Gürtel und machte sich daran, Conan zu befreien. Es war harte Arbeit, denn er war mit dicken Schiffstauen, die mit festen Seemannsknoten hielten, gefesselt. Verzweifelt säbelte Olivia, um sie zu durchtrennen, während das Mondlicht langsam über den Boden kroch und den schwarzen Figuren näher und näher kam.

Keuchend atmete sie. Conans Handgelenke waren frei,

aber seine Arme und Beine immer noch gebunden. Hastig warf sie einen Blick auf die sichtlich wartenden Gestalten zwischen den Säulen. Sie schienen sie mit der schrecklichen Geduld der Untoten zu beobachten. Die Betrunkenen ringsum stöhnten und wälzten sich in ihrem Schlaf. Die Seile fielen endlich von Conans Armen. Er nahm ihr den Dolch ab und durchtrennte mit einem einzigen schnellen Schnitt das Tau um seine Fußgelenke. Er spannte und bog seine Glieder, um seinen Kreislauf anzuregen, und ertrug gleichmütig die Schmerzen, bis das Blut wieder ungehindert durch die Adern floß. Olivia kauerte sich, wie Espenlaub zitternd, an ihn. War es nur Einbildung, ein Trick, den ein Mondstrahl ihr spielte, daß sie glaubte, die Augen der schwarzen Standbilder funkelten rot in der Düsternis?

Conan bewegte sich mit der Plötzlichkeit einer Dschungelkatze. Er packte sein Schwert, das mit anderen in einem Haufen ganz in der Nähe lag, packte sich Olivia unter einen Arm und kletterte mit ihr durch einen breiten Spalt in der überrankten Wand.

Kein Wort sprachen sie. Im Freien hob er das Mädchen auf die Arme und rannte so mit ihr über das mondhelle Gras. Die Ophitin schlang ihre Arme um seinen Hals und preßte ihr Gesicht mit geschlossenen Augen an seine Schulter. Sie empfand ein herrliches Gefühl der Geborgenheit.

Trotz seiner Last überquerte der Cimmerier das Plateau im Laufschritt. Olivia öffnete die Augen und bemerkte, daß sie gerade unter den Schatten der Klippe vorbeikamen.

»Etwas kletterte an der Klippenwand«, wisperte sie. »Ich hörte es hinter mir herkommen, als ich abstieg.«

»Wir müssen es darauf ankommen lassen«, brummte er.

»Ich habe keine Angst — jetzt nicht mehr.« Sie seufzte.

»Du hattest auch keine, als du kamst, um mich zu befreien«, sagte er. »Crom, das war vielleicht ein Tag! Was die sich meinetwegen herumgestritten haben, und mit solcher Lautstärke! Ich bin noch fast taub davon. Aratus wollte mir das Herz aus der Brust stechen, und Ivanos duldete es nicht, um den Brythunier, den er haßt, in Rage zu bringen. Den ganzen Tag beschimpften sie einander, und die Mannschaft besoff sich und war dann zu betrunken, um abzustimmen ...«

Abrupt hielt er an und stand kurz reglos im Mondschein wie eine Bronzefigur. Dann setzte er das Mädchen schnell ab und schob sie hinter sich. Als sie sah, was ihn dazu veranlaßt hatte, schrie sie schrill.

Aus den Schatten der Klippe löste sich eine monströse Form, die sich schwerfällig bewegte — eine schreckenerregende Gestalt, das Zerrbild eines Menschen.

Ja, rein den Umrissen nach war die Gestalt menschenähnlich, aber ihr Gesicht, auf das der helle Mondschein fiel, war tierisch, mit dicht beisammenliegenden Ohren, weit geblähten Nasenflügeln und wulstigen Lippen, aus denen zwei haueränhliche Fänge ragten. Sie war mit zottigem, graumeliertem Haar bedeckt, das im Mondlicht glänzte, und ihre gewaltigen, unförmigen Pranken hingen bis fast auf den Boden. Ihre Größe war ungeheuerlich. Sie stand auf kurzen, krummen Beinen. Ihr kugelförmiger Schädel ragte weit über den Kopf des Mannes, der ihr gegenüberstand. Die Breite der haarigen Brust und der mächtigen Schultern war atemberaubend. Die riesigen Arme glichen knorrigen Stämmen.

Vor Olivias Augen verschwamm alles. Dies also war das Ende für sie beide — denn welcher Mensch könnte einem Angriff dieses haarigen Berges aus Muskeln und Urkraft standhalten? Doch als sie mit vor Grauen geweiteten Augen von der bronzefarbigen Gestalt auf das Ungeheuer starrte, spürte sie eine geradezu erschreckende Wesensverwandtschaft der beiden. Was bevorstand, war weniger ein Kampf zwischen Mensch und Tier denn eine Auseinandersetzung zweier Kreaturen der Wildnis, von denen die eine genauso ungezähmt und erbarmungslos wie die andere war. Mit blitzenden Hauern griff das Ungeheuer an.

Es breitete die mächtigen Arme weit aus und bewegte sich trotz seiner Masse unglaublich flink.

Conan aber war noch schneller, so schnell, daß Olivias Augen seinen Bewegungen nicht folgen konnten. Sie sah nur, daß er der tödlichen Umarmung auswich, sah sein Schwert wie einen Blitz herabsausen und zwischen Schulter und Ellbogen durch einen der muskelstarken Arme der Kreatur dringen. Eine gewaltige Fontäne von Blut tränkte das Gras, als der abgetrennte Arm grauenvoll zuckend auf den Boden fiel. Doch das Untier wich keinen Schritt zurück, und die unförmigen Finger seiner anderen mißgestalteten Hand klammerten sich um Conans schwarze Mähne.

Nur die eisernen Nackenmuskeln bewahrten den Cimmerier in diesem Augenblick vor einem gebrochenen Hals. Seine Linke schoß vor, um sich um die Kehle der Bestie zu legen, während er sein linkes Knie in ihren haarigen Bauch stieß. Und dann begann ein schrecklicher Kampf, der zwar nicht sehr lange dauerte, aber dem wie gelähmten Mädchen eine Ewigkeit erschien.

Der Affe ließ Conans Haar nicht los und zog seinen Kopf auf die im Mondschein blitzenden Fänge zu. Der Cimmerier stemmte sich mit eiserner Kraft dagegen, während er das Schwert in der Rechten wie ein Beil schwang und es immer und immer wieder in Brust, Bauch und Schenkel des Untiers stieß. Der Affe nahm es hin, ohne auch nur einen Laut von sich zu geben, und offenbar schwächte ihn der ungeheuerliche Blutverlust nicht. Allmählich brach die unvorstellbare Kraft des Anthropoiden den Griff des Barbaren. Unausbleiblich bog sich Conans Arm, und sein Kopf kam den geifernden Fängen immer näher. Die schier glühenden Augen des Cimmeriers starrten in die blutunterlaufenen des Affen. Als Conan vergeblich versuchte, sein Schwert zurückzuziehen, das tief in dem haarigen Körper steckte, schlossen sich die schäumenden Fänge zuckend nur einen Zoll vor des Cimmeriers Gesicht. In seinen Todeskrämpfen schleuderte das Ungeheuer den Barbaren von sich.

Olivia, die nur noch halb bei Bewußtsein war, sah den Affen sich krümmen, winden, um sich schlagen und wie ein Mensch versuchen, das Schwert aus seiner Brust zu reißen. Einen Augenblick währte es nur, aber es war schrecklich. Dann zuckte der gewaltige Körper noch einmal und lag still.

Conan erhob sich und hinkte zu dem Kadaver. Der Cimmerier atmete heftig und bewegte sich, als wäre er unter die Räder gekommen. Er tastete nach seinem blutigen Kopf und fluchte wild, als er die rot überzogenen schwarzen Strähnen in der zotteligen Hand des Ungeheuers sah.

»Crom!« keuchte er. »Mir ist, als hätte man mich in die Streckbank gesteckt! Lieber kämpfe ich gegen ein Dutzend Männer als noch einmal gegen ein solches Tier! Einen Augenblick länger, und es hätte mir den Schädel abgebissen. Crom verdamme dieses Ungeheuer, es hat mir eine ganze Handvoll Haare ausgerissen.«

Er griff nach seinem Schwert und zog und zerrte, bis er es endlich frei bekam. Olivia trat an seine Seite. Sie klammerte sich an seinen Arm und starrte mit großen Augen hinunter auf die tote Bestie.

»Was — was ist das?« flüsterte sie.

»Ein grauer Menschenaffe«, erwiderte ihr Conan. »Sie sind Menschenfresser, stumm geboren. Sie hausen in den Bergen, die an die Ostküste dieser See grenzen. Wie der hierherkam, kann ich nicht sagen. Vielleicht trieb ihn ein Sturm auf geknickten Stämmen vom Festland her.«

»War er es, der den Stein geworfen hat?«

»Ja. Ich dachte es mir schon, als wir in dem Dickicht standen und sich die Äste über uns bogen. Diese Kreaturen halten sich fast immer in den tiefsten Wäldern auf, die sie finden können, und kommen selten heraus. Ich weiß nicht, was ihn ins Freie lockte, jedenfalls war es ein glücklicher Umstand für uns, denn sonst hätte ich mich ihm zwischen den Bäumen stellen müssen, wo sein Vorteil noch viel größer gewesen wäre.«

»Er ist mir gefolgt.« Olivia schauderte. »Ich habe gesehen, wie er die Klippe hochkletterte.«

»Und seinen Instinkten entsprechend, lauerte er in den Schatten am Fuß der Klippe, statt dir über das Plateau nachzusetzen. Seinesgleichen sind Kreaturen der Dunkelheit und stillen Orte. Sie hassen die Sonne und den Mond.«

»Glaubst du, daß es hier noch mehr seiner Art gibt?«

»Nein, denn sonst hätten sie zweifellos die Piraten überfallen, als sie durch den Wald kamen. Der graue Affe ist trotz seiner ungeheuren Kraft vorsichtig, wie schon sein Zögern bewies, uns im Dickicht anzugreifen. Sein Verlangen nach dir muß sehr groß gewesen sein, daß er uns im Freien angriff. Was ...«

Er wirbelte herum und starrte in die Richtung, aus der sie gekommen waren. Ein grauenvoller Schrei hatte die Nacht zerrissen. Er kam aus der Ruine.

Ihm folgte ein Durcheinander von Rufen, Brüllen, Kreischen und schrecklichen Todesschreien. Das Klirren von Stahl begleitete sie und ein Tumult, weniger wie von einer Schlacht als von einem Gemetzel.

Conan stand wie erstarrt. Das Mädchen klammerte sich grauenerfüllt an ihn. Der Lärm wurde zu einem Crescendo des Wahnsinns. Da drehte der Cimmerier sich um und ging schnellen Schrittes zum Rand des Plateaus, wo die mondbeschienenen Bäume hochwuchsen. Olivias Beine zitterten so sehr, daß sie sich nicht auf den Füßen halten konnte, also hob er sie auf die Arme, und bald beruhigte ihr heftig pochendes Herz sich, als sie sich an Conans Brust drückte.

Sie schritten durch die Schatten des Waldes, die nun keine

Schrecken mehr bargen, und der Mond offenbarte keine Alptraumwesen mehr. Die furchtbaren Todesschreie verklangen hinter ihnen und verschmolzen mit den üblichen Geräuschen der Nacht. Eulenvögel heulten wachsam auf den Ästen. Irgendwo rief ein Papagei wie ein gespenstisches Echo: »*Yagkoolan yok tha, xuthalla!*« Schließlich erreichten sie das waldumsäumte Ufer und sahen die Galeere mit ihrem im Mondschein schneeweißen Segel vor Anker liegen. Die verblassenden Sterne verrieten, daß der Morgen nicht mehr fern war.

4

Im gespenstischen fahlen Grau des frühen Morgens taumelte und stolperte eine Handvoll blutender in Fetzen gekleideter Gestalten durch die Bäume und hinaus auf den schmalen Strand. Es waren zwei oder drei Dutzend Männer, völlig verstört und mutlos. In aller Hast wateten sie durch das Wasser zu ihrem Schiff, als ein scharfer Befehl sie zurückhielt.

Sie sahen Conan den Cimmerier, der sich gegen den allmählich erhellenden Himmel abhob, mit dem Schwert in der Hand und im Morgenwind flatternder Mähne hochaufgerichtet am Bug.

»Bleibt stehen!« donnerte er. »Keinen Schritt weiter. Was wollt ihr, Hunde?«

»Laß uns an Bord kommen!« krächzte ein bärtiger Bursche, der eine Hand auf einen blutigen Ohrstumpf drückte. »Wir wollen fort von dieser Teufelsinsel.«

»Den ersten, der versucht an Bord zu klettern, spalte ich den Schädel«, warnte Conan.

Es waren vierundvierzig Mann gegen einen, aber der eine hatte die Oberhand. Die Piraten verfügten im Augenblick über keinerlei Kampfgeist mehr.

»Laß uns an Bord, Freund Conan«, wimmerte ein Zamorier mit roter Schärpe und warf einen verängstigten Blick über die Schulter zurück auf den stillen Wald. »Wir sind so zerschlagen, zerbissen, zerkratzt und so erledigt vom Kämpfen und Laufen, daß kein einziger von uns im Moment ein Schwert heben könnte.«

»Wo ist dieser Hund Aratus?« fragte der Cimmerier.

»Tot, genau wie die anderen! Teufel fielen über uns her! Sie rissen uns in Stücke, noch ehe wir ganz wach waren. Ein Dutzend guter Ruderer fand im Schlaf den Tod. Die Ruine war voll von feueräugigen Schatten mit reißenden Fängen und scharfen Klauen.«

»Ja«, fiel ein anderer ein. »Sie sind die Dämonen der Insel, die die Form von ehernen Idolen annahmen, um uns zu täuschen. O Ischtar! Wir legten uns in ihrer Mitte schlafen! Glaub uns, wir sind keine Feiglinge. Wir kämpften gegen sie, solange Sterbliche gegen die Mächte der Finsternis zu kämpfen vermögen. Dann ergriffen wir die Flucht und sahen nur noch, daß sie die Leichen zerrissen. Ganz sicher werden sie uns verfolgen.«

»Ja, laß uns an Bord kommen!« rief ein hagerer Shemit. »Laß uns in Frieden kommen, wenn du nicht willst, daß wir die Waffen gegen dich erheben. Selbst wenn wir erschöpft sind und du viele von uns tötest, wirst du auf Dauer nichts gegen unsere Überzahl ausrichten.«

»Dann werde ich ein Loch in die Planken schlagen und die Galeere versenken«, erwiderte Conan grimmig. Die Piraten brüllten verzweifelt durcheinander. Conan brachte sie mit Löwenstimme zum Schweigen.

»Hunde! Soll ich vielleicht meinen Feinden helfen? Soll ich euch an Bord kommen lassen, damit ihr mir einen Dolch ins Herz stoßt?«

»Nein, nein!« schrien sie. »Das würden wir nie tun! Wir sind Freunde, Conan. Wir sind deine Kameraden, Junge!

Wir wollen zusammenhalten. Wir hassen den König von Turan, gegen dich haben wir nichts.«

Ihre Blicke hingen ängstlich an seinem finsteren bronzenen Gesicht.

»Wenn ihr mich als einen der Bruderschaft anseht«, brummte er, »dann gelten auch ihre Gesetze für mich, und da ich euren Kapitän in fairem Kampf besiegte, bin jetzt ich euer Kapitän.«

Keiner widersprach. Die Piraten waren viel zu verängstigt und zerschlagen, um einen anderen Gedanken zu haben als den, von dieser Insel fortzukommen. Conans Blick fand die blutbefleckte Gestalt des Corinthers.

»Wie sieht es aus, Ivanos?« rief er. »Du hast bereits Stellung für mich ergriffen, wirst du dich auch jetzt noch für mein Recht einsetzen?«

»Ja, bei Mitra!« Der Pirat spürte den Gesinnungswandel beider Seiten und nutzte seine Chance, sich bei Conan lieb Kind zu machen. »Er hat recht, Jungs!« rief er. »Er ist unser rechtmäßiger Kapitän!«

Durcheinanderrufend pflichteten ihm alle bei, vielleicht mit nicht sehr großer Begeisterung, aber es war ernst gemeint, was wohl an der düsteren Aura des stillen Waldes hinter ihnen liegen mochte, aus dem jeden Augenblick ebenholzfarbene Teufel mit roten Augen und triefenden Fängen stürzen mochten.

»Schwört es beim Schwertknauf!« verlangte Conan.

Vierundvierzig Schwertknäufe wurden ihm entgegengestreckt, und vierundvierzig Stimmen riefen den Treueid der Piraten.

Conan grinste und steckte seine Klinge in die Scheide. »Kommt an Bord, meine verwegenen Kameraden, und legt euch in die Riemen!«

Er drehte sich um und hob Olivia aus ihrem Versteck hinter der Reling.

»Und was ist mit mir, Herr Kapitän?« fragte sie.

»Was soll mit dir sein? Hast du besondere Pläne?« Er beobachtete sie aus halb zusammengekniffenen Augen.

»Ja! Ich möchte mit dir gehen, wohin immer auch dein Weg führt!« rief sie und warf ihre weißen Arme um seinen sonnengebräunten Hals.

Die Piraten, die über die Reling kletterten, rissen erstaunt die Mäuler auf.

»Auch einen Weg voll Blut und Plünderung?« Er starrte sie durchdringend an. »Dieser Kiel wird das Blau des Meeres rot färben, wo immer er durchs Wasser schneidet.«

»Ich werde mit dir segeln, ob die See blau oder rot ist«, erwiderte sie leidenschaftlich. »Du bist ein Barbar, und ich eine Ausgestoßene, von der mein Volk nichts mehr wissen will. Wir sind beide Rechtlose, ruhelose Wanderer. Bitte, laß mich an deiner Seite bleiben.«

Mit einem breiten Grinsen hob er sie an seine fordernden Lippen.

»Ich werde dich zur Königin der Blauen See machen! Legt ab, ihr Hunde! Bei Crom, wir werden Feuer unter König Yildizs Kehrseite anheizen!«

Die Straße der Adler

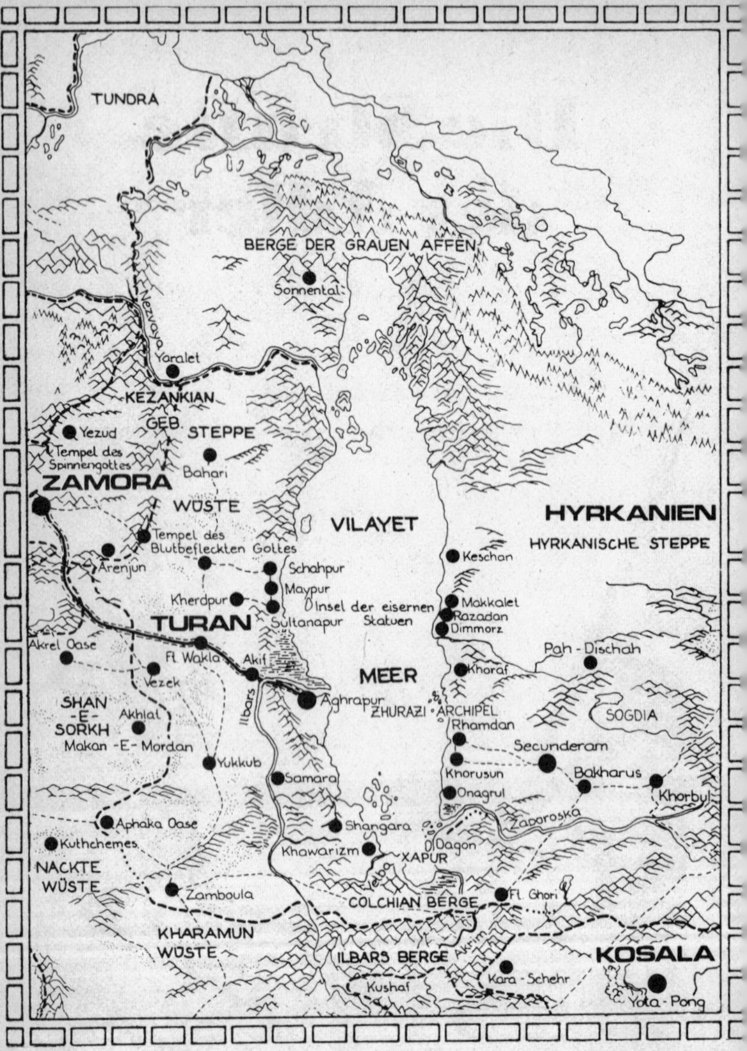
TUNDRA
BERGE DER GRAUEN AFFEN
Sonnental
Nezvaya
Yaralet
KEZANKIAN
GEB.
STEPPE
Yezud
Tempel des
Spinnengottes
Bahari
ZAMORA
WÜSTE
VILAYET
HYRKANIEN
HYRKANISCHE STEPPE
Tempel des
Blutbefleckten Gottes
Arenjun
Keschan
Schahpur
Maypur
Kherdpur
Insel der eisernen
Statuen
Makkalet
Razadan
Dimmorz
TURAN
Sultanapur
Akrel Oase
Ft. Wakla
Akif
Pah-Dischah
MEER
Vezek
Kharaf
Ilbars
Aghrapur
SHAN
-E-
SORKH
Akhlat
ZHURAZI ARCHIPEL
Rhamdan
SOGDIA
Makan-E-Mordan
Secunderam
Yukkub
Samara
Khorusun
Bakharus
Khorbul
Onagrul
Zaporoska
Aphaka Oase
Shangara
Kuthchemes
Dagon
Khawarizm
XAPUR
NACKTE
WÜSTE
Zamboula
Ft. Ghori
COLCHIAN BERGE
KHARAMUN
WÜSTE
ILBARS BERGE
Akrim
KOSALA
Kara-Schehr
Kushaf
Yota-Pong

Die Strasse der Adler

Robert E. Howard und L. Sprague de Camp

Als Anführer der buntgemischten Roten Bruderschaft wird Conan mehr denn je zuvor zu einem Dorn im Auge König Yildizs. Der unter dem Pantoffel stehende Monarch hat seinen Bruder Teyaspa, auf Anraten seiner Mutter, nicht auf die übliche turanische Weise erwürgt, sondern ihn als Gefangenen des zaporoskanischen Räubers Gleg in eine Burg, tief im Colchiangebirge, südlich der Vilayetsee, geschafft. Um zwei Fliegen mit einer Klappe zu schlagen, schickt er Admiral Artaban, Teyaspas getreuesten und stärksten Anhänger, aus, den Hauptstützpunkt der Piraten an der Mündung des Zaporoskas zu vernichten. Artaban bricht auf, um diesen Befehl durchzuführen, wird jedoch, an Ort und Stelle angekommen, vom Angreifer zum Angegriffenen.

Das Schiff, das die Seeschlacht verloren hatte, schaukelte im blutgefärbten Wasser. Außer Bogenschußweite strebte die siegreiche Galeere schwerfällig den zerklüfteten Bergen zu, die über das blaue Wasser ragten. Es war zu Zeiten der Herrschaft König Yildizs von Turan ein nicht unüblicher Anblick auf der Vilayetsee.

Das Schiff, das wie betrunken in der blauen Öde krängte, war eine hochbugige turanische Kriegsgaleere, ein Schwesterschiff der davonrudernden. Auf ersterem hatte der Tod reichlich Ernte gehalten. Tote lagen auf dem hohen Achterdeck, hingen über die angekohlte Reling, waren auf der

Laufplanke über dem Ruderdeck zusammengesackt, wo die schlimm zugerichteten Ruderer zwischen den zerborstenen Bänken ihre letzte Ruhe gefunden hatten.

Auf dem Achterdeck hatten sich die Überlebenden zusammengefunden. Dreißig Mann waren es, und aus so mancher Wunde floß Blut. Die Männer kamen aus vielen Ländern. Kothier waren unter ihnen, Zamorier, Brythunier, Corinthier, Shemiten, Zaporoskier. Ihre Züge verrieten, daß es Gesetzlose waren. Viele wiesen Narben von Peitschenhieben oder Brandeisen auf. Ein großer Teil war halbnackt, aber was die Männer an buntgemischter Kleidung trugen, war von guter Qualität, wenn auch jetzt mit Teer und Blut besudelt. Einige waren barhäuptig, andere trugen Helme oder Pelzmützen, oder auch Stoffstreifen, die sie wie Turbane um den Kopf geschlungen hatten. Manche steckten in Kettenhemden, während andere bis zur Schärpe um ihre Mitte nackt und ihre muskulösen Arme und Schultern fast schwarz von Ruß und Flammen waren. Edelsteine glitzerten in Ohrringen und Dolchgriffen. Sie hielten blanke Schwerter in der Hand. Ihre dunklen Augen wirkten ruhelos.

Sie hatten sich um einen Mann geschart, der größer als jeder von ihnen, ja fast ein Riese war, mit mächtigen Muskeln. Eine geradegeschnittene schwarze Mähne hing in seine breite, hohe Stirn, und die Augen, die aus seinem narbenübersäten dunklen Gesicht funkelten, waren von einem vulkanischen Blau.

Sie alle starrten auf die Küste. Weder Stadt noch Hafen war entlang diesem einsamen Küstenstreifen zwischen Khawarism, dem südlichsten Außenposten des turanischen Königreichs, und seiner Hauptstadt Aghrapur zu sehen. Vom Strand erhoben sich bewaldete Hänge, die allmählich in das Colchiangebirge übergingen, auf dessen schneeglitzernden Gipfeln sich die versinkende Sonne spiegelte.

Der Riese starrte der verschwindenden Galeere nach.

Ihre Besatzung war nur zu froh gewesen, sich aus dem Todesgriff lösen zu können, und jetzt kroch sie auf einen Fluß zu, der zwischen hohen Klippen hervorschäumte und die Berge herabrauschte. Auf dem Achterdeck konnte der Piratenkapitän noch eine hochgewachsene Gestalt sehen, deren Helm im letzten Schein der Sonne aufleuchtete. Genau erinnerte er sich an die Züge unter diesem Helm. Sie hatten sich ihm während des blutigen Kampfes unauslöschbar engeprägt. Hakennasig war dieses Gesicht, mit schwarzem Bart und schrägen dunklen Augen. Es gehörte Artaban von Shahpur, den man bis vor kurzem noch die Geißel der Vilayetsee genannt hatte.

Ein hagerer Corinthier öffnete die Lippen. »Wir hatten diesen Teufel schon fast. Was machen wir jetzt, Conan?«

Der gigantische Cimmerier trat an eines der Steuerruder. »Ivanos«, wandte er sich an den Mann, der ihn gerade angesprochen hatte, »du und Hermio, ihr übernehmt das andere Ruder. Medius, kommandiere drei Mann ab und fangt an, das Wasser auszuschöpfen. Ihr anderen versorgt eure Wunden, dann legt ihr euch in die Riemen. Werft die Toten, die euch im Weg sind, über Bord, damit ihr Platz habt.«

»Willst du der Galeere zur Flußmündung folgen?« fragte Ivanos.

»Nein. Durch das Leck, das sie uns rammten, haben wir zuviel Wasser geschluckt, als daß wir uns sofort auf einen Kampf einlassen könnten. Aber wenn wir uns anstrengen, schaffen wir es bis zur Landzunge.«

Mit viel Schweiß gelang es ihnen. Die Sonne ging unter. Dunst hing wie weicher blauer Rauch über der sich verdunkelnden See. Ihr Gegner verschwand im Fluß. Die Steuerbordreling hing schon fast unter Wasser, als der Kiel über den Sand und Kies der Landzunge knirschte.

Der Akrim, der sich zwischen Wiesen und Äckern hindurchschlängelte, war rot getönt, und die Berge, die sich zu beiden Seiten erhoben, schauten auf eine furchtbare Szene hinab. Das Grauen war über das friedliche Tal gekommen — in Gestalt wölfischer Reiter, die von weither stammten. Doch die Bewohner des Tales wandten sich in ihrer Not nicht der Burg an der schroffen Bergwand zu, denn dort lebten ihre Unterdrücker.

Der Clan Khurush Khans, des Unterhäuptlings einer der wildesten hyrkanischen Stämme östlich der Vilayetsee, war durch eine Stammesfehde aus seiner Steppenheimat westwärts vertrieben worden. Nun forderte er seinen Tribut von allen Yuetshidörfern im Tal von Akrim. Obgleich dieser Überfall in erster Linie der Beschaffung von Rindern, Sklaven und Plündergut galt, hatte Khurush Khan größere Ambitionen. Es wäre nicht das erstemal, daß aus diesen Bergen Königreiche emporgestiegen wären.

Im Augenblick war Khurush Khan, genau wie seine Krieger, von Blutdurst besessen. Von den Hütten der Yuetshi waren nur rauchende Trümmer geblieben. Allein die Scheunen hatte man verschont, weil dort sowohl Heu als auch Futtermittel gelagert wurden. Hagere Reiter rasten das Tal auf und ab, stocherten mit ihren Speeren und schossen Pfeile ab. Die Männer brüllten, wenn der blanke Stahl sie traf, und Frauen schrien, als sie nackt über den Sattelknauf der Plünderer geworfen wurden.

Reiter in Schafspelzen und hohen Pelzkappen galoppierten durch die Straßen des größten Dorfes, das eine armselige Anhäufung von Hütten, halb aus sonnengebackenem Lehm und halb aus Stein, war. Die Dorfbewohner, die man aus ihren Verstecken getrieben hatte, flehten auf dem Boden kniend um Erbarmen oder versuchten zu fliehen, doch sie kamen nicht weit, ehe die trampelnden Hufe sie niederritten. Yataghans sirrten und drangen durch Fleisch und Knochen.

Ein Fliehender drehte sich mit wildem Schrei um, als Khurush Khan, dessen Umhang wie die Schwingen eines Habichts im Wind flatterte, sich wie dieser Raubvogel auf ihn stürzte. In diesem flüchtigen Augenblick sah der Yuetshi wie in einem Traum das bärtige Gesicht mit der dünnen Hakennase und den weiten Ärmel, der über den ein glitzerndes Krummschwert hebenden Arm zurückfiel. Der Yuetshi trug eine der wenigen guten Waffen im Tal: einen schweren Jagdbogen mit nur einem Pfeil. Mit einem Verzweiflungsschrei legte er den Pfeil an die Sehne und schoß ihn ab, gerade als der Hyrkanier den Yuetshi im Vorbeistürmen niederschlug. Der Pfeil traf geradewegs ins Herz, und Khurush Khan stürzte tot zu Boden.

Als das reiterlose Pferd davongaloppierte, stützte sich eine der beiden liegenden Gestalten auf einen Ellbogen. Es war der Yuetshi, dessen Leben schnell aus einer schrecklichen Wunde an Hals und Schulter verebbte. Keuchend starrte er auf den anderen. Khurush Khans Bart ragte wie erstaunt himmelwärts. Der Arm des Yuetshis gab nach, und sein Gesicht grub sich in den Staub. Es gelang ihm noch, es flüchtig zu heben und Staub und Blut zu spucken, dann drang ein grauenvolles Lachen aus seinen schäumenden Lippen, und er fiel zurück. Als die Hyrkanier die Stelle erreichten, war er dem Khan in den Tod gefolgt.

Wie Geier um ein totes Schaf kauerten sich die Hyrkanier um den Leichnam ihres Khans und berieten. Als sie sich erhoben, war das Urteil über alle Yuetshi im Tal von Akrim gefällt.

Getreidespeicher, Heuballen und Scheunen, die bisher verschont geblieben waren, gingen in Flammen auf. Alle Gefangenen wurden niedergemetzelt, Säuglinge lebend ins Feuer geworfen, junge Mädchen gevierteilt und auf den blutüberschwemmten Straßen liegengelassen. Neben dem Leichnam des Khans wuchs der Haufen abgeschlagener

Köpfe. Immer neue Reiter kamen herbeigaloppiert, schwangen ihre gräßlichen Trophäen an den Haaren und schleuderten sie auf die wachsende Pyramide. Überall wo auch nur das geringste Versteck sein mochte, suchten sie, und so fanden sie noch manchen Bedauernswerten.

Einer der Stammesbrüder, der in einem Strohhaufen herumstocherte, bemerkte eine Bewegung. Mit wölfischem Heulen sprang er auf den Strohhaufen und zerrte sein Opfer ans Licht. Es war ein Mädchen, aber keine der untersetzten, affenähnlichen Yuetshifrauen. Er riß ihr das Gewand vom Leib und weidete sich an ihrer unverhüllten Schönheit.

Das Mädchen wehrte sich stumm unter seinem Griff. Er zerrte sie zu seinem Pferd. Da riß sie dem Mann schnell und tödlich wie eine Kobra seinen Dolch aus dem Gürtel und stach ihm ins Herz. Röchelnd sank er zu Boden, und sie sprang wie eine Katze auf sein Pferd. Der Hengst wieherte und bäumte sich auf, aber sie riß ihn herum und raste das Tal hoch. Hinter ihr brüllte die Meute auf und verfolgte sie. Pfeile zischten über sie hinweg.

Sie lenkte das Pferd geradewegs zur Bergwand im Süden des Tales, wo sich eine schmale Schlucht öffnete. Hier wurde der Ritt ungemein gefährlich, und daher verringerten die Hyrkanier ihre halsbrecherische Geschwindigkeit. Aber das Mädchen brauste wie der Wind dahin und hatte einen Vorsprung von gut hundert Schritt, als sie zu einer niedrigen Mauer oder Barriere an der Schluchtöffnung kam. Es sah aus, als hätte jemand Felsblöcke hierher gerollt, um sich dahinter zu verschanzen. Fedrige Tamarisken wuchsen entlang den Hängen, und ein Bach bahnte sich ein schmales Bett mitten durch die Schlucht.

Zwischen den Felsblöcken waren Männer, die ihr zubrüllten, anzuhalten. Sie waren allesamt hochgewachsen und von kräftigem Körperbau. Kettenrüstung glänzte unter ihren Umhängen. Ihre Köpfe waren von spitzen, nicht weniger glänzenden Helmen geschützt. Sie sprang vom Pferd, rannte zu der Barriere, warf sich auf die Knie und schrie: »Helft mir, im Namen Ischtars der Barmherzigen!«

Ein Mann zeigte sich. Bei seinem Anblick rief sie: »Admiral Artaban!« Sie umklammerte seine Beine. »Rettet mich vor den Hunden, die mir nachhetzen!«

»Weshalb sollte ich deinetwegen mein Leben aufs Spiel setzen?« fragte der Angesprochene gleichgültig.

»Ich kenne Euch vom Hof des Königs in Aghrapur! Ich tanzte für Euch. Ich bin Roxana, die Zamorierin.«

»Viele Frauen tanzten vor mir.«

»Dann gestattet mir, Euch etwas leise zu sagen«, wisperte sie verzweifelt. »Hört!«

Als sie einen Namen in sein Ohr flüsterte, zuckte er zusammen. Er starrte sie durchdringend an. Dann stieg er auf einen hohen Felsblock und wandte sich mit einer erhobenen Hand den näherkommenden Reitern zu.

»Im Namen König Yildizs von Turan, kehrt in Frieden um!«

Die Antwort war ein Pfeilhagel, der dicht an Artabans Ohren vorbeischwirrte. Er sprang von dem Felsblock und winkte. Sehnen sirrten entlang der gesamten Barriere, und Pfeile zischten auf die Angreifer zu. Reiter stürzten aus den Sätteln, Pferde wieherten und bäumten sich auf. Die anderen wendeten und kehrten brüllend in das Tal zurück.

Artaban wandte sich Roxana zu. Er war ein großer Mann in rotem Seidenumhang und mit Gold durchwirkter Kettenrüstung. Wasser und Blut hatten seiner Kleidung zugesetzt, doch ihre Kostbarkeit war noch immer offensichtlich. Seine Männer, etwa vierzig kühne turanische Seeleute, sammelten sich mit ihren Waffen in den Händen um ihn. Ein gefangener, gebundener Yuetshi stand mit hängenden Schultern in der Nähe.

»Meine Tochter«, sagte Artaban. »Deinetwegen machte

ich in diesem fernen Land Feinde — weil du mir einen Namen ins Ohr geflüstert hast. Ich glaubte dir ...«

»Hätte ich gelogen, dürftet Ihr mir die Haut bei lebendigem Leib abziehen.«

»Hast du gelogen, werde ich es höchstpersönlich veranlassen«, versprach er ihr mit ruhiger Stimme. »Du nanntest Prinz Teyaspas Namen. Was weißt du von ihm?«

»Seit drei Jahren teile ich sein Exil.«

»Wo ist er?«

Sie deutete durch das Tal, wo mit scharfen Augen die Türme der Burg zwischen den Felsen zu erkennen waren. »In der Festung Glegs, des Zaporoskiers.«

»Sie dürfte nicht so leicht einzunehmen sein.«

»Ruft den Rest Eurer Seeadler! Ich kenne einen Weg in die Burg und kann Euch führen.«

Er schüttelte den Kopf. »Die Männer hier sind alle, die mir noch geblieben sind.« Als er ihre ungläubige Miene bemerkte, fuhr er fort: »Kein Wunder, daß es dir schwerfällt, meinen Worten Glauben zu schenken. Ich werde dir sagen, wie es dazu kam.«

Mit der Offenheit, die seine Mitmenschen so manchesmal aus der Fassung brachte, erzählte Artaban ihr von seiner Niederlage. Seine Erfolge erwähnte er nicht, sie waren auch viel zu wohlbekannt, als daß er darüber hätte zu sprechen brauchen. Er war als Admiral berühmt für seine Blitzeinfälle in ferne Länder — Brythunien, Zamora, Koth und Shem. Als vor fünf Jahren die Piraten der Vilayetsee, die sich mit einer Bande Gesetzloser aus den Steppengebieten entlang der See, den Kozaki, zusammentaten, zu einer Bedrohung für das westlichste hyrkanische Königreich wurden, hatte König Yildiz Artaban den Befehl erteilt, etwas gegen sie zu unternehmen. Mit seinem Mut und seiner Strategie war es dem Admiral auch gelungen, die Piraten zu dezimieren und sie von der Westküste zu vertreiben.

Aber Artaban, ein leidenschaftlicher Glücksspieler, war tief in Schulden geraten. Um sie zu begleichen, enterte er, während er sich mit seinem Flaggschiff auf einsamer Patrouillenfahrt befand, einen Kauffahrer aus Khorusun, ließ dessen gesamte Besatzung über die Klinge springen und brachte die Ladung zu seinem Stützpunkt zurück, um sie heimlich zu verkaufen. Doch obgleich seine Männer Verschwiegenheit geschworen hatten, konnte doch einer den Mund nicht halten. Nur die Ausführung eines Befehls des Königs, die Selbstmord nahekam, konnte ihm den Kopf retten. Er sollte die Vilayetsee zur Mündung des Zaporoskas überqueren und den Schlupfwinkel der Piraten ausheben. Für dieses Unternehmen gestand man ihm jedoch nur zwei Schiffe zu.

Artaban hatte das befestigte Lager der Vilayetpiraten auch gefunden und in einem Sturmangriff genommen, doch nur, weil es zu diesem Zeitpunkt fast verlassen war. Nahezu alle Piraten befanden sich flußaufwärts in einem Kampf gegen eine herumstreifende Bande von Hyrkaniern, ähnlich Khurush Khans Meute, die die Zaporoskier entlang dem Fluß überfallen hatte, mit denen die Piraten auf gutem Fuß standen. Artaban zerstörte mehrere vor Anker liegende Piratenschiffe und überwältigte die im Lager zurückgebliebenen älteren oder kranken Piraten.

Um den abwesenden Piraten einen Denkzettel zu erteilen, hatte Artaban den Befehl gegeben, alle der lebend überwältigten zu häuten und sie in langsam geschürten Feuern zu verbrennen. Seine Männer waren gerade dabei, diesen Befehl auszuführen, als die Piraten von ihrem Vergeltungsfeldzug zurückkehrten. Artaban floh und mußte eines seiner Schiffe in ihrer Hand zurücklassen. Da er des Königs Strafe im Falle eines Versagens kannte, hatte er sich auf den Weg zu der Wildnis entlang der Südwestküste der Vilayetsee gemacht. Die Piraten verfolgten ihn in dem erbeuteten

Schiff und holten ihn ein, als die Westküste bereits in Sicht war. Der darauf folgende Kampf hatte auf den Decks beider Schiffe gewütet und zu vielen Toten und Verwundeten geführt. Die zahlenmäßige Überlegenheit und auch die bessere Ausrüstung der Turanier, dazu Artabans geschickter Einsatz seines Rammes hatten ihnen zu einem nur sehr mageren Sieg verholfen, der eigentlich nur ein Unentschieden gewesen war.

»Und dann setzten wir die Galeere im Fluß auch noch auf Grund«, fuhr Artaban fort. »Wir hätten sie vielleicht wieder instandsetzen können, aber die Flotte des Königs beherrscht die ganze Vilayetsee, und es würde mich ein schlimmer Tod erwarten, sobald Yildiz erfährt, daß ich versagt habe. Also zogen wir uns in die Berge zurück, um wer weiß was zu suchen — vielleicht einen Weg aus dem turanischen Reich oder ein eigenes Königreich.«

Roxana hörte ihm schweigend zu und erzählte dann ihre eigene Geschichte. Wie Artaban sehr wohl wußte, war es bei den Königen von Turan üblich, sobald sie den Thron bestiegen, ihre Brüder und deren männliche Nachkommenschaft zu töten, um von vornherein die Möglichkeit eines Bürgerkrieges auszuschließen. Außerdem war es Sitte, daß die Edlen und Generale nach dem Tod des Königs jenen seiner Söhne als neuen König anerkannten, der als erster die Hauptstadt erreichte.

Selbst mit diesem Vorteil wäre der schwache Yildiz seinem kämpferischen Bruder Teyaspa nicht gewachsen gewesen, hätte nicht seine Mutter, eine Kothierin namens Khushia, eingegriffen. Diese beachtliche ältere Dame, die wahre Herrscherin Turans, zog Yildiz vor, da er leichter lenkbar war, und Teyaspa wurde ins Exil gejagt. Er suchte in Iranistan Zuflucht, doch er entdeckte schnell, daß ihn der König dieses Landes als Verbündeter Yildizs vergiften wollte. Bei einem Versuch, nach Vendya zu gelangen, wurde er von einem hyrkanischen Nomadenstamm gefangengenommen. Die Hyrkanier erkannten ihn und verkauften ihn an die Turanier. Teyaspa hielt sein Schicksal für besiegelt, aber seine Mutter griff ein und verhinderte, daß Yildiz seinen Bruder erwürgen ließ.

Statt dessen wurde Teyaspa in der Burg Glegs des Zaporoskiers festgesetzt. Gleg war der Anführer einer wilden Bande Gesetzloser. Vor vielen Jahren war er ins Akrimtal gekommen und hatte sich selbst zum Feudalherrn über die primitiven Yuetshi gemacht, die er ausnutzte, aber nicht beschützte. Teyaspa wurden aller Luxus und jegliche Vergnügungen zugestanden, die dazu beitragen mochten, ihn zu verweichlichen.

Roxana erklärte, daß sie eine der Tänzerinnen war, die man zu seiner Unterhaltung geschickt hatte. Sie hatte sich heftig in den gutaussehenden Prinzen verliebt, und statt wie die anderen zu versuchen, ihn seiner Kräfte zu berauben, hatte sie sich bemüht, ihm den Rücken zu stärken.

»Aber«, schloß sie, »Prinz Teyaspa wird immer apathischer. Man würde ihn nicht mehr als den jungen Adler erkennen, der seine Reiter gegen die zahlenmäßig überlegenen brythunischen Ritter und die shemitischen Asshuri anführte. Gefangenschaft, Wein und der schwarze Lotus betäuben seine Sinne. In seine eigene Welt versunken, ruht er auf seinen Kissen und kehrt nur in die Wirklichkeit zurück, wenn ich für ihn singe oder tanze. Aber das Blut der Eroberer fließt in seinen Adern. Er ist wie ein schlummernder Löwe.

Als die Hyrkanier in das Tal ritten, schlich ich mich aus der Burg, um Khurush Khan zu suchen, in der Hoffnung, einen Mann zu finden, der kühn genug wäre, Teyaspa zu helfen. Doch ich erlebte, wie einer den Häuptling tötete, und dann wurden die Hyrkanier zu tollwütigen Hunden. Ich versteckte mich vor ihnen, doch sie fanden mich. O mein

Lord, helft uns. Was macht es schon, daß ihr nur eine Handvoll seid? Königreiche sind oft mit Hilfe von wenigeren errichtet worden! Wird es erst bekannt, daß der Prinz frei ist, werden die Männer sich ihm in Scharen anschließen. Yildiz ist kein guter Herrscher, und das Volk fürchtet seinen Sohn Yezdigerd, der ein wilder, grausamer und finsterer Bursche ist.

Die nächste turanische Garnison befindet sich drei Tagesritte von hier. Akrim ist abgelegen und nur wenigen Nomaden und den armseligen Yuethsi bekannt. Hier kann man ungestört ein neues Reich planen. Auch Ihr seid jetzt ein Ausgestoßener. Verbünden wir uns, um Teyaspa zu helfen und ihn auf den Thron zu setzen! Ist er erst König, werden Reichtum und Ehre Euer sein, während Yildiz Euch nur den Tod bietet!«

Sie hatte sich wieder auf die Knie geworfen und krallte ihre Finger in den Saum seines Umhangs; ihre Augen glühten vor Eifer. Artaban schaute stumm auf sie hinab, dann lachte er plötzlich schallend.

»Wir werden die Hyrkanier brauchen«, brummte er. Und das Mädchen klatschte erfreut in die Hände.

»Haltet an!« Conan der Cimmerier blieb stehen und drehte den kräftigen Hals, um sich umzusehen. Die Männer hinter ihm gehorchten, und die Waffen an ihren Seiten klirrten. Sie befanden sich in einer schmalen Schlucht, die an beiden Steilhängen mit verkrüppelten Nadelbäumen bewachsen war. Vor ihnen sprudelte eine Quelle zwischen vereinzelten Bäumen, und ihr Wasser versickerte im Moos ringsum.

»Endlich Wasser«, brummte Conan. »Trinkt!«

Am vergangenen Abend hatte ein schneller Marsch sie noch vor Einbruch der Dunkelheit zu Artabans Schiff in seinem Versteck gebracht. Conan hatte vier seiner Verwundeten dort gelassen, um das Schiff zusammenzuflicken, während er mit dem Rest weitermarschierte. Da er der Meinung gewesen war, die Turanier befänden sich nur ein kurzes Stück voraus, war er ohne Pause weitergegangen, um sie einzuholen und das Massaker am Zaporoska zu rächen. Doch als dann der Mond unterging, hatten sie in einem Labyrinth von Klüften ihre Spur verloren und mußten aufs Geratewohl weitermarschieren. Jetzt im Morgengrauen hatten sie Wasser gefunden, wußten jedoch nicht, wo sie sich befanden, und waren ziemlich erschöpft. Das einzige Zeichen von menschlichem Leben stellten ein paar armselige, zwischen den Felsen kauernde Hütten dar, in denen mit Fellen bekleidete Wilde hausten, die bei ihrer Annäherung heulend die Flucht ergriffen. Irgendwo in der Ferne brüllte ein Löwe.

Von den sechsundzwanzig Gefährten war Conan der einzige, der noch bei Kräften war. »Ruht euch aus«, ordnete er an. »Ivanos, such dir zwei Mann aus, die mit dir die erste Wache halten. Wenn die Sonne über den Kiefern dort steht, dann weck drei der anderen. Ich werde die Schlucht hoch auf Erkundung gehen.«

Er war bald zwischen den Büschen verschwunden. Die Hänge links und rechts wurden allmählich zu Felswänden, die sich steil aus dem mit Steinen übersäten Kluftboden hoben. Da sprang plötzlich eine zottelige Gestalt aus einem Dickicht. Conans Atem pfiff durch die Zähne, als er sein Schwert schwang. Mitten im Hieb hielt er jedoch inne, denn er sah, daß die unerwartete Erscheinung unbewaffnet war.

Es war ein Yuetshi: ein dürres Männlein in Schafsfell, mit langen Armen, kurzen Beinen und flachem, gelblichem Gesicht, das von Runzeln durchzogen war. Die schrägen Augen musterten Conan.

»Khosatral!« rief der Kleine. »Was sucht einer der Freien Getreuen in diesem von Hyrkaniern heimgesuchten Land?«

Er sprach den turanischen Dialekt der Hyrkanier, doch mit einem auffallenden Akzent.

»Wer bist du?« brummte Conan.

»Ich war der Häuptling der Yuetshi«, antwortete der andere mit wildem Lachen. »Ich bin Vinashko. Was suchst du hier?«

»Was liegt jenseits dieser Kluft?« erkundigte sich Conan, ohne die Frage zu beantworten.

»Ein Gewirr von Klüften und Erdspalten. Wenn du hindurchfindest, kommst du an einer Stelle heraus, wo man das weite Akrimtal überblicken kann, in dem bis gestern mein Stamm zu Hause war, doch in dem heute nur noch ihre verkohlten Knochen zu finden sind.«

»Gibt es dort zu essen?«

»Ja — und den Tod. Eine Horde hyrkanischer Nomaden hält das Tal besetzt.«

Während Conan noch über diese Worte nachdachte, hörte er Schritte hinter sich und wirbelte herum. Ivanos kam auf ihn zu.

»Sagte ich dir nicht, du solltest Wache halten, während die anderen schlafen?« knurrte er.

»Sie haben viel zu viel Hunger, als daß sie schlafen könnten«, erwiderte der Corinther und betrachtete mißtrauisch den Yuetshi.

»Crom!« fluchte der Cimmerier. »Ich kann schließlich kein Essen aus der leeren Luft herbeizaubern. Sie müssen einstweilen am Daumen kauen, bis wir ein Nest finden, das wir ausräumen können ...«

»Ich kann euch zu einem Ort führen, wo es Verpflegung für eine ganze Armee gibt«, unterbrach ihn Vinashko.

»Du willst uns wohl zum Narren halten?« Drohung klang aus Conans Stimme. »Gerade noch sagtest du, die Hyrkanier ...«

»Ich meinte nicht unser Dorf. Wir lagerten unsere Vorräte

in der Nähe. Ich war gerade auf dem Weg dorthin, als ich dich sah.«

Conan schob sein Schwert mit der breiten geraden Klinge — eine Seltenheit in einem Land, wo Krummsäbel vorgezogen wurden — in seine Scheide zurück. »Dann führ uns, Yuetshi, aber bei der ersten falschen Bewegung bist du um einen Kopf kürzer!«

Der Yuetshi lachte rauh und laut und bedeutete den beiden, ihm zu folgen. Er schritt auf die Felswand zu, schob ein paar dürre Büsche zur Seite und offenbarte so einen Spalt in der Wand. Er winkte den beiden auffordernd zu, duckte sich und kletterte in den Spalt.

»In die Höhle des Löwen?« brummte Ivanos.

»Wovor hast du Angst?« fragte Conan. »Vor Mäusen?«

Auch er bückte sich und zwängte sich durch die schmale Öffnung. Ivanos folgte ihm. Der Cimmerier stellte fest, daß er sich nicht in einer Höhle befand, sondern tatsächlich nur in einem Spalt in der Felswand. Hoch oben zwischen den steilen Wänden war bereits ein wenig des frühen Morgenlichts zu sehen. Etwa hundert Schritte tasteten sie sich durch die Düsternis, dann kamen sie auf einem kreisrunden Flekken heraus, mit hohen Wänden ringsum, die auf den ersten Blick wie die Waben eines gewaltigen Bienenstocks aussahen. Gedämpftes Dröhnen erklang aus der Mitte dieses merkwürdigen Ortes, wo eine niedrige runde Brüstung ein Loch im Boden umgab, aus dem eine bleiche mannshohe Flamme aufstieg und diesen schachtähnlichen Ort schwach erhellte.

Conan schaute sich neugierig um. Es war, als befände er sich am Grund eines riesigen Brunnens. Der Boden war aus festem Stein, der aussah, als hätten die Füße von zehntausend Generationen ihn glattgetreten. Die Wände waren viel zu gleichmäßig in ihrer Rundung, um natürlichen Ursprungs zu sein. Hunderte von eckigen schwarzen handbreittiefen Nischen befanden sich in ordentlichen Reihen übereinander in dieser brunnenschachtähnlichen Wand, die sich in schier unendliche Höhen erstreckte. Nur ein kleiner kreisrunder Himmelsausschnitt war zu sehen, wo ein Geier sich wie ein Pünktchen abhob. Eine Treppe war ringsum spiralenförmig in die Wand gehauen und bildete einen vollen Kreis, wo sie an einem Absatz außerhalb einer schwarzen Öffnung — dem Eingang zu einem Tunnel — in der Wand endete.

»Diese Löcher«, erklärte Vinashko, »sind die Grüfte eines ururalten Volkes, das hier bereits lebte, als meine Vorfahren zur Vilayetsee kamen. Es gibt ein paar Legenden darüber, die erzählen, daß es nichtmenschliche Wesen waren, die unsere Vorväter hart bedrängten, bis ein Yuetshipriester sie durch einen mächtigen Zauber in ihre Löcher in der Wand verbannte und das Feuer anzündete, um sie dort festzuhalten. Zweifellos sind ihre Gebeine inzwischen längst zu Staub zerfallen. Einige meiner Leute versuchten die Steinplatten aufzumeißeln, mit denen diese Grabkammern verschlossen sind, aber der Stein trotzte allen Anstrengungen.« Er deutete auf die vielen verschiedenen Haufen auf einer Seite des gewaltigen Rundschachts. »Mein Stamm lagerte hier seine Vorräte, um Hungersnöten vorzubeugen. Nehmt, was ihr braucht. Es gibt keine Yuetshi mehr, die sich daran gütlich tun könnten.«

Conan unterdrückte einen Schauder abergläubischer Angst. »Ihr hättet hier leben sollen. Ein einziger Mann könnte die äußere Kluft gegen eine ganze Horde verteidigen.«

Vinashko zuckte die Schultern. »Es gibt kein Wasser. Und es blieb uns keine Zeit mehr, uns zurückzuziehen, als die Hyrkanier uns überfielen. Mein Volk war nicht kriegerisch, es wollte nur friedlich den Boden bestellen.«

Conan schüttelte den Kopf, er konnte solche Menschen

nicht verstehen. Vinashko zog Ledersäcke mit Getreide, Reis, Schimmelkäse und Dörrfleisch sowie Beutel mit saurem Wein hervor.

»Hol ein paar der Männer. Sie sollen uns tragen helfen«, befahl Conan Ivanos und starrte hoch. »Ich bleibe inzwischen hier.«

Als der Corinthier davonstapfte, zupfte Vinashko Conan am Arm. »Glaubst du mir jetzt, daß ich es ehrlich meine?«

»Ja, bei Crom!« antwortete der Cimmerier und kaute an einer Handvoll Feigen. »Ein Mann, der mir in so reichem Maß zu essen gibt, muß ein Freund sein. Aber wie seid ihr vom Akrimtal hierhergekommen? Das muß doch ein langer, steiler Weg sein!«

Vinashkos Augen glänzten wie die eines hungrigen Wolfes. »Das ist unser Geheimnis. Ich werde dir den Weg zeigen, wenn du mir vertraust.«

»Sobald mein Bauch voll ist«, antwortete Conan, mit vollem Munde kauend. »Wir sind hinter dem schwarzen Teufel Artaban von Shahpur her, der irgendwo in diesen Bergen steckt.«

»Ist er euer Feind?«

»Feind! Wenn ich ihn erwische, mache ich mir ein Paar Stiefel aus seiner Haut.«

»Artaban von Shahpur befindet sich nur etwa einen Dreistundenritt von hier.«

»Ha!« Conan richtete sich auf. Er griff nach seinem Schwert. Seine blauen Augen funkelten. »Führ mich zu ihm.«

»Nichts überstürzen!« mahnte Vinashko. »Er hat vierzig gerüstete Turanier bei sich, außerdem schlossen sich ihm Dayuki und hundertfünfzig Hyrkanier an. Wie viele Krieger hast du?«

Conan kaute mit finsterem Gesicht schweigend weiter. Bei einer solchen zahlenmäßigen Überlegenheit konnte er es sich nicht leisten, Artaban ohne irgendwelche Vorteile anzugreifen. In den wenigen Monaten, seit er Piratenkapitän war, hatte er seine Mannschaft zwar zu einer schlagkräftigen Streitmacht gedrillt, aber sie war immer noch ein Werkzeug, das er mit Vorsicht benutzen mußte. Jeder der Männer für sich war tollkühn und ohne viel Verstand. Unter guter Führung konnten sie eine Menge erreichen, doch ohne würden sie ihr Leben leichtsinnig wegwerfen.

»Wenn du mit mir kommst, Kozak«, sagte Vinashko, »werde ich dir etwas zeigen, was außer den Yuetshi seit tausend Jahren kein Mensch mehr gesehen hat!«

»Und was ist das?«

»Ein Todesweg für unsere Feinde!«

Conan machte einen Schritt, dann drehte er sich um. »Warte, hier kommen die roten Brüder. Hör nur, wie diese Burschen fluchen!«

»Schick sie mit dem Proviant zurück!« flüsterte ihm Vinashko zu, als ein halbes Dutzend Piraten aus dem Spalt traten und sich staunend in dem Schacht umsahen.

Conan hob in einer großartigen Geste die Hände. »Schafft dieses Zeug zur Quelle. Ich sagte euch doch, daß ich etwas zu essen finden würde!«

»Und was ist mit dir?« fragte Ivanos.

»Mach dir keine Gedanken um mich, ich habe noch etwas mit Vinashko zu besprechen. Geh mit zum Lager zurück, und schlagt euch die Bäuche voll!«

Als die Schritte der Piraten in der schmalen Kluft verklangen, schlug Conan dem Yuetshi freundschaftlich, aber mit solcher Kraft auf die Schulter, daß das dürre Männlein fast zu Boden ging.

»Brechen wir auf!«

Vinashko stieg ihm voraus die in die Felswand geschlagene Wendeltreppe hoch. Über der letzten Gruftreihe endete sie am Eingang zu dem Tunnel, in dem Conan feststellte, daß er hoch genug für ihn war, um aufrecht zu stehen.

»Wenn man diesem Tunnel folgt«, erklärte Vinashko, »kommt man hinter der Burg des Zaporoskiers Gleg heraus, die sich oberhalb des Akrimtals befindet.«

»Und was nutzt uns das?« brummte Conan, der sich hinter dem Yuetshi hertastete.

»Als das Gemetzel gestern begann, kämpfte ich gegen diese hyrkanischen Hunde, doch als meine Kameraden alle niedergeschlagen waren, floh ich durch das Tal und rannte zur Divakluft. Dort wurde ich plötzlich von fremden Kriegern umzingelt, die mich gefangennahmen und banden. Sie wollten von mir wissen, was sich im Tal zutrug. Es waren Seeleute von der Vilayetflotte König Yildizs. Ich hörte sie ihren Führer Artaban nennen.

Während sie mich befragten, kam ein Mädchen wie der Wind herbeigeritten, verfolgt von einigen Hyrkaniern. Als sie vom Pferd sprang und Artaban um Hilfe anflehte, erkannte ich sie als die zamorianische Tänzerin, die in Glegs Burg wohnt. Eine Pfeilsalve vertrieb die Hyrkanier. Dann unterhielt Artaban sich mit dem Mädchen und vergaß mich. Seit drei Jahren hält Gleg einen Gefangenen in seiner Burg fest. Das weiß ich, weil ich Getreide und Schafe zur Burg brachte und dafür auf zaporoskische Weise bezahlt wurde, nämlich mit Flüchen und Schlägen. Hör zu, Kozak, der Gefangene ist Teyaspa, der Bruder König Yildizs!«

Conan verriet sein Erstaunen durch ein gereiztes Brummen.

»Das erzählte die Tänzerin Roxana diesem Artaban, und er versprach ihr, bei der Befreiung des Prinzen zu helfen. Während sie sich unterhielten, kehrten die Hyrkanier zurück. Trotz ihrer Rachsucht hielten sie in sicherer Entfernung an. Artaban bedeutete ihnen, daß er mit ihnen verhandeln wollte, und unterhielt sich dann kurz darauf mit Dayuki, dem Nachfolger Khurush Khans. Schließlich kletterte der Hyrkanier über die Barriere und teilte Brot und

Salz mit Artaban und Roxana. Die drei einigten sich, Prinz Teyaspa zu befreien und auf den Thron zu setzen.

Roxana hat einen Geheimweg in die Burg entdeckt. Heute, kurz vor Sonnenuntergang, sollen die Hyrkanier die Burg angreifen. Während sich die Zaporoskier mit ihnen beschäftigen, werden Artaban und seine Männer über den Geheimweg zur Burg kommen, die Roxana für sie öffnen wird, damit sie den Prinzen holen und mit ihm in die Berge fliehen können, wo sie hoffen, noch weitere Krieger zu rekrutieren. Während sie sich unterhielten, wurde es dunkel. Es gelang mir, meine Stricke durchzunagen und mich davonzuschleichen.

Du suchst Rache. Ich werde dir zeigen, wie du Artaban in die Falle locken kannst. Töte sie alle — außer Teyaspa. Für ihn kannst du entweder von seiner Mutter Gold bekommen, wenn du ihn am Leben läßt, oder von Yildiz, wenn du ihn tötest. Du kannst dich natürlich auch als Königmacher versuchen.«

»Zeig mir den Weg«, bat Conan mit vor Tatendrang glühenden Augen.

Der glatte Boden des Tunnels, der breit genug für drei Reiter nebeneinander war, verlief schräg abwärts. Hin und wieder führten Stufen zu einer tieferen Ebene. Eine Weile konnte Conan in der Dunkelheit so gut wie gar nichts sehen, doch dann erspähte er in der Ferne einen schwachen Schimmer. Es wurde allmählich silbrig hell, und Wasserrauschen war zu hören.

Schließlich kamen sie zum Tunnelende, das hinter einem mächtigen, von den Felsen herabbrausenden Wasserfall verborgen war. Von dem Becken, das sich schäumend am Fuß des Kataraks sammelte, brauste ein Bach die Schlucht hinunter. Vinashko deutete auf ein Sims, das aus der Tunnelöffnung um das Becken führte. Conan folgte dem Yuetshi. Als sie durch die dünne Wasserschicht hindurch waren, stellte er fest, daß sie sich in einer Kluft befanden, die aussah, als hätte ein Riese den Fels mit seinem Schwert gespalten. Nirgends war sie breiter als fünfzig Schritt, und ihre Wände führten fast senkrecht empor. Grün gab es nur an einem schmalen Uferstreifen des Baches, der sich über den Kluftboden schlängelte und durch einen schmalen Spalt im gegenüberliegenden Felsen verschwand. Conan folgte Vinashko den verschlungenen Weg hoch. Schon nach dreihundert Schritten konnten sie den Wasserfall nicht mehr sehen. Der Boden der Kluft stieg schräg aufwärts. Nach einer Weile legte der Yuetshi warnend eine Hand auf den Arm seines Begleiters und blieb stehen. Ein verkrüppelter Baum wuchs an einer Krümmung der Felswand. Dort kauerte sich Vinashko nieder und deutete.

Hinter der Biegung verlief die Kluft noch etwa achtzig Schritte, ehe sie abrupt endete. Links wirkten die Felsen merkwürdig verändert. Conan betrachtete sie einen Moment, dann erst wurde ihm bewußt, daß er auf eine von Menschenhand errichtete Mauer starrte. Sie befanden sich jetzt fast unmittelbar hinter einer Burg, die in einem Felseinschnitt erbaut war. Ihre Mauern erhoben sich steil vom Rand einer tiefen Kluft. Keine Brücke führte darüber, und die einzige sichtbare Öffnung in der Mauer war ein schweres eisenbeschlagenes Tor etwa in halber Höhe. Ihm gegenüber, an der anderen Kluftseite, befand sich ein schmales von Menschenhand verlängertes Sims, das sie von ihrem gegenwärtigen Standpunkt aus erreichen konnten.

»Diesen Weg benutzte Roxana«, sagte Vinashko. »Die Kluft verläuft hier fast parallel zum Akrimtal. Sie verengt sich dem Westen zu und verläuft schließlich durch einen schmalen Einschnitt im Tal, durch den ein Bach fließt. Die Zaporoskier haben den Zugang mit Felsen blockiert, damit der Pfad vom äußeren Tal aus von einem Fremden nicht als solcher erkannt wird. Sie benutzen diesen Weg nur sehr selten, und von dem Tunnel hinter dem Wasserfall wissen sie nichts.«

Conan rieb sein glattgeschabtes Kinn. Es drängte ihn danach, die Burg zu plündern, er sah aber im Augenblick keinen Weg. »Bei Crom, Vinashko«, brummte er. »Ich würde mir gern dieses Tal von oben ansehen.«

Der Yuetshi warf einen Blick auf des Cimmeriers mächtigen Körper und schüttelte den Kopf. »Es gibt einen Weg, den wir die Straße der Adler nennen, aber für dich ist er nicht geeignet.«

»Ymir!« fluchte Conan. »Ist ein Yuetshi vielleicht ein besserer Kletterer als ein Cimmerier? Steig voraus!«

Vinashko zuckte schweigend die Schultern und führte Conan kluftabwärts zurück, bis er in Sichtweite des Wasserfalls vor etwas stehenblieb, das wie eine durch die Witterung entstandene Nische in der Felswand aussah. Als er sie genauer betrachtete, entdeckte er eine Reihe von nicht sehr tiefen Einkerbungen, die Händen und Füßen Halt bieten mochten.

»Ich hätte diesen Pockennarben ein wenig nachgeholfen«, brummte Conan, aber er folgte dem Yuetshi trotzdem und krallte sich mit Zehen und Fingern fest, so gut es ging. Endlich erreichten sie den Kamm, der die Südseite der Kluft bildete, und setzten sich, mit den Beinen über den Rand hängend.

Die Kluft wand sich wie eine Schlangenfährte unter ihnen. Conan blickte über die gegenüberliegende niedrigere Felswand in das Akrimtal.

Zu seiner Rechten stand die Morgensonne hoch über der gleißenden Vilayetsee, und zu seiner Linken erhoben sich die Gipfel des Colchiangebirges mit ihren weißen Kappen. Hinter ihm befand sich das Klüftelabyrinth, in dem seine Männer lagerten.

Immer noch stieg träger Rauch von den versengten und

verkohlten Flecken auf, die noch vor kurzem Dörfer mit regem Leben gewesen waren. Unten im Tal, an der linken Uferseite, waren Zelte aus Häuten errichtet, und zwischen ihnen schwärmten Männer wie Ameisen herum. Vinashko sagte, das seien die Hyrkanier, dann deutete er das Tal hoch zum Eingang einer schmalen Schlucht, wo die Turanier lagerten. Aber Conan interessierte sich hauptsächlich für die Burg.

Sie nistete in einer Einkerbung der Felsen zwischen der Kluft unter und dem Tal hinter ihnen. Sie blickte auf das Tal hinab und war von einer massiven Zwanzigfußmauer umgeben. Ein schweres Tor, von zwei Türmen mit Schießscharten eingefaßt, schaute auf den Außenhang. Dieser Hang war nicht sehr steil und konnte ohne weiteres erklommen, ja sogar mit Pferden hochgeritten werden, bot jedoch keinerlei Deckung.

»Der Teufel allein mag diese Burg stürmen«, knurrte Conan. »Wie sollen wir in dem Felshaufen an den Prinzen herankommen? Führ mich lieber zu Artaban, damit ich seinen Schädel zum Zaporoska zurückbringe.«

»Paß besser auf, daß du deinen behältst«, mahnte der Yuetshi. »Was siehst du in der Kluft?«

»Eine Menge kahler Steine mit einem bißchen Grün entlang den Bachufern.«

Vinashko grinste wie ein Wolf. »Und bemerkst du auch, daß das Buschwerk am rechten Ufer dichter und auch höher ist? Hör zu! Von der Rückseite des Wasserfalls aus können wir die Turanier beobachten, wenn sie die Kluft hochkommen. Während sie mit Glegs Burg beschäftigt sind, verstekken wir uns zwischen den Büschen am Bach und überfallen sie auf dem Rückweg. Wir töten alle außer Teyaspa, den wir gefangennehmen. Dann kehren wir durch den Tunnel zurück. Habt ihr ein Schiff, mit dem wir fliehen können?«

»Ja.« Conan stand auf und streckte sich. »Vinashko, gibt

es einen Weg hinunter von dieser Messerschneide, auf der wir gerade balancieren, außer jenem, den wir hochkamen?«

»Ein Pfad führt in östlicher Richtung am Kamm entlang und hinunter in die Klüfte, wo deine Männer lagern. Ich zeige ihn dir. Siehst du den Felsen, der wie eine alte Frau aussieht? Wenn du dich dort nach rechts wendest ...«

Conan lauschte aufmerksam, mußte jedoch erfahren, daß dieser gefährliche Weg, der mehr für Steinböcke und Gemsen als für Menschen geeignet war, keinen Abstieg in die Schlucht unter ihnen bot.

Mitten in seiner Erklärung drehte Vinashko sich um und erstarrte. »Was ist das?« murmelte er.

Reiter galoppierten aus dem fernen Lager der Hyrkanier und trieben ihre Pferde über den seichten Fluß. Die Sonne spiegelte sich auf den Lanzenspitzen. Auf der Burgmauer glitzerten Helme.

»Der Angriff!« schrie Vinashko. »Khosatra! Khel! Sie haben ihren Plan geändert! Sie wollten doch erst gegen Abend angreifen. Schnell! Wir müssen unten sein, ehe die Turanier kommen.«

Vorsichtig kletterten sie die steile Wand wieder hinunter und eilten zum Wasserfall zurück. Sie erreichten das Becken, hasteten am Sims entlang und tauchten durch den Katarakt. In der Düsternis dahinter faßte Vinashko nach Conans Arm im Kettenhemd. Über das Rauschen des Wassers hinweg vernahm der Cimmerier das Klicken von Stahl auf Fels. Er spähte durch den silbern schimmernden Vorhang, der alles gespenstisch und unwirklich erschienen ließ, sie jedoch von draußen verbarg. Keine Sekunde zu früh hatten sie ihr Versteck erreicht.

Ein Trupp Männer kam die Kluft entlang — hochgewachsene Krieger in Kettenrüstungen und mit Turbanen über den Helmen. Ihnen voraus schritt einer, noch größer als der Rest, mit schwarzem Bart und Geiergesicht. Conan seufzte.

Er umklammerte sein Schwert fester und machte einen halben Schritt vorwärts. Vinashko griff nach ihm.

»Im Namen der Götter, Kozak!« flüsterte er erschrocken. »Tu nichts Unüberlegtes, das uns das Leben kosten könnte. Wir haben sie in der Falle, aber wenn du jetzt hinausstürmst . . .«

»Keine Angst, kleiner Mann«, sagte Conan mit finsterem Lächeln. »So dumm bin ich nicht, daß ich mich durch eine Unüberlegtheit um meine Rache bringe.«

Die Turanier überquerten jetzt den Bach. Auf der anderen Uferseite hielten sie an und lauschten. Gleich darauf hörten die Männer hinter dem Katarakt über das Rauschen des Wassers hinweg das Brüllen vieler Männer.

»Der Angriff!« wisperte Vinashko.

Wie auf ein Signal stiegen die Turanier eilig die Kluft hoch. Vinashko tupfte flüchtig auf den Arm des Cimmeriers.

»Bleib hier und paß auf. Ich laufe zurück und hole deine Piraten.«

»Aber beeil dich«, mahnte Conan. »Sieh zu, daß sie rechtzeitig herkommen.«

Vinashko glitt davon wie ein Schatten.

Prinz Teyaspa lag auf den Samtkissen eines Seidendiwans, von dessen Art eine ganze Reihe in dem geräumigen Gemach mit den kostbaren goldbestickten Wandbehängen standen. In seinen Seiden- und Satingewändern, mit einer Kristallkaraffe Wein neben sich, bot er ein Bild der Übersättigung und des verweichlichenden Luxus. Seine Augen waren die eines Träumers, dem Wein und Drogen die Sinne trübten. Sein Blick ruhte auf Roxana. Sie hatte die Hände um die Gitterstäbe eines Fensters gekrampft, aus dem sie hinausstarrte. Doch kein Funken ihrer Erregung übertrug sich auf den Prinzen, dessen Gedanken sich mit seiner

Traumwelt zu beschäftigen schienen. Offenbar hörte er den Lärm und das Brüllen außerhalb der Burgmauern nicht.

Roxana bewegte sich ruhelos. Über ihre schlanke Schulter schaute sie den Prinzen an. Wie eine Tigerin hatte sie gekämpft, um Teyaspa davor zu bewahren, in die Abgründe der Gleichgültigkeit zu fallen, wie die, die ihn gefangengesetzt hatten, es erwarteten. Das Mädchen, das alles andere als eine Fatalistin war, hatte ihn zu neuem Leben und Ehrgeiz angestachelt.

Sie drehte sich um. »Es ist Zeit«, hauchte sie. »Die Sonne steht im Zenit. Die Hyrkanier reiten den Hang hoch. Sie peitschen ihre Rosse und schicken ihre Pfeile gegen die Mauern. Die Zaporoskier erwidern den Pfeilbeschuß und schleudern Steine hinab. Schon liegen viele Tote auf dem Hang, doch die Hyrkanier stürmen weiter. Ich muß mich beeilen. Du wirst bald auf dem goldenen Thron sitzen, mein Liebster!«

Sie warf sich vor Teyaspa nieder und küßte in einer plötzlichen Aufwallung ihrer Gefühle seine Pantoffeln. Schließlich erhob sie sich und eilte aus dem Gemach in ein weiteres, wo zehn zungenlose Neger Tag und Nacht Wache hielten. Dann überquerte sie einen Korridor zum Hof, der zwischen Burg und Seitenmauer lag. Im Gegensatz zu Teyaspa, der sein Gemach nicht ohne Bewachung verlassen durfte, konnte sie kommen und gehen, wie es ihr beliebte.

Sie näherte sich dem Tor, das auf die Kluft hinaus führte. Ein Krieger lehnte mißmutig dagegen, er ärgerte sich, daß er nicht am Kampf teilnehmen durfte. Obgleich die Rückseite der Burg uneinnehmbar zu sein schien, hatte der vorsichtige Gleg auch dort einen Posten aufgestellt. Die Wache war ein Sogdier, der seine Fellmütze verwegen schräg auf den Kopf gestülpt hatte. Mit einer Hand stützte er sich auf seine Lanze und blickte Roxana mißtrauisch entgegen. »Was suchst du hier, Weib?« knurrte er.

»Ich fürchte mich. Die Schreie und der Schlachtenlärm erschreckten mich so sehr. Die Sinne des Prinzen sind vom Lotussaft verwirrt, und so habe ich niemanden, bei dem ich Schutz suchen könnte.«

Mit ihrer demütigen, verstörten Haltung hätte sie selbst ein Herz aus Stein erweicht. Der Sogdier zupfte an seinem buschigen Bart.

»Fürchte dich nicht, kleine Gazelle«, sagte er. »Ich beschütze dich.« Er legte seine eisenbehandschuhten Finger auf ihre Schulter und zog die Tänzerin an sich. »Niemand soll dir auch nur ein Haar krümmen. Ich — ahhh!«

Während sie sich in seinem Griff wand, hatte Roxana rasch einen Dolch aus ihrer Schärpe geholt und ihn dem Sogdier in den dicken Hals gestoßen. Eine seiner Hände krallte sich in seinen Bart, während er mit der anderen Hand vergebens nach dem Säbelgriff tastete. Er taumelte und stürzte schwer. Roxana löste hastig den Schlüsselring von seinem Gürtel und rannte zur Tür. Sie stieß einen Freudenschrei aus, als sie Artaban und seine Turanier auf dem Sims an der gegenüberliegenden Kluftseite sah.

Eine schwere Planke lag als Steg innerhalb des Tores bereit, war jedoch viel zu schwer, als daß sie sie hätte hochheben und hinüberschieben können. Artaban warf ihr ein Seilende zu, das sie an den Torangeln befestigte. Ein halbes Dutzend Männer hielt das andere Ende und spannte das Seil, so daß drei Turanier es mit den Händen überqueren konnten. Als sie auf der anderen Seite anlangten, legten sie die Planke für die anderen über den Abgrund.

»Zwanzig Mann bewachen den Übergang«, befahl Artaban. »Die übrigen kommen mit mir.«

Die Seewölfe zogen ihre Klingen und folgten ihrem Anführer. Artaban führte sie hinter dem leichtfüßigen Mädchen her. Als sie die Burg betraten, sprang ein Diener hoch und starrte sie mit weit aufgerissenen Augen an. Noch ehe er

schreien konnte, hatte Dayukis scharfe Klinge ihm die Kehle durchgeschnitten, und der Trupp hastete in das Gemach, wo die zehn stummen Schwarzen erschrocken nach ihren Krummsäbeln griffen. Ein heftiger Kampf entbrannte, der schweigend geführt wurde, wenn man vom Klirren und Schleifen von Stahl und dem Keuchen und Röcheln der Verwundeten absah. Drei Turanier starben, die anderen schritten über die Toten in das innere Gemach.

Teyaspa erhob sich. Seine Augen glänzten in ihrem früheren Feuer, als Artaban vor ihm niederkniete und den Griff seines blutigen Krummsäbels zu ihm emporhob.

»Das sind die Krieger, die dich auf deinen Thron setzen werden!« rief Roxana.

»Laßt uns schnell verschwinden, ehe die zaporoskanischen Hunde auf uns aufmerksam werden«, mahnte Artaban.

Er scharte seine Männer schützend um Teyaspa. Schnell durchquerten sie die Gemächer, liefen über den Hof und näherten sich dem Tor. Aber das Klirren der Klingen war gehört worden. Als die Turanier die Planke überquerten, erhob sich wütendes Gebrüll hinter ihnen. Ein mächtig gebauter Mann in Seide und Stahl rannte, gefolgt von fünfzig Bogenschützen und Schwertkämpfern, über den Hof.

»Gleg!« schrillte Roxana.

»Stoßt die Planke hinunter!« donnerte Artaban und sprang auf das Sims.

Von jeder Seite schwirrten Pfeile über die Kluft. Mehrere Zaporoskier fielen, aber auch zwei Turanier, die sich gebückt hatten, um die Planke zu heben und in die Tiefe zu stoßen. Und schon sauste Gleg, dessen kalte graue Augen unter dem Spitzhelm funkelten, über die Brücke. Artaban stellte sich ihm entgegen. In einem glitzernden Stahlwirbel klirrte der turanische Säbel gegen Glegs Klinge, und die scharfe Schneide drang durch Kettenkragen und die dicken Muskeln des Zaporoskiers. Gleg taumelte und stürzte mit einem wilden Schrei in den Abgrund.

Sofort schickten die Turanier die Planke hinterher. Auf der anderen Seite hielten Glegs Krieger wütend brüllend an und schossen ihre Pfeile ab, so schnell sie sie an die Sehne legen konnten. Ehe die Turanier, die das Sims entlangrannten, außer Schußweite waren, fanden drei weitere den Tod, und zwei trugen Verletzungen davon. Artaban fluchte über die Verluste.

»Alle außer sechs Männern gehen weiter und sorgen dafür, daß der Weg frei ist. Ich folge mit dem Prinzen. Mein Gebieter, ich konnte bedauerlicherweise kein Pferd hier heraufbringen, aber ich werde Euch eine Sänfte aus Lanzen machen lassen, dann ...«

»Ich lasse mich doch von meinen Befreiern nicht auch noch auf den Schultern tragen!« rief Teyaspa. »Ich bin wieder ein Mann! Nie werde ich diesen Tag vergessen!«

»Ihr Götter seid gepriesen!« hauchte Roxana.

Bald sahen sie den Wasserfall vor sich. Alle außer der kleinen Nachhut hatten den Bach überquert und bewegten sich am linken Ufer entlang. Plötzlich sirrten unzählige Sehnen, als streiche eine Hand über Harfensaiten. Eine Pfeilsalve, hagelte über den Bach in den turanischen Trupp, dann eine weitere und noch eine. Die vordersten Turanier fielen wie Halme unter der Sense, die übrigen suchten mit warnendem Brüllen Deckung.

»Hund!« donnerte Artaban und funkelte Dayuki an. »Das ist dein Werk!«

»Glaubst du vielleicht, ich befehle meinen Männern, auf mich zu schießen?« brauste der Hyrkanier mit bleichem Gesicht auf. »Das ist ein neuer Feind!«

Artaban rannte fluchend die Kluft hinunter zu seinen entmutigten Männern. Er wußte, daß die Zaporoskier schnell eine neue Planke zur Überbrückung der Kluft finden würden, und dann saßen sie in der Falle. Er hatte keine Ahnung, wer ihre neuen Gegner waren. Von der Burg hörte er Schlachtgetümmel, dann gewaltiges Hufgedröhn, Brüllen und Klirren von Stahl, offenbar vom äußeren Tal, doch dessen konnte er sich in der engen Kluft, die jedes Geräusch dämpfte, nicht sicher sein.

Erneut fielen Turanier unter dem Pfeilhagel ihrer unsichtbaren Angreifer. Ein paar schossen blindlings Pfeile in das Buschwerk. Artaban schlug ihnen die Bogen zur Seite und brüllte: »Dummköpfe! Wollt ihr gute Pfeile an Schatten vergeuden? Zieht eure Klingen und folgt mir!«

Mit dem Grimm der Verzweiflung stürmten die überlebenden Turanier den Hinterhalt. Ihre Umhänge flatterten, ihre Augen funkelten. Ein paar weitere wurden von Pfeilen niedergestreckt, aber der Rest sprang ins Wasser und watete durch den Bach. Aus dem Gebüsch am anderen Ufer schossen wilde Gestalten, manche in Kettenrüstung, andere halbnackt, doch alle mit blitzenden Schwertern. »Auf sie!« brüllte eine gewaltige Stimme. »Macht sie nieder!«

Beim Anblick der Vilayetpiraten schrien die Turanier überrascht auf. Dann stürzten sie sich brüllend auf sie. Das Klirren von Stahl hallte von den Felswänden wider. Die ersten Turanier, die auf das höhere Ufer sprangen, fielen mit gespaltenen Schädeln in den Bach zurück. Dann sprangen auch die übrigen Piraten ins kniehohe Wasser, das bald in roten Strudeln wirbelte. Piraten und Turanier hieben und stachen in blindem Grimm. Schweiß und Blut brannten in ihren Augen.

Dayuki stürzte sich mit wildem Blick ins Getümmel. Sein zweischneidiger Krummsäbel krachte auf den Schädel eines Piraten. Da warf Vinashko sich brüllend mit bloßen Händen auf ihn.

Der Hyrkanier wich vor der entfesselten Wildheit des

Yuetshis zurück, aber Vinashko packte Dayuki am Hals und schlug ihm die Zähne in die Kehle. Er ließ auch nicht los, sondern biß noch tiefer, als Dayuki ihm wieder und wieder den Dolch in die Seite stieß. Blut quoll ihm aus den Mundwinkeln, dann verloren beide ihren Halt und stürzten in den Bach. Immer noch ineinander verbissen, wurden sie von der starken Strömung des seichten Wassers weggetragen. Einmal schaute das Gesicht des einen, dann des anderen aus dem blutigen Wasser, bis beide für immer verschwunden waren.

Die Turanier wurden auf das linke Ufer zurückgedrängt, wo sie sich noch einen Augenblick heftig wehrten. Dann gaben sie ihren Widerstand auf und flohen zu der kleinen Gruppe Krieger, die Artaban zum Schutz des Prinzen abgestellt hatte. Teyaspa stand wie benommen im Schatten der Kluftwand. Dreimal griff er nach dem Schwert, als wollte er sich in die Schlacht stürzen, aber Roxana, die seine Knie umklammerte, hinderte ihn daran.

Artaban löste sich aus dem Kampfgetümmel und hastete an seine Seite. Das Schwert des Admirals war rot bis zum Griff, seine Kettenrüstung in Fetzen gehauen, und Blut sickerte unter seinem Helm hervor. Conan folgte ihm durch das Schlachtfeld und schwang das Schwert in der mächtigen Pranke. Mit Hieben, die Schilde durchdrangen, Helme spalteten und durch Kettenrüstung schnitten, bahnte er sich einen Weg.

»He, Halunke!« brüllte er in barbarischem Hyrkanisch. »Ich will deinen Kopf, Artaban! Und was den Burschen neben dir betrifft ... Habt keine Angst, mein feiner Prinz, Euch werde ich nichts tun.«

Artaban, der sich verzweifelt nach einem Fluchtweg umsah, bemerkte die Nische im Felsen und die Einkerbungen an der Wand. Er erriet ihren Zweck.

»Schnell, mein Gebieter!« flüsterte er. »Klettert hoch, ich

werde den Barbaren aufhalten, bis Ihr oben angelangt seid!«

»Ja, beeil dich!« drängte Roxana. »Ich folge dir.«

Aber Schicksalsergebenheit hatte den Prinzen wieder erfaßt. Er zuckte die Schultern. »Nein, die Götter wollen nicht, daß ich auf den Thron steige. Wer mag schon seinem Geschick entkommen?«

Roxana fuhr sich verzweifelt durchs Haar. Artaban schob seine Klinge in die Hülle, sprang zur Wand und erklomm sie mit der Flinkheit des Seemanns, der hohe Masten gewöhnt war. Aber Conan kam herbeigestürmt, streckte die Hand aus und bekam Artabans Fußgelenk zu fassen. Er riß ihn herunter. Mit einem schweren Aufprall landete der Admiral auf dem harten Fels. Als er sich herumzurollen versuchte, um freizukommen, stieß ihm der Cimmerier die Klinge so heftig durch Kettenhemd und Leib, daß sie im Boden darunter steckenblieb.

Piraten kamen mit triefenden Schwertern an. Der Prinz streckte ihnen abwehrend die Hände entgegen. »Ich bin Teyaspa«, sagte er. »Ich ergebe mich.«

Roxana, die Hände auf die Augen gepreßt, schwankte. Doch dann stieß sie blitzschnell ihren Dolch in die Brust des Prinzen. Er war sofort tot. Als er zusammensackte, stieß sie sich die Klinge ins eigene Herz und brach neben ihrem Geliebten zusammen. Röchelnd wiegte sie seinen Kopf in ihren Armen, während die Piraten verständnislos um sie herumstanden.

Ein Geräusch auf dem Kamm ließ sie aufblicken. Nur eine Handvoll hatte überlebt. Die Männer waren erschöpft vom Kampf, und ihre Kleidung war von Wasser und Blut durchweicht.

»Ein Trupp kommt die Schlucht herunter. Verschwindet im Tunnel!« befahl Conan.

Sie gehorchten, doch so langsam, als hätten sie ihn kaum verstanden. Ehe der letzte durch den Wasserfall getaucht war, strömten Männer auf dem Pfad von der Burg herunter. Conan, der fluchend die letzten seiner Männer zur Eile antrieb, blickte sich um und sah, daß sich die Kluft mit schwerbewaffneten, gerüsteten Männern füllte. Er erkannte die Fellmützen der Zaporoskier und zwischen ihnen die weißen Turbane der königlichen Garde von Aghrapur. Der Turban eines von ihnen war mit den Federn des Paradiesvogels verziert. Conans Augen weiteten sich, als er erkannte, daß der Bursche der General der königlichen Garde war, der dritthöchste Mann des turanischen Reiches.

Der General erblickte Conan und auch den Rest seiner verschwindenden Piraten. Hastig stieß er einen Befehl aus. Als Conan als letzter durch den Wasserfall tauchte, löste sich ein Trupp Turanier von den Kameraden und rannte zum Becken.

Conan brüllte seinen Männern zu, die Beine in die Hand zu nehmen, dann drehte er sich von innen dem Wasservorhang zu, ergriff den Schild und das mächtige Breitschwert eines gefallenen Turaniers und machte sich bereit, die Verfolger zu empfangen.

Ein Gardist trat vorsichtig durch die rauschende Wasserwand. Er öffnete die Lippen zu einem Schrei, doch schon trennte ihm Conan den Kopf vom Rumpf. Beides platschte getrennt über das Sims in das Becken. Der zweite Soldat hatte noch Zeit, auf die kaum erkennbare Gestalt einzuhauen, die über ihn hinwegragte, aber seine Klinge prallte vom Schild des Cimmeriers zurück. Im nächsten Augenblick stürzte er mit gespaltenem Schädel in das Becken.

Schreie erklangen, die jedoch durch das Wasserrauschen gedämpft wurden. Conan drückte sich gegen die Tunnelseite. Ein Pfeilhagel prasselte durch die Wasserwand und prallte, Tropfen sprühend, von Wänden, Decke und Boden des Tunnels ab.

Ein Blick über die Schulter zeigte Conan, daß auch der

letzte seiner Männer inzwischen in der Düsternis verschwunden war. Er rannte ihnen nach. Als die Gardisten schließlich durch den Wasserfall tauchten, fanden sie niemanden mehr.

Entsetzen sprach aus den Stimmen der Männer, die zuletzt in der Kluft angekommen waren, als sie bei den Leichen anhielten. Der General kniete neben dem toten Prinzen und dem sterbenden Mädchen nieder.

»Es ist Prinz Teyaspa!« rief er.

»Jetzt habt ihr keine Macht mehr über ihn«, murmelte Roxana. »Ich hätte ihn zum König gemacht, aber ihr habt ihn seines Mannesmuts beraubt . . . So tötete ich ihn.«

»Aber ich bringe ihm die Krone Turans!« rief der General verstört. »Yildiz ist tot, und das Volk wird sich gegen seinen Sohn Yezdigerd erheben, wenn es einem anderen, beliebteren folgen kann . . .«

»Zu spät!« flüsterte Roxana, und ihr Kopf sank auf die Brust.

Conan rannte den Tunnel hoch und hörte die Schritte der Verfolger hinter sich widerhallen. Wo der Tunnel sich zu dem großen natürlichen Schacht mit den Grabkammern der Geschöpfe einer vergessenen Rasse öffnete, sah er seine Männer verunsichert auf dem Boden des Schachtes herumstehen. Einige blickten auf die prasselnde Flamme, andere die Stufen hoch, über die sie heruntergestiegen waren.

»Lauft weiter zum Schiff!« brüllte Conan zu ihnen hinunter. Seine Worte hallten von der schwarzen zylindrischen Wand zurück.

Die Piraten rannten durch den Spalt zurück ins Freie. Conan drehte sich wieder um und lehnte sich unmittelbar am Tunnelausgang an die Wand. Die nähernden Schritte wurden lauter.

Ein Soldat tauchte aus dem Tunnel auf. Conans Schwert sauste herab und drang durch die Kettenrüstung in den Nacken. Mit einem abgewürgten Schrei stürzte der Mann kopfüber vom Treppenabsatz. Im Todeskampf wankte er die Wendeltreppe hinunter, geradewegs zur Schachtmitte, hinein in das Loch im Felsboden, woher die Flamme loderte. Wie ein Kork in der Flasche blieb er dort stecken. Die Flamme erlosch zischend, und es wurde dunkel im Schacht, in den nur spärliches Licht aus der Öffnung hoch oben drang.

Conan sah die Leiche nicht aufschlagen, denn seine Aufmerksamkeit galt dem nächsten Gegner aus der Tunnelöffnung. Doch dieser war vorsichtiger. Er streckte den Kopf heraus und sprang sofort zurück, als Conan sein Schwert mit wilder Rückhand herabsausen ließ. Dann war ein Durcheinander von Stimmen zu hören, ein Pfeil schwirrte aus dem Tunnel heraus, knapp an Conans Gesicht vorbei, und prallte an der gegenüberliegenden Seite vom schwarzen Felsgestein ab.

Conan drehte sich um und nahm drei der Gegner mit sich, als er die Steintreppe hinunterraste. Unten angekommen, sah er Ivanos etwa zehn Schritt entfernt die letzten der Piraten durch den Spalt drängen. Links von diesem Spalt, etwa fünf Mannshöhen über seinem Kopf, quollen die turanischen Gardisten aus dem Tunnel und polterten die Stufen hinunter. Ein paar schossen im Laufen Pfeile auf Conan ab, verfehlten ihn aber in der Eile und bei dem schlechten Licht.

Doch mit Entsetzen bemerkte der Cimmerier, daß noch eine andere Gruppe von Wesen auftauchte. Mit einem mahlenden Geräusch schwangen die Steintafeln, die die Gruftöffnungen verschlossen hatten, nach innen. Wie Larven, die aus ihren Zellen krochen, kamen die Wesen aus ihren Grabkammern. Conan hatte den Spalt noch nicht erreicht, als ihm ein Dutzend dieser Geschöpfe den Weg versperrte.

Sie waren von entfernt menschlicher Gestalt, aber weiß, völlig haarlos und ausgemergelt, als hätten sie zu lange gefastet. Ihre Zehen und Finger endeten in gewaltigen gekrümmten Klauen. Sie hatten riesige lidlose Augen in Gesichtern, die eher fledermaus- denn menschenähnlich waren. Vor allem die spitzen Ohren, kleinen Nasen und breiten Münder, aus denen nadelspitze Fänge ragten, erweckten diesen Eindruck.

Die ersten, die den Boden erreicht hatten, waren aus den untersten Gruftreihen gekommen. Doch inzwischen hatten sich auch die oberen Reihen geöffnet und spien Hunderte der Wesen aus, die nun geschickt und flink mit Hilfe ihrer Krallenfinger die genarbte Wand herunterkletterten. Jene, die den Boden erreicht hatten, entdeckten als erstes die letzten im Spalt verschwindenden Piraten. Mit schrillem Quieken und mit Fingern auf sie deutend, rannten die nächsten zum Spalt und hinter den Fliehenden her.

Conan, dessen Härchen sich in abergläubischem Grauen am Nacken aufgestellt hatten, erkannte die gräßlichen Wesen als die gefürchteten *Brylukas* der zaporoskischen Legenden — Kreaturen, die weder Mensch noch Tier, noch Dämon, wohl aber ein wenig von allen waren. Ihre fastmenschliche Intelligenz half ihnen, ihre tierische Gier nach Blut zu stillen, während ihre übernatürlichen Kräfte es ihnen ermöglichten, in Grüften eingeschlossen Jahrhunderte zu überleben. Kreaturen der Finsternis waren sie, die nur die ständig brennende Flamme zurückgehalten hatte. Als sie erlosch, kamen sie sofort aus ihren Gefängnissen, so wild wie eh und je, mit dem Blutdurst von Jahrhunderten.

Jene, die in Conans Nähe auf dem Boden angelangt waren, stürzten mit ausgestreckten Klauen auf ihn zu. Mit wütendem Brüllen wirbelte er herum und schwang sein mächtiges

Schwert in weitem Bogen, um sich die Bestien vom Hals zu halten. Die Klinge trennte hier einen Schädel und dort einen Arm ab und hieb einen anderen Bryluka gänzlich auseinander. Trotzdem drängten sie sich näher heran, während auf der Wendeltreppe die Schreie der vordersten Turanier schrillten, als die Brylukas sich von oben auf sie warfen und von unten herbeieilten, um Klauen und Fänge in ihre Leiber zu stoßen.

Die ganze Treppe war mit sich windenden und krümmenden kämpfenden Gestalten bedeckt. Die Turanier hieben voll Grauen auf die gräßlichen Kreaturen ein, die sich auf sie werfen wollten. Ein Soldat, an dem gleich mehrere Brylukas hingen, rollte die Treppe hinunter. Der Eingang zum Spalt war nun völlig mit quiekenden Brylukas verstopft, die sich gegenseitig dabei hinderten, Conans Piraten zu verfolgen. In den Augenblicken, ehe sie ihn überwältigen konnten, erkannte Conan, daß er sich weder in dieser Richtung noch die Treppe hinauf retten konnte. Mit Löwengebrüll stürmte er durch den Schacht, aber nicht in die von den Brylukas erwartete Richtung. Im Zickzack rennend, während sein Schwert immer wieder blitzend durch die Düsternis zuckte und reglose oder sich krümmende Kreaturen hinter sich zurückließ, erreichte er die Wand unmittelbar unter dem Absatz zum Eingang des Tunnels. Hakenklauen versuchten ihn zu ergreifen, aber sie glitten von seiner Rüstung ab, allerdings zerrissen ihm manche seine Kleidung, während andere ihm Arme und Beine zerkratzten.

Als er die Wand erreichte, ließ Conan den Schild fallen, nahm das Schwert zwischen die Zähne und sprang zum Sims einer Gruft in der dritten Reihe über dem Boden hoch. Es war eine der Grabkammern, die von ihren Schläfern bereits verlassen war. Mit affengleicher Geschicklichkeit kletterte er die Wand hoch. Die Simse waren ihm Halt für Füße und Hände. Einmal, als sein Gesicht sich in Höhe einer der Öffnungen befand, stieß er fast mit der fledermausähnlichen Fratze eines Brylukas zusammen, der gerade herauskam. Conans Faust hieb in die grinsende Visage; Knochen knirschten. Er nahm sich keine Zeit für einen zweiten Blick.

Die Brylukas verfolgten ihn die Wand empor. Doch schon hatte er sich ächzend auf den Absatz geschwungen. Die Leibgardisten hinter jenen, die als erste die Treppe hinuntergelaufen waren, hatten gesehen, was im Schacht vorging, und waren durch den Tunnel zurückgelaufen. Ein paar Brylukas drängten sich gerade in den Tunnel, um sie zu verfolgen, als Conan den Absatz erreichte.

Doch noch ehe sie sich zu ihm umdrehen konnten, war er wie ein Wirbelwind zwischen ihnen. Ganze und zerstückelte Kreaturen flogen vom Treppenabsatz, als sein Schwert durch ihr unnatürlich weißes Fleisch schnitt. In Augenblicksschnelle befanden sich keine der quiekenden Gestalten mehr auf dem Absatz. Conan stürmte in den Tunnel und rannte, was die Beine hergaben.

Vor ihm liefen ein paar der Vampire, und vor ihnen die Gardisten, die bei ihrem Anblick die Flucht ergriffen hatten. Conan fuhr von hinten in die Brylukas und streckte sie alle nieder. Dann lief er weiter, bis er das Ende des Tunnels erreicht hatte, wo gerade die letzten der Gardisten durch den Wasserfall tauchten.

Ein Blick zurück zeigte dem Cimmerier eine ganze Anzahl der Grauengestalten, die mit ausgestreckten Klauen auf ihn zukamen. Also sprang er hastig durch den Wasservorhang und sah hinunter auf das Schlachtfeld, wo der General und der Rest seiner Begleiter standen. Sie gestikulierten und riefen, als ihre Kameraden aus dem Wasserfall erschienen und das Sims entlang hinunter zum Boden rannten. Kaum tauchte Conan hinter ihnen auf, brüllte der General über das Rauschen des Wasserfalls und das Stimmengewirr hinweg:

»Es ist einer der Piraten! Streckt ihn nieder!«

Conan rannte nun ebenfalls das Sims entlang. Die Männer vor ihm hatten bereits den Kluftboden erreicht und drehten sich auf das Brüllen des Generals hin um. Doch schon raste der Cimmerier mit solch Riesenschritten an ihnen vorbei, daß der Pfeilhagel von den Felsen hinter ihm abprallte. Ehe die Bogenschützen dazu kamen, neue Pfeile an die Sehnen zu legen, hatte er die Nische in der Felswand erreicht.

Sie bot ihm im Augenblick Schutz vor den Pfeilen der Turanier, die sich um ihren General geschart hatten. Mit Händen und Füßen krallte er sich in die Einkerbungen und kletterte wie ein Affe die Wand hoch. Bis die Turanier eine bessere Schußposition gefunden hatten, war Conan schon fünfzehn Fuß weiter oben und kletterte schnell weiter.

Eine neue Salve wurde abgeschossen. Die Pfeile schwirrten um ihn und schlugen zum größten Teil gegen den Fels. Zwei trafen seinen Rücken, glitten jedoch vom Kettenhemd ab. Zwei verfingen sich in seiner Kleidung, einer traf seinen rechten Arm. Die Spitze drang durch die Haut und wieder heraus.

Mit einem wütenden Fluch zog Conan den Pfeil heraus und warf ihn in die Tiefe, ohne seinen Aufstieg lange zu unterbrechen. Blut aus der Fleischwunde tränkte den Ärmel seines Wamses und sickerte an seiner Seite hinunter. Bis die Turanier die nächste Salve abschießen konnten, war er schon so hoch, daß die Pfeile nicht mehr viel Kraft hatten, als sie ihn erreichten. Einer traf seinen Stiefel, drang jedoch nicht durch das Leder.

Er kletterte stetig höher, bis die Turanier unter ihm ganz klein waren. Als ihre Pfeile ihn nicht mehr erreichten, hörten sie auf zu schießen. Wortfetzen einer Meinungsverschiedenheit drangen zu ihm herauf. Der General befahl seinen Männern, Conan nachzuklettern, aber die Soldaten weigerten sich, weil sie es für sinnlos hielten. Der Cimmerier, meinten sie, würde lediglich oben am Rand der Felswand auf sie warten und einem nach dem anderen den Schädel spalten, sobald sie ihn über den Rand streckten. Conan lachte grimmig.

Schließlich kam er oben an. Keuchend setzte er sich an den Rand und ließ die Beine in die Tiefe hängen, während er sich mit Streifen seiner zerfetzten Kleidung die Wunden verband und sich nebenbei umsah. Im Akrimtal erblickte er in Schafpelze gekleidete Hyrkanier im Galopp vor einer Schwadron Reiter in glitzernder Kettenrüstung — zweifellos turanischer Kavallerie — in Richtung Berge fliehen. Unter ihm drängelten sich die Turanier und Zaporoskier wie Ameisen und machten sich schließlich kluftaufwärts auf den Weg zur Burg, ließen jedoch ein paar Mann zurück, vermutlich um ihn festzunehmen, falls er die Felswand wieder hinunterklettern wollte.

Nachdem er ein wenig verschnauft hatte, stand Conan auf. Er streckte seine mächtigen Muskeln und wandte sich ostwärts der Vilayetsee zu. Er strengte seine Augen noch mehr an, als er gleich beim ersten Blick eine Galeere der turanischen Flotte sah, die von der Flußmündung, wo Artaban sein Schiff zurückgelassen hatte, seewärts segelte.

»Crom!« fluchte er. »Diese Feiglinge gingen also an Bord und legten ab, ohne auf mich zu warten!«

Er schlug mit der Faust in die Handfläche und brummte tief in der Kehle wie ein grimmiger Bär. Dann entspannte er sich jedoch und lachte schallend. Es war von ihnen zu erwarten gewesen. Außerdem hatte er inzwischen ohnedies genug von den hyrkanischen Landen. Im Westen gab es noch so viele Königreiche, die er nicht kannte.

Er suchte nach dem gefährlichen Pfad in die Tiefe, den Vinashko ihm gezeigt hatte.

Salome, die Hexe

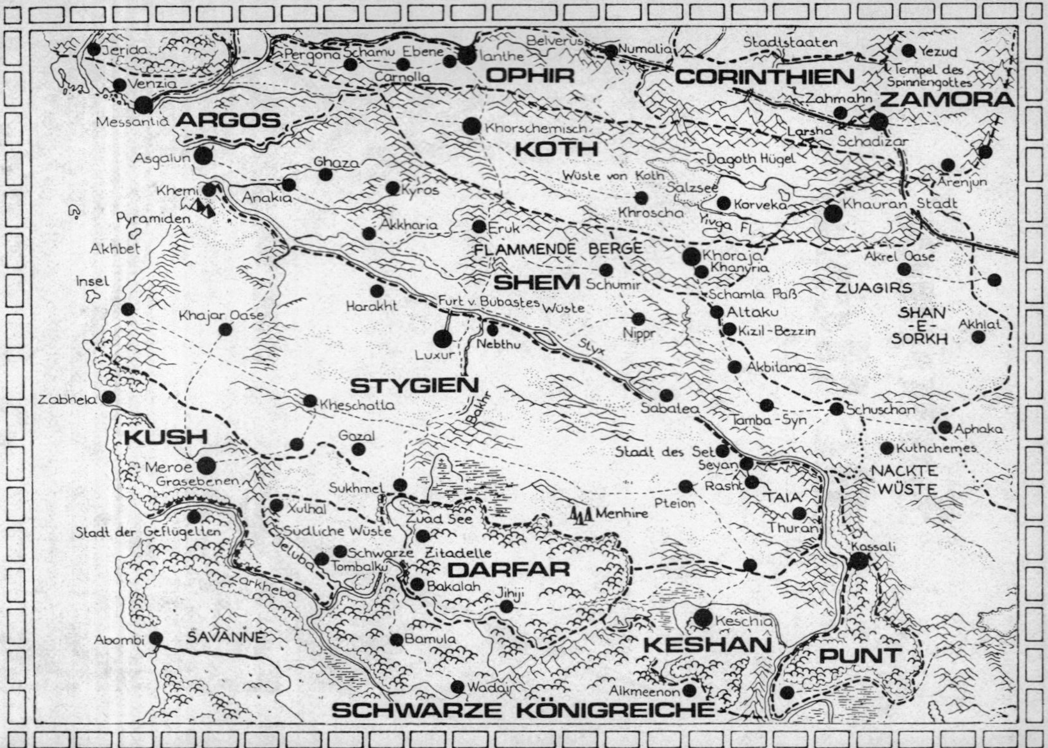

Jerida
Venzia
Messantia
ARGOS
Pergona
Schamu Ebene
Carnolla
Ianthe
OPHIR
Belverus
Numalia
Stadtstaaten
CORINTHIEN
Yezud
Tempel des Spinnengottes
Zahmahn
ZAMORA
Larsha
Schadizar
Khorschemisch
KOTH
Dagoth Hügel
Arenjun
Asgalun
Ghaza
Wüste von Koth
Salzsee
Khemi
Anakia
Kyros
Korveka
Khauran
Stadt
Pyramiden
Khroscha
Yivga Fl.
Akkharia
Eruk
Akhbet
FLAMMENDE BERGE
Khoraja
Khanyria
Akrel Oase
Insel
SHEM
Schumir
Schamla Paß
ZUAGIRS
Harakht
Furt v. Bubastes
Wüste
Altaku
SHAN -E- SORKH
Khajar Oase
Nippr
Kizil-Bezzin
Akhlat
Luxur
Nebthu
Styx
Akbilana
STYGIEN
Zabhela
Kheschatta
Bakhr
Sabatea
Tamba-Syn
Schuschan
Aphaka
KUSH
Gazal
Stadt des Set
Kuthchemes
Meroe
Seyan
NACKTE WÜSTE
Grasebenen
Sukhmet
Rasht
Pteion
TAIA
Xuthal
Zuad See
Menhire
Thuran
Stadt der Geflügelten
Südliche Wüste
Schwarze Zitadelle
Kassali
Jeluba
Tombalku
DARFAR
Zarkheba
Bakalah
Jihiji
Keschia
Abombi
SAVANNE
Bamula
KESHAN
PUNT
Wadai
Alkmeenon
SCHWARZE KÖNIGREICHE

Salome, die Hexe

Robert E. Howard

Conan eignet sich einen der reiterlosen hyrkanischen Hengste an und kehrt zu den Steppen seiner Freunde, der Kozaki, zurück. Aber dieses Reitervolk ist immer noch in alle Winde verstreut. Yezdigerd, der neue turanische König, stellt sich bereits als ein weitaus klügerer und tatkräftigerer Herrscher als sein Vater heraus. Er nutzt Vermögen und Kräfte seiner möglichen Rivalen, um seine Macht zu erweitern, und unter ihm wird Turan zum größten Reich des hyborischen Zeitalters.

Nachdem Conan mehrmals knapp den patrouillierenden Turaniern entgeht, erreicht er das kleine Grenzkönigreich Khauran, zwischen der Ostspitze von Koth und den Steppen und Wüsten gelegen, die die Turanier nach und nach ihrem Machtgebiet einverleiben. Es dauert nicht lange, bis der Cimmerier zum Befehlshaber der Leibgarde von Khaurans Königin Taramis wird.

1

DER BLUTROTE HALBMOND

Taramis, Königin von Khauran, erwachte aus einem alptraumgeplagten Schlummer. Stille herrschte um sie, die mehr dem Schweigen modriger Katakomben glich als der nächtlichen Ruhe eines schlafenden Palastes. Sie blieb liegen und starrte in die Dunkelheit. Weshalb waren die Kerzen in ihrem goldenen Armleuchter erloschen? Durch ein Fenster mit goldenem Gitter sah sie ein Stück Sternenhimmel, aber sein Licht trug nicht dazu bei, ihr Gemach zu erhellen. Doch während sie ruhig auf dem Rücken lag, wurde sich Taramis eines leichten Glühens in der Dunkelheit vor sich bewußt. Es wurde stärker, während es an Größe zunahm, und sah schließlich wie eine durchsichtige Scheibe aus, die vor den blauen Samtbehängen der gegenüberliegenden Wand schwebte. Die Königin hielt den Atem an und richtete sich ein wenig auf. Etwas Dunkles wurde allmählich in der leuchtenden Scheibe sichtbar — *der Kopf eines Menschen!*

In plötzlicher Panik öffnete die Königin die Lippen, um nach ihren Leibmägden zu rufen, aber dann ließ sie es doch bleiben. Das Leuchten war nun noch stärker, und so hob sich der Kopf besser ab. Es war der einer Frau, zierlich, mit feingeschnittenen Zügen und einer Fülle hochgesteckten, glänzenden schwarzen Haares. Das Gesicht wurde, während sie darauf starrte, immer deutlicher erkennbar — sein Anblick war es, der ihr den Schrei noch in der Kehle abgewürgt hatte. Es war ihr eigenes! Als blickte sie in einen Spiegel, der ihre Miene ganz leicht veränderte und ihr einen boshaften Ausdruck verlieh.

»Ischtar!« keuchte Taramis. »Ich bin verhext!«

Zu Taramis' Entsetzen sprach die Erscheinung, und ihre Stimme klang übertrieben süß.

»Verhext? Nein, liebliche Schwester, es hat nichts mit Zauberei zu tun.«

»Schwe-ster?« stammelte die verwirrte Königin. »Ich habe keine Schwester!«

»Hattest du auch nie eine?« fragte die giftig süße Stimme. »Gab es da nicht einmal eine Zwillingsschwester, deren Haut so weich wie deine und ebenso leicht zu streicheln und zu verletzen war?«

»Ja, ich besaß eine Schwester«, erwiderte Taramis, die

überzeugt war, daß ein Alptraum sie quälte. »Aber sie starb.«

Das schöne Gesicht in der leuchtenden Scheibe verzerrte sich vor Wut, und so schreckenerregend wirkte es, daß Taramis sich furchterfüllt duckte und fast erwartete, die schwarzen Locken der anderen würden sich als Schlangen zischend auf sie zuschnellen.

»Du lügst!« fauchten die roten Lippen. »Sie starb nicht! Törin! O genug dieses Theaters! Sieh her — möge der Anblick dir zu denken geben!«

Plötzlich schoß Licht wie brennende Schlangen die Wandbehänge hoch, und die Kerzen im Armleuchter flammten auf unerklärliche Weise wieder auf. Taramis kauerte sich tiefer in ihr samtüberzogenes Bett und starrte mit weitaufgerissenen Augen auf die geschmeidige Gestalt, die sich ihr nun höhnisch in voller Größe zeigte. Taramis war es, als blickte sie auf ihr eigenes Ich, das ihr äußerlich in jeder Beziehung glich, von dem jedoch eine Aura des Bösen ausging. Das Gesicht dieses Ebenbilds spiegelte genau das Gegenteil all ihrer Charakterzüge. Gier und Abartigkeit sprachen aus den schillernden Augen, Grausamkeit lauerte in den Mundwinkeln. Jede Bewegung des grazilen Körpers wirkte aufreizend. Die Frisur glich genau ihrer eigenen, und die Füße steckten in vergoldeten Sandalen, so wie sie selbst sie in ihren Gemächern trug. Das ärmellose, tief ausgeschnittene Gewand, von einem goldenen Stoffgürtel um die Taille gehalten, war eine genaue Nachbildung ihres Nachtgewands.

»Wer bist du?« hauchte Taramis, während ihr ein eisiger Schauder über den Rücken rann. »Verrate mir, was du hier suchst, ehe ich meine Leibmägde rufe, damit sie die Wachen holen!«

»Rufe, bis sich die Deckenbalken biegen«, antwortete die Fremde gleichgültig. »Deine Schlampen werden nicht vor dem Morgengrauen erwachen, selbst wenn der Palast um sie in Flammen aufginge. Auch deine Wachen können dich nicht hören, und wenn du noch so laut schreist. Sie erhielten den Auftrag, diesen Flügel des Palasts zu verlassen.«

»Was!« rief Taramis empört. »Wer wagte es, meiner Leibgarde einen solchen Befehl zu erteilen?«

»Ich, meine liebliche Schwester«, höhnte die andere, »kurz ehe ich hier hereinkam. Sie hielten mich für ihre geliebte Königin. Ha, wie großartig ich meine Rolle spielte! Mit welch majestätischer Würde, gemildert durch weibliche Sanftmut, sprach ich zu diesen Tölpeln, die in ihrer Rüstung mit den federbuschverzierten Helmen vor mir niederknieten.«

Taramis fühlte sich wie in einem Netz gefangen, das sich immer enger um sie schloß.

»Wer bist du?« rief sie verzweifelt. »Welcher Spuk narrt mich? Was willst du von mir?«

»Wer ich bin?« Das Zischen einer Kobra klang aus der süßen Stimme. Die Fremde trat ans Bett. Sie krallte die Finger in die weichen Schultern der Königin und beugte sich ein wenig, um der verstörten Taramis funkelnd in die Augen zu schauen. Unter diesem hypnotischen Blick vergaß die Königin, sich über die Unverschämtheit der Berührung durch die andere zu empören.

»Törin!« knirschte das Mädchen zwischen zusammengepreßten Zähnen. »Wie kannst du nur fragen! Ich bin Salome!«

»Salome!« Taramis flüsterte dieses Wort, und die Härchen sträubten sich auf ihrem Nacken, als sie die unvorstellbare betäubende Wahrheit dieser Behauptung erkannte. »Ich dachte, du seist noch in unserer Geburtsstunde gestorben«, murmelte sie schwach.

Salome lachte wild und schlug an ihren Busen. Das weitausgeschnittene Nachtgewand offenbarte die obere Wöl-

bung ihrer festen Brüste, und dazwischen hob sich ein ungewöhnliches Mal ab — ein Halbmond, so rot wie Blut.

»Das Zeichen der Hexe!« rief Taramis und zuckte zurück.

»Stimmt!« Salomes Lachen war schneidend vor Haß. »Der Fluch der Königin von Khauran! Ja, auf den Marktplätzen raunen sie sie einander mit rollenden Augen zu, diese frömmelnden Narren: die Geschichte der ersten Königin unseres Geschlechts, die sich einem Dämon hingab und ihm eine Tochter gebar, noch heute die Schande des Hauses. Und danach wurde der askhauranischen Dynastie jedes Jahrhundert ein Mädchen mit dem scharlachfarbigen Halbmond in Brustmitte geboren, das ihr Schicksal bestimmte.

›Alle hundert Jahre wird eine Hexe das Licht der Welt erblicken‹, lautete der alte Fluch. Manche wurden gleich bei der Geburt getötet, wie sie es mit mir tun wollten. Andere wandelten als Hexen über die Welt, als stolze Töchter Khaurans, mit dem brennenden Höllenmond zwischen ihren Brüsten. Jede erhielt den Namen Salome. Auch ich bin eine Salome. Immer war es Salome, die Hexe, und immer wird es Salome, die Hexe, bleiben, selbst wenn die Eisberge aus dem Nordpol die Zivilisation unter sich begraben und eine neue Welt sich aus den Trümmern erhoben hat — ja, auch dann wird es Salomes geben, die über die Erde wandeln, um durch ihren Zauber die Herzen der Männer an sich zu ziehen, um vor den Königen dieser Welt zu tanzen, und sich die Köpfe weiser Männer nach ihrem Belieben auf einem Tablett servieren zu lassen.«

»Aber — aber du ...«, stammelte Taramis.

»Ich?« Die schillernden Augen brannten wie geheimnisvolle dunkle Feuer. »Sie trugen mich hinaus in die Wüste, weit weg von der Stadt, legten mich nackt in den heißen Sand unter der glühenden Sonne und ritten fort, um mich den Schakalen, Aasgeiern und Wüstenwölfen zu überlassen.

Aber das Leben in mir war stärker als in gewöhnlichen

Sterblichen, denn es ist Teil der Essenz jener Kräfte, die in den schwarzen Klüften zwischen den Sternen zu Hause sind. Die Stunden vergingen, die Sonne brannte wie mit Höllenflammen auf mich herab, aber ich starb nicht. Doch so klein ich war, blieben diese schrecklichen Qualen mir wie ein ferner, furchtbarer Traum in ständiger Erinnerung. Und dann kamen Kamele und gelbhäutige Männer in Seide, die in einer seltsamen Sprache redeten. Sie hatten die Karawanenstraße verlassen und ritten dicht an mir vorbei. Ihr Anführer entdeckte mich und erkannte den roten Halbmond auf meiner Brust. Er hob mich auf und rettete mir das Leben.

Er war ein Zauberer aus dem fernen Khitai und befand sich auf der Rückreise aus Stygien. Er nahm mich mit sich nach Paikang mit seinen Purpurtürmen und den Minaretten, die sich aus den rankenüberwucherten Bambusdschungeln hoben. Dort wuchs ich bei ihm auf, und er unterrichtete mich in all den Schwarzen Künsten, die er sich in seinem langen Leben angeeignet hatte; das Alter hatte ihm auch nichts von seinen finsteren Kräften geraubt. Ja, vieles lehrte er mich ...«

Sie hielt inne, lächelte geheimnisvoll, und ihre Augen funkelten böse. Dann warf sie den Kopf zurück.

»Doch schließlich verstieß er mich. Er sagte, ich sei trotz all seiner Lehren nur eine einfache Hexe und nicht fähig, die Zauberkräfte zu beherrschen, wie er es mir beibringen wollte. Er hätte mich zur Königin der Welt machen und durch mich herrschen wollen, sagte er, aber ich sei lediglich eine Dirne der Finsternis. Na und? Ich hätte es nie ausgehalten, mich in einem goldenen Turm von allem abzuschließen, lange Stunden in eine Kristallkugel zu starren, Beschwörungen zu murmeln, die mit dem Blut von Jungfrauen auf Schlangenhaut geschrieben sind, und dicke Bücher zu wälzen, geschrieben in einer längst vergessenen Sprache.

Er sagte, ich sei nicht mehr als ein irdischer Geist und würde nie Einblick in die tieferen Abgründe kosmischer Zauberei gewinnen. Warum auch? Diese Welt hat mir alles zu bieten, was ich begehre: Macht, Prunk, strahlende Feste, gutaussehende Männer und sanfte Frauen als meine Geliebten und Sklaven. Er hat mir auch gesagt, wer ich bin, und er erzählte mir vom Fluch, der auf unserem Haus lastet. Und so bin ich zurückgekehrt, um mir das zu nehmen, was mir genauso zusteht wie dir. Und nun gehört es mir mit dem Recht der Stärkeren!«

»Was willst du damit sagen?« Taramis sprang auf. Der plötzliche Schrecken hatte ihr Angst und Benommenheit wie einen Schleier fortgerissen. »Bildest du dir ein, daß du bereits auf dem Thron sitzt, nur weil es dir gelungen ist, ein paar Mägde in Betäubung zu versetzen und eine meiner Wachen zu täuschen? Vergiß nicht, *ich* bin die Königin von Khauran! Ich werde dir als meine Schwester einen Ehrenplatz am Hof zuweisen, aber ...«

Salome lachte haßerfüllt.

»Wie großzügig von dir, liebliche Schwester! Doch ehe du versuchst, mich auf meinen Platz zu verweisen, verrätst du mir vielleicht, wessen Soldaten in der Ebene außerhalb der Stadtmauern ihr Lager aufgeschlagen haben.«

»Es sind die shemitischen Söldner Constantius', des kothischen Woiwoden der Freien Getreuen.«

»Und was haben sie in Khauran zu suchen?« fragte Salome süß.

Taramis spürte den heimlichen Spott der anderen, aber sie antwortete mit einer majestätischen Würde, die sie im Augenblick kaum empfand.

»Constantius ersuchte darum, auf seinem Weg nach Turan entlang der khauranischen Grenze reiten zu dürfen. Er selbst erbot sich als Geisel für das gute Benehmen seiner Truppen, solange sie sich in meinem Reich aufhalten.«

»Und Constantius«, — Salome ließ nicht locker —, »hat er dich nicht heute um deine Hand gebeten?«

Taramis warf Salome einen mißtrauischen Blick zu.

»Woher weißt du das?«

Ein Zucken der schlanken entblößten Schultern war die einzige Antwort.

»Du hast ihn abgewiesen, teure Schwester?«

»Natürlich habe ich das!« rief Taramis verärgert. »Du, als askhaurianische Prinzessin, müßtest selbst wissen, daß die Königin von Khauran einen solchen Antrag nur voll Verachtung ablehnen kann. Soll ich vielleicht einen Abenteurer heiraten, dessen Hände blutbefleckt sind? Einen Mann, der wegen seiner Verbrechen aus seinem eigenen Vaterland verbannt wurde? Der der Anführer einer Bande organisierter Plünderer und Mörder ist?

Ich hätte überhaupt nicht zulassen dürfen, daß er seine schwarzbärtigen Räuber nach Khauran bringt. Glücklicherweise ist er so gut wie ein Gefangener. Meine Soldaten bewachen ihn im Südturm. Morgen werde ich ihm befehlen, mit seinen Männern mein Königreich zu verlassen. Er selbst bleibt Geisel, bis seine Truppen die Grenze überschritten haben. Meine Soldaten bemannen inzwischen die Stadtmauer, und ich warnte ihn, daß er für alle Untaten seitens seiner Söldner an unseren Bürgern verantwortlich gemacht wird.«

»Er ist im Südturm eingesperrt?« fragte Salome.

»Das sagte ich doch. Weshalb fragst du?«

Als Antwort klatschte Salome in die Hände und hob ihre Stimme, aus der boshafte Freude klang: »Die Königin gewährt dir eine Audienz, Falke!«

Eine mit goldenen Arabesken verzierte Tür öffnete sich, und eine hochgewachsene Gestalt trat ein, bei deren Anblick Taramis erstaunt und verärgert aufschrie.

»Constantius! Ihr wagt es, mein Gemach zu betreten!«

»Wie Ihr seht, Majestät!« In vorgetäuschter Demut beugte er sein dunkles Geiergesicht.

Constantius, den man auch der Falke nannte, war groß, breitschultrig, schmal um die Hüften und stark wie geschmeidiger Stahl. Er sah nicht schlecht aus, wenn man den grausamen Zug um seinen Mund übersah. Die Sonne hatte sein Gesicht dunkel gebräunt, und sein Haar über einer hohen, schmalen Stirn war rabenschwarz, allerdings etwas schütter. Seine dunklen Augen wirkten wachsam und durchdringend, und der dünne schwarze Schnurrbart vermochte die Härte seiner Lippen nicht zu verbergen. Er trug Stiefel aus kordavanischem Leder, Beinkleider und Wams waren aus schmuckloser dunkler Seide und wiesen Rostflecken von der Kettenrüstung auf, die er gewöhnlich darüber trug. Auch andere Schmutzspuren des Lagerlebens waren nicht zu übersehen.

Während er seinen Schnurrbart zwirbelte, wanderte sein Blick mit einer Unverfrorenheit über die Königin, die sie zurückzucken ließ.

»Bei Ischtar, Taramis«, sagte er, »in Eurem Nachtgewand finde ich Euch noch verführerischer als in Eurer königlichen Robe. Wahrlich, das ist eine sehr verheißungsvolle Nacht.«

Angst erwachte in den dunklen Augen der Königin. Sie war nicht dumm. Sie wußte, daß Constantius sich all das nicht herausnehmen würde, fühlte er sich in seiner Anmaßung nicht sicher.

»Ihr müßt wahnsinnig sein!« rief sie. »Wenn ich in diesem Gemach in Eurer Gewalt bin, seid Ihr es nicht weniger in der meiner Untertanen, die Euch in Stücke reißen werden, wenn Ihr es wagen solltet, mich zu berühren. Verlaßt sofort den Palast, wenn Euch Euer Leben lieb ist.«

Er lachte genauso spöttisch wie Salome neben ihm, die eine ungeduldige Geste machte.

»Genug dieses Getues, kommen wir zum nächsten Akt der

Komödie. Hör mir gut zu, teure Schwester. *Ich* habe Constantius hergeschickt. Als ich beschloß, den khauranischen Thron zu übernehmen, schaute ich mich nach Unterstützung um und wählte den Falken, da ihm absolut alle Eigenschaften fehlen, welche die Menschen gemeinhin als gute bezeichnen.«

»Ich bin überwältigt, Prinzessin«, sagte Constantius spöttisch und verbeugte sich tief.

»Ich schickte ihn nach Khauran, und sobald seine Männer ihr Lager auf der Ebene aufgeschlagen hatten und er sich in der Stadt befand, betrat ich die Stadt durch das kleine Tor in der Westmauer — die Dummköpfe, die es bewachten, glaubten, du seist es, die von einem kleinen nächtlichen Abenteuer zurückkehrte ...«

»Teufelin!« Taramis' Wangen röteten sich, und ihre Wut ließ sie ihre königliche Haltung vergessen.

Salome lächelte ungerührt.

»Sie waren natürlich überrascht und offensichtlich schokkiert, ließen mich jedoch passieren, ohne Fragen zu stellen. Den Palast betrat ich auf gleiche Weise. Dann erteilte ich den Wachen den bereits erwähnten Befehl, und jenen im Südturm gab ich den Auftrag, Constantius herzubringen. Danach begab ich mich hierher, nicht ohne mich zuvor deiner Leibmägde anzunehmen.«

Taramis ballte die kleinen Fäuste und erblaßte.

»Und wie geht es weiter?« fragte sie mit zitternder Stimme.

»Horch!« Salome neigte leicht den Kopf. Durch das Fenster war, wenn auch durch die Ferne noch gedämpft, das Klirren und Rasseln von Rüstungen und Waffen marschierender Männer zu hören. Rauhe Stimmen brüllten in einer fremden Sprache, und in ihr Brüllen mischten sich Angst- und Schreckensschreie.

»Die Menschen wachen auf und fürchten sich«, erklärte

Constantius spöttisch grinsend. »Du beruhigst sie wohl besser, Salome.«

»Nenn mich ab jetzt vorsichtshalber Taramis«, sagte die Hexe. »Wir müssen uns daran gewöhnen.«

»Was hast du getan?« rief Taramis erschrocken. »Was hast du getan?«

»Ich habe mich zu den Toren begeben und den Soldaten befohlen, sie zu öffnen«, antwortete Salome. »Sie wunderten sich, aber sie gehorchten. Was du hörst, ist die Armee des Falken, die in die Stadt einmarschiert.«

»Du — du Teufelin!« schrie Taramis erneut. »Du hast in meiner Gestalt mein Volk betrogen und mich zur Verräterin gemacht. Oh, ich werde zu ihm sprechen ...«

Mit einem grausamen Lachen packte Salome sie am Handgelenk und riß sie zurück. Die bewundernswerte Geschmeidigkeit der Königin nutzte nichts gegen die Stärke des Hasses, die Salomes schlanke Gestalt stählte.

»Du weißt doch, wie man die Verliese vom Palast aus erreicht, Constantius«, wandte die Hexe sich an den Söldnerführer. »Gut. Nimm dieses Weib und sperr es in die sicherste Zelle. Die Wärter schlafen allesamt, dafür sorgte ich. Niemand darf je erfahren, was heute nacht geschehen ist. Und von jetzt an bin ich Taramis, und Taramis ist eine namenlose Gefangene in einem vergessenen Verlies.«

Constantius lächelte, so daß die weißen Zähne unter dem Schnurrbart blitzten.

»Sehr gut. Aber du bist doch sicher nicht dagegen, wenn ich mich ein wenig — ah — mit ihr amüsiere?«

»Durchaus nicht. Zähme diesen Hitzkopf, wenn du es fertigbringst.«

Mit einem häßlichen Lachen stieß Salome ihre Schwester dem Kothier zu, dann trat sie durch die Tür in den Korridor.

Furcht weitete Taramis' schöne Augen. Sie wehrte sich heftig gegen Constantius' Umarmung. Sie vergaß die Männer, die draußen auf den Straßen marschierten, vergaß angesichts der Bedrohung ihrer Jungfräulichkeit die Schmach, die ihr als Königin angetan worden war. Alles vergaß sie, außer der Angst, als sie in Constantius' brennende, spöttische Augen blickte und seine Arme wie einen Schraubstock um sich spürte.

Salome, die den Korridor entlangeilte, lächelte schadenfroh, als ein Schrei, aus Verzweiflung und Qual geboren, durch den Palast schrillte.

2

DAS KREUZ

Beinkleider und Wams des jungen Soldaten waren mit verkrustetem Blut befleckt und stellenweise naß von Schweiß und grau von Staub. Blut sickerte aus einer tiefen Schenkelwunde und aus leichteren Schnittwunden an Brust und Schulter. Schweiß glitzerte auf seinem bleichen Gesicht, und seine Finger verkrampften sich in der Decke des Diwans, auf dem er lag. Seine Worte verrieten seelische Schmerzen, die weit schlimmer als die körperlichen waren.

»Sie muß verrückt sein!« wiederholte er immer aufs neue wie im Schock, der einem schrecklichen, unvorstellbaren Geschehen folgt. »Es ist wie ein Alptraum! Taramis, die von allen Khauraniern geliebt wird, verrät ihr Volk an diesen Teufel von Koth! O Ischtar, weshalb bin ich nicht gefallen? Es wäre besser, tot zu sein, denn unsere Königin als Verräterin und Dirne zu sehen!«

»Halte dich ruhig, Valerius«, bat das Mädchen, das mit zitternden Fingern die Wunden des jungen Mannes wusch und verband. »O bitte, bleib still liegen, Liebster, sonst fangen deine Verletzungen wieder stärker zu bluten an. Ich wage es nicht, einen Heiler zu holen . . .«

»Nein«, murmelte der Verwundete. »Constantius' schwarzbärtige Teufel suchen alle Häuser nach verwundeten Khauraniern ab und hängen jeden, dessen Verletzungen vermuten lassen, daß er gegen sie gekämpft hat. O Taramis, wie konntest du dein Volk verraten, das dich anbetet?« In seiner Seelenqual wand und krümmte er sich und schluchzte vor Wut und Scham. Das erschrockene Mädchen legte die Arme um ihn und drückte seinen Kopf an ihre Brust. Wieder flehte sie ihn an stillzuhalten.

»Lieber tot als diese schreckliche Schande zu ertragen, die heute über Khauran kam«, stöhnte er. »Hast du es miterlebt, Ivga?«

»Nein, Valerius.« Ihre Finger beschäftigten sich wieder damit, seine klaffenden Wunden zu versorgen. »Ich erwachte durch den Kampflärm auf den Straßen, und als ich durch ein Fenster hinausschaute, sah ich Shemiten friedliche Bürger niedermetzeln, und dann hörte ich auch schon, wie du an der Hintertür leise nach mir riefst.«

»Ich hatte alle meine Kräfte verbraucht«, murmelte er. »Ich stürzte in der Gasse und konnte mich nicht mehr erheben. Ich wußte, daß sie mich jeden Augenblick finden mußten, wenn ich dort liegenblieb — ich hatte drei der schwarzbärtigen Hunde getötet, bei Ischtar. Sie jedenfalls werden nie mehr durch Khaurans Straßen stolzieren! Jetzt schmoren sie in den tiefsten Höllen!«

Das zitternde Mädchen redete sanft wie zu einem kleinen Kind auf ihn ein und schloß seinen keuchenden Mund mit ihren weichen, süßen Lippen. Aber das in ihm tobende Feuer ließ ihm keine Ruhe.

»Ich war nicht auf der Mauer, als die Shemiten eingelassen wurden«, murmelte er. »Ich schlief in der Kaserne wie die meisten, die dienstfrei hatten. Kurz vor dem Morgengrauen kam unser Hauptmann herein. Sein Gesicht war bleich unter dem Helm. ›Die Shemiten sind in der Stadt‹, sagte er. ›Die Königin war höchstpersönlich am Südtor und befahl, die ganze Söldnerarmee einzulassen. Sie ließ die Soldaten von der Stadtmauer herabkommen, wo sie Wache hielten, seit Constantius sich im Königreich aufhält. Ich verstehe es einfach nicht, und auch sonst niemand. Aber ich hörte mit eigenen Ohren, wie sie den Befehl gab, und natürlich gehorchten wir wie immer. Dann hieß sie uns, uns alle auf dem Platz vor dem Palast zu sammeln. Wir mußten außerhalb der Kaserne in Reih und Glied antreten und — unbewaffnet und ohne Rüstung, wohlgemerkt — dorthin marschieren. Wir hatten keine Ahnung, was das alles sollte, aber die Königin hatte es höchstpersönlich angeordnet.‹

Als wir auf dem Platz ankamen, hatten sich die Shemiten zu Fuß gegenüber dem Palast aufgestellt. Zehntausend dieser schwarzbärtigen Teufel waren es zumindest, und bis an die Zähne bewaffnet. Ringsum auf dem Platz streckten die Leute neugierig die Köpfe aus Fenstern und Türen, und auf den Straßen zum Palast drängten sie sich dicht an dicht. Taramis stand oben auf dem Treppenaufgang zum Palast, nur in Constantius' Begleitung, der seinen Schnurrbart strich wie eine Katze, die gerade den Kanarienvogel verschlungen hat. Ein paar Stufen unter ihnen hatten sich etwa fünfzig Shemiten mit Bogen in den Händen aufgereiht.

Dort hätte eigentlich die Leibgarde stehen sollen, doch sie hatte sich am Fuß der Treppe sammeln müssen, und jeder einzelne davon war nicht weniger verwirrt als wir. Allerdings waren sie, entgegen dem Befehl der Königin, vollbewaffnet gekommen.

Dann sprach Taramis zu uns und sagte, sie habe sich Constantius' Antrag noch einmal überlegt — dabei hatte sie ihn gestern bei Hof erst vor allen empört abgewiesen — und sei zu dem Entschluß gekommen, ihn zum Prinzgemahl zu nehmen. Sie gab keine Erklärung, weshalb sie die Shemiten in die Stadt geholt hatte, aber sie sagte, da Constantius eine eigene Armee kampferprobter Soldaten habe, brauche sie die khauranischen Streitkräfte nicht länger und löse sie hiermit auf. Wir seien alle entlassen, sagte sie. Sie wies uns an, ruhig nach Hause zurückzukehren.

Gehorsam gegenüber unserer Königin ist unser oberstes Gebot, aber wir waren wie erschlagen und fanden keine Worte. Also lösten wir völlig benommen unsere Reihen.

Doch als die Leibgarde den Befehl erhielt, die Waffen abzulegen und sich als aufgelöst zu betrachten, protestierte Conan, der Hauptmann der Garde. Man sagte, er sei die Nacht zuvor dienstfrei gewesen und habe sich vollaufen lassen, aber zu dem Augenblick jedenfalls war er so wach und nüchtern, wie ein Mann nur sein kann. Er brüllte seinen Männern zu, sich nicht von der Stelle zu rühren, ehe er nicht einen entsprechenden Befehl gab — und so groß war ihr Respekt vor ihm, daß sie trotz des anderslautenden Befehls der Königin ihm gehorchten. Er stieg die Palasttreppe hoch und stellte sich mit funkelnden Augen vor Taramis — dann schrie er so laut, daß es über den ganzen Platz schallte: ›Das ist nicht die Königin! Es ist nicht Taramis, sondern eine Teufelin, die ihre Gestalt angenommen hat!‹

Und dann brach die Hölle los. Was genau geschehen ist, weiß ich nicht. Ich glaube, ein Shemit hieb auf den Hauptmann ein, und Conan tötete ihn. Im nächsten Moment wurde der Platz zum blutigen Schlachtfeld. Die Shemiten fielen über die Leibgarde her. Ihre Lanzen und Pfeile machten viele der Männer nieder, die bereits die Reihen aufgelöst hatten.

Einige von uns sahen zu, daß wir zu Waffen kamen, und wir fielen damit über die Shemiten her. Im Grund genommen wußten wir gar nicht wirklich, wofür wir kämpften, aber jedenfalls gegen Constantius und seine schwarzbärtigen Teufel — ganz sicher jedoch nicht gegen Taramis, das schwöre ich! Constantius brüllte, seine Leute sollten die Verräter niedermachen. Wir waren keine Verräter!« Verzweiflung und Verwirrung sprachen aus Valerius' stockender Stimme. Das Mädchen versuchte, ihn zu trösten. Sie verstand das alles nicht, aber ihr Herz schlug voll Mitleid für ihren Liebsten.

»Die Leute wußten nicht, auf welche Seite sie sich schlagen sollten. Es herrschte absolutes Chaos. Wir, die wir kämpften, hatten keine Chance, ohne Führung, ohne Rüstung und schlecht oder gar nicht bewaffnet. Die Leibgarde, die von uns als einzige vollbewaffnet war, hatte sich zu einem Karree gesammelt, aber es waren ihrer nur fünfhundert, und am Ausgang des Kampfes konnte es keine Zweifel geben, doch sie nahmen unzählige mit sich, ehe sie fielen. Und während ihre Soldaten vor ihren Augen abgeschlachtet wurden, stand Taramis auf der Treppe, mit Constantius' Arm um ihre Schultern, und lachte herzlos. Ihr Götter, es ist Wahnsinn! Wahnsinn!

Nie sah ich einen Mann kämpfen wie Conan. Er stellte sich mit dem Rücken an eine Wand, und ehe sie ihn überwältigten, häuften die Toten sich um ihn. Doch schließlich erlag er der Übermacht. Als ich ihn fallen sah, schleppte ich mich davon. Mir war, als wäre die Welt untergegangen. Ich hörte Constantius noch brüllen, den Hauptmann lebend zu nehmen — dabei strich er sich mit diesem gräßlichen Lächeln seinen Schnurrbart!«

Das gleiche Lächeln spielte auch in diesem Augenblick um Constantius' Lippen. Er saß inmitten einer Schar seiner Männer — stämmiger Shemiten mit schwarzen Krausbärten und Hakennasen — auf seinem Pferd. Die tiefstehende

Sonne ließ ihre Spitzhelme und die silbrigen Schuppen ihrer Harnische aufleuchten. Gut eine Meile hinter ihnen hoben sich die Mauern und Türme von Khauran aus dem Grasland.

An der Karawanenstraße war ein schweres Kreuz errichtet worden, und daran hing ein Mann, dem man eiserne Nägel durch Hände und Füße geschlagen hatte. Er war von riesenhafter, mächtiger Statur, und die Muskeln seines (von einem Lendentuch abgesehen) nackten Körpers zeichneten sich wie Taue unter seiner Haut ab, die von der Sonne tiefgebräunt war. Die schier unerträglichen Schmerzen trieben ihm den Schweiß aus Gesicht und Brust, doch die blauen Augen unter der wirren, tief in die Stirn hängenden schwarzen Mähne loderten in unlöschbarem Feuer. Blut sickerte aus den Wunden in Händen und Füßen.

Constantius salutierte ihm spöttisch.

»Ich bedauere es, Hauptmann«, sagte er, »daß ich nicht bleiben kann, um Euch durch meinen Anblick die letzten Stunden zu erleichtern, aber die Pflicht ruft — ich darf unsere bezaubernde Königin nicht warten lassen!« Er lachte. »Also muß ich Euch Euch selbst überlassen — und jenen hilfreichen Geschöpfen!« Er deutete auf die schwarzen Schatten, die abwartend hoch über ihnen kreisten.

»Ohne sie dürfte es für einen so kräftigen Burschen, wie Ihr es seid, leicht möglich sein, es ein paar Tage auf dem Kreuz auszuhalten. Aber hegt keine falschen Hoffnungen, weil ich Euch unbewacht lasse. Ich habe öffentlich bekanntgegeben, daß jedwedem, der versucht, Euch lebend oder tot vom Kreuz zu bergen, bei vollem Bewußtsein öffentlich auf dem Stadtplatz die Haut vom Leib gezogen wird, und nicht nur ihm, sondern allen Angehörigen seiner Familie. Ich habe Khauran bereits so fest an der Hand, daß keiner es wagt, sich meinem Befehl zu widersetzen. Ich lasse keine Wachen, weil die Geier sich nicht herunterwagen, solange sich jemand in der Nähe befindet, und ich möchte sie ja schließlich nicht unnötig von ihrem Fraß abhalten. Deshalb ließ ich das Kreuz auch so weit außerhalb der Stadt errichten, näher kommen die Wüstengeier ihr nicht.

Also, mein tapferer Hauptmann, lebt wohl! Ich werde an Euch denken, nachher, wenn Taramis in meinen Armen liegt.«

Das Blut rann frisch aus den durchbohrten Händen, als der Gekreuzigte sie zu Fäusten ballte, dabei quollen die Muskeln an den mächtigen Armen noch stärker hervor. Conan bog den Kopf vor, so weit es ging, und spuckte Constantius voll ins Gesicht. Der Woiwode lachte ungerührt, wischte sich den Speichel ab und wendete sein Pferd.

»Denkt an mich, wenn die Geier an Eurem Fleisch hakken«, rief er höhnisch über die Schulter. »Die Aasfresser der Wüste sind eine besonders gierige Brut. Ich sah Männer eine lange Zeit augen-, ohren- und skalplos am Kreuz hängen, ehe die scharfen Schnäbel sich in ihre Eingeweide bohrten.«

Ohne einen weiteren Blick zurück ritt er zur Stadt. Er bot ein beeindruckendes Bild, hochaufgerichtet auf dem Pferd in seiner brünierten Rüstung, mit seinen bärtigen Henkersknechten neben ihm. Staubwolken verrieten dem Mann am Kreuz, wo sie sich befanden.

Er war das einzige vernunftbegabte Geschöpf in einer Landschaft, die am späten Abend besonders trostlos und öde wirkte. Obwohl Khauran sich weniger als eine Meile entfernt befand, hätte die Stadt auf der anderen Seite der Welt oder in einem anderen Zeitalter stehen können.

Conan schüttelte den Schweiß aus den Augen und blickte sich in dem ihm vertrauten Terrain um. Zu beiden Seiten der Stadt und jenseits davon erstreckte sich das fruchtbare Grasland, wo Rinder weideten. Dazwischen befanden sich Äcker und Weingärten. Am westlichen und nördlichen Horizont hoben sich als winzige Tupfen mehrere Dörfer ab.

Etwas näher, im Südosten, glitzerte das Silberband eines Flusses, und dahinter begann abrupt die Sandwüste, die sich bis weit über den Horizont ausdehnte. Conan starrte wie ein gefangener Falke auf diese unendliche Weite, die im letzten Sonnenlicht bräunlich schimmerte. Wut schüttelte ihn, als er auf die glitzernden Türme Khaurans blickte. Die Stadt hatte ihn verraten — hatte ihn zu den Handlungen gezwungen, die ihn an dieses Kreuz brachten.

Ein allesbeherrschender Rachedurst vertrieb diese Gedanken. Wilde Flüche zischten aus den Lippen des Gekreuzigten. Alles in ihm, jede Faser seines Seins, konzentrierte sich auf die vier Nägel, die ihn gefangenhielten und sein Leben kosten sollten. Seine gewaltigen Muskeln spannten sich wie Eisenstränge. Während ihm der Schweiß aus der jetzt fahlgrau wirkenden Haut trat, versuchte er, mit den Armen als Hebel, die Nägel aus dem Holz zu ziehen. Aber es war vergeblich, sinnlos. Viel zu tief hatte man sie eingeschlagen. Dann strengte er sich an, die Hände loszureißen. Nicht der grauenvolle Schmerz ließ ihn schließlich aufgeben, sondern die Nutzlosigkeit. Die Nagelköpfe waren breit und schwer, er bekam sie nicht durch die Wunden. Zum erstenmal in seinem Leben erfüllte den riesenhaften Mann die Qual absoluter Hilflosigkeit. Er rührte sich nicht mehr, nachdem er den Kopf gesenkt und die Augen geschlossen hatte, um sie vor den immer noch brennenden letzten Strahlen der Abendsonne zu schützen.

Flügelschlag ließ ihn hochblicken, als ein gefiederter Schatten aus dem Himmel herabschoß. Ein scharfer Schnabel, der nach seinen Augen hackte, stieß schmerzhaft in seine Wange. Er riß den Kopf zur Seite und schloß unwillkürlich wieder die Augen. Doch sein krächzender, verzweifelter Schrei erschreckte die Geier. Sie ließen von ihm ab und kreisten erneut wachsam über seinem Kopf. Blut tropfte von der Wangenwunde über Conans Lippen. Er fuhr mit der

Zunge darüber, doch dann spuckte er das leicht salzige Naß aus.

Der Durst begann ihn daraufhin noch stärker zu quälen als zuvor. Er hatte in der vergangenen Nacht ziemlich viel Wein getrunken und war dann nicht einmal mehr zu einem Becher Wasser gekommen, ehe sie sich im Morgengrauen auf dem Palastplatz hatten sammeln müssen. Dann folgte die blutige Schlacht, die ihn viel salzigen Schweiß gekostet und ihm seinen Durst erst richtig zu Bewußtsein gebracht hatte. Er starrte auf den fernen Fluß und dachte, wie herrlich es wäre, hineintauchen zu können. Gegen seinen Willen erinnerte er sich an riesige Krüge, aus denen kühles Bier schäumte, und an Becher voll spritzigen Weines, den er, ohne ihn recht zu würdigen, in sich hineingegossen oder unachtsam auf den Tavernenboden geschüttet hatte. Er mußte sich auf die Lippen beißen, um seine unerträglichen Qualen nicht wie ein Tier hinauszubrüllen.

Die Sonne versank wie eine leuchtende Kugel in einem feurigen Meer aus Blut. Gegen diesen Hintergrund aus roter Glut am Horizont wirkten die Türme der Stadt unwirklich wie in einem Traum. Vor seinem verschleierten Blick schien sogar der Himmel blutig getönt zu sein. Er fuhr sich über die ausgedörrten Lippen und starrte wieder mit blutunterlaufenen Augen auf den fernen Fluß, der ihm nun ebenfalls wie ein Strom aus Blut vorkam. Und die Schatten, die aus dem Osten kamen, waren schwarz wie Ebenholz.

Durch seine Benommenheit hindurch hörte er erneuten Flügelschlag. Er hob den Kopf und beobachtete mit den glühenden Augen eines Wolfes die über ihm kreisenden Schatten. Er wußte, daß selbst seine lautesten Schreie die Geier nun nicht mehr verjagen würden. Einer tauchte herab, immer tiefer. Conan zog seinen Kopf so weit wie möglich zurück und wartete mit grimmiger Geduld. Der Vogel schwang mit gewaltigem Flügelrauschen herbei. Sein Schnabel hieb herab und riß die Haut an Conans Kinn auf, als der Cimmerier seinen Kopf zur Seite warf. Dann, noch ehe der Geier wieder davonflog, schnellte Conan den Kopf auf ihn zu und grub seine Zähne wie die eines Wolfes in den nackten Geierhals.

Sofort hieb der Vogel erschrocken mit den Flügeln um sich und krächzte heiser. Die Schwingen peitschten in Conans Gesicht, und die Krallen rissen seine Brust auf, aber seine Zähne schlossen sich nur noch fester, während sich die Kiefermuskeln wie Stränge abhoben. Da brachen die Halswirbel des Aasfressers knirschend zwischen den kräftigen Zähnen des Mannes. Nach kurzem Zucken erschlaffte der Vogel. Conan ließ ihn los und spuckte sein Blut aus. Die anderen Geier flohen erschrocken über das Geschick ihres Artgenossen zu einem entfernten Baum. Aus Conans Sicht sah es aus, als hielten schwarze Dämonen dort eine Beratung ab.

Wilder Triumph brandete durch Conans benommenes Bewußtsein. Das Leben floß wieder stark und heiß durch seine Adern. Er konnte sich immer noch wehren, und er lebte! Alles in ihm, auch die brennenden Schmerzen, waren eine Verneinung des Todes.

»Bei Mitra!« Entweder war das wirklich eine Stimme gewesen, oder er litt unter Halluzinationen. »In meinem ganzen Leben habe ich so etwas noch nie gesehen!«

Conan schüttelte Blut und Schweiß aus den Augen und starrte auf vier Reiter, die im Zwielicht zu ihm hochblickten. Drei waren hagere Männer mit Habichtgesichtern und weißen Burnussen, zweifellos Zuagirnomaden von jenseits des Flusses. Der vierte trug einen weißen Khalat mit breitem Gürtel und eine bis zu den Schultern fallende Kopfbedekkung, die mit einem geflochtenen Kamelhaarband um die Schläfen gehalten wurde. Aber er war kein Shemit. Es war noch nicht so dunkel und Conans Blick nicht so getrübt, daß er nicht die charakteristischen Merkmale des Mannes hätte erkennen können.

Der Mann war so groß wie Conan, doch bei weitem nicht so kräftig. Seine Schultern waren breit, und seine geschmeidige Gestalt wirkte hart wie Stahl und Walbein. Der kurze schwarze Bart verbarg das kampflustig vorgeschobene Kinn nicht. Kalte graue Augen, so durchdringend wie ein Schwert, funkelten aus den Schatten des Kaffias. Mit fester Hand beruhigte er sein tänzelndes Pferd und sagte: »Bei Mitra, ich kenne diesen Burschen!«

»Ja!« Das war der kehlige Akzent eines Zuagirs. »Es ist der Cimmerier, Hauptmann der königlichen Leibgarde.«

»Offenbar verstößt sie alle ihre bisherigen Getreuen«, murmelte der Reiter. »Wer hätte das von Taramis gedacht? Ein langer blutiger Krieg wäre mir lieber gewesen. Es hätte uns Nomaden Gelegenheit zum Plündern gegeben. Doch jetzt sind wir schon so nahe an die Stadtmauern gekommen und fanden nichts weiter als diesen Gaul« —, er blickte auf den hochbeinigen Wallach, den einer der Zuagir am Zügel führte —, »und diesen sterbenden Hund.«

Conan hob seinen blutigen Kopf.

»Wenn ich von diesem verdammten Kreuz herunter könnte, würde ich aus dir einen sterbenden Hund machen, du zaporoskanischer Dieb!«

»Mitra, der Bursche kennt mich!« rief der andere. »Woher kennst du mich, Kerl?«

»Es gibt nur einen deiner Brut in der Gegend«, brummte Conan. »Du bist Olgerd Vladislav, der Bandenführer.«

»Richtig, und einst ein guter Kozak am Zaporoska, wie du es erraten hast. Möchtest du gern am Leben bleiben?«

»Nur ein Narr würde eine solche Frage stellen!« krächzte der Cimmerier.

»Ich bin ein harter Mann«, sagte Olgerd, »und Härte ist das einzige, was ich an einem Mann respektiere. Ich werde mich vergewissern, ob du ein Mann bist oder doch nur ein Hund, um den es nicht schade ist, wenn er hier verreckt!«

»Wenn wir ihn vom Kreuz holen, wird man uns vielleicht von der Mauer aus sehen«, gab einer der Nomaden zu bedenken.

Olgerd schüttelte den Kopf.

»Dazu ist es schon zu dunkel. Da, nimm diese Axt, Djebal, und hau das Kreuz dicht am Boden um.«

»Wenn es nach vorn fällt, wird es ihn erschlagen«, protestierte Djebal. »Ich kann es natürlich so fällen, daß es nach hinten kippt, doch dann bricht er sich möglicherweise den Schädel, und es reißt ihm die Därme aus dem Leib.«

»Wenn er es wert ist, mit mir zu reiten, wird er es überleben«, knurrte Olgerd ungerührt. »Wenn nicht, ist es nicht schade um ihn. Also, mach schon!«

Die Erschütterung durch die ersten Axtschläge stießen wie weißglühende Lanzenspitzen in Conans geschwollene Hände und Füße. Hieb um Hieb drang in das Holz. Conans Schädel drohte zu bersten, und jeder einzelne Nerv vibrierte vor Schmerzen. Aber er biß die Zähne zusammen, und kein Laut drang über seine Lippen. Endlich gab das Holz nach, das Kreuz kippte nach hinten. Conan spannte alle Muskeln an, preßte den Kopf gegen das Holz. Das Kreuz schlug mit aller Gewalt auf und federte leicht zurück. Der Aufprall riß schmerzhaft an des Cimmeriers Wunden und raubte ihm fast die Besinnung. Heftig kämpfte er gegen die Schwärze an, die ihn einhüllen wollte. Trotz der Übelkeit, die in ihm hochstieg, wurde ihm bewußt, daß seine eisenharten Muskeln seine lebenswichtigen Organe geschützt hatten.

Und kein Laut war über seine Lippen gekommen, obgleich Blut aus seiner Nase tropfte und sein Schädel zu zerplatzen schien. Anerkennend brummend beugte Djebal sich mit einer Zange über ihn, die normalerweise zum Herausziehen von Hufnägeln benutzt wurde, und setzte sie am Nagelkopf in Conans rechter Hand an, nicht ohne auch die Haut zu erfassen, da der Kopf tief eingebettet war. Die Zange war ein wenig klein für den riesigen Nagel. Djebal schwitzte und fluchte heftig, als er den Nagel von Seite zu Seite zerrte, um ihn zu lockern. Die Hand begann erneut heftig zu bluten. Aber der Cimmerier verhielt sich so ruhig, als wäre er tot, nur seine Brust hob und senkte sich. Endlich gab der Nagel nach. Zufrieden brummend zog Djebal ihn heraus und warf ihn von sich, ehe er sich über die andere Hand beugte.

Die gleiche schmerzhafte Prozedur folgte, dann wandte der Zuagir sich Conans Füßen zu. Aber der Cimmerier, der sich aufgesetzt hatte, riß ihm die Zange aus den Fingern und stieß ihn ungeduldig zur Seite. Conans Hände waren durch die Schwellung fast doppelt so groß wie normalerweise. Seine Finger fühlten sich wie mißgeformte Daumen an, und seine Hände um die Zange zu schließen, war eine kaum erträgliche Tortur. Blut quoll aus seinen zusammengebissenen Zähnen. Aber irgendwie gelang es ihm, erst den einen, dann den anderen Nagel herauszuziehen. Sie waren nicht so tief ins Holz geschlagen worden wie die der Hände.

Dann erhob er sich und stand steif auf seinen geschwollenen, blutenden Füßen, schwankte wie betrunken, während ihm eisiger Schweiß über Gesicht und Körper sickerte. Krämpfe begannen ihn zu schütteln, und er mußte die Kiefer zusammenpressen, um sich nicht zu übergeben.

Olgerd, der ihn gleichmütig beobachtete, deutete auf den gestohlenen Wallach. Conan stolperte darauf zu. Jeder Schritt war stechende, pochende Hölle, und blutiger Schaum trat aus seinen Lippen. Eine unförmige Hand tastete sich unbeholfen nach dem Sattelknauf, und irgendwie fand ein blutiger Fuß den Steigbügel. Wieder biß er die Zähne zusammen und schwang sich hoch, dabei verließen ihn fast die Sinne, aber er landete im Sattel. Kaum saß er, versetzte Olgerd dem Pferd einen scharfen Peitschenhieb. Der erschrockene Wallach bäumte sich auf. Der Mann im Sattel rutschte. Aber Conan hatte sich die Zügel um beide Hände gewickelt und hielt sie mit blutigen Daumen. Benommen strengte er all seine Kraft an und zwang das wiehernde Tier nieder.

Einer der Zuagir hob fragend einen Wasserbeutel.

Olgerd schüttelte den Kopf.

»Er soll warten, bis wir im Lager sind. Es sind nur zehn Meilen. Wenn er überhaupt für ein Leben in der Wüste geeignet ist, wird er noch so lange ohne einen Schluck auskommen.«

Der kleine Trupp ritt schnell wie der Wind zum Fluß. Conan schwankte wie ein Betrunkener im Sattel. Seine blutunterlaufenen Augen wirkten glasig. Der blutige Schaum trocknete auf seinen ausgedörrten Lippen.

3

EIN BRIEF NACH NEMEDIEN

Astreas der Weise, der in seiner unermüdlichen Suche nach Wissen durch den Osten reiste, schrieb seinem Freund, dem Philosophen Alcemides, in seinem heimatlichen Nemedien einen Brief, der das gesamte Wissen der westlichen Nationen über die Ereignisse jener Zeit im Osten darstellte, den die Menschen des Westens seit alter Zeit für geheimnisvoll und undurchschaubar gehalten hatten.

Astreas schrieb unter anderem:

Mein teurer, alter Freund, Du kannst dir nicht vorstellen, welche Zustände in diesem winzigen Königreich herrschen, seit Königin Taramis Constantius und seinen Söldnern die Tore öffnete. Darüber berichtete ich Dir ja bereits in meinem letzten, wenn auch etwas überstürzten Brief. Seither sind sieben Monate vergangen, und es hat den Anschein, als triebe der Teufel selbst sein Unwesen in diesem bedauernswerten, einst so friedlichen Königreich. Taramis scheint der Wahnsinn gepackt zu haben. So sehr sie früher für ihre Tugend, ihre Gerechtigkeit und Beherrschtheit gelobt war, ist sie jetzt für das genaue Gegenteil all dessen berüchtigt. Ihr Privatleben ist ein einziger Skandal. Das heißt, »privat« ist gewiß nicht der richtige Ausdruck, denn sie bemüht sich nicht im geringsten, die Ausschweifungen am Hof zu vertuschen. Bei den jetzt fast alltäglichen Orgien müssen die bedauernswerten Hofdamen teilnehmen, und zwar sowohl die verheirateten als auch die noch jungfräulichen.

Es stört sie überhaupt nicht, unverheiratet mit ihrem Liebhaber Constantius zusammenzuleben, der neben ihr auf dem Thron sitzt und als ihr Prinzgemahl regiert. Seine Offiziere folgen erfreut seinem Beispiel und zögern nicht, jeder Frau, nach der es sie verlangt, Gewalt anzutun, egal welchen Standes. Das bemitleidenswerte Königreich bricht unter der unerträglichen Steuerlast zusammen. Die Bauern werden bis aufs Hemd ausgenommen, und die Kaufleute laufen in Fetzen herum, weil das alles ist, was ihnen noch bleibt, wenn die Steuereinzieher mit ihnen fertig sind. Dabei dürfen sie froh sein, wenn sie mit heiler Haut davonkommen.

Ich fürchte, es fällt Dir nicht leicht, mir das alles zu glauben, mein guter Alcemides. Bestimmt glaubst Du, ich übertreibe, was die Zustände in Khauran betrifft, weil sie in einem westlichen Land einfach unvorstellbar wären, wie ich zugeben muß. Aber Du darfst nicht vergessen, wie groß der Unterschied zwischen Ost und West ist, was sich vor allem in diesem Teil des Ostens bemerkbar macht. Erstens ist Khauran nur ein kleines Reich, das einst Teil Ostkoths war, aber schon früh seine Unabhängigkeit gewann. Hier ist die

Welt in winzige Länder aufgeteilt, die in ihrer Größe, verglichen mit den gewaltigen Königreichen des Westens oder den riesigen Sultanaten des Fernen Ostens, kaum erwähnenswert sind. Doch sind sie wichtig, da sie die Karawanenrouten beherrschen und über beachtlichen Reichtum verfügen.

Khauran ist das südöstlichste dieser kleinen Länder. Es grenzt an die Ostwüste Shems an. Die Stadt Khauran ist die einzige größere Stadt im ganzen Gebiet. Sie steht in Sichtweite des Flusses, der das Grasland von der Sandwüste trennt und wie ein Wachtturm das Ackerland dahinter beschützt. Der Boden ist so fruchtbar, daß er jährlich drei bis vier Ernten hervorbringt, und auf der Ebene nördlich und westlich der Stadt finden sich unzählige Dörfer. Jemand, der die riesigen Weidegebiete und das Ackerland des Westens kennt, dem kommen die winzigen Felder und Weingärten seltsam vor, doch ihr Reichtum an Getreide und Früchten ist ein unerschöpfliches Füllhorn. Die Dorfbewohner sind ausschließlich Bauern. Sie stammen von einer gemischten Eingeborenenrasse ab, sind völlig unkriegerisch und unfähig, sich selbst zu beschützen, außerdem ist es ihnen verboten, Waffen zu tragen. Da sie völlig auf den Schutz der Soldaten angewiesen sind, befinden sie sich unter den gegenwärtigen Zuständen in einer sehr schlimmen Lage. Ein Aufstand der Bauern, wie er in jeglichem westlichen Land in einem solchen Fall unausbleiblich wäre, ist demnach hier völlig unmöglich.

Sie rackern sich jetzt unter der eisernen Knute Constantius' ab, und seine schwarzbärtigen Shemiten reiten ständig mit Peitschen durch die Felder und behandeln die Bauern wie manche Plantagenbesitzer im südlichen Zingara ihre Sklaven.

Aber auch den Menschen in der Stadt geht es nicht viel besser. Von ihrem Wohlstand ist nichts geblieben, und ihre schönsten Töchter dienen Constantius und seinen Söldnern zur Befriedigung ihrer Lüste. Diese Männer kennen weder Barmherzigkeit noch Mitleid. Sie haben all die Eigenschaften, die wir in unseren Kriegen gegen die shemitischen Verbündeten von Argos zu verabscheuen lernten — unmenschliche Grausamkeit und bestialische Wildheit. Die Menschen der Stadt sind Khaurans herrschende Klasse, hauptsächlich Hyborier, von Grund auf ritterlich und mutig. Aber der Verrat ihrer Königin lieferte sie den Unterdrückern aus. Die Shemiten sind die einzige Streitmacht in Khauran, und jeglicher Khauranier, den man des Waffenbesitzes überführt, hat mit teuflischsten Bestrafungen zu rechnen. Systematisch wird darangegangen, alle jungen waffenfähigen Khauranier zu vernichten. Viele wurden bereits skrupellos niedergemetzelt und andere als Sklaven an die Turanier verkauft. Tausende sind aus dem Königreich geflohen und haben versucht, sich bei anderen Herrschern zu verdingen, oder sie wurden zu Gesetzlosen, die sich jetzt in zahllosen Banden an der Grenze durchzuschlagen versuchen.

Gegenwärtig besteht die Möglichkeit einer Invasion aus der Wüste, wo die Stämme shemitischer Nomaden zu Hause sind. Die Söldner Constantius' sind hauptsächlich Männer aus den shemitischen Städten im Westen, wie Pelishtim, Anakim und Akkharim. Sie werden von den Zuagir und anderen Nomadenstämmen mit glühendem Haß verfolgt. Wie Du, mein guter Alcemides, weißt, sind die Länder dieser Barbaren in die westlichen Weidegebiete, die sich bis zum fernen Ozean erstrecken und in denen sich so manche Stadt mit zahlreichen Bürgern erhebt, und in die östliche Wüste aufgeteilt, wo die hageren Nomaden ihre Wiege haben. Und es gibt ständig Krieg zwischen den Bewohnern der Städte und den Wüstenstämmen.

Seit Jahrhunderten kämpften die Zuagir gegen Khauran und versuchten immer wieder erfolglos, es zu plündern.

Aber jetzt paßt es ihnen gar nicht, daß ihre westlichen Rassenbrüder es eroberten. Das Gerücht geht um, daß ihre Feindschaft von einem Mann angestachelt wird, einem ehemaligen Hauptmann der Leibgarde der Königin. Es gelang ihm irgendwie, dem Haß Constantius' zu entkommen, der ihn tatsächlich schon auf das Kreuz genagelt hatte, und zu den Nomaden zu fliehen. Er heißt Conan und ist selbst ein Barbar, einer dieser düsteren Cimmerier, deren ungebändigte Wildheit unsere Soldaten mehr als einmal zu spüren bekamen. Es heißt, daß er zur rechten Hand Olgerd Vladislavs aufgestiegen ist. Vladislav ist der Kozak-Abenteurer, der aus der Steppe des Nordens kam und sich zum Führer einer Bande Zuagir machte.

Diese Bande soll in den letzten Monaten an Zahl ungeheuerlich gewachsen sein, und Olgerd, zweifellos von diesem Cimmerier aufgewiegelt, zieht sogar einen Überfall Khaurans in Betracht. Aber viel kann daraus nicht werden, denn die Zuagir haben weder Belagerungsmaschinen noch Erfahrung in der Einnahme einer Stadt. Es hat sich in der Vergangenheit oft erwiesen, daß die Nomaden mit ihrem Mangel an Schlachtdisziplin und Organisation keine ernstzunehmenden Gegner für die disziplinierten, gutbewaffneten Krieger der shemitischen Städte sind. Die Bürger Khaurans würden eine Eroberung durch die Nomaden vermutlich begrüßen, denn schlimmer als ihre gegenwärtigen Unterdrükker können diese sie gar nicht behandeln, ja selbst eine völlige Ausrottung wäre dem Leiden vorzuziehen, das sie augenblicklich erdulden müssen. Aber sie sind so eingeschüchtert und hilflos, daß sie die Invasoren nicht unterstützen könnten.

Ihre Lage ist wirklich erbarmungswürdig. Taramis, die ganz offenbar von einem Dämon besessen ist, schreckt vor nichts zurück. Sie hat die Verehrung Ischtars verboten und ihren Tempel geschändet. Das Elfenbeinstandbild der Göt-

tin, die diese Osthyborier verehren (deren Religion zwar der wahren Mitras unterlegen, aber doch noch besser ist als die Teufelsanbetung der Shemiten), hat sie zerstören und den ehemaligen Ischtartempel mit obszönen Idolen aller Art vollstellen lassen — hauptsächlich mit Abbildern von Göttern und Göttinnen der Finsternis in allen möglichen lüsternen und abartigen Stellungen und den abstoßenden Wesenszügen, wie nur ein degeneriertes Gehirn sie sich ausmalen kann. Viele dieser Idole sollen die Abbilder gräßlicher Gottheiten der Shemiten, Turanier, Vendyaner und Khitan sein, doch weitere erinnern an halbvergessenes Grauen uralter Legenden. Woher die Königin von ihnen weiß, wage ich nicht einmal zu raten.

Sie hat auch Menschenopfer eingeführt, und seit ihrer unheiligen Verbindung mit Constantius mußten bereits nicht weniger als fünfhundert Männer, Frauen und Kinder ihr Leben auf schreckliche Weise lassen. Manche starben auf dem Altar, den sie im Tempel errichten ließ, und sie selbst stieß ihnen das Opfermesser in die Brust, doch den meisten wurde ein noch viel grauenvolleres Geschick zuteil.

Taramis hält ein schreckliches Ungeheuer in einem unterirdischen Gewölbe des Tempels gefangen. Was es ist und woher es kam, weiß niemand. Aber kurz nachdem sie den verzweifelten Aufstand ihrer Soldaten gegen Constantius niederwarf, verbrachte sie eine Nacht allein in dem geschändeten Tempel, das heißt, allein, wenn man das Dutzend gefesselter Gefangenen nicht rechnet. Die schaudernden Menschen der Stadt sahen dicken, übelriechenden Rauch aus der Kuppel dringen und hörten die ganze Nacht den leiernden Gesang der Königin und die Schmerzensschreie der gemarterten Gefangenen, und als das erste Grau des neuen Tages sich am Himmel zeigte, war noch etwas zu hören — ein schrilles, nichtmenschliches Kreischen, das allen das Blut in den Adern stocken ließ.

Am Morgen taumelte Taramis wie betrunken aus dem Tempel. Ihre Augen leuchteten in dämonischem Triumph. Die Gefangenen wurden nie mehr gesehen, genausowenig wie man je das schrille Kreischen wieder hörte. Aber es gibt einen Raum im Tempel, den nie jemand betritt, außer der Königin, wenn sie ein Menschenopfer vor sich hertreibt. Und auch dieser Bedauernswerte wird nie wiedergesehen. Alle wissen, daß ein Ungeheuer aus der Finsternis alter Zeit in diesem Raum haust und die schreienden Menschen verschlingt, die Taramis ihm zum Fraß vorwirft.

Ich halte sie nicht mehr für eine Sterbliche, sondern für eine grausame Teufelin, die mit roten Klauen aus einer blutgetränkten Folterkammer kommt, wo die Gebeine ihrer zerstückelten Opfer liegen. Daß die Götter ihre Greueltaten ungestraft zulassen, erschüttert fast meinen Glauben an die göttliche Gerechtigkeit.

Wenn ich ihr gegenwärtiges Benehmen mit ihrem Verhalten vor sieben Monaten vergleiche, als ich in Khauran ankam, bin ich wahrhaftig geneigt, den Menschen beizustimmen, die überzeugt sind, daß Taramis von einem Dämon besessen ist. Ein junger Soldat namens Valerius hat eine andere Theorie. Er glaubt, daß eine Hexe die Gestalt der geliebten Herrscherin angenommen hat und sie selbst des Nachts heimlich in irgendein Verlies geschafft wurde. Und jetzt regiert die Hexe an ihrer Statt. Er schwört, daß er die echte Königin finden wird, sofern sie noch am Leben ist. Aber ich fürchte, daß er inzwischen selbst der Grausamkeit Constantius' zum Opfer gefallen ist. Er war am Aufstand der Leibwache beteiligt, hielt sich daraufhin eine Weile versteckt, weigerte sich jedoch hartnäckig, Sicherheit im Ausland zu suchen. Während dieser Zeit lernte ich ihn kennen und erfuhr seine Ansichten.

Aber er ist verschwunden wie so viele andere, deren Los sich niemand vorzustellen wagt, und ich zweifle schon kaum mehr daran, daß auch ihn die Schergen Constantius' abgeführt haben.

Doch nun mache ich für diesmal Schluß und überantworte meine Zeilen einer schnellen Brieftaube, die sie zur Grenze von Koth bringen wird, wo ich sie erstand. Mit Pferden und Kamelen wird mein Brief schließlich in hoffentlich nicht allzu ferner Zeit bei Dir ankommen. Ich muß mich beeilen, damit ich sie noch vor dem Morgengrauen abschicken kann. Es ist schon sehr spät (oder vielmehr früh), doch noch funkeln die Sterne über den Dachgärten Khaurans. Ein schauderndes Schweigen scheint die Stadt einzuhüllen, in dem nur das eintönige Pochen einer gedämpften Trommel aus dem Tempel zu hören ist. Zweifellos geht Taramis dort wieder einer Teufelei nach.

Aber der Gelehrte täuschte sich, was den gegenwärtigen Aufenthaltsort der Frau anbelangte, die er für Taramis hielt. Das Mädchen, das die Welt als Königin von Khauran kannte, stand in einem Verlies, das nur von einer flackernden Fackel erhellt wurde, deren Schein auf ihrem schönen Gesicht spielte und die diabolische Grausamkeit ihrer Züge erst richtig betonte.

Auf dem Steinboden zu ihren Füßen kauerte eine Gestalt, deren Blöße nur ungenügend von zerlumpten Fetzen bedeckt war.

Salome tupfte verächtlich mit den Spitzen ihrer vergoldeten Sandalen auf die Schulter dieser Gestalt und lächelte boshaft, als ihr Opfer zurückzuckte.

»Du magst wohl meine Berührung nicht, liebliche Schwester?«

Taramis war immer noch von sanfter Schönheit, trotz ihrer Lumpen und den Härten der siebenmonatigen Gefangenschaft. Sie schwieg zu dem Hohn ihrer Schwester und senkte nur den Kopf.

Diese Resignation gefiel Salome jedoch auch nicht. Sie biß sich auf die roten Lippen und klopfte mit den Zehenspitzen auf den Boden, während sie stirnrunzelnd auf Taramis hinunterschaute. Salome war im barbarischen Prunk einer Shuschanerin gekleidet. Edelsteine glitzerten im Fakkelschein auf ihren vergoldeten Sandalen und den goldenen Busenschalen, die von feinen Goldkettchen gehalten wurden. Goldene Kettchen hingen auch von ihren Fußknöcheln, und schwere, mit Juwelen besteckte Armreife zierten ihre Handgelenke. Ihre hochgesteckte Frisur war die einer Shemitin, und Jadeanhänger baumelten von goldenen Ohrringen, die bei jeder Bewegung ihres Kopfes funkelten. Ein juwelenbesetzter Gürtel hielt einen so dünnen seidenen Schleierrock, daß er eher betonend als verhüllend wirkte.

Von ihren Schultern bis zum Boden wallte ein dunkelroter Umhang, von dem sie ein paar Falten um den Arm und das Bündel darunter geschlungen hatte.

Plötzlich bückte sich Salome, griff mit der freien Hand nach einem Haarbüschel ihrer Schwester und zwang damit deren Kopf zurück, so daß sie ihr ins Gesicht schauen mußte. Ohne mit der Wimper zu zucken, blickte Taramis in die haßglühenden Augen.

»Du bist mit deinen Tränen nicht mehr so freigiebig wie früher, liebliche Schwester«, murmelte die Hexe.

»Du wirst mir keine Tränen mehr entringen«, antwortete Taramis. »Zu oft hast du dich bereits an dem Anblick der schluchzenden, kniend um Erbarmen flehenden Königin von Khauran erfreut. Ich weiß, daß du mich bisher nur am Leben ließest, um dich an meinen Qualen zu ergötzen, und daß du dich auch deshalb bisher nur auf Foltern beschränktest, die weder meinen Tod herbeiführten noch mich auf die Dauer entstellten. Aber ich fürchte dich nicht mehr, seit du mir den letzten Hauch von Hoffnung, Furcht und Scham genommen hast. Töte mich und bring es hinter dich, denn

ich habe meine letzten Tränen zu deiner Ergötzung vergossen, du Teufelin aus der tiefsten Hölle!«

»Du betrügst dich selbst, meine liebe Schwester«, schnurrte Salome. »Bis jetzt habe ich nur deinem schönen Körper Schmerzen zugefügt und deine Selbstachtung zerstört. Doch du vergißt, daß du, ganz im Gegenteil zu mir, auch seelischer Qualen fähig bist. Das fiel mir auf, wenn ich dir Einzelheiten der Komödien berichtete, die ich mit einigen deiner dummen Untertanen aufführte. Doch diesmal bringe ich einen handfesteren Beweis meiner Worte. Wußtest du, daß Krallides, dein getreuer Ratgeber, sich aus Turan zurückwagte und gefangengenommen wurde?«

Taramis erbleichte.

»Wa-as hast du mit ihm gemacht?«

Als Antwort zog Salome das geheimnisvolle Bündel von unter ihrem Umhang hervor. Sie streifte die Seidenhülle davon ab und hielt es hoch — es war der Kopf eines jungen Mannes, dessen Züge im Tod in unerträglichen Qualen erstarrt waren.

Taramis schrie auf, als würde ihr eine Klinge ins Herz gestoßen. »O Ischtar! Krallides!«

»Ja. Er versuchte das Volk gegen mich aufzuwiegeln, der törichte Narr! Er behauptete, Conan habe die Wahrheit gesprochen, als er sagte, ich sei nicht Taramis. Doch wie sollten deine Untertanen sich gegen die Shemiten des Falken erheben? Mit Stöcken und Steinen? Pah! Hunde zerreißen und verschlingen seinen schädellosen Kadaver auf dem Marktplatz, und dieser scheußliche Rest wird in den Abflüssen verrotten.

Nun, Schwester!« Sie hielt an und widmete der weinenden Königin ein häßliches Lächeln. »Du hast also doch noch unvergossene Tränen. Gut! Mit solcherart Folter war ich bisher recht sparsam. Doch von nun an sollst du dich noch öfter an Anblicken wie diesem erfreuen dürfen.«

Mit dem abgeschlagenen Kopf in der Hand sah sie trotz ihrer beeindruckenden Schönheit nicht mehr menschlich aus. Taramis blickte nicht zu ihr hoch. Sie hatte sich mit dem Gesicht auf den schmutzigen Boden geworfen. Schluchzen schüttelte ihren schlanken Körper, und sie schlug mit den kleinen Fäusten hilflos auf den Boden. Salome glitt tänzelnden Schrittes zur Tür. Ihre Fußkettchen klirrten bei jedem Schritt, und ihre Ohrringe blitzten im Fackelschein.

Eine kurze Weile später trat sie aus einer Tür unter einem Torbogen zu einem Hof, der sich zu einer krummen Gasse öffnete. Ein Mann stand dort und wartete auf sie. Er war ein riesenhafter Shemit mit ungewöhnlich breiten Schultern und einem schwarzen Bart, der bis zu seiner mächtigen Brust unter einem silbernen Kettenhemd reichte.

»Weinte sie?« Seine tiefe Stimme klang wie das Brüllen eines Stieres. Er war der General der Söldner, einer von Constantius' wenigen Vertrauten, die das Geheimnis der Königin von Khauran kannten.

»Ja, Khumbanigash. Es gibt noch so manches Verletzbare an ihr, das ich noch nicht ausgenutzt habe. Wenn ihre Sinne durch ständige Qualen abgestumpft sind, brauche ich ihr nur neuen, einschneidenderen Schmerz zuzufügen, und sie wird die Pein in verstärktem Maß spüren ... Da, Hund!« Eine zitternde, schwache Gestalt in Lumpen, schmutzig und mit strähnigem Haar — einer der Bettler, die ihr Nachtquartier in Gassen und Höfen aufschlugen —, kam heran. Salome warf ihm den Kopf zu. »Da, Tauber, wirf das in die Gosse ... Sag es ihm mit den Händen, Khumbanigash. Er kann nicht hören.«

Der General tat wie befohlen. Der abgeschlagene Kopf baumelte an seinen Haarbüscheln, als der Bettler ihn schleppend davontrug.

»Weshalb haltet Ihr diese Komödie aufrecht?« fragte Khumbanigash. »Ihr sitzt nun so fest auf dem Thron, daß nichts Euch mehr stürzen kann. Was ist schon dabei, wenn diese khauranischen Dummköpfe die Wahrheit erfahren? Sie können nichts dagegen tun. Offenbart Eure wirkliche Identität! Zeigt ihnen ihre geliebte ehemalige Königin — und schlagt ihr auf dem Palastplatz in aller Öffentlichkeit den Kopf ab!«

»Noch nicht, mein guter Khumbanigash ...«

Die Bogentür schloß sich hinter Salome und dem Söldnergeneral. Der taube Bettler kauerte im Hof. Niemand sah, wie sehr seine Hände, die den abgetrennten Kopf hielten, zitterten. Es waren sonnengebräunte Hände, die so gar nicht zu der gekrümmten Haltung und den schmutzigen Lumpen passen wollten.

»Ich wußte es!« zischte er kaum hörbar. »Sie lebt! O Krallides, dein Martyrium war nicht umsonst! Sie haben sie in einem der Verliese eingesperrt! O Ischtar, wenn du wirkliche Männer liebst, dann hilf mir jetzt!«

4

WÖLFE DER WÜSTE

Olgerd Vladislav füllte seinen edelsteinbesetzten Kelch mit rotem Wein aus einer goldenen Kanne und schob sie über den Ebenholztisch Conan dem Cimmerier zu. Olgerds Kleidung hätte die Eitelkeit eines zaporoskischen Hetmans zufriedengestellt.

Sein Khalt war aus weißer Seide, an der Brust mit Perlen verziert. Um die Mitte trug er einen bakhauriotischen Gürtel, darunter seidene, pludrige Beinkleider, die in kurzen

Stiefeln aus weichem, grünem, goldverziertem Leder steckten. Um den ebenfalls goldverzierten Spitzhelm hatte er sich einen grünen Seidenturban gewunden. Seine einzige Waffe war ein breiter, krummer Cherkeesendolch, der auf Kozakiart hoch an seiner Hüfte in einer Elfenbeinscheide steckte. Er lehnte sich in seinen vergoldeten Sessel mit den kunstvoll geschnitzten Adlern zurück und legte seine Beine auf den Tisch, ehe er den spritzigen Wein schlürfte.

Der riesenhafte Cimmerier ihm gegenüber, mit seiner gerade geschnittenen schwarzen Mähne, dem gebräunten, narbenüberzogenen Gesicht und den brennenden blauen Augen, bot einen auffälligen Gegensatz. Er trug eine schwarze Kettenrüstung, und das einzige, was an ihm glänzte, war die breite goldene Schnalle seines Gürtels, von dem sein Schwert in einer abgegriffenen Lederscheide hing.

Sie saßen allein in dem seidenen Zelt, dessen Wände dicke, mit Goldfäden geknüpfte Teppiche bedeckten und in dem überall weiche Samtkissen herumlagen — alles von Karawanen erbeutet.

Gemurmel drang von draußen herein, ein Geräusch, das bei allen größeren Menschenansammlungen, ob nun in einem Kriegslager oder anderswo, allgegenwärtig war. Hin und wieder rüttelte eine Brise an den Blättern der Palmen.

»Heute im Schatten, morgen in der Sonne«, zitierte Olgerd und lockerte seinen Gürtel ein wenig, ehe er erneut nach der Weinkanne griff. »So ist das Leben nun mal. Früher war ich Hetman am Zaporoska, jetzt bin ich Nomadenhäuptling. Vor sieben Monaten hingst du an einem Kreuz außerhalb von Khauran, nun bist du der Hauptmann des mächtigsten Banditen zwischen Turan und dem saftigen Wiesenland im Westen. Du solltest mir dankbar sein!«

»Dafür, daß du meine Nützlichkeit erkannt hast?« Conan lachte und hob seinen Kelch. »Wenn du den Aufstieg eines Mannes zuläßt, kann man sicher sein, daß du davon profitierst. Was ich gewann, erkämpfte ich mit meinem Blut und Schweiß.« Er warf einen Blick auf die Narben in seinen Handflächen. Auch an seinem Körper waren Narben, die er vor sieben Monaten noch nicht gehabt hatte.

»Du kämpfst wie eine ganze Schwadron Teufel«, gab Olgerd zu. »Aber bilde dir nur ja nicht ein, daß die Rekruten, die uns zuströmten, dein Verdienst sind. Unser Erfolg bei Plünderzügen, den wir meiner Taktik verdanken, zog sie zu uns. Diese Nomaden sind immer auf Suche nach einem erfolgreichen Anführer, dem sie folgen können, und sie haben mehr Vertrauen in einen Fremden als in einen ihrer eigenen Rasse.

Es gibt jetzt nichts, das wir nicht fertigbrächten! Unsere Zahl ist auf elftausend gestiegen! Und in einem Jahr sind wir möglicherweise dreimal so viele. Wir begnügten uns bis jetzt mit Überfällen auf turanische Außenposten und die Stadtstaaten im Westen. Mit dreißig- oder vierzigtausend Mann brauchen wir uns nicht mehr mit bloßen Überfällen und Plünderzügen abzufinden. Wir werden ganze Reiche erobern. Du wirst sehen, ich werde noch als Kaiser über alle shemitischen Lande herrschen, und du wirst mein Wesir — solange du meine Befehle ohne Widerrede ausführst. Inzwischen, würde ich vorschlagen, reiten wir ostwärts und stürmen den turanischen Außenposten Vezek, wo die Karawanen Maut bezahlen müssen.«

Conan schüttelte den Kopf. »Ich denke, wir sollten . . .«

Olgerd funkelte ihn gereizt an.

»Was soll das heißen, *du* denkst? *Ich* denke für unsere gesamte Armee.«

»Wir haben jetzt genug Männer für meinen Zweck zusammen«, antwortete der Cimmerier. »Ich bin des Wartens müde, ich habe eine Rechnung zu begleichen.«

»Oh!« Olgerd runzelte die Stirn, leerte den Kelch und grinste. »Ah, du denkst immer noch an das Kreuz. Na ja, ich mag einen, der unerbittlich zu hassen versteht. Aber das kann noch warten.«

»Du versprachst mir, bei der Eroberung von Khauran zu helfen«, brummte Conan.

»Ja, das war, ehe ich die Möglichkeiten unserer Macht in ihrem vollen Umfang erkannte«, antwortete Olgerd. »Damals dachte ich nur an die Beute, die wir in der Stadt machen könnten. Aber jetzt möchte ich unsere Kräfte nicht nutzlos vergeuden. Khauran ist immer noch eine zu harte Nuß für uns. Vielleicht in einem Jahr ...«

»Innerhalb einer Woche«, sagte Conan, und der Kozak erstarrte bei der unerbittlichen Entschlossenheit in seiner Stimme.

»Hör zu«, brummte Olgerd, »selbst wenn ich einverstanden wäre, meine Männer für ein solches Irrsinnsunternehmen zu opfern — was könntest du schon erwarten? Bildest du dir wirklich ein, daß diese Wölfe eine Stadt wie Khauran belagern und einnehmen können?«

»Es wird nicht zur Belagerung kommen«, antwortete der Cimmerier. »Ich weiß, wie ich Constantius auf die Ebene herauslocken kann.«

»Und was dann?« fragte Olgerd und fluchte heftig. »Bei einem Pfeilbeschuß wären unsere Reiter unterlegen, denn die Rüstung der Asshuri ist der unseren weit überlegen, und wenn es erst zum Handgemenge kommt, würden die dichtgeschlossenen Reihen ihrer gut ausgebildeten und erfahrenen Schwertkämpfer unsere Männer in alle Winde zerstreuen.«

»Nicht, wenn dreitausend entschlossene hyborische Reiter in einem dichten Keil kämpften, wie ich es ihnen beibringen kann«, erwiderte Conan.

»Und woher willst du dreitausend Hyborier nehmen?« fragte Olgerd sarkastisch. »Willst du sie aus der leeren Luft herbeizaubern?«

»Ich *habe* sie«, antwortete der Cimmerier unerschütterlich. »Dreitausend Khauraner lagern an der Oase von Akrel und warten nur auf mein Kommando.«

»Wa-as?« Olgerd starrte ihn verblüfft an.

»Ja. Männer, die vor Constantius' Tyrannei geflohen sind und in der Wüste östlich von Khauran das Leben von Ausgestoßenen führten. Es sind harte, zähe Burschen, verzweifelt wie hungrige Tiger. Schon einer von ihnen nimmt es gut und gern mit drei der stämmigen Söldner auf. Unterdrückung und Entbehrungen verleihen solchen Männern Heldenmut und ihren Muskeln vielfache Kraft. Sie waren in kleinen Banden aufgeteilt. Es fehlte ihnen nur ein Anführer, der sie zusammenschloß. Ich schickte meine Reiter zu ihnen, und sie vertrauen mir. Auf meine Aufforderung hin sammelten sie sich in der Oase und sind bereit, unter meinem Kommando zu reiten.«

»Und das alles ohne mein Wissen?« Olgerds Augen funkelten gefährlich. Er rückte seinen Waffengürtel zurecht.

»Sie wollen *mich* als Führer, nicht *dich*!«

»Und was hast du diesen Gesetzlosen versprochen, um sie an dich zu binden?« Auch Olgerds Stimme klang gefährlich.

»Ich versprach ihnen, ich würde diese Horde Wüstenwölfe einsetzen, um ihnen zu helfen, Constantius zu vernichten und Khauran zurück in die Hände seiner Bürger zu geben.«

»Du Narr!« flüsterte Olgerd. »Hältst du dich schon für den Anführer meiner Leute?«

Die beiden Männer sprangen auf und standen sich, nur durch den Ebenholztisch getrennt, gegenüber. Olgerds kalte graue Augen funkelten, während ein grimmiges Lächeln über des Cimmeriers Lippen spielte.

»Ich hänge dich an die Wipfel von vier Palmen und lasse sie zurückschnellen«, zischte der Kozak gefährlich ruhig.

»Ruf deine Männer und gib ihnen den Befehl«, forderte

Conan ihn heraus. »Dann wirst du schon sehen, ob sie dir gehorchen.«

Olgerd fletschte die Zähne und hob eine Hand — doch dann hielt er an. Etwas an dem absoluten Selbstvertrauen des Cimmeriers erschreckte ihn. Seine Augen begannen wie die eines Wolfes zu brennen.

»Du Hund aus den Westbergen«, knurrte er. »Hast du gewagt, meine Macht zu untergraben?«

»Das war nicht nötig«, erwiderte Conan. »Du weißt selbst, daß es nicht wahr ist, wenn du behauptest, ich hätte nichts damit zu tun, daß uns so viele neue Männer zuströmten. Das genaue Gegenteil ist der Fall. Sie kamen meinetwegen, auch wenn sie deine Befehle entgegennahmen, doch sie kämpften für mich. Zwei Anführer für die Zuagir sind zuviel. Sie alle wissen, daß ich der Stärkere bin. Und ich verstehe sie besser als du, und sie wiederum verstehen mich besser als dich, weil ich ein Barbar bin wie sie.«

»Und was werden sie sagen, wenn du ihnen befiehlst, für die Khauranier zu kämpfen?« fragte Olgerd spöttisch.

»Sie werden mir folgen. Ich verspreche ihnen eine ganze Karawane mit Gold aus dem Palast. Khauran wird diesen Preis gern bezahlen, wenn es nur Constantius los wird. Danach führe ich sie gegen die Turanier, genau wie du es geplant hast. Sie wollen Beute und werden dafür ebensogut gegen Constantius wie jeden anderen kämpfen.«

Aus Olgerds Augen sprach die Erkenntnis seiner Niederlage. Er hatte sich viel zu sehr seinen Träumen von einem gewaltigen Reich hingegeben und dabei übersehen, was rings um ihn vorging. Scheinbar unbedeutende Vorfälle, an die er sich plötzlich erinnerte, sah er jetzt in ihrem wahren Licht, und ihm wurde klar, daß jedes Wort stimmte, das der Cimmerier sagte. Der Riese in der schwarzen Rüstung war bereits der wahre Anführer der Zuagir.

»Nicht, wenn du stirbst!« murmelte Olgerd, und seine

Hand zuckte nach dem Säbelgriff. Aber so schnell wie eine Raubkatze schoß Conans Arm über den Tisch, und seine Finger schlossen sich um Olgerds Unterarm. Das Knirschen berstender Knochen war zu hören, und dann schien die Szene plötzlich zu erstarren, als die beiden Männer einander reglos gegenüberstanden. Conan spürte den Schweiß, der aus Olgerds Arm sickerte. Der Cimmerier lachte, ohne seinen Griff zu lockern.

»Bist du stark genug zu leben, Olgerd?« fragte jetzt er spöttisch.

Sein Lächeln änderte sich auch nicht, als die Muskeln seines Armes sich spannten und seine Finger sich noch fester um das zitternde Fleisch des Kozaks legten. Die bereits gebrochenen Knochen knirschten gegeneinander. Olgerds Gesicht wurde aschfahl. Blut tropfte von seiner Lippe, in die er die Zähne gebissen hatte, aber er gab keinen Laut von sich.

Lachend gab Conan ihn frei und zog seinen Arm zurück. Der Kozak taumelte und tastete mit der gesunden Hand nach dem Tischrand, um sich zu stützen.

»Ich schenke dir dein Leben, so wie du mir meines zurückgabst, Olgerd«, sagte Conan ruhig, »obgleich du mich für deine eigenen Zwecke vom Kreuz holtest. Es war eine bittere Prüfung, der du mich unterzogen hast. Du hättest sie nicht überstanden, genausowenig wie ein anderer, nur ein Barbar aus dem Westen vermochte es.

Nimm dein Pferd und verschwinde. Es ist hinter dem Zelt angepflockt. Proviant und Wasser findest du in den Satteltaschen. Keiner wird dich wegreiten sehen, aber brich sofort auf. In der Wüste ist kein Platz für einen unterlegenen Anführer. Wenn die Männer dich so sehen, verkrüppelt und verstoßen, würden sie nicht zulassen, daß du das Lager lebend verläßt.«

Olgerd antwortete nicht. Wortlos drehte er sich um,

stapfte durch das Zelt und den hinteren Eingang hinaus. Stumm kletterte er in den Sattel des Schimmelhengsts, der im Schatten einer Palme stand. Und genauso stumm schob er seinen gebrochenen Arm unter seinen Khalat, wendete den Hengst und ritt ostwärts in die offene Wüste hinaus und aus dem Leben der Zuagir.

Im Zelt leerte Conan die Weinkanne und fuhr sich genießerisch mit der Zunge über die Lippen. Dann schleuderte er das leere Gefäß in eine Ecke, schnallte seinen Gürtel fester und schritt durch den Vordereingang ins Freie. Kurz blieb er stehen und ließ seinen Blick durch die Reihen von Kamelhaarzelten schweifen, die sich schier endlos ausbreiteten, und über die weißgekleideten Gestalten dazwischen, die aufeinander einredeten, sangen, ihr Zaumzeug flickten oder ihre Tulwars schärften.

Er hob seine Stimme, so daß sie bis in die fernsten Winkel des Lagers drang: »He, ihr Hunde, sperrt die Ohren auf! Kommt alle hierher, ich habe euch etwas zu sagen.«

5

DIE STIMME AUS DER KRISTALLKUGEL

Im Gemach eines Turmes nahe der Stadtmauer lauschte eine Gruppe Männer aufmerksam den Worten eines weiteren Mannes. Junge Männer waren es allesamt, aber hart und entschlossen, mit der Haltung, wie sie der verzweifelten Hoffnung entspringt, etwas Ausschlaggebendes unternehmen zu können. Sie trugen Kettenhemden und darunter abgetragene Lederwämser. Schwerter hingen in Scheiden an ihren Gürteln.

»Ich wußte, daß Conan recht hatte, als er erklärte, daß es nicht Taramis ist!« rief der Sprecher soeben. »Monate habe ich mich als tauber Bettler um den Palast herumgetrieben. Endlich erfuhr ich, was ich immer schon vermutet hatte — daß unsere Königin in den Verliesen gefangengehalten wird, die an den Palast anschließen. Ich hielt die Augen offen und überfiel einen shemitischen Wärter. Ich schlug ihn nieder, als er eines Nachts aus den Verliesen kam. Ehe er starb, verriet er mir, was ich euch gerade sagte und was auch ihr längst alle vermutet habt: daß die Frau, die jetzt über Khauran herrscht, eine Hexe ist. Taramis, sagte er, sei im tiefsten Verlies eingesperrt.

Diese Invasion der Zuagir bietet uns die erwünchte Chance. Was Conan genau beabsichtigt, weiß ich nicht. Vielleicht will er sich lediglich an Constantius rächen. Es könnte auch sein, daß er die Stadt brandschatzen will. Er ist ein Barbar, und bei Barbaren weiß man nie, woran man mit ihnen ist.

Jedenfalls müssen wir folgendes tun: Taramis befreien, während die Schlacht wütet! Constantius wird auf die Ebene hinausreiten, um dort draußen zu kämpfen. Seine Männer brechen bereits auf. Er tut es, weil es in der Stadt nicht genügend zu essen gibt, um eine Belagerung durchzuhalten. Conan tauchte so unerwartet aus der Wüste auf, daß keine Zeit mehr blieb, Vorräte heranzuschaffen. Und der Cimmerier ist für eine Belagerung hinreichend ausgerüstet. Kundschafter meldeten, daß die Zuagir Belagerungsmaschinen haben, die sie zweifellos nach Conans Anweisungen errichteten. Er hat aus den westlichen Ländern Erfahrung damit.

Constantius ist gegen eine längere Belagerung, also zieht er mit seinem Söldnerheer hinaus in die Ebene, wo er sich erhofft, Conans Streitkräfte mit einem Streich zu vernichten oder zu verstreuen. Er wird nur ein paar hundert Mann in der Stadt zurücklassen, und diese werden auf der Stadtmauer und in den Türmen am Tor postiert sein.

Die Verliese sind dann so gut wie unbewacht. Wenn wir

Taramis befreit haben, wird unser nächster Schritt sich nach den Umständen richten. Siegt Conan, müssen wir dem Volk Taramis zeigen und es zum Aufstand rufen. Es wird sich auf die in der Stadt verbliebenen Shemiten stürzen — mit bloßen Händen werden die Menschen es tun —, und sie werden das Tor sowohl vor den Söldnern als auch den Nomaden verschließen. Weder die einen noch die anderen dürfen in die Stadt gelangen. Dann werden wir mit Conan verhandeln. Er war Taramis immer treu ergeben. Wenn er die Wahrheit erfährt und sie ihn darum bittet, wird er die Stadt verschonen. Trägt jedoch, was wahrscheinlicher ist, Constantius den Sieg davon und Conan wird geschlagen, müssen wir uns mit der Königin aus der Stadt stehlen und unser Heil in der Flucht suchen.

Ist soweit alles klar?«

Alle nickten.

»Dann laßt uns unsere Klingen ergreifen, unsere Seelen Ischtar empfehlen und uns auf den Weg zu den Verliesen machen, denn die Söldner marschieren bereits durch das Südtor.«

So war es. Das frühe Morgenlicht glitzerte auf den Spitzhelmen der Krieger, die in einem ständigen Strom durch das breite Tor strömten, und auf dem blanken Zaumzeug der Streitrosse. Es würde eine Schlacht der Reiterei werden, wie sie nur in den Landen des Ostens möglich ist. Die Reiter brandeten wie eine stählerne Flut durch das Tor. Finstere Gestalten waren sie in ihren schwarzen und silbernen Rüstungen, mit den krausen Bärten und Hakennasen, den unerbittlichen Augen, in denen die Mentalität ihrer Rasse schimmerte — der absolute Mangel an Zweifel und Erbarmen.

An den Straßen und auf den Mauern standen die Menschen dicht an dicht und beobachteten stumm die fremden Krieger, die auszogen, um ihre Stadt zu verteidigen. Kein Laut drang über die Lippen dieser hageren Menschen in ihrer schäbigen Kleidung, die ihre Mützen in der Hand hielten und ausdruckslos auf die Reiter starrten.

Im Turm, der einen Blick auf die Straße zum Südtor bot, hatte Salome es sich auf einem Samtdiwan bequem gemacht und beobachtete zynisch Constantius, der sich den breiten Schwertgürtel um die schmalen Hüften schnallte und in seine Eisenhandschuhe schlüpfte. Sie befanden sich allein in diesem Gemach. Durch das goldvergitterte Fenster war das rhythmische Klicken und Klirren von Rüstungen und Waffen und das Dröhnen von Pferdehufen zu hören.

»Noch vor Einbruch der Nacht«, sagte Constantius und zwirbelte seinen dünnen Schnurrbart, »kann sich dein Tempelteufel den Bauch mit Gefangenen vollschlagen. Ist er des verweichlichten Stadtfleisches nicht schon längst überdrüssig? Vielleicht wird er sich über das muskulösere Fleisch der Wüstennomaden freuen.«

»Paß lieber auf, daß du nicht einer schlimmeren Bestie als Thaug in die Klauen fällst«, warnte das Mädchen. »Vergiß nicht, wer der Anführer dieser Wüstenhorde ist.«

»Das dürfte mir wohl schwerfallen«, brummte Constantius. »Es ist einer der Gründe, weshalb ich die Schlacht draußen führen will. Der Hund hat im Westen gekämpft und ist mit der Kunst des Belagerns vertraut. Meine Kundschafter hatten ziemliche Schwierigkeiten, einen Blick auf seine sich nähernden Kolonnen zu bekommen, denn seine Streifen, die ständig um die Truppen patrouillieren, haben Augen wie Adler. Aber jedenfalls erkannten sie die Maschinen, die er auf von Kamelen gezogenen Ochsenkarren mit sich führt — es sind Katapulte, Onager, Ballisten und Rammböcke. Bei Ischtar! Zehntausend Mann müssen zumindest einen Monat lang Tag und Nacht daran gearbeitet haben! Woher er das Material dafür bekommen hat, ist mir ein Rätsel. Vielleicht hat er ein Bündnis mit den Turaniern geschlossen und wird von ihnen versorgt.

Wie dem auch sei, die Maschinen werden ihm nichts nutzen. Es ist ja nicht das erstemal, daß ich gegen die Wüstenwölfe kämpfe. Die Schlacht wird mit Pfeilsalven beginnen, gegen die die Rüstungen meiner Krieger guter Schutz sind. Dann folgt ein Sturmangriff, meine Schwadronen werden durch die losen Reihen der Nomaden brausen, umkehren, wieder hindurchdonnern und sie so in alle vier Winde verstreuen. Vor Sonnenuntergang werde ich mit Hunderten von nackten, an die Schweife unserer Pferde gebundenen Gefangenen durch das Südtor reiten. Und dann feiern wir auf dem Palastplatz ein Siegesfest. Meine Soldaten finden ihre Freude daran, ihren Feinden lebenden Leibes die Haut abzuziehen. Nun, sie werden genug zu tun bekommen. Und diese weichherzigen Khauranier zwingen wir dazu, sich dieses Schauspiel anzusehen. Was Conan betrifft, werde ich persönlich mir das Vergnügen machen, sofern wir ihn lebend gefangennehmen können, ihn auf der Palasttreppe zu pfählen.«

»Häutet so viele, wie es euch Spaß macht«, sagte Salome gleichgültig. »Ich werde mir dann ein Gewand aus Menschenhaut nähen lassen. Doch ich brauche mindestens hundert Gefangene für meine Zwecke — für den Altar und für Thaug.«

»Du wirst sie bekommen«, versprach Constantius und streifte sich mit den behandschuhten Fingern das schüttere Haar aus der kahl werdenden Stirn, die von der Sonne dunkelgebräunt war. »Für den Sieg und die Ehre der schönen Taramis!« rief er spöttisch. Er nahm seinen Visierhelm unter den Arm, hob salutierend eine Hand und schritt klirrend aus dem Gemach. Außerhalb erteilte er seinen Offizieren mit barscher Stimme Befehle.

Salome lehnte sich auf dem Diwan zurück, gähnte, reckte sich geschmeidig wie eine große Katze, und rief: »Zang!«

Lautlos kam ein Priester, die gelbe Pergamenthaut straff über den kahlen Schädel gespannt, ins Zimmer.

Salome drehte sich zu einem Elfenbeinpodest um, auf dem zwei Kristallkugeln standen. Sie nahm die kleinere der beiden und streckte sie dem Priester entgegen.

»Reite mit Constantius«, befahl sie. »Und halte mich ständig über den Verlauf der Schlacht informiert.«

Der Mann mit dem totenschädelähnlichen Kopf verbeugte sich tief. Er barg die Kugel unter seinem dunklen Umhang und eilte aus dem Gemach.

In der Stadt war außer dem Rasseln und Klirren der Rüstungen und Waffen, dem Klappern der Hufe und schließlich dem Knarren des Tores, als es geschlossen wurde, nichts zu hören. Salome stieg eine breite Marmortreppe zu einem Dach mit Marmorzinnen empor, das mit einem Baldachin überdeckt war. Es befand sich hoch über allen anderen Gebäuden der Stadt. Die Straßen waren menschenleer, genau wie der große Palastplatz. Bei letzterem war es nicht erstaunlich, denn die Menschen mieden ihn in letzter Zeit ohnehin, da sich an der dem Palast gegenüberliegenden Seite der Tempel befand. Man konnte meinen, die Stadt sei ausgestorben. Nur auf der Südmauer und den Dächern in ihrer Nähe drängten sich die Menschen, doch sie verhielten sich stumm, weil sie selbst nicht wußten, welcher der gegnerischen Streitkräfte sie den Sieg wünschen sollten. Siegte Constantius, bedeutete es nur weiteres Elend unter seiner unmenschlichen Herrschaft; verlor er die Schlacht, würde die Stadt vermutlich gebrandschatzt und ihre Bürger niedergemetzelt werden. Sie hatten von Conan nichts gehört und ahnten deshalb nicht, was sie zu erwarten hatten, wenn er siegte, aber sie alle wußten, daß er ein Barbar war.

Die Söldnerschwadronen ritten hinaus auf die Ebene. In der Ferne, gerade noch an dieser Seite des Flusses, waren dunkle Massen in Bewegung, die nur mit den allerschärfsten

Augen als Reitertrupps zu erkennen waren. Kleinere Punkte zeichneten sich am anderen Ufer ab. Conan hatte seine Belagerungsmaschinen nicht über den Fluß gebracht. Offenbar hatte er einen Angriff während der Überquerung befürchtet. Er selbst jedoch hatte mit all seinen Reitern den Fluß bereits hinter sich.

Die Sonne stieg höher, und unter den dunklen Massen glitzerte es vereinzelt auf, wenn ihre Strahlen sich auf Metall spiegelten. Die Schwadronen aus der Stadt fielen in Galopp. Ein tiefes Brüllen drang an die Ohren der Menschen auf der Mauer.

Die wogenden Massen stießen aufeinander und vermischten sich. Aus dieser Entfernung war es ein völliges Durcheinander, in dem keine Einzelheiten zu erkennen waren. Staubwolken stiegen unter den stampfenden Hufen auf und verbargen das Kampfgeschehen dahinter, doch immer wieder tauchten größere Trupps heraus und verschwanden wieder, und Lanzenspitzen blitzten.

Salome zuckte die Schultern und stieg die Treppe wieder hinunter. Es war still im Palast. Alle Sklaven standen auf der Mauer und schauten mit den Bürgern auf die Ebene.

Salome betrat ihr Gemach, wo sie sich mit Constantius unterhalten hatte, und ging zu dem Piedestal mit der Kristallkugel, in der mit Rot durchzogener Dunst wallte. Sie beugte sich leise fluchend darüber.

»Zang!« rief sie. »Zang!«

Der Dunst in der Kugel zog sich ein wenig zusammen und offenbarte unerkennbare schwarze Gestalten. Stahl glitzerte in dem trüben Dunst. Dann hob sich Zangs Gesicht ganz deutlich ab, und es sah aus, als blickte er Salome direkt in die Augen. Blut sickerte aus einer klaffenden Kopfwunde. Die schweißperlende Haut wirkte aschfahl. Die Lippen öffneten sich. Für alle anderen, außer Salome, mochte es scheinen, als verzögen sie sich nur stumm, aber sie hörte genau, was sie zu sagen hatten, als befände der Priester sich im selben Gemach mit ihr, obwohl er viele Meilen entfernt in die kleine Kristallkugel brüllte. Nur die Götter der Finsternis wußten, welcher Zauber die beiden Kugeln miteinander verband.

»Salome!« schrillte der blutige Kopf. *»Salome!«*

»Ich höre!« rief sie. »Sprich! Wie steht die Schlacht?«

»Wir sind dem Untergang geweiht!« schrillte der Priester zurück. »Khauran ist verloren! Mein Pferd liegt am Boden, und ich kann nicht mehr aufstehen! Rings um mich fallen die Männer. Sie sterben wie die Fliegen in ihren silbernen Rüstungen!«

»Hör auf zu jammern und berichte, was geschehen ist!« rief Salome.

»Wir ritten den Wüstenhunden entgegen, und sie griffen sofort an«, wimmerte der Priester. »Ganze Pfeilwolken schossen in beide Richtungen, und die Nomaden begannen zu wanken. Da befahl Constantius den Sturmangriff. In dichtgeschlossenen Reihen donnerten wir auf sie los.

Da wich die Nomadenhorde nach rechts und links aus, und durch die Lücke brausten gut dreitausend hyborische Reiter, von denen wir nicht einmal etwas geahnt hatten. Khauraner waren es, von Haß getrieben! Männer in voller Rüstung auf mächtigen Streitrossen. In einem massiven Keil aus Stahl walzten sie uns nieder und brachen unsere Reihen, ehe wir überhaupt wußten, wie uns geschah. Und dann griffen die Wüstenhunde von beiden Flanken an.

Sie haben uns in die Flucht geschlagen, in alle Winde verstreut. Es war ein Trick dieses Teufels Conan! Die Belagerungsmaschinen sind gar nicht echt — bloß Attrappen aus Palmenstämmen und bemalter Seide, die unsere Kundschafter aus dieser Entfernung täuschten. Ein Trick, um uns in den Untergang zu locken! Unsere Krieger fliehen! Khumbanigash ist gefallen — Conan hat ihn getötet. Ich sehe

Constantius nicht. Die Khauranier wüten wie blutdürstige Löwen unter unseren Soldaten, und die Wüstennomaden spicken uns mit Pfeilen. Ich — ahhh!«

Etwas wie ein Blitz war zu sehen, vielleicht war es auch glitzernder Stahl, dann ein Schwall Blut. Gleich darauf schwand das Abbild wie eine platzende Seifenblase, und Salome starrte in eine leere Kristallkugel, die nur ihre eigenen wutverzerrten Züge widerspiegelte.

Eine kurze Weile stand sie absolut reglos und starrte hochaufgerichtet blicklos in die Ferne. Dann klatschte sie in die Hände, und ein anderer Priester mit totenschädelähnlichem Kopf betrat so lautlos wie der erste das Gemach.

»Constantius ist geschlagen«, sagte sie schnell. »Wir stecken in der Klemme. Innerhalb einer Stunde wird Conan unsere Tore einrennen. Wenn er mich in die Hände bekommt, mache ich mir keine Illusionen, was mir bevorsteht. Aber zuerst werde ich dafür sorgen, daß meine verfluchte Schwester nie wieder den Thron besteigt. Begleite mich. Komme, was mag, Thaug wird nicht leer ausgehen.«

Als sie sich die Treppen und Korridore des Palastes hinabbegab, hörte sie ein schwaches, doch allmählich lauter werdendes Echo von der fernen Mauer. Den Menschen dort wurde klar, daß Constantius die Schlacht verloren hatte. Durch die Staubwolken wurden Schwadronen sichtbar, die auf die Stadt zugaloppierten.

Palast und Verliese waren durch einen langen Bogengang miteinander verbunden. Die falsche Königin und ihr Sklave eilten hindurch und durch eine schwere Tür am anderen Ende, die in die schwachbeleuchteten Gewölbe der Verliese führte. Sie waren auf einem breiten Korridor an einem Punkt herausgekommen, wo steinerne Stufen sich in der dunklen Tiefe verloren. Plötzlich zuckte Salome fluchend zurück. In der düsteren Halle lag eine reglose Gestalt — ein shemitischer Wärter, dessen kurzer Bart der Decke zugeneigt war, da sein Kopf halbdurchtrennt nach hinten gekippt war. Als sie keuchende Stimmen von unten vernahm, drückte sie sich in die dunklen Schatten eines Türbogens und schob den Priester hinter sich, ehe ihre Hand nach ihrem Gürtel tastete.

6

DIE GEIER

Das rauchige Licht einer Fackel riß Taramis, die Königin von Khauran, aus ihrem Schlummer, in dem sie Vergessen suchte. Sie stützte sich auf eine Hand, strich ihr verfilztes Haar zurück und öffnete blinzelnd die Augen, in der Befürchtung, das höhnische Gesicht Salomes zu sehen, die sich neue Torturen für sie ausgedacht hatte. Statt dessen drang ein Ausruf des Mitleids und Schreckens an ihre Ohren.

»Taramis! O meine Königin!«

Diese Worte hatte sie so lange nicht mehr gehört, daß sie glaubte, noch zu träumen. Hinter dem Fackellicht konnte sie jetzt ein paar Gestalten sehen, glänzenden Stahl und dann fünf Gesichter, die sich über sie beugten, keine dunkelhäutigen mit Hakennasen, sondern schmale, gutgeschnittene, von der Sonne gebräunte Züge. Sie wich in ihren Lumpen zurück und starrte sie wild an.

»O Taramis! Ischtar sei Dank, daß wir Euch gefunden haben! Erinnert Ihr Euch nicht an mich? Ich bin Valerius. Mit einem Kuß ehrtet Ihr mich einst, als ich siegreich aus der Schlacht von Korveka heimkehrte!«

»Valerius!« stammelte sie. Tränen stiegen in ihren Augen auf. »Oh, ich träume! Es ist ein Zauber Salomes, um mich zu quälen!«

»Nein! Wir sind wahrhaftig Eure getreuen Vasallen und

gekommen, Euch zu befreien! Aber wir müssen uns beeilen. Constantius kämpft in der Ebene gegen Conan, der die Zuagir über den Fluß brachte. Doch dreihundert Shemiten halten immer noch die Stadt. Wir töteten den Wärter und nahmen seine Schlüssel. Anderen Wärtern oder Wachen begegneten wir nicht. Trotzdem müssen wir sehen, daß wir von hier wegkommen. Laßt Euch helfen!«

Die Königin versuchte aufzustehen, aber ihre Beine trugen sie nicht. Doch nicht ihre Schwäche war daran schuld, sondern die Reaktion. Valerius hob sie wie ein Kind auf die Arme. Der Mann mit der Fackel eilte voraus. Sie traten aus dem Verlies und stiegen die schmutzigen schmalen Steinstufen hoch, die kein Ende nehmen wollten. Doch endlich erreichten sie den Korridor.

Sie kamen unter einem dunklen Türbogen vorbei, als plötzlich die Fackel erlosch und ihr Träger einen abgewürgten Schmerzensschrei ausstieß. Grelles Feuer leuchtete in dem dunklen Gang und warf seinen Schein flüchtig auf das haßerfüllte Gesicht Salomes und eine dem Tod ähnliche Gestalt, die neben ihr kauerte — und dann blendete der Schein die Männer so stark, daß sie nichts mehr sehen konnten.

Valerius versuchte stolpernd, die Königin durch den Korridor in Sicherheit zu bringen. Benommen hörte er mörderische Hiebe, die tief in Fleisch drangen und von Röcheln und tierischem Grunzen begleitet wurden. Dann wurde ihm die Königin brutal aus den Armen gerissen, und ein heftiger Hieb warf ihn zu Boden.

Ergrimmt kam er wieder auf die Füße und schüttelte den Kopf, um sich vom Widerschein der blauen Flamme zu befreien, die immer noch teuflisch vor seinen Augen zu tanzen schien. Als er endlich wieder einigermaßen sehen konnte, mußte er feststellen, daß er allein sich im Korridor befand — allein, abgesehen von den Toten. Seine vier

Kameraden lagen in einer Blutlache. Ihre Schädel und Körper wiesen klaffende Wunden auf. Dieses teuflische Feuer hatte sie geblendet, und sie waren gestorben, ohne eine Möglichkeit zur Gegenwehr gehabt zu haben. Die Königin war verschwunden.

Mit einem wilden Fluch griff Valerius nach seinem Schwert. Er riß seinen gespaltenen Helm vom Kopf und warf ihn achtlos auf den Boden, so daß er klappernd davonrollte. Von seiner Schädelwunde rann Blut über eine Wange.

Er taumelte schwindelig ein paar Schritte, ohne zu wissen, was er tun sollte, als er seinen mit verzweifelter Stimme gerufenen Namen hörte: »Valerius! *Valerius!*«

Er torkelte in die Richtung, aus der die Stimme kam, und bog um eine Ecke. Auf einmal hatte er seine Arme voll einer weichen, geschmeidigen Gestalt, die sich schluchzend an ihn schmiegte.

»Ivga! Bist du wahnsinnig?«

»Ich mußte kommen!« Sie schluchzte. »Ich folgte dir — ich hatte mich im Hof unter einem Torbogen versteckt. Vor einem Augenblick sah ich *sie* heraustreten, mit einem blutbesudelten kahlköpfigen Mann, der eine Frau auf den Armen trug. Ich wußte, daß es Taramis war und daß dein Plan fehlgeschlagen ist. Oh, du bist verwundet!«

»Nur ein Kratzer!« Er löste sich aus ihrer Umarmung. »Schnell, Ivga, sag mir, wohin sie gegangen sind!«

»Über den Platz zum Tempel.«

Valerius erblaßte. »Ischtar! O diese Hexe! Sie will Taramis diesem Teufel, den sie anbetet, in den Rachen werfen! Schnell, Ivga! Lauf zur Südmauer, wo die Leute die Schlacht beobachten. Sag ihnen, daß die echte Königin gefunden worden ist — und die falsche sie in den Tempel geschleppt hat! Beeil dich!«

Schluchzend rannte das Mädchen, um zu tun wie geheißen. Ihre leichten Sandalen waren kaum zu hören, als sie über den Hof hinaus auf den Platz und weiter zur Mauer hetzte.

Seine eigenen Füße eilten über den Marmor, als er die breite Treppe hoch und durch den Bogengang stürmte. Offenbar hatte ihre Gefangene heftigen Widerstand geleistet. Taramis ahnte zweifellos, was man mit ihr vorhatte, und so wehrte sie sich mit aller Kraft ihres geschmeidigen jungen Körpers. Einmal war es ihr offensichtlich gelungen, sich von dem teuflischen Priester loszureißen, aber er mußte sie schnell wieder gefaßt haben.

Die drei hatten inzwischen den Tempel halb durchquert und näherten sich dem blutigen Altar, hinter dem sich die schwere Metalltüre befand. Durch diese mit obszönen Reliefs verzierte Tür waren Unzählige geschleppt worden, doch außer Salome war keiner je zurückgekehrt. Taramis' Atem kam keuchend. Bei ihrem heftigen Widerstand waren ihr die Lumpen vom Leib gerissen worden, und nun wand und krümmte sie sich im Griff des affenähnlichen Priesters wie eine weiße nackte Nymphe in den Armen eines Satyrs. Salome beobachtete sie spöttisch, doch ungeduldig und eilte auf die so häßlich verzierte Tür zu, und durch die Düsternis schienen sie die grauenvollen Idole zu beobachten, als besäßen sie eigenes Leben.

Würgend vor Grimm rannte Valerius mit dem Schwert in der Hand durch die gewaltige Halle. Auf einen Schrei Salomes hin hob der Priester seinen totenschädelähnlichen Kopf, dann ließ er Taramis los und griff nach seinem blutbesudelten Dolch im Gürtel. Damit stürzte er dem näherkommenden Khauranier entgegen.

Doch durch Salomes Teufelsflammen geblendete Männer niederzustrecken, war einfacher als gegen einen sehnigen jungen Hyborier zu kämpfen, dem Haß und Wut übermenschliche Kraft verliehen.

Hoch schwang der blutige Dolch, doch ehe er sich zum tödlichen Stich senken konnte, sauste Valerius' scharfe schmale Klinge durch die Luft, und die Faust mit dem Dolch fiel in einem Blutregen zu Boden. Wieder und immer wieder hieb Valerius zu, bis der Totenschädelkopf nach einer Seite auf den Boden fiel und der Rumpf des Teufelspriesters auf die andere.

Valerius wirbelte flink und wild auf den Zehenspitzen herum, um nach Salome Ausschau zu halten. Anscheinend hatte sie ihren Feuerzauber im Verlies restlos aufgebraucht. Sie beugte sich gerade über Taramis und krallte eine Hand in die schwarzen Locken ihrer Schwester, während die andere mit einem Dolch ausholte. Doch mit einem wilden Schrei und solcher Heftigkeit stieß Valerius sein Schwert in ihre Brust, daß es zwischen den Schulterblättern wieder herausdrang. Mit einem schrecklichen Schrei sank die Hexe zu Boden und griff zuckend nach der blanken Klinge, doch da zog Valerius sie bereits zurück. Salomes Augen wirkten jetzt noch unmenschlicher denn zuvor, und mit wahrlich übermenschlicher Willenskraft klammerte sie sich an das Leben, während das Blut aus der Wunde quoll, die den roten Halbmond an ihrem Elfenbeinbusen spaltete. In ihrem Todeskampf krallte sie die Finger in den Stein und wand sich vor Schmerzen.

Valerius mußte die Augen von ihr abwenden, denn bei ihrem Anblick würgte ihn Übelkeit. Hastig bückte er sich und hob die halb bewußtlose Königin auf, dann drehte er der sich auf dem Boden krümmenden Hexe den Rücken und rannte stolpernd zur Tür. Am Kopfende des Treppenaufgangs hielt er inne. Eine Menschenmenge drängte sich auf den Platz. Einige waren auf Ivgas kaum verständliche Schreie hin gekommen, andere hatten die Mauer aus Furcht vor den heranbrausenden Wüstenhorden verlassen und waren in blinder Flucht zur Stadtmitte gelaufen. Die stumpfe Resignation war verschwunden. Die Menge schrie und brüllte. Von irgendwo erklang das Splittern und Bersten von Stein und Holz.

Ein Trupp grimmiger Shemiten bahnte sich einen Weg durch die Menschen — die Wachen des Nordtors, die als Verstärkung zum Südtor eilten. Beim Anblick des jungen Mannes auf der Treppe, der eine nackte, schlaffe Gestalt in den Armen hielt, zügelten sie ihre Pferde. Die Köpfe der Menge wandten sich dem Tempel zu. Ihre Verwirrung wuchs.

»Hier ist eure Königin!« schrie Valerius donnernd, um über den Lärm hinweg gehört zu werden. Die Menschen brüllten durcheinander. Sie hatten ihn nicht verstanden, und Valerius versuchte vergebens, sich Gehör zu verschaffen. Die Shemiten ritten zum Tempelaufgang, indem sie sich mit ihren Lanzen brutal Platz verschafften.

Und dann wuchsen Verwirrung und Verstörung noch, als hinter Valerius eine schlanke weiße blutüberströmte Gestalt aus dem Tempel trat. Die Menschen schrien auf. In den Armen Valerius' hing die Frau, die sie für ihre Königin hielten, und doch taumelte eine andere aus der Tür, die ihr genaues Ebenbild war. Sie wußten nicht, was sie denken sollten. Valerius glaubte, sein Blut müßte ihm in den Adern gefrieren, als er die torkelnde Hexe anstarrte. Sein Schwert war durch ihren Busen gedrungen, hatte ihr Herz durchbohrt. Nach allen Naturgesetzen müßte sie tot sein. Und doch stolperte sie auf ihn zu in ihrem schrecklichen Bemühen, am Leben festzuhalten.

»Thaug!« schrie sie und stützte sich an den Türstock. *»Thaug!«* Als Antwort erdröhnten ein donnerndes Krächzen und das Bersten und Krachen von Holz und Metall aus dem Tempel.

»Das ist die Königin!« brüllte der Hauptmann der Shemiten und hob seinen Bogen. »Schießt den Mann und die andere Frau nieder!«

Aber ein Heulen wie von einer Meute Jagdhunde stieg nun von der Menge auf. Sie hatte endlich die Wahrheit erkannt, verstand nun Valerius' verzweifelte Worte und wußte, daß das Mädchen, das schlaff in seinen Armen hing, ihre wirkliche Königin war. Mit wütendem Gebrüll stürzten die Khauranier sich auf die Shemiten. Alle aufgestaute Wut löste sich. Mit Zähnen, Nägeln und bloßen Händen rissen sie an ihren Feinden. Über ihnen schwankte Salome und stürzte die Stufen hinab. Nun endlich war sie tot.

Pfeile schwirrten an ihm vorbei, als Valerius zurück durch die Säulen des Bogengangs rannte und die Königin mit seinem Körper schützte.

Mit Pfeilen und Schwertern wehrten die berittenen Shemiten sich gegen die aufgebrachte Menge. Valerius rannte zur Tempeltür. Als er bereits einen Fuß auf der Schwelle hatte, zuckte er zurück und schrie vor Entsetzen und Verzweiflung auf.

Aus der Düsternis am anderen Ende der großen Halle löste sich eine dunkle gewaltige Form und kam in riesigen froschähnlichen Sprüngen auf Valerius zu. Er sah das Glühen großer unirdischer Augen und das Schimmern von Fängen oder Krallen. Er wich von der Tür zurück, doch ein Pfeil, der dicht an seinem Ohr vorbeischwirrte, warnte ihn, daß der Tod sich auch hinter ihm befand. Verzweifelt wirbelte er herum. Vier oder fünf Shemiten hatten sich zu der Treppe durchgekämpft und trieben nun ihre Pferde die Stufen hoch. Sie hatten ihre Bogen gespannt, um ihn niederzuschießen. Hastig sprang er hinter eine der Säulen, an der die Pfeile zersplitterten. Eine gnädige Ohnmacht hatte sich Taramis' bemächtigt. Wie eine Tote hing sie in seinen Armen.

Ehe die Shemiten die nächsten Pfeile abschießen konnten, füllte eine gewaltige Gestalt die Türöffnung. Mit Schrekkensschreien wendeten die Söldner ihre Pferde und hieben sich einen Weg durch die Menge, die durch den furchterregenden Anblick kurz erstarrte und dann panikerfüllt die Flucht ergriff, wobei Unzählige niedergetrampelt wurden.

Aber das Ungeheuer schien sich im Augenblick nur für Valerius und das Mädchen zu interessieren. Es zwängte seinen unförmigen, massigen Körper durch die Tür und sprang auf die beiden zu. Valerius rannte hastig die Stufen hinunter. Er spürte, wie es sich als riesiges Schattenwesen hinter ihm erhob, wie aus dem Herzen der Nacht geschnitten, eine schwarze Formlosigkeit, von der nur die glühenden Augen und schimmernden Fänge deutlich erkennbar waren.

Da erschallte Hufgedröhn. Fliehende Shemiten mit blutigen Wunden kamen vom Südtor her angerast und drängten sich blindlings durch die dichtgedrängte Menge, die sich in Sicherheit zu bringen versuchte. Hinter ihnen brauste ein gewaltiger Trupp Reiter her, die in einer vertrauten Sprache brüllten und ihre blutigen Schwerter schwangen — die Vertriebenen kehrten zurück! Mit ihnen ritten fünfzig schwarzbärtige Wüstenreiter, von einem Riesen in schwarzer Kettenrüstung angeführt.

»Conan!« schrillte Valerius. *»Conan!«*

Der Riese donnerte einen Befehl. Ohne im Galopp innezuhalten, hoben die Wüstensöhne ihre Bogen und schickten die Pfeile ab. Über die dichtgedrängte Menge hinweg schwirrte ein Pfeilhagel über den Platz, und die gefiederten Geschosse drangen tief in das schwarze Ungeheuer. Es hielt an, wankte, dann bäumte es sich als schwarzer Schatten gegen die Marmorsäule auf. Wieder und wieder surrten die Pfeile. Das furchterregende Wesen brach zusammen und rollte die Treppe hinunter, so tot wie die Hexe, von der es aus der Nacht uralter Zeit beschworen worden war.

Conan zügelte sein Pferd vor dem Portikus und sprang aus dem Sattel. Valerius hatte die Königin auf die Marmorfliesen gelegt und sank völlig erschöpft neben ihr zu Boden. Die Menge drängte wieder näher. Der Cimmerier wies sie fluchend zurück, dann hob er den schwarzen Lockenkopf und bettete ihn an seine Schulter.

»Bei Crom, was ist das? Die echte Taramis! Aber wer ist dann das dort unten?«

»Die Dämonin, die ihre Gestalt annahm«, keuchte Valerius.

Conan fluchte herzhaft. Er riß einem Soldaten den Umhang von der Schulter und hüllte die nackte Königin darin ein. Ihre langen Wimpern zuckten auf den Wangen, ihre Augen öffneten sich, sie starrte ungläubig in das narbige Gesicht des Cimmeriers.

»Conan!« Ihre schmalen Finger griffen nach ihm. »Träume ich? *Sie* sagte mir, Ihr wärt tot ...«

»Wohl kaum.« Er grinste. »Ihr träumt nicht. Jetzt seid wieder Ihr die Königin von Khauran. Ich schlug Constantius auf der Ebene vor dem Fluß. Die meisten seiner Hunde erreichten auf ihrer Flucht die Stadtmauer nicht mehr lebend, denn ich gab den Befehl, keine Gefangenen zu machen — mit Ausnahme von Constantius. Die Stadtwache schloß das Tor vor unserer Nase, aber wir sprengten es mit Rammen von den Sätteln aus. Ich ließ alle meine Wölfe vor der Stadt, außer diesen fünfzig. Ich traue ihnen in der Stadt nicht so recht, und die jungen Khauranier genügten für die Stadtwache.«

»Es war ein Alptraum!« wimmerte Taramis. »O mein armes Volk! Ihr müßt mir helfen, sie für all ihre Leiden zu entschädigen, Conan. Von nun an seid Ihr nicht nur Hauptmann, sondern auch mein Ratgeber.«

Conan lachte, schüttelte jedoch den Kopf. Er erhob sich und stellte die Königin auf die Füße. Dann winkte er einige der khauranischen Reiter herbei, die sich an der Verfolgung der fliehenden Shemiten nicht beteiligt hatten. Sie sprangen von den Pferden, um sich ihrer Königin zur Verfügung zu stellen.

»Nein, Mädchen« sagte Conan. »Das ist vorbei. Ich bin jetzt der Häuptling der Zuagir und muß sie zu einem Plünderzug nach Turan führen, wie ich es ihnen versprochen habe. Dieser Bursche Valerius wird einen viel besseren Hauptmann abgeben als ich. Es ist nicht nach meinem Geschmack, zwischen Marmormauern zu leben. Doch entschuldigt mich nun, ich muß zu Ende führen, was ich angefangen habe. Es sind immer noch Shemiten in Khauran.«

Als Valerius Taramis über den Platz zum Palast eskortierte, durch eine Gasse, die die jubelnde, begeistert brüllende Menge für sie geöffnet hatte, spürte er, wie eine weiche Hand sich schüchtern zwischen seine sehnigen Finger schob. Er drehte sich um und erkannte Ivga. Wild drückte er sie an sich und trank ihre Küsse mit der Dankbarkeit eines müden Kriegers, der endlich nach Kampf und Entbehrungen den wohlverdienten Frieden gefunden hat.

Aber nicht alle Menschen suchen Ruhe und Frieden. Manche sind mit dem Geist des Sturmes im Blut geboren, sind Boten von Gewalt und Blutvergießen, und sie wissen es nicht anders ...

Die Sonne ging auf. Über die alte Karawanenstraße erstreckte sich Reihe um Reihe von weißgekleideten Reitern von den Mauern Khaurans bis weit hinaus in die Ebene. Conan der Cimmerier saß an der Spitze dieser Kolonne auf seinem Pferd neben einem nur ein Stück aus der Erde ragenden abgehackten Balkenstücks. In der Nähe erhob sich ein schweres Kreuz, an dem ein an Händen und Füßen festgenagelter Mann hing.

»Vor sieben Monaten, Constantius«, sagte Conan, »war ich es, der hier hing, und du der, der auf seinem Pferd saß.«

Constantius schwieg. Er benetzte seine grauen Lippen. Seine Augen waren glasig vor Schmerz und Furcht. Seine Muskeln zuckten unter der dunklen Haut.

»Du verstehst es besser, anderen Qualen zuzufügen als sie selbst zu ertragen«, sagte Conan ruhig. »Ich hing an einem Kreuz, so wie du jetzt hier hängst, und ich blieb am Leben, dank glücklichen Umständen und einer Zähigkeit, wie sie Barbaren zu eigen ist. Aber ihr Männer der Zivilisation seid weich, euer Leben ist nicht an das Rückgrat genagelt wie unseres. Eure Stärke besteht hauptsächlich darin, anderen Schmerzen zu bereiten und nicht, sie zu erdulden. Vor Sonnenuntergang wirst du tot sein. Und so, Falke der Wüste, überlasse ich dich der Gesellschaft anderer Wüstenvögel.«

Er deutete auf die Geier, deren Schatten über den Sand huschten, während sie hoch über dem Kreuz kreisten. Über die Lippen Constantius' drang ein schier unmenschlicher Schrei der Verzweiflung und des Entsetzens.

Conan nahm die Zügel und ritt zum Fluß, der in der Morgensonne wie Silber gleißte. Die weißgekleideten Reiter fielen hinter ihm in Trott. Der Blick eines jeden ruhte kurz beim Vorüberreiten mit dem für die Wüstensöhne charakteristischen Mangel an Mitleid an der hageren Gestalt, die sich am Kreuz dunkel gegen den Sonnenaufgang abhob. Die Hufe ihrer Pferde trommelten ihr Todeslied im Sand. Tiefer, immer tiefer kreisten die hungrigen Geier.

Seehandel im Hyborischen Zeitalter

John Boardman
Übersetzung von Hubert Strassl

Die Abkürzungen stehen für folgende Stories: KK = Die Königin der schwarzen Küste; WK = Der wahnsinnige König; TR = Der Teich des Riesen; ST = Der Schatz des Tranicos; CE = Conan der Eroberer.

Die Zahl der Beutetiere ist um ein vielfaches größer als die der Raubtiere. Das muß so sein, denn sonst wären die Fleischfresser mit ihrem Futtervorrat bald am Ende und würden selbst aussterben. Das hat auch Gültigkeit für menschliche Räuber und ihre Opfer. Nur stark frequentierte Karawanenstraßen und Seewege werden in der Regel überfallen, und wenn die Überfälle überhandnehmen, kommt der Warenverkehr so weit zum Erliegen, daß es auch für die Räuber nicht mehr genug zu holen gibt.

Es ist interessant, diese Theorie des »ökologischen Gleichgewichts« zwischen Räubern und Beraubten in der Hyborischen Welt zu testen. Während der Jahre seiner ausgedehnten Wanderungen tat sich Conan immer wieder mit Wüsten- und Bergbanditen zusammen, oder mit den Piraten der Vilayetsee oder des Westlichen Ozeans. Das setzt ausreichenden Handel in diesen Regionen voraus, der für Schiffseigentümer und Händler gewinnbringend genug ist, selbst wenn sie einen Zusammenstoß mit den Piraten einkalkulieren.

Die westliche Welt bestand während des Hyborischen Zeitalters aus einer einzigen großen Landmasse, die mit Ausnahme der landumschlossenen Vilayetsee ohne Binnenmeere war. Unter solchen Gegebenheiten ist wohl der Überlandverkehr der übliche Transportweg für Menschen und Waren. Da aber die Kosten für Seetransport in der Regel geringer sind, ist wohl anzunehmen, daß die Vilayetsee der gängige Transportweg für Handelswaren zwischen den verschiedenen Provinzen von Turan, oder zwischen Turan und den unabhängigen hyrkanischen Staaten im Nordosten war.

Werfen wir einen Blick auf den Westlichen Ozean. Es wird berichtet, daß die Handelsschifffahrt auf diesem Ozean gleich drei verschiedenen Banden von Räubern ein Auskommen bot — die Piraten der Barachan Inseln, die Bukaniere und Freibeuter von Zingara, und die schwarzhäutigen Korsaren der Inseln tief im Süden (CE). Mit jeder ist Conan zum einen oder anderen Zeitpunkt gesegelt.

Die barachanischen Piraten waren in der Hauptsache Argossaner, die von ihren Festungen vor der zingaranischen Küste aus die Küsten und die Schiffe der umliegenden Länder, hauptsächlich Zingaras (TR), heimsuchten. Die Freibeuter segelten mit dem Kaperbrief des Königs von Zingara und überfielen hauptsächlich argossanische Schiffe, aber es war auch bekannt, daß sie ebenso über die Küsten ihres eigenen Landes herfielen (TR, ST). Die Korsaren waren Neger von den südlichen Inseln, die wie auch die Barachaner, ausnahmslos von der Piraterie lebten (CE). Allerdings segelten auch Kushiten und andere Schwarze des Kontintents mit ihnen, und offenbar konnten selbst Weiße wie Bêlit und Conan Befehlsgewalt über Korsarenschiffe erlangen.

Die Barachaner und die Freibeuter dienten eigentlich als die argossanischen und zingaranischen Kräfte in dem alten und bitterkalten Krieg, der zwischen den beiden Königreichen bestand (TR, ST, CE). Die schwarzen Korsaren agierten außerhalb aller Regeln einer ›zivilisierten‹ Kriegsführung. Auf ihren Beuteschiffen gab es keine Überlebenden. Solch gründliche Schlächter waren weder die Plünderer der nördlichen Gewässer, noch die Piraten der Westindischen Inseln. Doch ihre Beutezüge erstreckten sich nördlich nicht über die Gewässer um Kush hinaus. Stygien war augenscheinlich ein Bollwerk, an das sich nur die besten Kapitäne wagten, und Amra ist der einzige Anführer, der sie nordwärts bis Shem führt (WK). Auch sind die Barachaner und die Freibeuter in den Gewässern südlich Stygiens unbekannt.

Aber wie sah der Handel aus, von dem diese Plünderer lebten? Die Vanir waren noch nicht die Seefahrer, als die ihre fernen Nachfahren berühmt sein würden, und nur Gerüchte von ungeheuren Schätzen vermochten Schiffe an die wenig einladende piktische Küste zu locken, die sich von Zingara nordwärts zur Arktis erstreckte (ST). Die wilden Pikten trieben keinen Handel mit anderen Völkern, zumindest ist nichts darüber berichtet.

Seehandel auf dem Westlichen Ozean konnte es also nur der Küste entlang von Zingara und Argos über Shem und Stygien zu den schwarzen Königreichen geben. Nicht alle diese Länder waren immer für fremde Händler offen. Zingara wurde von mehreren blutigen Bürgerkriegen verwüstet und der Tauschhandel von Kriegsmaterial für geplündertes Gut ist wenig lukrativ und nicht vergleichbar mit einem geregelten Warenaustausch in Friedenszeiten. Die shemitischen Stadtstaaten besaßen keine eigenen Flotten, es gab auch nicht viel Handel mit ihnen (KK). (Entweder Conan oder sein Hofschreiber hegte ein verbreitetes Vorurteil gegen die shemitischen Völker: »Es war nicht viel herauszuschlagen beim Handel mit den Söhnen von Shem.«)

Außer in den wenigen unsicheren Friedensperioden (CE) war auch Stygien dem Außenhandel verschlossen. Stygische Kriegsschiffe waren sogar ein weiteres Risiko für Händler, die in den Süden wollten. Die stygischen Überfälle geschahen vermutlich nicht so sehr der Beute wegen, sondern der Festigung der Vermittlerposition Stygiens im Weg der südlichen Rohstoffe, die in die nördlichen Häfen gelangten, um dort verkauft oder gegen gefertigte Waren der zivilisierteren Länder eingetauscht zu werden (CE). Die Stygier, die an Handelsbeziehungen nicht sehr interessiert waren, versuchten diesen Handel möglichst klein und damit die Preise hoch zu halten. Andererseits waren die Argossaner, die Venetianer des Hyborischen Zeitalters, auf direkten Kontakt und Handel in größerem Umfang erpicht. Einige messantinische Kaufleute gingen sogar einen Schritt weiter und kauften die Waren heimlich von den Korsaren, die die Küsten der südlichen Königreiche und die Handelsschiffe, die sie anliefen, plünderten.

Doch selbst mit dem regen Handel Kush-Argos muß der Gesamtwert der auf dem Seeweg transportierten Waren verglichen mit dem Überlandhandel zwischen den Hyborischen Königreichen und ihren östlichen und südlichen Nachbarn klein gewesen sein. Konnte es also auf dem Westlichen Ozean ausreichenden Seehandel gegeben haben, um drei verschiedenen und rivalisierenden Banden von Plünderern (wovon dieser für zwei die einzige Einnahmequelle war) die Existenz zu ermöglichen und gleichzeitig den mächtigen Kaufleuten von Messantia Reichtum und ihrer Stadt und den anderen argossanischen Häfen Wohlstand zu bringen?

Mehrere Theorien bieten sich als Antwort auf dieses Rätsel an. Einmal waren die Barachaner hauptsächlich Ausgestoßene aus ihren eigenen Ländern. Da sie nicht zurückkonnten, wurden sie ganz automatisch in die Piraterie getrieben, ganz gleich, wie dürftig auch die Beute war. Kushiten schlossen sich den Korsaren aus den gleichen Gründen an, oftmals aber auch, weil sie als einstige Galeerensklaven nicht mehr in ihre Dschungeldörfer zurückkehren wollten, sondern sich auf dem Meer an ihren einstigen Herrn zu rächen suchten.

Zum anderen mögen die Barachaner und die Freibeuter direkt von den Regierungen von Argos und Zingara finanziell unterstützt worden sein. Der zingaranische Kaperbrief an die Freibeuter ist ein spärlich verschleierter Versuch Zingaras, der argossanischen Handelsflotte all das abzujagen, was in Konkurrenz oder direktem Handel mit den wirtschaftlich geschickteren und erfahreneren Argossanern nicht so leicht gewesen wäre. Das erwies sich indes als eine zweischneidige Waffe für die Zingaraner und mag wohl zum chronischen inneren Chaos dieses unglücklichen Landes beigetragen haben. Denn die Freibeuter, die der geschwächte und zerrüttete Hof nicht unter Kontrolle halten konnte, hob das Schwert immer häufiger gegen Schiffe, Küsten und Burgen des eigenen Landes.

Auch bediente sich Argos der Piraterie als Gegenmaßnahme zur zingaranischen Kaperei. Argossanische Zahlungen und die Benutzung argossanischer Hafenanlagen würde erklären, warum die Barachaner argossanische Schiffe in Ruhe ließen (CE), obwohl sie sicherlich stark genug gewesen wären, sich auch mit den Argossanern anzulegen.

Und schließlich wissen wir aus der Wikinger- und der westindischen Geschichte, daß für die Piraten Küstenüberfälle wesentlich gewinnbringender waren als Angriffe auf Handelsschiffe. Die Küstengebiete von Zingara und Kush wurden häufig geplündert, und dreistere und fähigere Anführer ließen auch die Küsten von Shem und selbst Stygien nicht unverschont. Die schwarzen Korsaren machten den größten Teil ihrer Beute vermutlich an den Küsten Kushs und den anderen schwarzen Königreichen des Kontinents. Sie haben sicher auch mit Sklaven gehandelt, die ihnen bei ihren Plünderungen in die Hände fielen.

Unter den genannten Umständen wäre der Westliche

Ozean für argossanische Kaufleute sicher genug gewesen, sich in den Nord-Süd-Handel einzuschalten, in dem Messantia ein natürlicher Umschlagplatz für den Flußverkehr auf dem Korotes und den Hochseeschiffen war. Durch geschickte direkte und indirekte finanzielle Steuerung der Piraterie konnte die Aufmerksamkeit selbst der gefürchtetsten Seeräuber auf andere Ziele gerichtet werden. Zweifellos hätte Conan mit dem Schwert geantwortet, hätte ihm jemand klarzumachen versucht, er sei nur ein Bauer (oder, bestenfalls, ein Turm) in den Plänen der messantinischen Börse. Aber einer, der so gescheit gewesen wäre, das zu erkennen, hätte sich wohl auch solch eine Bemerkung in der Gegenwart des Cimmeriers verkniffen.

Einzelrechte

HAWKS OVER SHEM wurde von L. Sprague de Camp nach einer Erzählung von Robert E. Howard geschrieben, die den Titel HAWKS OVER EGYPT trug und im 11. Jh. v. Chr. in Ägypten spielte. HAWKS OVER SHEM erschien ursprünglich im Oktober 1955 in: »Fantastic Universe Science Fiction«. Copyright © 1955 by King-Size Publications, Inc.; nachgedruckt in *Tales of Conan*, Gnome Press, Inc., 1955

BLACK COLOSSUS erschien ursprünglich im Juni 1933 in: »Weird Tales«. Copyright © 1933 by Popular Fiction Publishing Co.; nachgedruckt in *Conan the Barbarian*, Gnome Press, Inc., 1954

SHADOWS IN THE MOONLIGHT erschien ursprünglich im April 1934 in: »Weird Tales«. Copyright © 1934 by Popular Fiction Publishing Co.; nachgedruckt in *Conan the Barbarian* und in *Swords and Sorcery*, hrsg. von L. Sprague de Camp, Pyramid Publications, Inc.; 1963

THE ROAD OF THE EAGLES wurde von L. Sprague de Camp nach einer gleichnamigen Erzählung von Robert E. Howard geschrieben, die allerdings im 16. Jh. im Türkischen Reich spielte; erschien ursprünglich im Dezember 1955 unter dem Titel CONAN, MAN OF DESTINY in: »Fantastic Universe Science Fiction«. Copyright © 1955 by King-Size Publications, Inc.; nachgedruckt unter dem jetzigen Titel in *Tales of Conan*

A WITCH SHALL BE BORN erschien ursprünglich im Dezember 1934 in: »Weird Tales«. Copyright © 1934 by Popular Fiction Publishing Co.; nachgedruckt in »Avon Fantasy Reader« Nr. 10, 1949, und in *Conan the Barbarian*

Die biografischen Einschübe zwischen den Erzählungen sind auf der Grundlage von *A Probable Outline of Conan's Career* von P. Schuyler Miller und John D. Clark verfaßt und wurden 1938 in *The Hyborian Age* publiziert, sowie in einer erweiterten Fassung dieses Essays, *An Informal Biography of Conan the Cimmerian*, von P. Schuyler Miller, John D. Clark und L. Sprague de Camp, veröffentlicht in »Amra« Band 2, Nr. 4. Copyright © 1959 by G. H. Scithers; mit freundlicher Genehmigung von G. H. Scithers